ROGER MACBRIDE ALLEN

SHOWDOWN AUF CENTERPOINT

Roman

Aus dem Amerikanischen
von Thomas Ziegler

Deutsche Erstausgabe

WILHELM HEYNE VERLAG
MÜNCHEN

HEYNE ALLGEMEINE REIHE
Nr. 01/10203

Titel der Originalausgabe
SHOWDOWN AT CENTERPOINT
Teil 3 der Corellia-Trilogie
Erschienen bei Bantam Books, a division of
Bantam Doubleday Dell Publishing Group, Inc. 1995

Bereits erschienen sind:
Band 1: Roger MacBride Allen »Der Hinterhalt«
(01/10201)
Band 2: Roger MacBride Allen »Angriff auf Selonia«
(01/10202)

Umwelthinweis:
Dieses Buch wurde auf
chlor- und säurefreiem Papier gedruckt.

Redaktion: Rainer-Michael Rahn

Umschlagillustration: Drew Struzan
Umschlaggestaltung: Atelier Ingrid Schütz, München
Satz: Buch-Werkstatt GmbH, Bad Aibling
Druck und Bindung: Elsnerdruck, Berlin

ISBN 3-453-12524-X

Für Mandy Slater,
die da war, als es begann

1. Kapitel

Ankunft

»Ehrenwerter Solo, uns läuft die Zeit davon!« drang die schrille Stimme aus der Kom-Einheit. »Wir treten in Kürze in die Atmosphäre ein, wenn unser Anflug nicht abgebremst wird!« Das Interkom gab ein ersticktes Krächzen von sich. Entweder stand die Kom-Verbindung zur Kontrollkabine des Schiffes erneut vor dem Zusammenbruch, oder Han hatte einfach Glück und Dracmus verlor wieder ihre Stimme. *Das* wäre ein Segen.

Han schlug auf den Antwortknopf und versuchte gleichzeitig, sich weiter auf seine Arbeit zu konzentrieren. »Mach dir nicht ins Hemd, Dracmus«, sagte er etwas zu laut. »Die Sendeschaltkreise der Kom-Einheit müssen ebenfalls überholt werden. Sage der ehrenwerten Pilotin Salculd, daß ich fast fertig bin.« Warum mußten in diesem Universum alle Reparaturen an Bord immer in Windeseile durchgeführt werden? *Was würde ich dafür geben, wenn Chewbacca hier wäre*, dachte Han.

»Welches Hemd?« fragte die Stimme besorgt. »Sollten wir Hemden tragen? Aus Sicherheitsgründen?«

Han seufzte und drückte wieder den Antwortknopf. »Es ist eine Redewendung. Sie bedeutet: ›Reg' dich nicht auf‹«, erklärte er mit erzwungener Geduld. Dracmus war eine Selonianerin, und die meisten Selonianer fürchteten sich vor dem Weltraum. Verständlich bei einer Spezies, die hauptsächlich unter der Erde lebte, aber eine Kommandantin mit Agoraphobie konnte jeden in den Wahnsinn treiben.

Han Solo überprüfte den letzten Anschluß, schlug die letzte Wartungsklappe zu und drückte sich die Daumen. *Das sollte genügen*, sagte er sich. Es *mußte* genügen. Es wurde höchste Zeit, daß wenigstens *etwas* funktionierte. Wenn das Kegelschiff, auf dem er sich befand, typisch für den

Zustand der selonianischen Raumschiffe war, dann waren sie nicht besonders zuverlässig. Han legte den Schalter für die Energieversorgung um und wartete, bis das Invertersystem hochgefahren wurde.

Han fragte sich inzwischen, ob er noch ganz bei Trost war. Wie hatte er sich nur freiwillig dazu bereit erklären können, dieses Kegelschiff aus dem freien Weltraum hinunter nach Selonia zu bringen? Er hätte sich verabschieden und ihnen viel Glück wünschen und wie Leia mit der *Jadefeuer* landen können. Aber wenn eine Arbeit erledigt werden mußte und niemand sonst dafür in Frage kam, dann bedeutete freiwillig nicht unbedingt *freiwillig*. Er hatte in dieser Sache keine große Wahl gehabt. Er hatte Dracmus nicht im Stich lassen können. Er war ihr und ihrem Volk verpflichtet.

Und Dracmus hatte klar gemacht, daß sie dieses Schiff nach unten bringen *mußten*. Ihr Volk konnte sich den Verlust eines Raumschiffs nicht leisten, ganz gleich, in welchem Zustand das Schiff war. Das namenlose Kegelschiff mochte vielleicht ein Haufen Raumschrott sein, aber Dracmus hatte Han versichert, daß es besser war als jedes andere Schiff, über das die Selonianer derzeit verfügten. Oder, genauer gesagt, es war besser als jedes andere Schiff, über das der Hunchuzuc-Stock und seine Republikaner derzeit verfügten.

»Beeile dich, ehrenwerter Solo!« rief Dracmus wieder.

Warum konnte dieses Interkom nicht so wie alles andere auf diesem Schiff versagen? Han schlug wieder auf den Antwortknopf. »Einen Moment noch, Dracmus. Pilotin Salculd, achte auf deine Energiewerte!«

Die Information, daß er mit Hunchuzuc-Selonianern zusammen war, hätte Han weit mehr genutzt, wenn er irgendeine Vorstellung davon gehabt hätte, wer oder was der Hunchuzuc-Stock war. Alles, was er mit Sicherheit wußte, war, daß ein Großteil der auf Corellia lebenden Selonianer zu diesem Stock gehörten und daß er, soweit Dracmus wußte, noch immer eine Allianz mit jenen selonianischen Stöcken bildete, die sich selbst Republikaner nannten und für ein Bündnis mit der Neuen Republik eintraten.

Dracmus gehörte zu den Hunchuzucs, und sie hatte Han entweder entführt oder ihn vor Thrackan Sal-Solo gerettet – oder beides. Han war sich dessen immer noch nicht sicher. Die Hunchuzucs *schienen* einen Krieg gegen den Oberstock zu führen, die rechtmäßige Regierung Selonias, während die Republik die Rebellionen im corellianischen System bekämpfte, obwohl es keinen direkten Zusammenhang zwischen den beiden Konflikten zu geben schien. Das Oberstock war auf der Seite der Absolutisten, die für die absolute Unabhängigkeit Selonias eintraten. Aber auch wenn sich der Hunchuzuc-Stock republikanisch nannte und der Oberstock absolutistisch, so war Han inzwischen davon überzeugt, daß keine Seite viel um Prinzipien gab. Jede war in erster Linie gegen die andere.

Aber immerhin gab es einige Dinge, die Han mit Sicherheit wußte. Er wußte, daß ihm Dracmus das Leben gerettet und daß sie Risiken auf sich genommen hatte, um sein Wohlergehen zu garantieren. Er wußte, daß ein Mitglied seiner eigenen Familie – Thrackan Sal-Solo – Dracmus' Artgenossen mit äußerster Grausamkeit mißhandelt hatte. Aus selonianischer Sicht genügte dies, um auch Han als Schurken, als Mörder, als Ungeheuer zu brandmarken. Dennoch hatte Dracmus Han in Schutz genommen. Sie hatten ihn anständig und respektvoll behandelt.Wenn das alles war, was Han wußte, dann war es auch alles, was er wissen mußte.

»Wann funktioniert es endlich?« rief Dracmus ungeduldig. »Der Planet kommt immer näher!«

»Das muß er auch, wenn wir in die Atmosphäre eindringen wollen«, brummte Han vor sich hin. Anstand und Respekt waren gut und schön, aber es ließ sich nicht leugnen, daß Dracmus manchmal eine richtige Nervensäge sein konnte. Han drückte wieder den Antwortknopf und sagte: »Es funktioniert jetzt. Du kannst Salculd sagen, daß der Inverter wieder in Betrieb ist. Sie soll die Energie hochfahren, dann sehen wir, ob es klappt.«

»Das werden wir tun, ehrenwerter Solo«, drang die leise, besorgt klingende Stimme aus der Kom-Einheit. »Salculd sagt, daß sie die Energiekontrolle aktiviert hat.«

Han kniete vor der Wartungsklappe, und ein tiefes Summen warnte ihn, daß er sich zu nah an der Inverterphalanx befand. Er stand auf und wich zurück. Nach einem Moment verklang das Summen, und die Kontrolldioden der Phalanx leuchteten auf und verrieten ihm, daß das System normal arbeitete.

Han drückte wieder den Antwortknopf. »Nagelt mich nicht darauf fest«, sagte er, »aber ich denke, es funktioniert. Die Ersatzteile von Maras Schiff machen sich bezahlt. Wir können los, sobald ihr bereit seid.«

»Schön zu hören, ehrenwerter Solo«, sagte Dracmus, und die Erleichterung in ihrer Stimme war überdeutlich. »Es ist sogar sehr schön zu hören. Wir sollten uns sofort auf den Weg machen.«

Die Dioden flackerten, als der Energiefluß zu den Invertern anstieg. »Nicht so hastig, ihr da oben«, sagte Han.

»Nur ganz langsam und vorsichtig beschleunigen, in Ordnung?«

»Verstanden, ehrenwerter Solo. Und wir werden nur mit einem Drittel Leistung fliegen. Wir haben nicht den Wunsch, unsere System erneut zu überladen.«

»Das ist sehr beruhigend«, knurrte Han. »Aber ich schätze, es ist besser, wenn ich nach oben komme und euch im Auge behalte.«

Han ging zur Leiter und kletterte hinauf zur Bugkabine des Kegelschiffs.

Das Schiff war tatsächlich ein dicker Kegel mit den Triebwerken an der Basis und der Kontrollkabine an der Spitze. Der Bug selbst bestand fast ganz aus durchsichtigem Transplex, das einen überwältigenden Rundblick bot.

Die Pilotin Salculd lag auf dem Rücken, blickte nach oben und direkt in den vor ihnen liegenden Weltraum. Für einen menschlichen Piloten wäre die Stellung nicht besonders angenehm gewesen. Natürlich waren die Selonianer eindeutig nichtmenschlich.

Salculd sah zur unteren Deckzustiegsluke hinüber, als sich Han durch die Öffnung zwängte. Sie schenkte ihm ein zähnebleckendes Lächeln und wandte ihre Aufmerksamkeit wieder den Kontrollen zu. *Sie* machte einen völlig entspannten Eindruck. Dracmus ging im Hintergrund der Kabine auf und ab und sah ganz und gar nicht ruhig oder entspannt aus.

Die Selonianer waren zwar Standardzweibeiner, aber größer und dünner als Menschen. Ihre Arme und Beine waren kürzer und ihre Rümpfe länglicher. Sie waren auf allen vieren genauso flink wie auf zwei Beinen. Hände und Füße waren mit einziehbaren Krallen versehen, die sie zu ausgezeichneten Kletterern und Grabern machten. Ihre Schwänze waren nur einen halben Meter lang, konnten aber furchtbare Schläge austeilen, wenn sie als Keule benutzt wurden – wie Han aus eigener Erfahrung wußte.

Sie hatten lange, spitze Gesichter und waren am ganzen Körper mit einem glatten, kurzen Fell bedeckt. Dracmus war dunkelbraun. Salculd war fast schwarz, aber ihr Bauchfell war hellbraun. Sie hatten beide borstige Schnurrbarthaare, die so ausdrucksvoll wie menschliche Augenbrauen waren, wenn man ihre Bewegungen mit etwas Übung richtig deutete. Sie hatten außerdem extrem scharfe Zähne, wie Han wußte, auch wenn er sie nicht zu spüren bekommen hatte. Kurz und gut, sie waren elegante und beeindruckende Wesen.

»Wie kommen du voran?« fragte Han die Pilotin Salculd in holperigem Selonianisch. Salculd verstand kein Basic.

»Alles in Ordnung, ehrenwerter Solo«, erwiderte Salculd. »Zumindest so lange, bis das nächste Subsystem durchbrennt.«

»Wundervoll«, murmelte Han vor sich hin. Auch bei dir alles in Ordnung, Dracmus?« fragte er auf selonianisch.

»Alles, alles ist in bester Ordnung, bis wir abstürzen und sterben«, gab Dracmus zurück.

»Ich bin froh, daß wir uns einig sind«, knurrte Han.

»Es ist *gut*, so vorausschauend zu sein«, kommentierte Salculd. »Ich wollte das Schiff doch tatsächlich auf reguläre Weise landen. Jetzt weiß ich wenigstens, daß ich versagen werde und wir abstürzen. Es ist überaus tröstlich.«

»Das reicht, Pilotin Salculd«, fauchte Dracmus. »Konzentriere dich auf deine Pflichten.«

»Ja, ehrenwerte Dracmus«, beeilte sich Salculd in äußerst zerknirschtem Tonfall zu versichern.

Salculd war eine recht erfahrene Pilotin und kannte ihr Schiff zumindest ausreichend, wenn auch nicht so gut, wie es sich Han gewünscht hätte. Dracmus andererseits war für den Umgang mit Menschen ausgebildet, und das auch nur unvollkommen. In Sachen Raumfahrt jedoch hatte sie keine Erfahrung, keine Kenntnisse und kein Talent. Trotzdem kommandierte sie das Schiff – sie entschied nicht nur über das Flugziel, sondern mischte sich auch in jedes Detail der Steuerung ein.

Salculd konnte – oder wollte – ihr nicht widersprechen. Dracmus war ranghöher oder älter oder was auch immer als Salculd, und das genügte, soweit es die Selonianer betraf. Sie schien auch nicht die Tatsache zu stören, daß Dracmus von der Raumfahrt kaum etwas verstand, ebensowenig die Tatsache, daß sie beim Angriff auf Selonia wiederholt Befehle gegeben hatte, die die Leistungsfähigkeit des Schiffes überstiegen, was sie mehrmals in Todesgefahr gebracht hatte.

Salculd mochte vielleicht ein vorlautes Mundwerk haben und ein respektloses Auftreten, aber sie befolgte jeden von Dracmus' Befehlen – ganz gleich, wie absurd sie waren – mit alarmierender Geschwindigkeit. Man brauchte einige Zeit, um sich daran zu gewöhnen.

Han ließ sich im Kontrollsitz neben Salculd nieder. Er hatte sein Bestes getan, um die Polsterung seiner menschlichen Gestalt anzupassen, aber der Sitz würde nie bequem sein. Han lehnte sich zurück und blickte nach oben.

Der Blick durch die transparente Spitze des Kegelschiffs war atemberaubend. Der Planet Selonia hing groß und hell am Himmel und füllte das mittlere Drittel des Blickfelds aus. Selonia hatte kleinere Ozeane als Corellia, und die Landmasse war in Tausende von mittelgroßen Inseln zerbrochen, die mehr oder weniger regelmäßig über das Antlitz des Planeten verteilt waren.

Statt aus zwei oder drei großen Ozeanen und vier oder fünf kontinentalen Landmassen zu bestehen, war Selonias Oberfläche ein Flickenteppich aus Wasser und Land. Hunderte von Meeren und Buchten, Meeresarmen, Meerengen und Sandbänken trennten die Inseln. Han erinnerte sich, irgendwo einmal gelesen zu haben, daß auf ganz Selonia kein Punkt an Land weiter als hundertfünfzig Kilometer vom offenen Wasser entfernt war und kein Punkt auf dem Wasser mehr als zweihundert Kilometer von der nächsten Küste.

Aber außer dem spektakulären Planeten gab es noch mehr zu sehen. Mara Jades Privatschiff, die *Jadefeuer*, hing einen oder zwei Kilometer entfernt im Weltraum und verdeckte mit ihrem Bug ein Stück von der Äquatorregion des Planeten. Sie war ein langes, schmales, stromlinienförmiges Schiff, dessen Hülle mit einem rotgoldenen Flammenmuster bemalt war. Das Schiff sah schnell, schnittig, stark, wendig aus – und Han wußte, daß all diese Eindrücke zutrafen. Er wünschte – nicht zum ersten Mal – an Bord zu sein, und das nicht nur, weil die *Feuer* ein besseres Schiff war. Leia und Mara Jade befanden sich an Bord der *Feuer*.

Nachdem es Dracmus geschafft hatte, fast alle Systeme des Kegelschiffs zu ruinieren, hatte die *Feuer* sie gerettet und Han mit den Ersatzteilen versorgt, die er brauchte, um das Schiff zu reparieren. Jetzt bereitete sich die *Feuer* darauf vor, das Kegelschiff zu einem sicheren Landeplatz zu dirigieren.

Han gefiel es nicht, daß sich Leia auf dem einen Schiff befand, während er auf dem anderen war, aber die Aufteilung hatte einen guten Grund. Mara hatte sich noch nicht vollständig von ihrer Beinverletzung erholt; sie brauchte jemand, der sich um sie kümmerte, und sie brauchte eine Kopilotin, zumindest solange, bis sie wieder völlig genesen war. Der Weltraum wußte, daß die Selonianerinnen Dracmus und Salculd alle Hilfe benötigten, die sie bekommen konnten. Außerdem sprach Leia Selonianisch – sogar besser als Han, was das betraf –, und angesichts der letzten Ereignisse war es mehr als nur vernünftig, auf jedem Schiff wenigstens eine Person zu haben, die Selonianisch beherrschte, falls es auf dem Landefeld zu Schwierigkeiten kam. Der Plan sah vor, daß die beiden Schiffe Selonia im Formationsflug ansteuerten und nebeneinander landeten.

Aber auch, wenn es einen sehr guten Grund dafür gab, daß Leia auf Maras Schiff blieb, während er das Kegelschiff flog, mußte es Han nicht gefallen. Ihm fielen auf Anhieb eine Menge Dinge ein, die schiefgehen konnten. Schließlich waren bereits eine Menge Dinge schiefgegangen.

Neben der Bugsichtluke der *Feuer* blinkte ein helles Licht. Leia morste mit den Landeleuchten der *Jadefeuer* einen Mon-Calamari-Lichtkode – Kombinationen aus langen und kurzen Blitzen, die die Buchstaben des Basic-Alphabets darstellten. Die Technik war zeitraubend und mühsam, aber die normalen Komkanäle waren gestört und dies war die einzige Möglichkeit zur Verständigung.

BEREIT ZUM WIEDEREINTRITT, las Han. ERBITTEN SIGNAL, WENN BEREIT. »Sie sagen, daß sie bereit sind.« Er wandte sich an Salculd. »Ist bei uns alles klar?«

»Ja«, bestätigte Salculd.

»Sehr gut«, nickte Han. »Ehrenwerte Dracmus«, fuhr er auf Basic fort, damit Salculd ihn nicht verstand, »du wirst jetzt genau das tun, was ich dir sage. Hör auf, herumzulaufen, setz dich auf deinen Platz und weise Salculd an, meine Befehle auszuführen. Ich möchte dich außerdem noch höflich bitten, den Mund zu halten, bis wir auf dem Boden sind. Ich will, daß du einfach still dasitzt. Oder ich sage der *Jadefeuer*, daß es Selbstmord ist, uns zu eskortieren.« Es war natürlich nur ein Bluff, aber Dracmus war in solcher Panik, daß sie ihn wahrscheinlich nicht durchschauen würde.

»Aber ...«, protestierte sie.

»Kein Aber. Ich kenne den Lichtkode und du nicht. Ich kann mit der *Feuer* sprechen und du nicht. Du hast uns mit deinem Wendemanöver fast umgebracht, und ich werde nicht zulassen, daß sich das wiederholt.«

»Ich muß protestieren! Dies ist Diebstahl schlimmster Sorte!«

Han grinste. »Ehrlich gesagt ist es mehr ein Akt der Piraterie. Man könnte es aber auch als überaus milde Form der Raumschiffentführung bezeichnen. Und ich möchte hinzufügen, wenn du nicht einmal den Unterschied zwischen Diebstahl und Piraterie kennst, dann bist du als Kommandantin völlig ungeeignet.«

Dracmus funkelte Han an und wollte erneut protestieren aber dann schüttelte sie den Kopf. »Also gut. Ich gebe mich geschlagen. Mir ist bewußt, daß meine Befehle nicht besonders hilfreich waren, und ich möchte noch eine Weile leben.« Auf Selonianisch fügte sie hinzu: »Pilotin Salculd! Du wirst den Befehlen des ehrenwerten Han Solo gehorchen, als wären es meine eigenen, und zwar solange, bis wir auf dem Boden sind.«

Salculd setzte sich in ihrem Sitz auf und sah von einem zum anderen, bevor sie noch breiter grinste als zuvor. »Ja, ehrenwerte Dracmus!« bestätigte sie. »Es ist mir ein Vergnügen!«

»Hoffentlich macht es dir nicht *zu viel* Spaß, Salculd«, grollte Dracmus. »Ehrenwerter Solo, übernimm bitte.«

»Setz dich auf deinen Platz«, sagte Han auf Selonianisch

15

zu Dracmus. »Wir müssen uns alle anschnallen. Salculd, du wirst auf mein Kommando mit dem Standardanflug auf das zugeteilte Landefeld beginnen. Alles klar?«

»Ja, gewiß«, sagte Salculd. »Absolut.«

Han griff nach der Taschenlampe, die er zu diesem Zweck neben seinem Sitz deponiert hatte, und antwortete der *Feuer*.

FETZIG ZUMM WIDEREINRITTMANÖFER, blinkte er unbeholfen. Er bemerkte die Fehler erst, nachdem er sie gemacht hatte. »Irgendwann muß ich meine Morsekenntnisse auffrischen«, murmelte er.

WIR SIND EBENFALLS FETZIG, signalisierte Leia zurück. HÄNGEN UNS JETZT AN EUER HECK. WERDEN EUCH FOLGEN.

»Ha, ha, ha«, machte Han. »Wie schön, daß ich mit einer Komikerin verheiratet bin.« Auf Selonianisch erklärte er: »Nun gut, Salculd, bring uns rein. Aber vorsichtig.«

Er beobachtete, wie sich die *Jadefeuer* um ihre Längsachse drehte. Salculd beschleunigte mit Minimalleistung, und die *Jadefeuer* hängte sich an das Heck des Kegelschiffs. Da die *Feuer* das schnellere, wendigere Schiff war und sich leichter steuern ließ, war es sinnvoll, daß sie dem Kegelschiff folgte und seinen Flug überwachte. Aber selbst mit den Ersatzteilen von der *Feuer* hatte Han die Heckdetektorphalanx des Kegelschiffs nicht reparieren können. Das Kegelschiff war achtern völlig blind und würde es auch bleiben. Es gab nur eine einzige Weitwinkelholokamera in der Kegelbasis zwischen den beiden Sublichttriebwerken. Sie würde ihnen beim Landeanflug und der Landung nützlich sein, aber selbst bei deaktiviertem Haupttriebwerk war ihre Auflösung so schlecht, daß die *Jadefeuer* nicht mehr zu sehen sein würde, wenn sie nur ein paar Kilometer abtrieb. Sobald die Triebwerke hochgefahren wurden, konnte sich das Heckholobild nur noch weiter verschlechtern.

Mit anderen Worten, Han würde dann möglicherweise

die Lichtkodezeichen der *Feuer* nicht mehr erkennen können, wenn Leia ihm wieder signalisierte. Theoretisch konnte er mit den Positionsleuchten des Kegelschiffs eine Nachricht morsen, aber er selbst konnte seine Lichtsignale nicht sehen, was es nur noch schwerer machte, den korrekten Kode zu übermitteln. Han hoffte, daß er nicht in die Verlegenheit kommen würde, eine Kodenachricht morsen zu müssen.

Die schlechte Hecksicht war ein anderer guter Grund, daß die *Feuer* ihnen folgte. Es war besser, ein Schiff im Rücken zu haben, dem man vertrauen konnte.

Zumindest ein Schiff, dem man halbwegs vertrauen konnte. Han war es gelungen, den Großteil – aber nicht alle – seiner Vorbehalte gegen Mara aufzugeben. Ihm fiel kein Grund ein, kein Motiv, warum sie sich gegen Han und Leia und die Republik stellen sollte, und es gab keinen Beweis dafür, daß sie es getan hatte. Aber sie hatte ihm auch nie befriedigend die Hintergründe ihrer Handlungen erklären können. Es war in den letzten Tagen etwas zu oft passiert, daß sie zur richtigen Zeit am richtigen Ort gewesen war – und zur falschen Zeit am falschen Ort.

Andererseits, wenn sie wirklich hätte Schaden anrichten wollen, war Mara viel zu professionell, um die Sache zu verpfuschen. Und der Gegner hatte, den Sternen sei Dank, eine Menge Pfusch gemacht. Nicht alles war nach Plan verlaufen. Man konnte über die Frau sagen, was man wollte, aber Mara war kompetent.

Und das war ein zwingendes Argument. *Nein*, sagte sich Han, als die *Jadefeuer* aus dem Bugblickfeld verschwand. *Vergiß das Thema.* Sie hatten wirklich keine andere Wahl, als Jade zu vertrauen. Auf dem Hecksichtschirm tauchte leicht verschwommen die *Feuer* auf. Es wurde Zeit, alles andere zu vergessen und daran zu denken, daß ihre Hauptaufgabe jetzt war, diese Kiste zur Oberfläche zu bringen. »Jetzt, Salculd, bist du dran«, sagte er. »Streng dich an.«

»Das werde ich«, versicherte Salculd. »Mach dir keine Sorgen.« Im selben Moment scherte das Schiff zur Seite aus, und Salculd hantierte fieberhaft an den Kontrollen. »Tut mir leid, tut mir leid«, sagte Salculd. »Die Stabilisatoren haben überkompensiert. Jetzt ist wieder alles in Ordnung.«

»Ich kann dir gar nicht sagen, wie sehr mich das beruhigt«, erwiderte Han. Für einen Moment war er versucht, Salculd von der Pilotenstation zu verscheuchen und die Steuerung selbst zu übernehmen, aber er war klug genug, es nicht zu tun. Die Kontrollen waren für eine Selonianerin konstruiert, und das Kegelschiff hatte so viele Eigenarten, daß der *Millennium Falke* dagegen wie ein Standardschiffsmodell wirkte. Es war vielleicht ein beunruhigender Gedanke, aber solange die Situation nicht richtig haarig wurde, war es wahrscheinlich am sichersten, Salculd zu vertrauen.

Salculd erhöhte die Schubleistung ein wenig, und das Kegelschiff bewegte sich etwas schneller auf den Planeten zu. Wenigstens war das Kegelschiff keine dieser primitiven Konstruktionen, die auf ballistische Eintrittsmanöver angewiesen waren, bei denen die atmosphärische Reibung als Bremse diente. Zumindest hoffte Han dies. Die meisten Raumschiffe waren so gebaut, daß sie wenigstens einen ballistischen Wiedereintritt überstanden, aber nicht diese Kiste.

Der Planet rückte heran. In ein paar Minuten mußte Salculd das Schiff beidrehen und seine Triebwerke nach vorn richten, um die Geschwindigkeit zu verlangsamen. Genau dieser Teil machte Han Sorgen. Wenn sie erst einmal abbremsten, waren sie überaus verwundbar. Die zerbrechliche Konstruktion des Kegelschiffs war dabei nicht die einzige Gefahrenquelle. Jemand auf Selonia hatte eine ganze Flotte von leichten Angriffsjägern gegen die bakuranischen Schiffe in Marsch gesetzt.

Die Bakuraner hatten den LAJs schwere Verluste zugefügt, aber Han mußte davon ausgehen, daß der Oberbefehlshaber der Jäger genug Verstand gehabt hatte, einen Teil von ihnen in Reserve zu halten. Und da Dracmus ihm versicherte, daß die Hunchuzucs über keine derartigen Maschinen verfügten, war es nur logisch anzunehmen, daß der unbekannte Commander der LAJs über die Ankunft des Kegelschiffs nicht besonders erfreut sein würde. Die Lage konnte brenzlig werden. Han war von der Annahme ausgegangen, daß es Ärger geben würde, und hatte sein Bestes getan, um sich darauf vorzubereiten.

Die *Jadefeuer* konnte ihnen ein gewisses Maß an Feuerschutz geben, wenn es kritisch wurde, aber das Kegelschiff selbst war so gut wie schutzlos. Es war absolut unbewaffnet und besaß keine Schilde. Es verfügte nicht einmal über genug Energiereserven, um irgendwelche Waffen zu versorgen – was allerdings ein müßiger Gedanke war, denn es gab praktisch keine Möglichkeit, eine der *Jade*-Waffen auszubauen oder sie auf dem Kegelschiff zu montieren. Han hatte es bereits überprüft. Wenn er nicht gerade in der Luftschleuse stehen und mit seinem Handblaster aufs Geratewohl auf etwaige Angreifer schießen wollte, gab es nicht viel, das er tun konnte.

Aber Han war daran gewöhnt, mit nichts zu arbeiten. Selbst ein klappriges Schiff wie dieses war im Notfall für ein paar Tricks gut. Er hatte etwas zur Verteidigung zusammengebaut, das ihnen vielleicht ein wenig Schutz bot, wenn die Lage brenzlig wurde.

Natürlich, wenn man mit nichts arbeiten mußte, war nichts genau das, was manchmal dabei herauskam. Und wenn man gegen Leute kämpfte, die über besseres Material verfügten, dann gewannen manchmal diese anderen Leute. Kein erfreulicher Gedanke, wenn man sich an Bord einer fliegenden Zielscheibe befand und ein Kriegsgebiet ansteuerte.

Und seine Gedanken wurden auch nicht fröhlicher, als ein paar Minuten später Leia vor diesem Angriff warnte.

2. Kapitel

Landung

Leia Organa Solo, Staatschefin der Neuen Republik, saß an der Navigationsstation der *Jadefeuer* und verfolgte, wie das Kegelschiff auf den Planeten Selonia zutrieb. Sie war eine Närrin gewesen, Han an Bord dieses Blecheimers zurückzulassen. Aber sie wußte sehr gut, daß nicht die geringste Chance bestanden hatte, ihn von diesem Schiff zu holen, nachdem er sich erst einmal entschieden hatte, daß er den Selonianern an Bord etwas schuldete.

Aber in was genau zog er sie da hinein? Leia war gezwungen, nicht nur wie eine Ehefrau, sondern wie eine Politikerin zu denken. Auch wenn es ihr nicht gefiel: Es stand außer Frage, daß Han von diesen Selonianern in den Konflikt hineingezogen wurde – und Leia auch. Es war für die Neue Republik sehr leicht, viel zu leicht, auf der einen oder anderen Seite in eine Auseinandersetzung einzugreifen, mit der sie nichts zu tun hatte. Es würde noch leichter sein, sich auf einen Handel mit diesen Hunchuzucs einzulassen, einen Handel, der voller Unwägbarkeiten steckte …

»Ihm wird schon nichts passieren, Leia«, sagte Mara. »Wir bleiben direkt hinter ihnen, bis sie gelandet sind. Die *Feuer* kann ihnen mehr Schutz bieten, als Sie glauben.«

»Hmmm? Was? Oh, ja«, erwiderte Leia verlegen. Es war ihr ein wenig peinlich, ausgerechnet von Mara Jade getröstet zu werden. Und daß Mara annahm, Leia würde sich Sorgen um die Sicherheit ihres Mannes machen, während sie in Wirklichkeit an die politischen Konsequenzen dieser Situation dachte, machte alles nur noch schlimmer. Wie konnte sie nur so herzlos sein, an die politischen Möglichkeiten zu denken, statt sich Sorgen um ihren Mann zu machen? War sie so berechnend, daß selbst Mara Jade mehr Mitgefühl für Han hatte?

Aber dann entschied Leia, daß sie richtig handelte. Sie hatte keine andere Wahl, als auf mehreren Ebenen gleichzeitig zu denken. Was nutzte es Han, wenn sie sich vorwarf, die Gefahren nicht vorhergesehen zu haben?

»Han wird schon nichts passieren«, sagte Leia, und es klang so, als wollte sie nicht nur ihre Gefährtin, sondern auch sich selbst überzeugen. »Wenn jemand diese Kiste nach unten bringen kann, dann er.«

»*Falls* es jemand kann«, stimmte Mara nicht sehr beruhigend zu. Mara saß wie gewöhnlich an der Pilotenstation und steuerte die *Jadefeuer* zur Oberfläche. Sie runzelte die Stirn und nahm eine Feinjustierung der Schubkontrollen vor, um ihren Flug zu verlangsamen.

»Probleme?« fragte Leia.

Mara schüttelte den Kopf, ohne den Blick von der Sichtluke zu wenden. »Nichts, mit dem wir nicht fertig werden, aber mir gefällt es nicht, hinter dem Kegelschiff herzufliegen. Diese selonianische Pilotin braucht ein paar Flugstunden. Wenn sie zu oft auf diese Weise abbremst, landen wir mit unserem Bug noch mal in ihrem Heck.«

»Können wir nicht ein Stück zurückfallen?«

»Nicht, wenn wir in visuellem Kontakt mit ihnen bleiben wollen. Diese Heckholokamera hat keine nennenswerte Auflösung. Wenn wir zu weit zurückfallen, kann sie uns nicht mehr erfassen … Brennende Sterne, sie kann überhaupt nicht fliegen!« Mara zog ihren Steuerknüppel hart zurück und nach rechts. »Sie hat das Wendemanöver viel zu früh eingeleitet und ohne die Triebwerke abzuschalten. Fast hätten wir sie gerammt.«

Leia verfolgte, wie sich das Kegelschiff schwerfällig um die eigene Achse drehte, seine Sublichttriebwerke auf den Planeten richtete und seine Geschwindigkeit reduzierte. Es war nicht zu übersehen, daß die Pilotin Probleme mit der Steuerung hatte. Das Schiff manövrierte ruckartig, von Pausen unterbrochen, statt in einer einzigen fließenden Bewegung das Heck dem Planeten zuzuwenden. Die Tatsache, daß die Pilotin dabei die Triebwerke weiterarbeiten ließ, machte alles nur noch schlimmer – viel schlimmer. Leia war eine ziemlich gute Pilotin, und sie hätte es niemals auf diese Weise gemacht.

Mara war gezwungen, zwei weitere Ausweichmanöver durchzuführen, um zu verhindern, daß die *Feuer* das andere Schiff rammte. Dann ließ sie die *Feuer* fünf Kilometer zurückfallen. »Schließlich ist ihr Bug auf uns gerichtet«, kommentierte Mara. »Sie können uns auf jeden Fall sehen.«

»Mit etwas Glück«, sagte Leia ein wenig zweifelnd. Die *Feuer* verfügte über erstklassige Detektorsysteme und hätte das Kegelschiff auch auf der anderen Seite des corellianischen Systems orten können, aber das Kegelschiff war allein auf Sichtkontakt angewiesen. Hinter ihm zeichnete sich die helle Masse der Tagseite des Planeten ab und machte das Schiff fast unsichtbar. Wie gut war wohl die *Feuer* zu sehen? Als kleiner roter Fleck vor der Schwärze des Weltraums?

Mara hatte sich von der Hauptsichtluke abgewandt und die Augen auf ihre Detektoranzeigen gerichtet. *Sie* verließ sich nicht auf visuelle Erfassung. Nun ja. Solange wenigstens ein Schiff das andere sehen konnte, sollte alles gutgehen …

»Probleme!« meldete Mara. »Leia, Waffen und Schilde hochfahren. Schnell!«

Leia aktivierte so schnell wie möglich die Systeme und nahm eine rasche Überprüfung der Turbolaser und Schilde des Schiffes vor. »Alle Waffen- und Schildsysteme sind aktiviert und funktionsfähig«, erklärte sie. »Was ist passiert?«

»Aktivieren Sie die Zielerfassungssysteme und sagen Sie es mir«, erwiderte Mara. »Das Navsystem zeigt mir nur einen Haufen Reflexe an, die plötzlich aus dem Nichts aufgetaucht sind.«

»Leichte Angriffsjäger«, meldete Leia, als sie die Zielerfassung eingeschaltet hatte. »Zwei Staffeln mit insgesamt zwölf Maschinen nähern sich uns von hinten. Müssen aus einem hohen Polarorbit gekommen sein.«

Mara schüttelte den Kopf, während sie die Navigationsanzeigen beobachtete. »Wir werden mit ihnen fertig, aber es wird nicht leicht sein. Nicht, solange wir dem Kegelschiff Deckung geben müssen.«

»Wir sind zu weit entfernt, um unsere Schilde auf das Kegelschiff auszudehnen.«

»Und so wird es auch bleiben«, sagte Mara scharf. »Ich werde mich von dieser Pilotin fernhalten – vor allem, wenn es zum Kampf kommt. Sie hätte uns schon zweimal fast gerammt. Wenn wir uns ihr so weit nähern, daß wir ihr Schilddeckung geben können, sind wir alle tot. Mehr als Feuerschutz kann ich ihr im Moment nicht geben. Wann werden die LAJs hier sein?«

»In dreißig Sekunden sind sie in Schußweite.«

»Leite Gefechtsmanöver ein.«

»Nein! Warten Sie! Wir müssen Han per Lichtkode warnen!«

»Sie haben fünfundzwanzig Sekunden«, sagte Mara mit stählerner Stimme. Es hatte keinen Sinn, auch nur den Versuch zu machen, ihr zu widersprechen.

Leia griff nach den Kontrollen der Landeleuchten und schaltete sie auf Lichtkodemodus. Sie nahm sich volle fünf Sekunden Zeit, um ihre Nachricht zu formulieren, und übermittelte sie dann dreimal in schneller Folge. »Erledigt«, sagte Leia.

»Gut«, nickte Mara. »Festhalten.«

Han war so sehr damit beschäftigt, nicht aus dem Sitz geschleudert zu werden, daß er die blitzenden Lichter hinter der Sichtluke über seinem Kopf fast nicht bemerkte. »Ruhig und sanft, Salculd! Nicht so abrupt!« brüllte er, während er versuchte, sich auf den Lichtkode zu konzentrieren – keine leichte Sache, wenn das Schiff, auf dem er sich befand, wie ein in die Enge getriebener Bantha bockte. Das Problem war, daß Han den Kode nur unwesentlich besser lesen als morsen konnte. Selbst unter idealen Bedingungen hätte er wahrscheinlich Schwierigkeiten gehabt. Zumindest benutzte Leia das spezielle Wortende-Signal zwischen den Worten. Sonst hätte er überhaupt nichts verstanden. »B-A-N-D-I- irgendwas, irgendwas, irgendwas Wortende«, murmelte er vor sich hin. »Bandi? Banditen! Oh, großartig!« Er konzentrierte sich auf das nächste Wort. Unverständlich -I-N-T-E-R Wortende. Brennende Sonnen, Leia, mußt du denn so schnell morsen? Unverständlich -E-R Wortende J-A-D-E-F-E ...

Han verpaßte das Ende, als das Kegelschiff erneut schwankte, aber er hatte genug gelesen, um zu wissen, was los war. Banditen, feindliche Jäger, waren hinter der Jadefeuer aufgetaucht und rasten auf sie zu. Und entweder war es Pech oder Kalkül – jedenfalls griffen sie zu dem Zeitpunkt an, als das Kegelschiff am verwundbarsten war.

Han warf den Selonianerinnen einen Blick zu. Man mußte kein Experte in selonianischer Mimik sein, um zu erkennen, daß sie halb verrückt vor Angst waren, wobei sich Salculd nur etwas besser hielt als Dracmus. Han fiel ein, daß sie kein Basic sprach. Es hatte keinen Sinn, Salculd von den Banditen zu erzählen, bis sie das Schiff unter Kontrolle gebracht hatte. Han war sicher, daß sie die Lichtkodenachricht nicht einmal bemerkt hatte. Gut. Laß sie in Ruhe arbeiten, sagte er sich. Laß sie in Ruhe arbeiten.

Das Kegelschiff drehte schwerfällig bei, bis sein dickes Heck fast direkt auf den Planeten deutete und die Bremsraketen den Anflug verlangsamen konnten.

Han überprüfte seine Instrumente und entzifferte mühsam die selonianischen Schriftzeichen. Wie durch ein Wunder schien es Salculd gelungen zu sein, sie in der richtigen Höhe in die richtige Position zu bringen. »Gut, gut«, sagte er so ruhig wie möglich. Wahrscheinlich blieben ihnen nur ein paar Sekunden, bis die Banditen heran wären.

Salculd jetzt zur Eile anzutreiben, wäre nicht nur sinnlos, sondern kontraproduktiv. Wenn sie noch mehr Angst bekam, würde sie gar keinen klaren Gedanken mehr fassen können. »In Ordnung, Salculd, noch eine andere Sache. Es wird Zeit, unseren Verteidigungsplan, äh, zu *testen*. Versetze das Schiff bitte in Drehung. Drei Umdrehungen pro Minute.«

»*Test?*« stieß Dracmus hervor. »Aber du hast gesagt, der Trick wird nur ein einziges Mal funktionieren.«

Han hatte gehofft, daß ihn niemand daran erinnern würde.

Wenigstens hatte Dracmus Basic gesprochen. Es gab immer noch eine Chance von eins zu einer Million, daß Salculd es nicht mitbekommen hatte. »Still«, zischte er auf Basic, bevor er auf Selonianisch fortfuhr: »Versetz das Schiff in Drehung, bitte, ehrenwerte Salculd. Damit wir sicher sein können, daß im Notfall alles klappt.«

Es war klar, daß Salculd ihm nicht glaubte – aber offenbar schien sie bereit, so zu tun, zumindest für eine Weile. »Ja, ja«, sagte sie, »natürlich. Leite Axialdrehung ein.« Das Schiff begann um seine Kegelachse zu rotieren, so daß die Sterne am Himmel wirbelten. Han blickte angestrengt nach oben. Er konnte die *Feuer* nur mit Mühe erkennen, und die Banditen waren zweifellos kleiner und näherten sich von hinten. Es gab für ihn keine Möglichkeit, sie aufzuspüren, vor allem, da sich das Schiff wie ein Kreisel drehte. Er gab es auf. Es hatte keinen Sinn, sich über Dinge Sorgen zu machen, die er nicht ändern konnte.

»Deaktiviere interne Dämpfung«, sagte Han ruhig, fast gleichmütig. Die Trägheitsdämpfer verhinderten, daß die Insassen eines Schiffes mehr als nur ein paar Prozent der Beschleunigungs- und Andruckkräfte zu spüren bekamen. Ohne sie konnte die Besatzung eines Schiffes, das auf Lichtgeschwindigkeit beschleunigte, zu Brei zerquetscht werden. Niemand schaltete sie gerne ab – doch manchmal mußte man Dinge tun, die einem nicht gefielen.

»Aber wenn wir die Trägheitsdämpfer nicht wieder hochfahren können ...«

»Darüber später Sorgen machen!« fauchte Han. Er wußte besser als Salculd, was es bedeutete, wenn es ihnen nicht gelang, die Dämpfer wieder zu aktivieren. Aber jetzt ging es erst einmal ums Überleben. »Wir brauchen Zentrifugalkraft, damit Plan funktionieren, und Trägheitsdämpfer verhindern das. Dämpfung aus!«

Salculd atmete nervös ein und streckte die Hand aus, um das Trägheitsdämpfungssystem abzuschalten. Plötzlich spürte Han, wie sich sein Gewicht verdoppelte, dann verdreifachte, als die Dämpfer aufhörten, den Andruck im abbremsenden Schiff zu kompensieren. Einen Moment später erfaßte ihn Schwindelgefühl, als die Drehbewegung des Schiffes durchschlug.

»Alle inneren Luftschleusenschotts verriegeln«, befahl Han.

»Alle inneren Luftschleusenschotts sind verriegelt. Schleusenkammern unter Druck«, meldete Salculd. »Ehrenwerter Solo, müssen wir wirklich ...«

»Still! Wir müssen. Konzentriere dich auf nächsten Schritt! Kurs beibehalten, Beschleunigung beibehalten, bis ich andere Befehle gebe!« Han konzentrierte sich mühsam auf das wirbelnde Sternenmeer über seinem Kopf. Wenn dies funktionieren sollte, mußten sie sich exakt an den Zeitplan halten. Aber wie sollte er sich an den Zeitplan halten, wenn er nichts sehen konnte? Vielleicht hatte er Glück und die *Jadefeuer* signalisierte, daß die Gefahr bereinigt war.

Und vielleicht wachte er auf und entdeckte, daß die ganze Alptraumreise nach Corellia nur ein Traum gewesen war. Aber das war reines Wunschdenken. Er hatte sein Bestes getan. Jetzt blieb ihnen nichts anderes übrig, als durchzuhalten und abzuwarten, was dabei herauskam.

»Heck-, Bauch- und Rückenschilde auf volle Stärke, Bug-schilde auf ein Viertel«, befahl Mara. »Schildenergie je nach Sicherheitslage umleiten.«

Leia justierte die Schildeinstellungen. »Schilde wie befohlen konfiguriert.«

»Gut«, sagte Mara. »Turbolaser weiter in Bereitschaft. Wir behalten diesen Kurs und diese Geschwindigkeit bei und tun so, als wären sie nicht da. Sie können nicht wissen, wie gut oder schlecht unsere Detektoren sind. Sie haben diesen Schiffstyp noch nie zuvor gesehen, aber ich kenne die LAJs. Ihre Sensoren können feuerbereite Turbos registrieren, aber keine aktivierten Schilde. Wenn wir die Waffen nicht einsetzen und auf Kurs bleiben, nehmen sie vielleicht an, daß wir sie nicht sehen.«

»Was haben wir davon?« fragte Leia.

»Vielleicht fliegen sie einfach an uns vorbei und greifen direkt das Kegelschiff an. Ich vermute, daß die Hunchu-zucs das Ziel dieser LAJs sind, nicht wir.«

»Aber Han ist …«

»So ist es sicherer«, unterbrach Mara, während sie die Instrumente im Auge behielt. »Wir können gleichzeitig mit sieben oder acht von ihnen fertig werden, aber nicht mit zwölf. Nicht in einer offenen Schlacht. Aber wenn die LAJs uns nicht angreifen und sich auf das Kegelschiff konzentrieren, haben wir ihre Heckplatten direkt im Visier. Wir können drei oder vier von ihnen mühelos abschießen, ehe die anderen das Feuer auf uns eröffnen. Programmieren Sie das Zielerfassungssystem auf Feindverfolgung. Wenn sie uns direkt angreifen, schießen wir zurück. Wenn sie an uns vorbeifliegen, eröffnen wir das Feuer, sobald sie drei Kilometer von uns entfernt sind. Verstanden?«

»Ja, aber …«

»Kein Aber«, sagte Mara. »Dieses Schiff kämpft auf meine Art oder gar nicht.«

Leia gab erneut nach. Mara hatte weit mehr Erfahrung mit dieser Art von Kampf als sie. »Nun gut«, sagte sie.

»Halten Sie sich bereit. Da kommen sie.«

Leia verfolgte auf den Heckdetektorschirmen, wie die LAJs heranrasten und sich direkt hinter das Heck der *Feuer* setzten, um sich im Ortungsschatten der Sublichttriebwerke zu verstecken. Sie versuchten *tatsächlich*, sich anzuschleichen. In dieser Position würden sie von den meisten Schiffsdetektoren nicht einmal erfaßt werden.

Die LAJs schossen heran, und durch die Interferenzen der Sublichttriebwerke verschwammen ihre Reflexe auf dem Detektorschirm ein wenig. Leia straffte sich, als sie die optimale Gefechtsentfernung erreichten, und entspannte sich wieder etwas, als sie weiterrasten und die *Feuer* passierten. Aber sie entspannte sich nicht ganz – schließlich flogen sie nur an ihnen vorbei, um das Schiff ihres Mannes zu vernichten.

Die LAJs sausten an der *Feuer* vorbei und auf das Kegelschiff zu. »Das Kegelschiff!« schrie sie. »Es dreht ab. Sie müssen unsere Warnung empfangen haben.«

»Hoffen wir, daß Hans Idee diesmal besser funktioniert als sonst«, meinte Mara.

Es war nicht gerade die taktvollste Bemerkung, auch wenn Leia den gleichen Gedanken gehabt hatte. Aber jetzt war keine Zeit, darauf einzugehen. »Sie nähern sich der Drei-Kilometer-Marke«, meldete sie.

»Feuer eröffnen«, befahl Mara.

»Nur wenn sie zuerst feuern!« widersprach Leia.

»Vielleicht wollen sie uns nur einen Schrecken einjagen oder uns Begleitschutz geben. Wir können es nicht wissen, solange die Kommunikation gestört ist.«

»In Ordnung«, sagte Mara mit deutlich hörbarem Zweifel in der Stimme. »Sie können ...«

Aber der erste Turbolaserblitz des Führungs-LAJs schnitt ihr das Wort ab. Leia entsicherte die Feindverfolgungsschaltung der *Feuer* und begann mit der Auswahl der Ziele, wobei sie als erstes den LAJ anvisierte, der das Feuer eröffnet hatte.

»Da kommen Sie!« schrie Han auf Basic und vergaß für einen Moment, Selonianisch zu sprechen. Salculd verstand ihn trotzdem. Sie betrachtete durch die obere Sichtluke die winzigen Lichtpunkte am Himmel und begriff sofort, was vor sich ging. Sie gab ein äußerst würdeloses Kreischen von sich. Das ganze langsam rotierende Kegelschiff scherte ruckartig zur Seite aus und drohte für einen Moment auf katastrophale Weise abzuschmieren.

»Ruhig!« brüllte Han. »Bleib ruhig, kühl. Alle Triebwerke herunterfahren. Beschleunigung stoppen. Bereithalten, auf Kommando äußere Luftschleusenschotts zu öffnen.«

»Fahre ... fahre alle Triebwerke herunter«, stotterte Salculd. »Bereit zur Öffnung der Luftschleusenschotts.«

»Warte«, sagte Han, während er die heranjagenden LAJs im Auge behielt. Sein Gewicht verringerte sich, als Salculd den Antrieb abschaltete. Jetzt, mit deaktivierten Trägheitsdämpfern und Triebwerken, befand sich Han zum erstenmal seit langer Zeit in Schwerelosigkeit. Han kannte Leute, die ihr halbes Leben im Weltraum verbracht hatten, ohne je den Zustand der Schwerelosigkeit kennengelernt zu haben – und angesichts der Tatsache, wie sich ihm abrupt der Magen umdrehte, konnte er gut verstehen, warum sie darauf verzichtet hatten.

Aber jetzt war keine Zeit für derartige Überlegungen. Nicht mit einem Himmel voller Leichter Angriffsjäger, die immer näher kamen. »Halt dich bereit«, sagte er zu Salculd.

Der Führungs-LAJ feuerte und erzielte einen schweren Treffer an ihrer Steuerbordseite, so daß die Hülle wie unter dem Schlag einer Riesenfaust dröhnte. »Nichts passiert!« brüllte Han, ohne zu wissen, ob dem wirklich so war. »Nichts passiert. Konzentriere dich auf Luftschleusenschotts. Warte. Halt dich bereit ...«

Die vorderen Vierlingsturbolaser der *Jadefeuer* flammten auf und verfolgten den Führungs-LAJ durch den Weltraum. Der LAJ brach seinen Angriff ab und versuchte mit einem Ausweichmanöver dem Beschuß zu entkommen. Für einen Moment gelang es ihm, aus der Zielerfassung auszubrechen, aber dann bekam ihn die *Jadefeuer* wieder ins Visier und deckte ihn mit neuen Salven ein. Die Schilde des LAJs leuchteten auf und flackerten für einen Augenblick, um dann endgültig zu versagen. Der Jäger explodierte, eine Feuerblume, die aufflammte und erlosch.

Leia gab zwei neue Ziele in das Feindverfolgungssystem ein, übernahm dann die Kontrolle der manuellen Kanonen und warf einen Blick auf die Detektorschirme. Aber die restlichen LAJs waren keine derart leichte Beute. Sie hatten ihre Heckschilde auf Maximum geschaltet und nahmen geschicktere Ausweichmanöver vor, die gut genug waren, um das Feindverfolgungssystem völlig zu verwirren.

Aber nicht gut genug, um Leia zu narren. Sie hantierte an den manuellen Kontrollen und suchte nach Zielen. Sie konzentrierte ihr Feuer auf die gefährlichsten Angreifer, jene LAJs, die dem Kegelschiff am nächsten waren. Sie bekam einen in die Zielerfassung und feuerte, deckte das Ziel so lange mit ihren Salven ein, bis die Schilde versagten und der Jäger explodierte.

In diesem Moment deaktivierte das Kegelschiff seinen Antrieb und stürzte der Planetenoberfläche entgegen. Es schüttelte die LAJs ab, wenn auch nur für ein paar Momente.

Leia seufzte. Kein großes Ausweichmanöver, aber wahrscheinlich das beste, das Han mit diesem schwerfälligen Schrotthaufen durchführen konnte. Aber plötzlich zeigten ihre Detektorschirme eine Trümmerwolke, die von dem Kegelschiff aus in alle Richtungen expandierte.

Furcht durchbohrte ihr Herz. Dieser eine Treffer, den die Hülle des Kegelschiffs abbekommen hatte, konnte doch nicht so viel Schaden angerichtet haben, oder doch? Brach das Schiff etwa vor ihren Augen auseinander, während Han noch an Bord war? Sie verspürte nicht den Wunsch, den Tod ihres Mannes mitanzusehen – aber dann passierte etwas mit einem der LAJs, dann mit dem nächsten und dem übernächsten. Als sie auf das Kegelschiff zurasten, gerieten sie heftig ins Trudeln und kamen vom Kurs ab. Zwei von ihnen verloren an Geschwindigkeit und der dritte wurde mittschiffs von einer kleinen Explosion erschüttert. Leia visierte eine der intakten Maschinen an, feuerte und traf, bevor sie ihre Schilde wieder hochfahren konnte. Leia suchte nach einem neuen Ziel, doch die LAJs hatten offenbar genug und sich mit der Tatsache abgefunden, daß sie nicht willkommen waren. Sie verteilten sich und rasten in alle Richtungen davon.

Aber bei allen Sternen, wie hatte … Plötzlich verstand sie. Natürlich. Natürlich. »Mara! Sein Trick hat funktioniert! Bringen Sie uns aus Hans Heckbereich, schnell! Fliegen Sie in einem Abstand von fünf oder sechs Kilometern an ihm vorbei und versuchen Sie, wenn möglich, sich vor ihn zu setzen. Für eine Weile wird es hinter ihm nicht besonders sicher sein.«

Sie lächelte und spürte eine Woge der Erleichterung. Sie hätte wissen müssen, daß Han nicht kampflos aufgeben würde.

Han lauschte konzentriert, als die letzten Schrotteile krachend, klirrend und dröhnend aus den Luftschleusen fielen, daß es durchs ganze Schiff hallte. In den Schleusen gab es natürlich keine Luft mehr, die den Schall übertragen konnte, doch auf der anderen Seite der Innenschotten gab es welche – eine Tatsache, die sich jedesmal bemerkbar machte, wenn ein Schrotteil in den Schleusen herumpolterte.

Han hatte den halben Tag lang das Schiff durchstreift und jedes Stück überschüssiger oder ausrangierter Hardware gesammelt, das er finden konnte. Ganze Eimer voller Bolzen, defekte Ersatzteile, Kombüsenabfälle, unidentifizierbare Maschinenteile, die schon wer weiß wie lange in den Frachträumen vor sich hin gerostet hatten – alles hatte er in die Schleusen gekippt.

Und alles war von der Zentrifugalkraft hinaus in den Weltraum geschleudert worden, als die Schotten geöffnet wurden. Das Ergebnis – eine Wolke aus langsam treibendem Weltraumschrott in der Flugbahn der angreifenden LAJs. Und dieLAJs hatten vernünftigerweise ihre Achternschilde auf Maximum hochgefahren, um sich vor den Laserschüssen der *Jadefeuer* zu schützen – was mit einer Schwächung ihrer Bugschilde einherging.

Aber mit einer Geschwindigkeit von etwa eintausend Kilometern pro Stunde durch eine Wolke aus kleinen und großen Metall- und Plastikteilen zu pflügen, war keine besonders gute Idee.

Allerdings – einen Planeten mit einem Schiff zu rammen, war ein noch viel schlechterer Einfall. »Gut!« sagte Han. »Sie sind weg! Aber wir noch nicht in Sicherheit. Aktiviere Trägheitsdämpfer wieder und stabilisiere Schiff.«

»Sofort, ehrenwerter Solo«, antwortete Salculd. Ein seltsames Vibrieren durchlief das Schiff, als sich das Trägheitsfeld aufbaute und das Gewicht zurückkehrte.

Die unregelmäßige Kreiselbewegung des Schiffes verlangsamte sich, hörte auf, dann drehte es sich in die entgegengesetzte Richtung – und wurde immer schneller.

»Salculd!« schrie Han. »Jetzt sein keine Zeit für irgendwelche Spielchen!«

»Ich kann nichts dafür, ehrenwerter Solo. Ein Fehler im seitlichen Steuersystem. Es läßt sich nicht abschalten!«

»Oh, zum …« Han schnellte aus seinem Sitz und stürzte zum Hauptsicherungskasten. Er riß ihn auf und deaktivierte das seitliche Steuersystem per Hand. Das schaltete die Düsen ab, die für die Drehung verantwortlich waren – aber auch jene, die in die entgegengesetzte Richtung feuerten und das Schiff zum Halt bringen konnten. Er schloß den Kasten und kehrten zu seinem Sitz zurück.

»Hoffe, ihr alle drehen euch gerne«, radebrechte Han auf Selonianisch. »Wir es eine Weile aushalten müssen. Salculd! Hauptsublichttriebwerke wieder hochfahren – und Gegenschub, aber ganz langsam, ganz vorsichtig, bitte!«

»Sofort, ehrenwerter Solo«, bestätigte Salculd. Sie griff nach den Schubkontrollen und justierte sie.

Nichts passierte. »Nicht *so* langsam, Salculd. Wir bremsen müssen!«

Salculd sah Han an, und der panische Ausdruck in ihrem Gesicht, der soeben fast verblaßt war, kehrte wieder mit aller Intensität zurück. »Keine Aktivierung möglich!« meldete sie. »Triebwerksinitiator reagiert nicht!«

»Entsetzlich!« kreischte Dracmus. »Wir werden bestimmt verglühen.«

»Ruhig, Dracmus, oder ich werfe dich aus Luftschleuse. Salculd, noch mal versuchen!« befahl Han. »Erst überzeugen, daß alle Antriebssysteme hochgefahren.«

»Nach den Instrumenten sind alle Energiesysteme aktiviert und arbeiten einwandfrei«, sagte Salculd. »Nach den Instrumenten ist alles in Ordnung, aber es ist nicht in Ordnung.«

»Nicht sehr hilfreich«, knurrte Han und sprang auf. »Ich mal nachsehen. Weiter versuchen und auf Kom achten!«

Han eilte zur Leiter zu den unteren Decks und kletterte so schnell er konnte in die Tiefe. Kaum hatte er das Unterdeck erreicht, roch er Rauch. Sie steckten in Schwierigkeiten, in großen Schwierigkeiten. Dieser eine Treffer des LAJs mußte die transversale Energiekupplung beschädigt haben. Han rannte durch den peripheren Korridor, bis er die entsprechende Luke erreichte. Sie war geschlossen, immerhin, aber von dem lackierten Metall der Luke stieg Rauch auf. Han überprüfte die Kontrollen. Sie zeigten stabile Druckverhältnisse an, sofern man den Werten trauen konnte. Der Temperaturanzeiger befand sich im roten Bereich. Er hantierte an den Lukenkontrollen, um die internen Druckventile zu aktivieren. Sie hätten sich bei Ausbruch des Feuers automatisch öffnen müssen. Offensichtlich hatten sie das nicht getan.

Aber auch wenn die Automatik versagt hatte, funktionierten zumindest noch die manuellen Kontrollen. Hinter der Luke klirrte und knackte es, gefolgt von einem lauten Zischen, das rasch verklang, als die Luft aus dem Initiatorraum in den Weltraum entwich. Das Schiff schwankte leicht, dann korrigierten die Trägheitsdämpfer die Kursabweichung.

Han schloß die Druckventile wieder. Die Luke verfügte über ein manuelles Ventil zum Druckausgleich zwischen dem Initiatorraum und dem Korridor, ohne daß man das Schott öffnen mußte. Han verbrannte sich die Finger, als er die Sicherungen löste, und öffnete das Lukenventil. Ein fauchender, brüllender Luftstrom brauste durch den Gang und warf Han fast um.

Han sah sich um und, oh Wunder, entdeckte einen Feuerlöscher in Griffweite an dem Platz, wo er auch sein sollte. Er streifte sein Hemd ab, wickelte es um seine linke Hand und nahm mit der rechten den Löscher von der Wand. Mit der linken Hand griff er nach der manuellen Lukenkontrolle, und das Hemd fing sofort an zu rauchen. Er legte den Hebel um und riß die Luke auf.

Eine Hitzewelle schlug ihm ins Gesicht; er packte den Löscher fester. Wenn die frische Sauerstoffzufuhr das Feuer erneut entfachte, wollte er bereit sein. Aber er wollte nicht ein beschädigtes Einzelteil reparieren, das von Sprühschaum bedeckt war, wenn es sich irgendwie vermeiden ließ.

Nicht, daß der Sprühschaum die Lage noch verschlimmern konnte. Han stand in der Luke, starrte in den Initiatorraum und fühlte sich elend. Der Initiator existierte nicht mehr. Er brauchte den Löscher nicht. Alles Brennbare war längst verbrannt. Han starrte auf die geschwärzten Deckplatten. Der Initiatorraum grenzte direkt an die Außenhülle. Die Turbolaser des LAJs hatten die Hülle zwar nicht durchdrungen, das war aber auch alles. Der gesamte Initiatorraum war immer noch heiß, obwohl er jetzt rapide abkühlte, und das Metall knarrte und knackte, während es seine Hitze an den Weltraum abgab.

Aber Han war nicht hier, um sich die Folgen eines Brandes im Initiatorraum zu betrachten. *Denk nach,* sagte er sich. *Denk so schnell wie noch nie.* Das Kegelschiff war mit einem überaus umständlichen Triebwerksstartsystem ausgerüstet, und zwar mit einem, das während dieser Reise schon genug Schwierigkeiten gemacht hatte. Modernere Systeme arbeiteten anders, aber auf dieser Kiste dienten die Initiatoren als riesige Kondensatoren, die gewaltige Mengen an Energie speicherten und sie auf einmal abgaben, um die Sublichttriebwerke über die energetische Schwelle zu katapultieren, ab der die Energiereaktion von selbst weiterlief.

Ohne Initiatoren konnten die Sublichttriebwerke nicht gezündet werden. Und ohne diese Triebwerke würde das Kegelschiff wie ein Stein abstürzen, eine Sternschnuppe auf Kollisionskurs mit dem Planeten. Sie mußten diese Triebwerke wieder in Gang bekommen. Sie *mußten* es schaffen. Aber es gab auf dem Schiff kein anderes System mit ausreichend Energie, um die Sublichttriebwerke mit dem erforderlichen Minimum an Startenergie zu versorgen. Selbst wenn sie jedes einzelne System überluden ...

Einen Moment. Das war es. Wahrscheinlich würde es nicht funktionieren. Aber es würde ganz bestimmt nicht funktionieren, wenn er es nicht einmal versuchte.

Und er mußte es *schnell* versuchen. Sie befanden sich im freien Fall und stürzten rasend schnell einem Punkt auf der Oberfläche entgegen, an dem in ein paar Minuten ein neuer Krater entstehen würde. Han verließ den Initiatorraum und verriegelte die Luke. Wo konnte sich auf dieser Kiste wohl das Repulsor-Rückkoppelungsdispersionssystem befinden? Sinnlos, Salculd danach zu fragen. Sie war so mit den Nerven fertig, daß sie sich wahrscheinlich nicht einmal daran erinnern würde, wo die Pilotenstation war. Sie hatte ihn durch das Schiff geführt, als er an Bord gekommen war – ah, genau! Auf der anderen Seite des Hauptmaschinenraums! Perfekt. Han rannte wieder den peripheren Korridor hinunter und fand die entsprechende Wartungsklappe an der Wand. Er öffnete sie und überprüfte die Verbindungen. Gut. Es waren alles Standardkonktakte, was ein Wunder war. Kabel. Er brauchte Stromkabel. Die Frachträume. Er hatte sie gründlich geleert, um die Luftschleusen mit Schrott zu füllen, aber *irgend etwas* mußte noch da sein. Er sprintete den Korridor hinunter und riß die Luke zu den Frachträumen auf.

Nichts. Nur nackte Wände. Völlig leer. Han verfluchte sich, unterbrach sich aber sofort wieder, denn für derartigen Luxus hatte er keine Zeit. Denk nach. *Denk nach.* Das Lebenserhaltungssystem. Die Energieleitungen zum Lebenserhaltungssystem. Sinnlos, es aktiviert zu lassen. In etwa fünf Minuten würden sie sowieso tot sein, wenn er nicht ein paar Stromkabel auftrieb.

Das Lebenserhaltungssystem. Wo konnte er die Energieversorgung des Lebenserhaltungssystems unterbrechen? Richtig! Er mußte am Hauptverteilerknoten das Kabel herausreißen. Han rannte zurück zum Maschinenraum, öffnete die Luke und trat ein. Nicht alles war gekennzeichnet, und wenn doch, dann natürlich auf Selonianisch. Er hatte Mühe, die Schrift zu entziffern. Da! Wenn er die Zeichen richtig deutete, dann war dieser Verteiler zuständig für DAS HAUPTAGGREGAT FÜR DIE VERSORGUNG MIT ATEMBARER LUFT und jener andere für DIE REINIGUNG DER LUFT VON VERSCHMUTZUNGEN ZUR ANGENEHMEN GESTALTUNG DER ATMUNG. Vielleicht etwas umständlich formuliert, aber deutlich genug. Er fand die Stromkreisunterbrecher an den jeweiligen Verteilern und legte sie um. Han hörte, wie überall im Schiff die Ventilatoren und Gebläse ausliefen. Er riß die Stromkabel aus ihren Anschlüssen und löste sie aus den Kabelhalterungen. Dann entdeckte er ein Schild mit der Aufschrift ENERGIEZULEITUNG VON DEN MÄCHTIGEN INITIATOREN, DIE SICH IN EINEM ANDEREN RAUM BEFINDEN. Er riß die Kabel heraus, die zu den zerstörten Initiatoren führten, und schloß die Kabel des Lebenserhaltungssystems an. Er nahm die anderen Kabelenden, zog sie hinter sich her auf den Korridor und betete, daß sie lang genug waren. Sie waren es, und er seufzte erleichtert. Er überzeugte sich, daß die Repulsoren deaktiviert waren, riß dann die zur Repulsor-Rückkoppelungsdispersionseinheit führenden Kabel heraus und schloß seine geborgten Kabel an. Er trat zurück und begutachtete sein Werk. »Okay«, murmelte er vor sich hin. »Das müßte funktionieren. Denke ich.« Er wandte sich ab und rannte zur Kommandodeckleiter.

»Irgend etwas stimmt nicht«, stellte Leia nach einem Blick auf ihre Detektorschirme fest. »Die Drehung hat nicht aufgehört; sie rotieren jetzt in die andere Richtung, und sie haben ihren Hauptantrieb nicht wieder aktiviert.«

»Vielleicht hat dieser eine Treffer schwere Schäden angerichtet«, vermutete Mara.

»Können wir mit dem Schiff andocken und sie an Bord holen?« fragte Leia.

»Nicht bevor sie in die Atmosphäre eindringen«, sagte Mara. »Es bleibt einfach nicht genug Zeit. Außerdem haben sie immer noch diese Wolke aus Schrott im Schlepptau. Sie würde uns wie die LAJs durchlöchern.«

»Dann probieren wir es mit einem Traktorstrahl«, schlug Leia vor. »Wir könnten sie damit erfassen und ...«

»Und was? Ihr Schiff ist nicht viel kleiner als unseres. Der Traktorgenerator auf unserem Schiff hat nicht einmal ein Zehntel der Leistung, die nötig wäre, um ihr Schiff zu halten. Wenn wir es versuchen, werden sie uns höchstwahrscheinlich mit in die Tiefe reißen. Es tut mir leid, Leia. Wir können absolut nichts für sie tun.«

Tief in ihrem Herzen wußte Leia, daß Mara recht hatte. Aber es kam ihr *falsch* vor, kampflos aufzugeben. Sie mußten *irgend etwas* tun. »Bleiben Sie dran«, sagte Leia. »Bringen Sie uns so nah ran wie möglich, ohne daß wir in die Schrottwolke geraten, und halten Sie den Kurs.«

»Leia, wir können nichts für sie …«

»Was ist, wenn sie vorübergehend die Kontrolle über das Schiff bekommen oder es soweit abbremsen, daß sie es verlassen können?« fragte Leia. »Wir müssen nahe genug sein, um an Bord zu gehen und ihnen zu helfen.«

Mara zögerte einen Moment. »In Ordnung. Aber wir werden den Kurs nicht lange halten können. Uns bleiben jetzt noch fünf Minuten bis zur Atmosphäre, und wenn wir in sie eindringen – nun, das wäre das Ende.« Leia wußte dies. Ohne Schilde, ohne Bremsraketen würde sich das Kegelschiff in einen Meteoriten verwandeln, einen Feuerstreifen am Himmel, bis es auf dem Planeten aufschlug. »Ich bleibe so lange an ihnen dran wie möglich«, sagte Mara. »Aber das wird nicht lange sein.«

»Tun Sie es«, nickte Leia. Aber noch während sie Mara zum Weitermachen drängte, fragte sie sich, warum. Was hatte es für einen Sinn, aus größerer Nähe mitanzusehen, wie ihr Mann verglühte?

»Raus!« schrie Han Salculd zu, als er durch die Luke des Kommandodecks stürzte. »Raus aus Pilotensitz! Ich übernehme.«

»Aber was hast du …«

»Keine Zeit!« fauchte er und verriegelte die Luke für den Fall, daß sie lange genug lebten, daß eventuelle Lecks ein Problem darstellten. »Ich muß übernehmen. Keine Zeit für Erklärungen. Raus! Beweg dich!«

Salculd bewegte sich, löste ihre Sicherheitsgurte und verließ blitzartig die Pilotenstation.

Han warf sich auf den leeren Sitz und überprüfte die Statusanzeigen. Gut. Gut. Die Repulsoren hatten volle Reserveenergie. »Ich aktiviere Repulsoren!« meldete er und schaltete sie auf engste Bündelung und maximale Reichweite.

»Ehrenwerter Solo! Die Repulsoren funktionieren auf diese Entfernung nicht!« sagte Dracmus auf Basic. »Sie sind nur bis zu einer Höhe von zwei Kilometern über der Oberfläche wirksam!«

»Das weiß ich«, knurrte Han. »Sie brauchen festen Untergrund, damit sich der Repulsoreffekt bemerkbar machen kann. Aber bei dieser Geschwindigkeit liefern die oberen Atmosphäreschichten eine Menge Widerstand. Ich weiß, ich weiß, nicht genug, um uns abzubremsen – aber genug, um größere Energiemengen durch die Rückkoppelungsdispersionsschleife zu übertragen.«

»Aber was nützt uns das?«

»Ich habe die Disperser *aus* der Schleife genommen und die Kabel an den Intiatorverteilerknoten des Hauptenergiesystems angeschlossen.«

»Was?!«

»Die Sache nennt sich Kurzschließen«, erklärte Han. »Ich werde die Triebwerke kurzschließen.«

Für einen Moment herrschte in der Kontrollkabine Totenstille, dann gab Dracmus ein ersticktes Stöhnen von sich und barg ihr Gesicht in den Händen.

»Was ist los?« fragte Salculd auf Selonianisch.

»Ich werden Triebwerke starten durch Akkumulierung von Repulsor-Rückkoppelungsenergie, die ich in Intiatorleitungen jage«, erwiderte Han.

»Aber die Rückkoppelungsenergie wird die Repulsoren zerstören!«

»Wenn wir stürzen auf Selonia ab, noch mehr wird zerstört«, konterte Han holprig auf Selonianisch. »Funktioniert das nicht und *du* hast bessere Idee, *du* kannst versuchen. Festhalten!«

Die Idee war verrückt. Han wußte das. Aber nichts zu tun, war noch verrückter. Selbst eine Chance von eins zu einer Million war besser als gar keine Chance.

Er beobachtete die Akkumulatoranzeige der Rückkoppelungsladung, während sich die überschüssige Energie im Repulsorsystem sammelte. Je mehr Energie, desto größer war die Chance, daß die Triebwerke zündeten – vorausgesetzt, er akkumulierte nicht so viel Energie, daß die Repulsoren einfach durchbrannten. Je mehr sie sich dem Planeten näherten, auf desto mehr Widerstand trafen die Repulsoren, was die Rückkoppelungsakkumulation weiter verstärkte. Aber natürlich – je tiefer sie stürzten, desto weniger Zeit blieb für das Bremsmanöver, falls die Triebwerke zündeten.

Han wußte, daß selbst der theoretisch größte Energieausstoß gerade ausreichen würde, um die Sublichttriebwerke zu zünden – und er hatte nur genau eine Chance. Und ob dieser Trick nun funktionierte oder nicht, er würde auf jeden Fall die Repulsoren und den Rückkoppelungsakkumulator und die Hälfte aller anderen Systeme an Bord zerstören.

Han überprüfte seine geschätzten Flugbahnwerte. Noch zwanzig Sekunden bis zum Erreichen der oberen Atmosphäreschichten – doch die oberen Schichten hatten die häßliche Angewohnheit, nicht immer dort zu sein, wo sie sein sollten, denn ihre Lage veränderte sich im Zusammenspiel mit den Stürmen, Gezeiten und der Sonneneinstrahlung. Aber zwanzig Sekunden waren das Äußerste, die längste Zeitspanne, die er abwarten konnte. Die Repulsoren würden den Akkumulator schwerlich aufladen können, wenn sie schmolzen.

Es war ein riskantes Unternehmen, ein trickreiches Lavieren zwischen zwei möglichen Katastrophen.

Han überprüfte die Höhen- und Geschwindigkeitsanzeigen. Das Kegelschiff wurde mit jeder Sekunde schneller, beängstigend schneller. Selbst wenn es ihm gelang, die

Triebwerke zuzünden, blieb ihm vielleicht nicht genug Zeit, um das Schiff zu verlangsamen, bevor es in die tieferen Atmosphäreschichten eindrang.

»Ehrenwerter Solo! Hüllentemperatur nimmt abrupt zu!« rief Salculd.

»Wir haben Atmosphäre früher erreicht als erwartet!« sagte Han. »Festhalten! Wir schließen Triebwerke kurz und sehen, was passiert.«

Eine Chance, sagte sich Han. *Genau eine Chance.* Für einen flüchtigen Moment dachte er an Leia, die ihn von der *Jadefeuer* aus beobachtete, ohne etwas tun zu können. Er dachte an seine drei Kinder, die irgendwo in diesem System waren, in der Obhut von Chewbacca und Ebrihim, dem Drall. Nein. Nein. Er konnte nicht sterben. Nicht, wenn sie alle ihn brauchten. *Eine Chance.* Das Schiff stampfte und bockte, als es vom atmosphärischen Aufprallschock hart genug getroffen wurde, daß die Trägheitsdämpfer die kinetische Energie nicht voll neutralisieren konnten.

Han wartete solange wie möglich, dann noch einen Moment länger, dann noch einen. Und dann ...

Er hieb mit der Faust auf den Freigabeknopf und jagte alle Energie direkt in die Triebwerksleitungen. Dann drückte er den Triebwerksstarter – und spürte einen entsetzlichen Schlag, als eine dumpfe, grollende Detonation das ganze Schiff durchschüttelte. Das mußten die Repulsoren sein – sie waren explodiert. Für einen langen, schrecklichen Moment passierte nichts. Aber dann leuchtete die TRIEBWERKE HABEN JETZT EINDEUTIG GEZÜNDET-Anzeige auf, und Han verfügte über drei funktionsfähige Triebwerke.

Drei? Nicht vier? Eins mußte von diesem LAJ zerstört worden sein. Davor hatte sich Han gefürchtet. Aber selbst wenn ihm ein Triebwerk weniger als erhofft zur Verfügung stand, waren es drei mehr, als er erwartet hatte.

Er gab sofort Vollschub, seinen eigenen Rat in diesem Punkt ignorierend. Er hatte keine Zeit, die Triebwerke sanft hochzufahren. Ein dumpfer Knall dröhnte durch das Schiff, gefolgt von einer plötzlichen Serie heftiger Vibrationen, bevor die Triebwerke ansprangen, aber sie hielten. Zumindest im Moment.

Han behielt den Beschleunigungsmesser, den Geschwindigkeitsmesser und den nicht besonders zuverlässigen Höhenmesser im Auge. Wundersamerweise zeigten alle Instrumente vertraute Standardwerte an, nicht irgendwelche obskuren selonianischen Formate, die er noch nie zuvor gesehen hatte.

Aber was er sah, war keineswegs beruhigend. Er hatte genug Wiedereintrittsmanöver geflogen, um mit einem Blick zu erkennen, daß sie noch immer in großen Schwierigkeiten steckten. Das Beste, was sie zustande bringen konnten, war ein kontrollierter Absturz. Han riskierte einen Blick durch die Sichtluke und sah, daß sich die *Jadefeuer* noch immer in unmittelbarer Nähe befand. Mara war eine ausgezeichnete Pilotin.

Wenn er doch nur sehen könnte, wohin sie flogen. Unglücklicherweise wies das Heck des Schiffs zu dem Planeten, und die Heckholokamera, die ihm zumindest ein vages Bild von dem hätte liefern können, was vor ihnen lag, hatte irgendwann im Lauf der letzten Minuten die Übertragung eingestellt.

Positiv zu vermerken war, daß die Luftreibung die Axialdrehung verlangsamte. Schließlich hörte sie ganz auf, was die Steuerung des Kegelschiffs wesentlich erleichterte. Es wurde auch Zeit, daß wenigstens *etwas* leichter wurde.

Han warf einen Blick auf den Geschwindigkeits- und Höhenmesser und erkannte, in welch großen Schwierigkeiten er noch immer steckte. Er mußte die Geschwindigkeit weiter verringern. In diesem Punkt hatte er keine andere Wahl. Es gab eine Möglichkeit, aber die hatte ihre Nachteile. Und ohne Steuerdüsen würde es nicht einfach sein. Er mußte mit den Haupttriebwerken manövrieren – keine leichte Sache, da er bereits mit ihren Schubvektoren jonglierte, um das Fehlen der einen Antriebseinheit zu kompensieren. Trotzdem, es war machbar. Vielleicht.

Er reduzierte den Schub von Triebwerk Nummer Drei ein wenig, und das Kegelschiff neigte sich langsam bis zu einem Fünfundvierzig-Grad-Winkel. Es stürzte noch immer senkrecht in die Tiefe, aber seine Bugnase war um eine Achtel Drehung von der Vertikalen abgewichen. Wenn Han alles richtig berechnet hatte, sollte das genügen, um dem Kegelschiff etwas Auftrieb zu verschaffen; es fungierte auf diese Weise wie eine Tragfläche. Das Kegelschiff bewegte sich im Fall zur Seite, und jeder Millimeter seitlicher Gleitflug verlangsamte ihren Sturz.

Das Schiff stampfte und bockte heftig, aber jede dröhnende Erschütterung verbrauchte überschüssige Energie.

»Ehrenwerter Solo!« protestierte Dracmus mit lauter Stimme, um den Krach zu übertönen. »Du bist in den Gleitflug übergegangen! Wohin bringst du uns?«

»Ich habe nicht die blasseste Ahnung«, gestand Han. »Aber wir müssen seitlich fliegen, um die Geschwindigkeit zu verringern.«

»Aber was ist, wenn wir außerhalb der von meinem Stock kontrollierten Zone landen!«

»Dann haben wir ein Problem«, brüllte Han zurück.

Dracmus erwiderte nichts darauf, aber ihr Einwand war berechtigt. Blindlings auf einem Planeten zu landen, auf dem ein Bürgerkrieg tobte, war nicht gerade weise.

Han verdrängte den Gedanken. Im Moment war es seine vordringlichste Aufgabe, diese Kiste heil zu Boden zu bringen. Über das *Wo* konnten sie sich später den Kopf zerbrechen.

Er überprüfte seine Instrumente. Sie fielen immer noch wie ein Stein – aber wie ein langsamer Stein, ein gleitender Stein. Und sogar die Hüllentemperatur war leicht gesunken. Vielleicht, vielleicht würden sie es doch schaffen.

Natürlich war eine Landung mit den Sublichttriebwerken statt mit den ausgefallenen Repulsoren – und noch dazu eine blinde Landung – eine Herausforderung für sich. Aber ihm blieben mindestens noch weitere neunzig Sekunden, bis er sich um dieses Problem kümmern mußte.

Er kontrollierte die Instrumente und schüttelte den Kopf. Der Trick mit dem Gleitflug verlangsamte ihren Fall, aber keineswegs genug. Bei dieser Bremsrate konnten sie sich glücklich schätzen, wenn sie die Schallgeschwindigkeit unterschritten, bevor sie aufschlugen.

Er hatte keine andere Wahl. Er mußte noch etwas mehr aus den Triebwerken herausholen. Was war mit dem vierten Triebwerk, das nicht gezündet hatte? Vielleicht war nur seine Initiatorverbindung durchgebrannt. Vielleicht war das Triebwerk selbst noch immer funktionsfähig, sofern er es hochfahren konnte. Vielleicht funktionierte es, wenn er es mit einem parallelen Rückkoppelungsstart versuchte. Da die anderen Triebwerke aktiviert waren und arbeiteten, konnte er einen Teil ihres Energieausstoßes zurück in die deaktivierte Antriebseinheit leiten. Es *konnte* klappen. Han leitete fünf Prozent des Energieflusses vom Triebwerk Nummer Zwei durch die Initiatorleitungen zum Triebwerk Drei. Er drückte den Knopf mit der Aufschrift DIESER KNOPFDRUCK STARTET TRIEBWERK NUMMER VIER.

Ein unheimliches, schrilles Kreischen drang durch das ohrenbetäubende Dröhnen, das bereits das Kommandodeck erfüllte, und das Kegelschiff schwankte wild hin und her, als das Triebwerk zündete und erstarb und zündete und erstarb. Eine Anzeige flammte auf und meldete TRIEBWERK VIER ARBEITET JETZT EINWANDFREI, aber es ging wieder aus, sprang erneut an und versagte wieder, bis es noch einmal zündete und aktiviert blieb.

Vier Triebwerke. Er hatte vier gute Triebwerke. Vielleicht kam er doch mit dem Leben davon. Aber dann überprüfte er seine Höhe und fand gute Gründe, daran zu zweifeln. Sie waren nur noch drei Kilometer von der Oberfläche entfernt. Han erkannte, daß er unverzüglich den

Gleitflug beenden mußte, wenn er diese Kiste auf den Boden bekommen wollte. Er drehte das Schiff, bis es flach auf der Seite flog und die Schubachse parallel zum Boden lag. Der planetare Horizont kam in Sicht und huschte rechts vorbei, bis Han exakt mit dem Kopf nach unten flog, die Füße gen Himmel gerichtet.

Er schaltete alle Triebwerke auf Vollschub, kitzelte noch etwas mehr Leistung aus ihnen heraus und hielt den Schub, bis der Boden nicht mehr an den Seiten vorbeiraste, sondern einfach direkt auf ihn zukam. Die Vorwärtsgeschwindigkeit lag praktisch bei null.

Aber die Fallgeschwindigkeit war noch immer sehr hoch. Han drehte das Kegelschiff wieder, bis er flach auf dem Rücken lag und hinauf zum Himmel blickte, und vergewisserte sich, daß die Triebwerke mit maximalem Schub liefen. Mehr konnte er nicht tun. »Festhalten!« schrie er auf Selonianisch. »Angeschnallt bleiben und auf alles gefaßt machen. Wir werden hart aufschlagen!«

Überall am Triebwerkskontrollpult blinkten grüne Lichter. Auf den meisten Schiffen wäre dies ein gutes Zeichen gewesen, aber nicht in dieser Kiste. Für Selonianer war grün die Farbe der Gefahr, der Katastrophe. Die Triebwerke standen kurz vor der Explosion. Han wünschte sich verzweifelt, noch etwas mehr Leistung aus ihnen herauszukitzeln, aber er wagte es nicht. Es hatte keinen Sinn, jetzt, nachdem sie so weit gekommen waren, das Risiko einzugehen, einen halben Kilometer über dem Boden zu explodieren.

Vielleicht, nur vielleicht waren sie inzwischen so langsam geworden, daß sie den Aufprall überlebten. Han schaltete sämtliche Systeme ab und speiste alle Energie in die Trägheitsdämpfer. Die Dämpfer konnten unmöglich alle Aufschlagenergie absorbieren, aber sie würden zumindest einen Teil neutralisieren. Vielleicht reichte es gerade aus, wenn sie mit maximaler Leistung liefen.

Und das war es dann. Das war alles. Er hatte keine

Tricks mehr übrig. Jetzt konnte er nichts mehr tun, als sich festzuhalten und zuzusehen, wie die Anzeige des Höhenmessers rasend schnell gegen Null fiel. Han hatte nicht die leiseste Ahnung, wo sie landen würden. Dieser eine flüchtige Blick zum Boden war so kurz gewesen, daß er nicht mehr gesehen hatte als Wasser, flaches Land und ein paar mittelgroße Hügel, aber wo genau sie aufschlagen würden, konnte er nicht sagen.

Noch ein Kilometer. Achthundert Meter. Siebenhundert. Fünfhundert. Vierhundert. Dreihundertfünfzig. Wenn doch nur die Repulsoren funktionieren würden. Eine Schande, daß sie beim Starten der Triebwerke durchgeschmort waren, doch er hatte keine andere Wahl gehabt. Dreihundert. Lieferte dieser Höhenmesser überhaupt genaue Werte? Zweihundert. Einhundertfünfzig. Noch einhundert Meter. Fünfundsiebzig. Fünfzig. Han wappnete sich für den Aufschlag und widerstand dem Drang, die Augen zu schließen. Null.

Minus zehn Meter. So genau arbeitete der Höhenmesser also doch nicht. Aber jeder zusätzliche Meter bedeutete einen weiteren Sekundenbruchteil, in dem die Triebwerke des Kegelschiffs sie abbremsen konnten. Minus zwanzig. Minus fünf …

BUMM!! Hundert verrückte Banthas sprangen gleichzeitig auf Hans Brust, preßten ihn tief in die Polsterung des Pilotensitzes. Dracmus stieß einen schrillen, entsetzten Schrei aus. Irgendwo im Schiff riß eine metallene Spundwand mit einem durchdringenden metallischen Kreischen, und ein Dutzend verschiedene Alarmsirenen heulten auf einmal los. Die Deckensichtluke hielt irgendwie, und Han konnte sehen, daß der Himmel voller Rauch und Dampf – und Schlamm war.

Große Klumpen aus feuchter Erde klatschten auf die Sichtluke, bis sie fast vollständig bedeckt war.

Han schaltete die Alarmsirenen ab und war erstaunt über die plötzliche Stille. Bis auf Dracmus' Stöhnen und die dumpfen Aufschläge der herabregnenden Schlammklumpen war alles ruhig. Sie waren unten, und sie lebten. Plötzlich prasselte Wasser auf die Schiffshülle und wusch einen Teil des Schlamms – aber bei weitem nicht allen – von der Sichtluke.

Han kam mühsam auf die Beine. »Das war knapp«, murmelte er auf Basic vor sich hin. »Kommt«, fügte er auf Selonianisch hinzu. »Wir müssen Schiff verlassen. Vielleicht …« Er brach ab. Seine Selonianischkenntnisse schienen ihn im Stich zu lassen, zumindest in diesem Moment. Aber wenn er bedachte, wie knapp er mit dem Leben davongekommen war, kam es ihm wie ein Wunder vor, daß er sich überhaupt noch an seinen Namen erinnern konnte. Doch ihm fielen nicht die Worte für »chemische Verseuchung« oder »Feuer« oder »Kurzschlüsse« ein. »Böse Dinge«, sagte er schließlich. »Vielleicht sind böse Dinge auf Schiff. Müssen *sofort* raus.«

Die beiden sichtlich mitgenommenen Selonianerinnen rappelten sich auf und folgten Han die Leiter zum Unterdeck hinunter und weiter zur Hauptluke. Han drückte den Öffner und war nicht im mindesten überrascht, als nichts geschah. Das Schiff, das sie unter Einsatz ihres Lebens zu Boden gebracht hatten, das Schiff, das die Hunchuzucs so dringend brauchten, war nur noch Schrott. Ein Totalverlust. Han kniete nieder, fummelte am manuellen Kontrollkasten, bekam die Klappe auf und drehte die Handkurbel. Das Schott glitt widerwillig zur Seite und klemmte zweimal, bis der Spalt breit genug war, daß sie sich nach draußen zwängen konnten. Han schob zuerst den Kopf hinaus und sah sich um.

Sie schienen mitten in einem seichten Teich gelandet zu sein – und ihn beim Aufschlag trockengelegt zu haben. Der Grund das Teichs lag frei, und nur hier und da waren ein paar Pfützen übriggeblieben. An verschiedenen Stellen dampfte der Schlamm und gab die Hitze ab, die beim Aufprall des Schiffes entstanden war. Es war ein wunderschö ner, strahlender Frühlingstag. Irgendwie ließen die malerischen Weiden und Wälder rund um den trockengelegten Teich den Schlamm und den Dreck und das Zerstörungswerk der Bruchlandung noch irrealer, noch absurder erscheinen.

Das Kegelschiff hatte sich mindestens einen halben Meter in den weichen Schlamm des Teichgrundes gebohrt. Die anderthalb Meter, die die Luke gewöhnlich vom Boden trennten, waren plötzlich geschrumpft. Han setzte sich auf den Rand der Schleuse und sprang – nur um bis zu den Knöcheln in dickem Schlamm zu versinken. Er hob seinen linken Fuß aus dem Morast, verlor dabei fast den Stiefel und setzte ihn so weit wie möglich vom Schiff entfernt wieder auf, bevor er seinen rechten hob.

Er watete durch den Morast zum trockenen Land und sah eine ältere Selonianerin mit ergrauendem dunkelbraunen Fell und einem mürrischen Ausdruck in den Augen.

»Das ist ein Kegelschiff der Hunchuzucs, nicht wahr?« fragte die Selonianerin, während sie verfolgte, wie Dracmus und Salculd das Schiff verließen.

»Das stimmt«, bestätigte Han, mehr auf den Schlamm konzentriert, durch den er stapfte. Das war typisch für die Selonianer. Ein Raumschiff machte vor ihren Augen eine Bruchlandung in einem Teich, und was war die Reaktion? Kein Schock, keine Überraschung oder Furcht. Kein »Hallo«, kein »Was für ein erstaunliches Glück«, kein »Sind Sie verletzt?« Nichts von alledem. Sie interessierte nur, welchem Stock das Schiff gehörte.

»Hmmm«, machte die Selonianerin. »Dies hier ist Chanzari-Land. Wir sind Republikaner. Alliierte der Hunchuzucs. «

»Gut«, nickte Han, der das Ufer noch immer nicht erreicht hatte. »Freut mich zu hören.« Halb kletterte, halb kroch er die Böschung hinauf und verschnaufte für einen Moment.

Die alte Selonianerin musterte das Schiff und schüttelte

den Kopf. »Kegelschiffe«, sagte sie abfällig. »Die Hunchu-zucs sind tollkühn. Selonianer gehören nicht in den Welt-raum.«

Han sah die Selonianerin einen langen Moment an. »Ich weiß«, sagte er. »Zu dieser Erkenntnis bin ich auch gerade gekommen.« Er drehte dem Kegelschiff den Rücken zu und stolperte zur anderen Seite der Lichtung, wo die *Jade-feuer* schön langsam, sanft und ordentlich zur Landung an-setzte.

3. Kapitel

An der Quelle

Tendra Risant saß an der Pilotenstation der *Gentleman Besucher* und fragte sich, ob alles gut ausgehen würde, fragte sich, ob es überhaupt gut ausgehen konnte. Sie hatte ihren Teil dazu beigetragen, auch wenn es wenig genug gewesen war. Rein objektiv gesehen war alles in Ordnung. Sie hatte mit dem radionischen Sender Lando über die im sacorrianischen System versteckte Flotte informiert. Seine Freunde hatten die Nachricht bekommen, und vielleicht würde diese Botschaft sich für sie als lebenswichtig erweisen. Sie wußte, daß Lando noch lebte, daß er unverletzt und froh über ihre Anwesenheit im System war.

Aber nichts davon konnte etwas an der Tatsache ändern, daß sie hier draußen *festsaß* und niemand sie erreichen konnte. Sie betrachtete durch die Bugsichtluke den hellen, weit entfernten Stern Corell. Wenn dieses Abfangfeld nicht abgeschaltet wurde, brauchte sie Monate, um ihn zu erreichen. Sie wußte, daß sie richtig gehandelt hatte. Sie hatte höchstwahrscheinlich viele Leben gerettet – vielleicht sogar Landos Leben.

Aber die Vorstellung, mehrere Monate allein auf diesem Schiff zu verbringen, war mehr, als sie ertragen konnte.

Doch die Leute, mit denen Lando zusammen war, die Bakuraner, hatten sie um weitere Informationen gebeten. Es gab nicht viel, was sie ihnen sonst noch berichten konnte – aber sie würde ihnen alles erzählen, was sie wußte. Sie schaltete den radionischen Sender ein und machte sich an die Arbeit.

Der bakuranische leichte Kreuzer *Eindringling* feuerte dreimal seine schweren Bugturbolaser ab, und drei Minipatrouillenboote explodierten. »Sehr gut«, lobte Admiral Hortel Ossilege. »Sie können das Feuer jetzt einstellen.

Turbolaser einfahren und deaktivieren. Und sorgen Sie dafür, daß es unsere Freunde mitbekommen. Wir haben ihnen gezeigt, daß wir hart zuschlagen können, wenn wir es wollen. Jetzt werden wir ihnen die Möglichkeit geben zu verschwinden. Mal sehen, ob unsere Freunde dort draußen begreifen, daß wir ihnen die Hölle heißmachen, wenn sie bleiben.«

Eine vernünftige Taktik, dachte Luke Skywalker, obwohl er nicht allzu glücklich darüber war. Eine Demonstration überwältigender Macht *konnte* die überlebenden Verteidiger zum Rückzug veranlassen. Schließlich standen die Chancen, daß eine Handvoll Jäger die *Eindringling* und ihre Schwesterschiffe *Paladin* und *Verteidiger* und all ihre Jäger besiegen konnten, fast bei null.

Andererseits hatten die Rebellen in ihrem Krieg gegen das Imperium mehr als einmal derart schlechte Chancen gehabt und doch gesiegt. Gute Ausbildung, starke Motivation, gute Ausrüstung, gute Aufklärung – und eine Menge Glück – konnten die Chancen wesentlich verbessern. Im Krieg gab es keine Sicherheit.

Luke Skywalker stand neben Admiral Ossilege auf der Brücke der *Eindringling*. Wie immer, wenn er einer Meinung mit dem Mann war, fühlte er sich dabei nicht besonders wohl. Luke sah zu Lando Calrissian hinüber, der auf der anderen Seite von Ossilege stand, und der Ausdruck auf seinem Gesicht verriet Luke, daß Lando seine Bedenken teilte. Die Taktik war vernünftig, sogar konservativ. Die feindlichen Streitkräfte bestanden nur aus rund zwanzig MPBs. Es konnte nicht viel bringen, eine derart kleine Streitmacht auszulöschen. Wenn Ossilege sie zum Rückzug bewegen konnte, ohne dabei die Sicherheit seiner eigenen Schiffe zu gefährden, war es in Ordnung.

Eine sehr überlegte und vorsichtige Vorgehensweise. Nur war Ossilege kein vorsichtiger Commander. Seine scheinbare Zurückhaltung, argwöhnte Luke, konnte nur bedeuten, daß er irgendeine tollkühne Verrücktheit plante. Ossilege hatte mehr als einmal bewiesen, daß er lieber zu viel als zu wenig riskierte. Wenn er ein konservatives Spiel spielte, dann gab es eine gute Chance, daß seine demonstrative Vorsicht nur die sorgfältige Vorbereitung für ein weitaus gefährlicheres Spiel war. Oder hatte ihn die Zerstörung der *Wächter* durch den selonianischen planetaren Repulsor den Schneid gekostet? Ossilege war ein kleiner, drahtig wirkender Mann mit einer Vorliebe für blütenweiße Uniformen, die seine Sammlung von Tapferkeitsmedaillen und Ordensbändern besonders gut zur Geltung brachten. Er war ein humorloser, aufgeblasener Wicht, der wenig Geduld mit anderen Menschen oder Umständen zeigte. Er sah wie die operettenhafte Karikatur eines Admirals aus, aber Luke hatte noch nie einen derart abgebrühten, kaltblütigen Militärcommander wie ihn getroffen. Niemand fühlte sich in Gegenwart von Admiral Ossilege wohl.

Natürlich, angesichts der riesigen, einschüchternden Masse der Centerpoint-Station, die vor den Sichtluken im Weltraum hing, wäre Luke auch dann nervös gewesen, wenn die *Wächter* nicht zerstört worden wäre.

»Sie verschwinden«, stellte Lando fest und deutete auf eine Wolke winziger Objekte, die sich von den Centerpoint-Andockbuchten entfernten. »Ich schätze, ihnen ist klar geworden, daß sie gegen uns keine Chancen haben.«

»Oder sie glauben, daß wir Centerpoint keinen Schaden zufügen können«, meinte Ossilege. »Ein kluger Taktiker gibt eine unhaltbare Stellung auf, um seine Streitkräfte zu schonen. Aber ein weiser Taktiker verzichtet auch darauf, seine Streitkräfte überflüssigen Gefahren auszusetzen, wenn die Stellung ohnehin unangreifbar ist.«

»Wie meinen Sie das?« fragte Luke.

Ossilege deutete auf Centerpoint. »Wir lassen die Feindjäger ziehen, weil sie im Vergleich zu uns so klein sind. Aber im Vergleich zu Centerpoint sind wir noch kleiner. Sie erzeugt außerdem ein Abfangfeld, das ein ganzes Sonnensystem umspannt. Wer weiß, über welche Möglichkeiten sie noch verfügt?«

»Schwer zu sagen«, brummte Lando. »Ich schätze, wir müssen uns überraschen lassen. Und ich bezweifle, daß viele der Überraschungen angenehm sein werden.«

Genau in diesem Moment rollte ein Kurierdroide von hinten heran, um Lando herum und blieb vor ihm stehen. »Und hier ist die erste Überraschung«, murmelte Lando. »Ja, was gibt's?« fragte er den Droiden.

»Verzeihen Sie, Sir, aber Lieutenant Kalenda wünscht Sie und Master Skywalker zu sehen, Sir. Eine neue Nachricht der Quelle T ist eingetroffen.«

Lando warf Luke einen besorgten Blick zu. »Das sollte mich eigentlich glücklich machen«, sagte er. »Aber ich habe das Gefühl, daß sie sich nicht gemeldet hat, um ein wenig zu plaudern.« Er wandte sich an den Kurierdroiden. »Zeig uns den Weg.«

Die Quelle T war Tendra Risant. Lando und Luke hatten Tendra auf ihrer Heimatwelt Sacorria kennengelernt, einer der sogenannten »Grenzling«-Welten des corellianischen Sektors. Die örtlichen Behörden hatten Lando und Luke unmittelbar nach ihrem Treffen mit Tendra des Planetens verwiesen.

Während sie dem Droiden zur Kom-Sektion des Kreuzers folgten, kam Lando – nicht zum erstenmal – der Gedanke, daß es Tendra überaus amüsieren würde, wenn sie erfuhr, daß der bakuranische Militärgeheimdienst ihr den lächerlich pompösen Decknamen ›Quelle T‹ gegeben hatte.

Lando hatte Tendra kennengelernt, während er die Galaxis nach einer reichen Braut durchsucht hatte. Tendra war zweifellos vermögend genug, um als reich bezeichnet zu werden, und es war durchaus möglich, daß sie die geeignete Frau für Lando war – vorausgesetzt, sie schafften es, irgendwann einmal für längere Zeit am selben Ort zu sein, um sich näher kennenzulernen.

Aber auch wenn sie bisher noch keine Zeit gehabt hatten, sich unsterblich und leidenschaftlich ineinander zu verlieben, so hatten die beiden doch eindeutig eine Beziehung zueinander entwickelt, eine solide Grundlage, um darauf aufzubauen, eines Tages, falls ihnen das Universum eine Chance gab.

Soweit er wußte, hatte Tendra auf irgendeine Weise einen militärischen Aufmarsch im sacorrianischen System entdeckt. Sie hatte den Aufmarsch mit dem Abfangfeld in Verbindung gebracht und sich entschlossen, Lando darüber zu informieren. Irgendwie war es ihr gelungen, ein Raumschiff aufzutreiben und sich mit Schmiergeldern die Ausreise von Sacorria zu erkaufen, um dann direkt in das corellianische Abfangfeld hineinzufliegen.

Aber all das hätte ihr ohne das radionische Kommunikationsgerät, das Lando ihr gegeben hatte, nicht viel genutzt. Das radionische Gerät benutzte keine der Standardkomfrequenzen, sondern sendete und empfing Nachrichten mittels einer modulierten Trägerwelle im Radioband des elektromagnetischen Spektrums. Die radionischen Signale wurden von dem systemweiten Störsender nicht blockiert und waren mit den handelsüblichen Kom-Systemen nicht aufzuspüren. Der Nachteil war, daß die Radiobandübertragung – wie alle anderen Formen elektromagnetischer Strahlung, also Infrarot, sichtbares Licht, Ultraviolett, Gamma- und Röntgenstrahlen und so weiter – nicht schneller als das Licht war. Tendras Botschaften an Lando und seine Antworten krochen also nur mit Lichtgeschwindigkeit durch den Raum und waren extrem anfällig für Interferenzen.

Sie befand sich noch immer an Bord ihres Schiffes, der *Gentleman Besucher*, irgendwo am Rand des corellianischen Systems, und stieß mit einer Geschwindigkeit, die weit unter der des Lichtes lag, tiefer ins innere System vor. Es dauerte viele Stunden, bis ihre Botschaften ihn erreichten – aber es konnten lange, endlose Monate vergehen, bis ihr Schiff dieselbe Strecke zurücklegte.

Die einzige Alternative war, das Abfangfeld auszuschalten. Und genau das hatten sie vor.

Sie betraten die Kom-Sektion. Er und Luke warteten, während der Kurierdroide eine Datensonde ausfuhr und sie in die Sicherheitsbuchse neben der Tür zur Kom-Sektion steckte. Landos radionisches Originalgerät befand sich noch immer an Bord seines Schiffes, der *Glücksdame*, aber der technische Stab der *Eindringling* hatte keine Mühe gehabt, nach den Konstruktionsplänen und Daten, die er ebenfalls auf der *Glücksdame* mitführte, das Gerät nachzubauen. Ihr Sender war sogar noch stärker und ihr Empfänger empfindlicher.

Aber die Radionik beschäftigte Lando nur in zweiter Linie. Er machte sich vor allem Sorgen um Tendra.

Als wäre seine Beziehung zu Tendra nicht schon kompliziert genug, war da noch der klitzekleine Umstand, daß sie wertvolle Informationen an Lando sendete. Wertvoll genug, um die Leute vom Geheimdienst in helle Aufregung zu versetzen.

Das Sicherheitssystem piepte seinen Freigabecode, und das Schott zur Kom-Sektion glitt zur Seite. Bevor Lando eintrat, warf er einen Blick hinein und gab einen leisen Seufzer von sich. Lieutenant Belindi Kalenda vom Geheimdienst der Neuen Republik erwartete sie, und sie sah nicht besonders glücklich aus.

»Hat denn keiner Ihrer Freundin beigebracht, wie man *zählt*?« fragte sie, sobald sich das Schott wieder schloß. Kalenda hatte noch nie großen Wert auf Konversation gelegt, und inzwischen war sie mit ihrer Geduld definitiv am Ende.

»Was ist jetzt das Problem, Lieutenant Kalenda?« fragte Lando verdrossen.

»Das gleiche wie immer. Die Zahlen sind das Problem«, erklärte Kalenda. Sie war eine etwas seltsam aussehende junge Frau. Ihre weit auseinanderstehenden Augen waren glasig, fast milchig, und schielten ein wenig. Sie war etwas dunkelhäutiger als Lando, und ihr Haar war zu einem komplizierten Knoten hochgesteckt. Das Beunruhigende an ihr war, daß sie über eine zumindest schwach ausgeprägte Fähigkeit in der Macht verfügte – oder wenigstens über eine gute Intuition –, und ihre Ahnungen erwiesen sich zumeist als richtig, so daß es schien, als würde sie mehr sehen als die meisten anderen Menschen. Jedenfalls hatte sie die sonderbare Angewohnheit, an einem vorbeizublicken, selbst wenn sie einen direkt ansah – wie in diesem Moment Lando. »Zahlen. Wir haben immer noch keine genaue Vorstellung, wie viele Schiffe dort draußen über Sacorria warten.«

»Ohne Lady Tendra wüßten wir nicht einmal, daß es dort draußen überhaupt irgendwelche Schiffe gibt«, sagte Lando scharf. »Vielleicht verstehen Ihre GNR-Agenten auf Sacorria mehr vom Schiffebeobachten, aber hat einer von ihnen versucht, das corellianische System zu erreichen und uns zu informieren?«

Kalenda sah Lando ausdruckslos an. »Ich habe Ihnen nie erzählt, daß sich GNR-Agenten auf Sacorria befinden«, sagte sie mißtrauisch.

»Und ich habe Ihnen nie erzählt, daß ich früher Schmuggler war, aber Sie wissen es trotzdem«, fauchte Lando. »Behandeln Sie mich nicht wie einen Idioten. Wenn Sie keine Agenten dort hätten, dann hätte irgend jemand seine Hausaufgaben nicht gemacht.«

»Konzentrieren wir uns doch auf das Wesentliche«, warf Luke ein, um die Wogen zu glätten. »Was stimmt mit Lady Tendras Botschaften nicht?«

»Wir haben sie dreimal hintereinander gebeten, uns weitere Einzelheiten über die Typen, Größe und Zahl der von ihr entdeckten Schiffe zu geben. Ihre letzte Sendung war länger und detaillierter, aber wenn man alle Vermutungen und Vorbehalte mal beiseite läßt, dann haben wir nichts als die denkbar gröbsten Schätzwerte.«

»Was sie nicht weiß, kann sie Ihnen auch nicht sagen«,

knurrte Lando, und er fragte sich, wie oft er das Kalenda noch einhämmern mußte, bis sie ihm endlich glaubte. Und wie oft er sich noch darüber ärgern mußte, daß die Geheimdienstler die für ihn bestimmten Botschaften lasen – und zwar noch vor ihm.

»Aber wir müssen einfach mehr wissen!« sagte Kalenda. »Wem gehören diese Schiffe? Wie viele sind es und wie gut sind sie bewaffnet? Wer befehligt sie, und was sind ihre Absichten? Sie müssen noch einmal mit ihr Kontakt aufnehmen und sie um weitere Informationen bitten.«

»Das werde ich nicht«, erwiderte Lando scharf. »Mir ist es egal, wenn Ihr Psychoteam meint, daß sie mir am meisten vertraut. Sie hat Ihnen alles gesagt, was sie weiß, und ich werde Ihnen nicht mehr dabei helfen, sie unter Druck zu setzen.«

»Aber wir brauchen mehr …«

»Das Problem ist, daß sie nicht mehr weiß«, unterbrach er. »Sie haben alle Details, die Sie bekommen können. Glauben Sie im Ernst, daß Tendra den Vornamen des Flottencommanders erkennen konnte, nur weil sie die Schiffe im Orbit mit einem Makrofernglas beobachtete? Sie hat uns eine Warnung übermittelt, und zwar eine sehr hilfreiche. Sie hat uns alle Informationen gegeben, die sie hat, und wir können sie nicht noch mehr unter Druck setzen.«

»Und wir können nicht von ihr verlangen, daß sie uns noch mehr Botschaften sendet«, warf Luke ein. »Jede Sendung erhöht das Risiko, daß man sie entdeckt.«

Kalenda sah Luke scharf an. »Entdeckt? Wie? Von wem?«

»Denken Sie nach«, sagte Lando. »*Sie* sind der Geheimdienstoffizier. Ihre *Sendemethode* ist geheim, aber in keiner Weise getarnt. Sie sendet im Klartext, ohne Kodierung oder Verschlüsselung. Jeder, der über einen Scanner für Radiobandfrequenzen verfügt, könnte ihren Sender in Sekundenschnelle orten. *Sie* haben es mühelos geschafft. Dann wüßte der Gegner nicht nur, daß *wir* von den Schiffen wissen, die im Orbit um Sacorria warten, sondern er könnte auch ihre Position anpeilen, genau wie wir es getan haben.«

»Was für einen Unterschied würde das machen?« fragte Kalenda.

»Einen großen, wenn wir von den Leuten reden, die das Abfangfeld kontrollieren. Sie würden sie zum Schweigen bringen wollen. Angenommen, sie schalten das Feld für dreißig Sekunden ab. Mit der richtigen Peilung und sorgfältiger Planung würde das reichen, um mit einem Schiff in den Hyperraum zu springen, neben der *Gentleman Besucher* aufzutauchen, Tendra abzuschießen und dann zur Basis zurückzukehren, bevor das Feld wieder aktiv wird.«

»Aber sie hat tagelang gesendet, ohne daß ihr etwas zugestoßen ist«, wandte Kalenda ein.

»Sie hatte keine andere Wahl. Sie mußte senden, bis ich antwortete. Jetzt besteht für sie kein Grund mehr, dieses Risiko einzugehen. Unsere Sendungen sind stärker als ihre, und da wir aus dem inneren System heraus senden, können wir leichter abgehört werden. Wenn der Gegner unsere Sendungen entdeckt, wird er wissen, wo er Tendra suchen muß.«

Kalendas Gesicht blieb ausdruckslos. Hatte sie all das gewußt und sich entschlossen, Tendras Leben zu riskieren, nur um weitere Informationen zu bekommen? Oder hatte sie das Risiko gar nicht bedacht? Das erschien ziemlich unwahrscheinlich, da Kalenda ein überaus intelligenter Offizier war – allerdings waren die letzten Tage für alle sehr anstrengend gewesen. Lando erwartete halb, daß sie sich entschuldigte, log und behauptete, es nicht gründlich genug durchdacht zu haben.

Aber wenn Kalenda ein Doppelspiel trieb, dann zumindest kein unehrliches. »Es ist niemals leicht«, sagte sie, »die richtige Entscheidung zu treffen. Ich wußte, daß es riskant war, aber ich mußte die Gefahr für sie gegen die Konsequenzen abwägen, die drohen, wenn sie über irgendwelche Daten verfügt, ohne es selbst zu wissen – Daten, die womöglich Dutzende oder Hunderte oder Millionen Leben retten könnten. Ich bin mir sicher, wenn ich sie *hier* hätte und sie gründlich befragen könnte, dann würde sie uns eine Menge nützlicher Dinge erzählen.«

»Aber Sie haben sie nicht hier«, erinnerte Luke.

»Das stimmt«, nickte Kalenda. »Selbst mit einem Standardkom käme ich viel weiter. Aber dieses stundenlange Warten auf eine Antwort und dann das stundenlange Warten, bis sie unsere nächste Frage empfängt – das führt einfach zu keinem Ergebnis. Wenn ich ein Kom mit Zerhacker hätte, um die Sendungen vor ungebetenen Lauschern zu schützen – dann könnten wir mehr erreichen.«

»Das sind eine Menge Wenns«, sagte Luke. »Schieben wir sie mal alle beiseite. Wie groß sind die Chancen, daß Sie beim gegenwärtigen Stand der Dinge noch mehr von Tendra erfahren?«

Kalenda seufzte und schüttelte den Kopf. »Sie liegen fast bei null«, erwiderte sie. »Aber die *Risiken* sind ungeheuer groß. »

»So groß, daß Sie es versuchen mußten«, meinte Luke. »Ich verstehe. Aber wenn es nicht machbar ist, ist es nicht machbar.«

Kalenda lächelte freudlos. »Das klingt nicht wie die Philosophie der Jedi.«

»Selbst Jedi kennen ihre Grenzen«, erklärte Luke.

Kalenda nickte widerwillig. »Nun gut«, seufzte sie. »Im Orbit um Sacorria warten eine große Anzahl von Kriegsschiffen. Das ist alles, was wir von der Quelle T erfahren können.«

»In Ordnung«, knurrte Lando. »Dann belassen wir es dabei.

Wir nähern uns der Centerpoint-Station. Ich schätze, wir werden genug zu tun haben, hinter deren Geheimnis zu kommen.«

Kalenda sah Lando wieder an, und diesmal schienen

sich ihre Blicke zu treffen. »Das ist die größte Untertreibung, die ich je gehört habe«, sagte sie.

Es dauerte nicht lange, bis Belindi Kalenda erkannte, daß sie mit ihrer Einschätzung recht hatte. Centerpoint war so absurd groß, so komplex und so fremdartig, daß sie nicht einmal wußte, wo sie mit ihrer Untersuchung beginnen sollte. Im Lauf des nächsten Tages tastete sich die bakuranische Flotte langsam an Centerpoint heran. Wenn Ossilege seine Vorsicht nur spielte, so leistete er überzeugende Arbeit. Er ließ seine Schiffe äußerst behutsam vorrücken und immer wieder stoppen, um jeden Quadratzentimeter der Station mit allen zur Verfügung stehenden bakuranischen Detektorsystemen zu scannen.

Nicht, daß ihm Kalenda seine Vorsicht verübelte. Schließlich war das kleinste Ausfalltor Centerpoints groß genug, um die *Eindringling* in einem Stück zu verschlingen.

Aber so nahe sich Ossilege auch an die Station heranwagte – die Scannerwerte fielen nie zu Kalendas Befriedigung aus. Sie saß an einer Scannstation in der Geheimdienstsektion der *Eindringling* und durchforschte die zahllosen, wenig aufschlußreichen Bilder von Centerpoint.

Die Station *schien* verlassen zu sein, aber wie sollte man ein Negativresultat beweisen? Der Feind konnte in ihr eine ganze Flotte Kriegsschiffe vom Sternzerstörertyp und eine ganze Armee Sturmtruppen versteckt haben. Wenn die Schiffe ihre Systeme heruntergefahren hatten und wenn der Feind die richtige Art Abschirmung einsetzte, gab es keine Möglichkeit, sie aufzuspüren.

Noch besorgniserregender war, daß der Feind bis jetzt so gut wie keine großen Schiffe eingesetzt hatte. Sie *mußten* irgendwo versteckt sein. Aus diesem Grund hatte Kalenda auch genauere Zahlen von der Quelle T gefordert. Hätte sie von der Quelle T exakte, nachprüfbare Daten über die Schiffstypen im sacorrianischen System bekommen, dann hätte sie zumindest eine Vorstellung von dem gehabt, was im Inneren Centerpoints auf sie lauerte. Möglicherweise war Centerpoint zur Verteidigung nicht einmal auf Schiffe angewiesen. Sie hatte an der Außenhülle der Station fünfzig oder sechzig Aufbauten entdeckt, bei denen es sich um Waffentürme handeln *konnte*. Die Station war eine unglaubliche Mischung aus bekannter und fremdartiger, moderner und uralter Technik. Es gab keine Möglichkeit festzustellen, wie lange ein beliebiges Objekt dort schon existierte, wer es gebaut hatte oder ob es immer noch funktionsfähig war.

Sie ließ die Bilder nacheinander über ihren Scannschirm laufen. Gepanzerte Tore und halbkugelförmige Erhebungen, lange, zylindrische Objekte auf Untersätzen, die wie Zielplattformen aussahen und mit komplizierten Rohr- und Kabelwerken verbunden waren. Einige davon waren möglicherweise schwere, getarnte Turbolaserstellungen. Und diese Phalangen aus dunklen runden Öffnungen. Es konnte sich dabei um Raketenbatterien handeln. Andere waren vielleicht Auftankstationen oder Andockbuchten. Es gab keine Möglichkeit, dies aus der Ferne festzustellen.

Sie mußten ein Team hinschicken.

Die *Glücksdame* schoß aus der Landebucht der *Eindringling* hinaus in die Finsternis des Weltraums und nahm Kurs auf Centerpoint. »Warum bekomme eigentlich ich immer diese Jobs aufgebrummt?« murmelte Lando vor sich hin, während er mit seinem Schiff die Station ansteuerte.

»Vielleicht hängt es damit zusammen, daß Sie sich freiwillig gemeldet haben«, erwiderte Gaeriel Captison von ihrem Sitz hinter der Pilotenstation aus. Lando war nicht besonders glücklich darüber, sie an Bord zu haben, aber sie hatte darauf bestanden. Die ehemalige Premierministerin von Bakura war vom amtierenden Premierminister zur bevollmächtigten Vertreterin ihrer Regierung ernannt worden, und sie hatte sich entschlossen, an der Aufklärungsmission teilzunehmen, um die Interessen der bakuranischen Regierung zu vertreten. Zu Landos Mißfallen nahm auch 3PO an der Mission teil, für den Fall, daß ein Dolmetscher gebraucht wurde.

»Ich *mußte* mich freiwillig melden«, grollte Lando. »Als sich Luke freiwillig meldete, wußte ich, daß er einen Flügelmann braucht.« Luke war zuerst mit seinem X-Flügler gestartet und flog in einem Abstand von zwei Kilometern vor Lando, gerade noch nah genug, daß sie ihm mit bloßem Auge folgen konnten.

Kalenda, die den Kopilotensitz der *Glücksdame* eingenommen hatte, warf Lando einen schrägen Blick zu. Natürlich, all ihre Blicke waren ziemlich schräg, so daß es wahrscheinlich nichts zu bedeuten hatte. Oder sie fragte sich vielleicht, warum ein Mann, der so hart an seinem Ruf als skrupelloser, egoistischer Abenteurer gearbeitet hatte, seinen Hals riskierte. Wieder einmal. »Man sollte meinen, daß ein Jedi-Meister allein auf sich aufpassen kann«, sagte sie.

»Vielleicht«, gab Lando zurück. »Und vielleicht auch nicht. Sagen wir einfach, ich schulde ihm etwas.«

»Wer in der Galaxis nicht?« fragte Gaeriel.

»Um ehrlich zu sein, Lady Captison«, sagte Kalenda, »von uns allen sind Sie diejenige, die ich lieber nicht an Bord sehen würde.«

»Danke für *dieses* Kompliment«, brummte Lando.

Kalenda blinzelte. »Tut mir leid, ich habe mich falsch ausgedrückt. Ich wollte damit sagen, daß Captain Calrissian und Master Skywalker eine militärische Ausbildung haben. Sie sind wahrscheinlich vorbereitet auf ... auf was immer uns dort erwartet. Das ist eigentlich kein Job für eine ehemalige Premierministerin.«

»Es gibt noch andere Fähigkeiten im Universum, als zu wissen, wie man schießt und fliegt und kämpft, ohne getötet zu werden«, konterte Gaeriel. »Wenn wir Glück haben, befindet sich jemand auf der Station, mit dem man vernünftig reden, mit dem man verhandeln kann. Dann könnte sich eine geübte Unterhändlerin mit Generalvollmachten als überaus nützlich erweisen.«

»Da müßten wir aber *verdammt* viel Glück haben«, meinte Lando. »Bis jetzt haben wir noch nicht viele halbwegs vernünftig denkende Leute in diesem Sonnensystem getroffen.«

Luke Skywalker fühlte sich gut. Er saß wieder an den Kontrollen seines X-Flüglers und war allein, bis auf R2-D2, der seinen Sockelplatz im Heck des Jägers eingenommen hatte. Mochte ihn auch Mon Mothma drängen, eine Führungsposition zu übernehmen, mochten ihn die Umstände in diese Richtung drängen, mochte ihn gar das ganze *Universum* in diese Richtung drängen – jetzt, in diesem Moment, gab es nur Luke, seinen Droiden und seinen X-Flügler. Fast alle Piloten liebten die Einsamkeit, die Losgelöstheit des Fliegens, und Luke war da keine Ausnahme. Das Fliegen an sich war ein Vergnügen, eine Flucht vor seinen Ängsten, Sorgen und Pflichten.

Nicht, daß die Flucht lange währen würde. Er hatte, wie immer, einen Job zu erledigen.

Luke blickte zur riesigen Station hinüber. Er war ihr inzwischen so nahe, daß er größte Mühe gehabt hätte, sie zu ignorieren. Sie füllte die Sichtluken des X-Flüglers fast vollständig aus.

Luke wagte seinen Augen kaum zu trauen. Er hatte alle Berichte gelesen. Er wußte, wie groß Centerpoint war – er kannte zumindest theoretisch ihre Ausmaße –, aber die nackten Zahlen hatten ihn nicht auf die *Ungeheuerlichkeit* des Objektes vorbereitet, das im Weltraum schwebte.

Die Centerpoint-Station war eine gewaltige Kugel mit einem Durchmesser von hundert Kilometern und je einem riesigen Zylinder an den Polen. Sie maß von einem Ende zum anderen rund dreihundert Kilometer und drehte sich langsam um die von den beiden Polzylindern gebildete

Achse. So, wie die Außenhülle aussah, war sie im Lauf der Jahrtausende planlos aus- und umgebaut worden.

Überall gab es kastenförmige Objekte vom Ausmaß großer Gebäude, Röhren und Kabel und Leitungen unterschiedlichster Größe, die in alle Richtungen verliefen, Parabolantennen und seltsame, aus kegelförmigen Formen zusammengesetzte Gebilde. Luke entdeckte etwas, das er für das Wrack eines abgestürzten Raumschiffs hielt, das mit der Außenhülle verschweißt und zu Wohnquartieren umfunktioniert worden war. Wenigstens *sah* es so aus. Auf diese Weise für zusätzlichen Wohnraum zu sorgen, kam ihm ziemlich merkwürdig vor – und mehr als nur ein wenig überflüssig, wenn er Centerpoints Größe bedachte.

Und dennoch vermittelte all das keine Vorstellung von der wirklichen *Größe* des Objektes. Es hatte immerhin die Ausmaße eines kleinen Mondes – vielleicht sogar eines mittelgroßen, je nach Standpunkt. Luke hatte Welten besucht, die kleiner waren als diese Station. Diese Station war groß genug, um eine Welt zu *sein*, groß genug, um all die Myriaden Komplexitäten, all die Vielfalt, all die Geheimnisse einer Welt in sich zu bergen. Groß genug, daß man sehr viel Zeit brauchte, um sie von einem Ende zum anderen zu durchwandern. Groß genug, daß man sein ganzes Leben in ihr verbringen konnte, ohne sie je vollständig kennenzulernen. *Das* war Lukes Definition einer Welt: ein Ort, der zu groß war, um von einem Menschen in seinem ganzen Leben erforscht zu werden.

Luke war auf zahllosen Welten gewesen, und dennoch wußte er, daß er nie alles gesehen hatte, was es Sehenswertes dort gab. Die Menschen neigten dazu, einer Welt ein Etikett zu verpassen und es dann dabei zu belassen, als hätte sie nur diese eine Eigenschaft. Aber das war ein Irrtum. Zu Lukes Definition gehörte auch, daß eine Welt nicht nur eine Eigenschaft haben *konnte*.

Es fiel einem leicht zu sagen, daß Coruscant eine Stadtwelt oder daß Mon Calamari eine Wasserwelt oder daß Kashyyyk eine Dschungelwelt war, und es dann dabei zu belassen. Aber Städte oder Ozeane oder Dschungel gab es in vielerlei Formen – und es war selten, daß auf eine Welt wirklich nur eine Definition zutraf. Eine Welt der Ebenen hatte auch ein oder zwei Berge; die Vulkanwelt wies auch Meteoritenkrater auf; die Vogelwelt wurde auch von Insekten bewohnt.

Und die Centerpoint-Station war *groß*, so groß, daß es schwierig war, sie in ihrem ganzen Ausmaß zu erfassen. Im Weltraum fehlten die Vergleichsmaßstäbe, die man auf einer Planetenoberfläche fand und die dem Auge verrieten, wie groß die Objekte waren.

Abgesehen von der Frage der Größe war die Vorstellung einer rotierenden Raumstation irritierend. Planeten drehten sich, und das sehr langsam. Die Centerpoint-Station drehte sich ebenfalls langsam und gleichmäßig, aber man konnte *erkennen*, daß sie sich bewegte.

Die Technik zur Erzeugung künstlicher Schwerkraft auf einer Station oder einem Schiff – ohne daß sich das Objekt dafür um seine Achse drehen muß – stammte noch aus der Gründerzeit der Alten Republik. Luke hatte noch nie so etwas wie eine rotierende Raumstation gesehen. Es kam ihm irgendwie nicht natürlich vor.

Das war selbstverständlich ein absurder Gedanke. Was war natürlich an Sternenschiffen und Raumstationen?

Aber da war noch etwas anderes, etwas Fundamentaleres als Größe oder Drehung, das Luke an der Station störte. Die Station war *alt*. Alt nach menschlichen Maßstäben, alt nach den Maßstäben eines jeden intelligenten Wesens. So alt, daß niemand wußte, vor wie langer Zeit sie gebaut worden war oder wer sie gebaut hatte und warum.

Und dennoch war sie im Grunde überhaupt nicht alt. Nicht im Vergleich zum Alter der Planeten oder Sterne oder der Galaxis. Selbst zehn Millionen Jahre waren nur ein Wimpernschlag für die vier oder fünf oder sechs Milliarden Jahre alten Planeten und Sterne und Monde im Universum.

Aber wenn das, was Menschen uralt vorkam, in den Augen des Universums blutjung war, dann *waren* die zahllosen Generationen erinnerter galaktischer Geschichte nicht mehr als ein Wimpernschlag der Zeit. Die Geburt, der Aufstieg, der Fall der Alten Republik, die Entstehung und der Untergang des Imperiums, die Gründung der Neuen Republik, alles schrumpfte zu einem einzigen kurzen Moment zusammen verglichen mit den unendlichen Zeiträumen auf einer wahrhaft galaktischen Skala.

»…uke … …örst du …ch?«

»Ich höre dich, Lando, aber dein Signal kommt nur verstümmelt an.«

»…nser Signa … …iert nicht ri …«

Luke seufzte. Ein weiteres Problem. Da im gesamten corellianischen System die normalen Kommunikationswege immer noch gestört waren, hatten die Bakuraner ein improvisiertes Laserkomsystem gebaut, das Stimmsignale mit energieschwachen Laserstrahlen übertrug. Es funktionierte nicht besonders gut, aber es funktionierte. Vielleicht wäre es klüger gewesen, eine Version von Landos radionischem System zu benutzen, aber dafür war es jetzt zu spät. »R2, sieh mal nach, ob du den Empfang verbessern kannst.«

R2 piepte und tutete, und Luke nickte. »Okay, Lando, versuch es noch mal. Kannst du mich hören?«

»Viel besser, …anke, aber ich hätte nichts dagegen, bald wi … die regulären KomSysteme zu benutzen.«

»Ich auch.«

»Nun, ich kann es kaum erwarten. Aber lassen wir das. Kalenda hat etwas entdeckt. Sieh dir mal die Basis des nächsten Zylinders an, wo er in die Kugel …eht. Da ist ein …inkendes Licht ….hst du es?«

Luke spähte durch die Sichtluke und nickte. »Ich sehe es. Warte eine Sekunde, damit ich es heranzoomen kann.«

Luke aktivierte den Zielerfassungscomputer, visierte damit das blinkende Licht an und speiste die Zielerfassungsdaten in seine Langstreckenholokamera. Auf dem Hauptmonitor des Jägers erschien ein Bild. Dort war das blinkende Licht – direkt neben dem großen Außenschott einer Luftschleuse, das sich immer wieder öffnete und schloß. »Wenn das keine Einladung ist, an Bord zu kommen, weiß ich auch nicht weiter«, meinte Luke.

»Das denken wir ...ier auch«, antwortete Lando. »Selbst Goldköpfchen hat kapiert, was das bedeutet, und er beherrscht lediglich sechs Millionen verschiedene Kommunikationsformen.«

Luke grinste. Lando hatte noch nie besonders viel für C-3PO übriggehabt, und die letzten Wochen hatten nicht dazu beigetragen, daß er den Droiden ins Herz schloß. »Schön, daß wir alle einer Meinung sind«, sagte Luke. »Die Frage ist, nehmen wir die Einladung an?«

4. Kapitel

Kinderspiel

Anakin Solo starrte eine volle Minute die konturenlose Silberwand an und schlug dann zweimal energisch mit der Faust auf eine bestimmte Stelle. Wie erwartet öffnete sich eine Zugangsklappe und enthüllte einen weitere purpurgrüne Kontrolltafel mit fünf mal fünf Tasten. Anakin sah stirnrunzelnd die Kontrolltafel an, als würde er seinen nächsten Schritt überlegen.

Der Experimentaldroide Q9-X2 behielt Anakin wachsam im Auge – was, wenn man es genau bedachte, die einzig richtige Art und Weise war, ihn im Auge zu behalten. Q9 fand Anakins technisches Talent, seine scheinbar instinktive Fähigkeit, Maschinen zu bedienen, selbst wenn er diese Maschinen gar nicht kannte, äußerst beunruhigend. Es schien etwas mit dieser Macht zu tun zu haben, die für diese Gruppe Menschen so wichtig war. Anakins Talent in der Macht, so lautete die Theorie, ermöglichte es ihm irgendwie, in Maschinen hineinzusehen und sie von außen her bis hinunter zur mikroskopischen Ebene zu manipulieren. Nicht, daß Anakin unfehlbar war, oh nein. Er machte Fehler – und manchmal brachte er die Maschinen ganz bewußt dazu, Dinge zu tun, die sie besser nicht tun sollten. Aber man konnte eine Menge Dinge über unbekannte Geräte lernen, indem man Anakin bei seinen Experimenten zusah.

Und so hatte der Droide zwei gute Gründe, das Kind im Auge zu behalten. Erstens galt es, zumindest zu versuchen, ihn daran zu hindern, zu viel Schaden anzurichten, während er von einer Maschine zur anderen wanderte.

Seine zweite Aufgabe war schlicht, alles aufzuzeichnen, was das Kind tat, während es an den unbekannten Geräten herumdokterte.

Es war ein Vollzeitjob – sogar mehr als ein Vollzeitjob, um genau zu sein. Dank seines eingebauten Aufzeichnungssystems erfüllte Q9-X2 seine Pflichten sehr gut. Aber selbst ein Droide mußte sich hin und wieder aufladen, und außerdem *wollte* Q9-X2 nicht Tag für Tag rund um die Uhr dieses überaus sonderbare Kind davon abhalten, den falschen Knopf zu drücken und den Planeten in die Luft zu jagen. Allein der ständige Stress war auf die Dauer zu viel für seine Beurteilungsschaltkreise. Wenigstens *vermutete* er das, was auf das gleiche herauskam. Vielleicht war dieser Gedankengang nicht besonders logisch, aber abschreckend genug, um ihn hin und wieder die Anakin-Beobachtung für eine Weile einstellen zu lassen, was ihm überaus guttat.

Anakin tippte einen Kode in die Kontrolltafel, und eine leise Glocke ertönte. Aus Erfahrung wußte Q9, daß dieses Geräusch kein gutes Zeichen war. Es schien sich um eine Art Warnton zu handeln.

»Das reicht, Anakin«, sagte Q9.

Anakin sah sich überrascht um, als hätte er gar nicht gewußt, daß Q9 in der Nähe war. »Q9!« rief Anakin. »Oh!«

Wäre der Droide entsprechend programmiert gewesen, hätte er jetzt einen Seufzer ausgestoßen. Q9 begleitete das Kind jetzt schon seit Stunden, so daß es unmöglich überrascht sein konnte, ihn zu sehen. Andererseits hatte Anakin bislang wenig schauspielerisches Talent bewiesen. Q9 hatte von dem Phänomen der Geistesabwesenheit *gehört*, aber keinen überzeugenden Grund gehabt, an seine Existenz zu glauben, bis er Anakin kennengelernt hatte. »Ich denke, du stellst die Untersuchung dieser Maschine besser ein, bis Chewbacca oder einer der anderen einen Blick darauf werden kann.«

»Aber ich habe sie fast zum Laufen gebracht!« protestierte Anakin.

»Weißt du, welchem Zweck sie dient? Hast du auch nur die leiseste *Ahnung*, welchem Zweck sie dient?«

»N-n-nein«, gab Anakin widerwillig zu.

»Weißt du noch, was beim letztenmal passiert ist, als diese Glocke erklang und du trotzdem weitergemacht hast?«

»Eine Falltür öffnete sich«, sagte Anakin, ohne Q9 anzusehen.

»Ja. Eine Falltür öffnete sich. Unter mir. Und ich fiel in einen Müllschluckerschacht. Hätte ich meine Repulsoren nicht rechtzeitig auf höchste Leistung geschaltet und den Schacht im letzten Moment wieder verlassen, was wäre ich dann jetzt?«

»Ein zehn Zentimeter großer Würfel aus gepreßtem Schrott. Wenn dich die Maschine nicht längst eingeschmolzen hätte.«

»Sehr richtig. Aber Chewbacca fand das erst hinterher heraus, nicht wahr?«

»Mit meiner Hilfe«, protestierte Anakin.

»Ja, das stimmt. Und wir brauchen dich, damit du ihm auch in Zukunft hilfst. Was wäre denn, wenn sich diesmal die Falltür unter *dir* öffnen würde?«

Anakin riß entsetzt die Augen auf. »Oh«, sagte er. »Vielleicht sollte ich besser aufhören und Chewie einen Blick darauf werfen lassen.«

»Vielleicht solltest du das«, stimmte Q9 zu. »Komm, suchen wir die anderen.«

Anakin nickte. »Okay«, sagte er und ging den Weg zurück, den sie gekommen waren.

Q9 folgte ihm auf seinem Repulsorkissen, erleichtert, daß Anakin sich einsichtig gezeigt hatte – zumindest diesmal. Q9-X2 war mit der Fähigkeit ausgestattet, neue Verhaltensmuster nach dem Versuch-und-Irrtum-Prinzip zu lernen, aber er hatte nie erwartet, dieses Potential einsetzen zu müssen, um sich Kenntnisse in praktischer Kinderpsychologie anzueignen. Die Speicherkapazitäten, die er einsetzen mußte, um auch nur halbwegs mit Anakin fertig zu werden, verschlangen inzwischen einen untragbar großen Teil seiner Systemressourcen. Q9 entschied, einen Teil seiner Gedächtnisspeicher zu löschen, um neue Kapazitäten freizumachen, wenn das hier vorbei war.

Falls es je vorbei sein *würde*. Als sie den Seitengang verließen und die Zentralkaverne betraten, kam Q9 der Verdacht, daß diese Situation zu einem Dauerzustand werden konnte.

Es war eine bunt zusammengewürfelte Gruppe, die an diesem riesigen und fremdartigen Ort festsaß. Anakin und Q9 blieben am Ende des Seitengangs stehen und sahen sich um.

Die Repulsorkaverne schien viel zu groß und zu auffällig zu sein, um ein gutes Versteck abzugeben, aber Q9 wußte, wie schwierig es für Außenstehende auf der Oberfläche sein würde, sie zu finden. Sie war gegen jedes Detektorsystem geschützt, das Q9 kannte – von Anakin Solo einmal abgesehen. *Er* hatte diese Kaverne – und ihre identische Zweitausgabe auf Corellia – mühelos entdeckt.

Und es gab gute Gründe, die Kaverne zu verstecken. Sie enthielt den planetaren Repulsor, der Drall vor zahllosen Jahrtausenden in seinen derzeitigen Orbit befördert hatte.

Dasselbe war mit Corellia und, zweifellos, auch mit den anderen bewohnten Welten des corellianischen Systems geschehen – Selonia und die Doppelwelt Talus und Tralus. Auf jedem Planeten existierte eine derartige versteckte Kaverne. In jeder befand sich ein planetarer Repulsor. Und jeder Planet war vor langer, langer Zeit von irgendeiner lang vergessenen Rasse aus irgendwelchen lang vergessenen Gründen in das corellianische System transportiert worden.

Aber jetzt war die Jagd nach den Repulsoren eröffnet. Die Gruppe in der Repulsorkaverne war seit einiger Zeit von der Außenwelt abgeschnitten, aber nach den letzten Informationen suchten die Rebellenstreitkräfte auf zumindest einigen, wahrscheinlich jedoch auf allen bewohnten Welten fieberhaft nach den Repulsoren. Der Grund war dafür war nicht ganz klar. Obwohl die Repulsoren mächtige und wirksame Waffen darstellten, konnten sie nie kriegsentscheidende Bedeutung erlangen. Laut Ebrihim konnte man mit einem planetaren Repulsor ein Schiff im Orbit ausschalten – aber er ließ sich nur sehr schwerfällig bedienen und auf ein Ziel ausrichten. Natürlich gab es das Überraschungselement, aber auch nur beim ersten Einsatz des Repulsors. Es gab einfachere, billigere, zuverlässigere Möglichkeiten, ein feindliches Raumschiff abzuschießen, und die Rebellengruppen verfügten über viele davon. Warum also verschwendeten sie mitten in einem Krieg kostbare Zeit und viel Mühe mit der Suche nach Waffen, die nur von begrenztem Nutzen waren?

Q9 gab es auf. Er war bei seinen Analysen schon zweihundertneununddreißig Mal bis zu diesem Punkt gekommen, und es war nicht sehr wahrscheinlich, daß er die Antwort beim zweihundertvierzigsten Versuch finden würde.

Statt dessen bestaunte er die fremdartigen und wuchtigen Formen der planetaren Hauptrepulsorkaverne. Die Kaverne selbst war ein riesiger vertikaler Kegel, der vom Boden bis zur Decke knapp einen Kilometer maß, mit Wänden, die aus funkelndem, makellosem Silbermetall bestanden. Am Boden der konischen Kaverne erhoben sich sechs kleinere Kegel aus demselben Silbermaterial, jeder über einhundert Meter hoch. Sie waren in regelmäßigen Abständen kreisförmig angeordnet, wobei die Achse der Pyramide den Mittelpunkt bildete. Genau im Zentrum der Kaverne ragte ein siebter, größerer Kegel in die Höhe, doppelt so groß wie die anderen, aber ebenso schmal. Durch Toröffnungen in den Wänden der Kaverne gelangte man in horizontale Seitengänge, und vom Boden der Kaverne führten vertikale Schächte zu einer Reihe tieferer Ebenen, die man bis jetzt noch nicht erforscht hatte.

Es war ein riesiger, künstlicher, funkelnder, unpersönlicher, fremdartiger Ort – und in der Mitte, direkt am Fuß des Zentralkegels, war ein unordentliches, improvisiertes, primitives, gemütlich aussehendes Lager aufgeschlagen. Zweifellos war das Lager schon für menschliche oder drallsche – oder selbst wookieeesche – Augen ein Fremdkörper in dieser Umgebung. Auf den Droiden wirkte es völlig absurd.

Der *Millennium Falke* war ebenfalls hier – und es war eine fliegerische Meisterleistung gewesen, ihn durch den getarnten Eingang in der Decke zu steuern. Neben ihm parkte der Schwebewagen der Herzogin. Eine Wäscheleine, an der Kleidungsstücke hingen, spannte sich von der oberen Parabolantenne des *Falken* zu einer Antenne auf dem Dach des Schwebewagens. Chewbacca hatte fast alle Energiesysteme des Schiffes heruntergefahren, um das Risiko einer Entdeckung zu verringern. Selbst der Wäschetrockner des *Falken* war für die Dauer ihres Aufenthalts abgeschaltet worden. Klappstühle und -tische standen neben dem Wagen, und die Kinder, der Enge des *Falken* überdrüssig, hatten ihre Schlafmatten nach draußen geschafft und unter das Schiff gelegt. Wie immer hatten die Kinder ihre Betten so aufgebaut, daß sie zusammen schlafen konnten – die Betten der Zwillinge standen nebeneinander, das von Anakin etwas abseits.

Q9 konnte von seiner Position aus alle Mitglieder der Gruppe sehen – Jacen und Jaina trugen irgendwelche Ausrüstungsgegenstände aus dem *Millennium Falken*; der Wookiee Chewbacca saß auf seinem Campingstuhl und bastelte an irgendeinem defekten Gerät herum; und die beiden Drall, Ebrihim und seine Tante Marcha, die Herzogin von Mastigophorous, hatten sich am anderen Ende des Tisches über ihre Arbeit gebeugt.

Die beiden Drall waren, wie alle Vertreter ihrer Spezies, für menschliche Verhältnisse recht klein; Ebrihim erreichte knapp Jacens Größe. Sie hatten kurze Gliedmaßen und ziemlich plumpe Rümpfe, die mit dichtem braunen Fell bedeckt waren. Q9 wußte, daß sie in den Augen der Menschen wie Plüschtiere aussahen. Manche Menschen hatten

Schwierigkeiten, sie ernst zu nehmen – aber einen Drall nicht ernst zu nehmen, war ein fataler Fehler. Auch wenn Ebrihim für drallsche Begriffe ein wenig versponnen war, so war seine Tante eines der vernünftigsten Wesen, die Q9 je kennengelernt hatte.

Zweifellos würden sie mit Anakins neuester, recht beunruhigender Entdeckung genug zu tun haben – in weiteres Stück des Puzzles, das sie zusammenzusetzen versuchten. Ihre Absicht war, die Funktionsweise des Repulsorkontrollsystems zu ergründen. Alles in allem hatten die beiden Drall, wie Q9 fand, hier im Lager die schwerste Aufgabe.

Natürlich abgesehen vom Warten. Und damit waren *alle* beschäftigt.

»Komm schon, Q9«, drängte Anakin. »Hör auf zu *trödeln*.«

Eine weitere Lektion in Sachen Kinderpsychologie. Ganz gleich, wie sehr Kinder auch trödelten, wenn Aufsichtspersonen auf sie warteten – falls Kinder warten mußten, konnte es ihnen gar nicht schnell genug gehen. »Ich komme, Anakin.«

Jacen stellte die Kiste ab, die er aus dem *Falken* geschleppt hatte, blickte auf und sah Q9 und Anakin zurück zum Lager kommen. »Endlich«, sagte er. »Ich dachte, sie würden nie zurückkommen. Jetzt können wir essen.«

»Verflixt. Vielleicht können wir sie dazu bringen, noch etwas länger wegzubleiben.« Jaina stellte ihre Kiste auf den Boden und winkte Anakin zu. Ihr kleiner Bruder winkte zurück.

»Komm schon, die Notrationen sind gar nicht so schlecht.«

»Sie sind aber auch nicht so gut. Vor allem, wenn man sie neun Millionen Mal hintereinander vorgesetzt bekommt. Ich schätze, sie heißen Notrationen, weil man in echte Not gerät, wenn man sie essen muß.«

»Ha, ha. Sehr witzig. Ich schätze, den *Scherz* habe ich schon neun Millionen Mal von dir gehört – und schon beim ersten Mal war er nicht besonders gut.«

»Tut mir leid«, meinte Jaina und setzte sich auf ihre Kiste. »Hier kommen einem eben nicht viele neue Einfälle.«

»Ich weiß, ich weiß«, sagte Jacen. »Hier ändert sich nicht viel.« Er hätte ins Schiff gehen und einen Blick auf den Chronometer des *Millennium Falken* werfen können, aber ohne Uhr und ohne Chewbaccas energisches Beharren darauf, daß sie alle in normalen Intervallen aßen und schliefen, gab es nicht den geringsten Anhaltspunkt, wieviel Zeit vergangen war. Das Licht in der Kaverne war stets hell und stammte aus irgendeiner diffusen und undefinierbaren Quelle im oberen Teil der Kaverne. In der riesigen Höhle war es bis auf ihre Schritte und Stimmen still. Aber jedes Geräusch, das sie machten, erzeugte eine Reihe leiser, ferner Echos, die lange Sekunden von der Decke der Kaverne widerhallten. Und das Echo jedes Lautes vermischte sich mit all den anderen; Anakins Lachen mit Chewbaccas Knurren oder dem Sirren einer Maschine; das Klappern, mit dem einer der Campingstühle gegen den Tisch stieß, mit den leisen, ernsten Stimmen der beiden Dralls, die in eine Unterhaltung vertieft waren.

Wenn es aufgeregt und lärmend im Lager zuging, gab es ein ständiges Hintergrundrauschen aufgrund der Echos, gerade genug, um die Kaverne weniger bedrückend und leer wirken zu lassen. Aber fünf oder zehn Sekunden, nachdem sie aufgehört hatten, sich zu bewegen oder zu reden, wurde es in der Kaverne wieder still, und die Stille verkündete lauter als jedes Geräusch, wie seltsam dieser Ort war, wie alt seine makellosen, funkelnden Silberwände waren, welch fremdartige und mächtige Kräfte in ihm schlummerten.

Die Nacht – oder das, was sie für die Nacht ausgaben, war am schlimmsten. Während die Silberwände weiter im ewigen Licht schimmerten, gingen sie zu Bett – die Kinder legten sich auf ihre Schlafmatten im Schatten des *Falken*, Chewbacca verkroch sich in seine Schiffskoje, die beiden Drall suchten ihre Schlafplätze in Tante Marchas Schwebewagen auf, und Q9 stöpselte sich in seinen Aufladestand ein. Dann war alles so still, daß das leiseste Geräusch ewig nachzuhallen schien. Ein Husten, ein Flüstern, Ebrihims gedämpftes Schnarchen oder Anakins Weinen im Schlaf – all das schien hinauf zum Himmel zu steigen und herabzusinken, wieder und wieder.

Es war nicht die beste Lebensweise, sagte sich Jacen.

Im Grunde war es überhaupt keine Lebensweise. Eigentlich warteten sie nur. Alle, selbst Anakin, schienen zu wissen, daß es so nicht ewig weitergehen konnte – nicht einmal für längere Zeit. Dort draußen herrschte Krieg, und früher oder später würde die eine oder andere Seite diesen Ort finden, und dann ...

Niemand wußte, was dann geschehen würde.

»Sitz gerade, Anakin«, sagte die Herzogin Marcha, »und hör auf, gegen das Tischbein zu treten. Der Krach ist schon schlimm genug, aber die Echos treiben mich noch in den Wahnsinn.« Sie schüttelte den Kopf und sah ihren Neffen Ebrihim an. »Wirklich, Neffe, ich verstehe diese menschlichen Kinder nicht. Was hat Anakin davon, krumm dazusitzen und einen derart enervierenden Krach zu machen?«

»Ich kenne sie noch nicht lange genug, um dir eine klare Antwort geben zu können, liebste Tante. Allerdings möchte ich hinzufügen, daß offenbar nicht einmal menschliche Eltern das Verhalten menschlicher Kinder vollständig erklären können – und das, obwohl sie einst selbst Kinder waren.«

»Irgendwie überrascht mich das nicht. Ich nehme an, unsere eigenen Kinder können einigen Unfug anstellen, aber ich muß sagen, ich kann mich nicht daran erinnern, daß *du* dich jemals so ungehörig benommen hast wie Anakin.«

»Reden Sie nicht über mich, als wäre ich nicht hier!«
schrie Anakin wütend. Diese erwachsenen Drall gingen
mit Kindern noch schlimmer um als die meisten erwachsenen Menschen. »Ich habe gerade über ein paar Sachen
nachgedacht.«

»Was für Sachen?« fragte Jaina.

Jetzt starrten ihn *alle* an, sogar die anderen Kinder.
»Bloß irgendwelche Sachen«, sagte Anakin mit finsterem
Stirnrunzeln.

»Nun, Anakin, es ist sicherlich nichts daran auszusetzen, daß du nachdenkst«, meinte Tante Marcha. »Ich bin
überzeugt, das Universum wäre ein besserer Ort, wenn
wir uns alle mehr damit beschäftigen würden. Aber es wäre sehr hilfreich, wenn du nachdenkst, ohne dabei solchen
Krach zu machen. Einverstanden?«

»Einverstanden«, sagte Anakin widerwillig. Aber er
wußte, er hatte Glück, daß sie nicht weitere Fragen stellten. Wegen all dem Jedi-Zeug hätte er ihre Fragen ehrlich
beantworten müssen, denn wenn ihn sein Bruder und seine Schwester beim Schwindeln ertappt hätten, säße er
noch mehr in der Patsche. Manchmal benahmen sich Jacen
und Jaina wie richtige Erwachsene.

Hätte er ihnen erzählt, daß er über jene Kontrolltafel
nachdachte, an der herumzufummeln Q9 ihm verboten
hatte, hätten sich alle bloß aufgeregt. Er wußte, daß er die
Tafel dazu bringen konnte, etwas zu tun. Etwas Großes
und Bedeutendes. Was es genau war, wußte er nicht. Aber
etwas. Er konnte es fühlen. Es war, als würde ihm die Kontrolltafel zurufen, schnell zurückzukommen und die Maschine in Gang zu setzen, damit sie endlich das tun konnte, wofür sie bestimmt war.

Aber es spielte keine Rolle. Sie hatten ihn *nicht* danach
gefragt.

Also konnte er denken, was er wollte.

»Komm, liebste Tante«, sagte Ebrihim zu der Herzogin. »Es ist spät. Alle anderen schlafen schon. Wir haben große Fortschritte gemacht, aber heute nacht kommen wir nicht weiter.« Die beiden Drall saßen in ihrem Schwebewagen und hatten sich noch einmal die Notizen des Tages angesehen. Und Ebrihim hatte recht. Im Moment kamen sie nicht weiter.

»Trotz der Fortschritte, die wir gemacht haben, sind wir noch weit davon entfernt, diesen Ort zu verstehen«, erwiderte die Herzogin. »Wir haben einige Vermutungen über die Funktion der seltsamen Kontrolltafeln und die Bedeutung der Knöpfe und ihrer Farben. Aber wir wissen nicht, wie man diese Anlage *bedient* und sicher abschaltet – eine Maschine, die seit mindestens Zehntausenden von Jahren und vielleicht sogar länger arbeitet. Wir wissen nicht, von woher das System seine Energie bezieht. Angenommen, wir finden heraus, wie man sie abschaltet. Was wird dann aus der Energie, die dann nicht mehr verbraucht wird? Wenn es sich um eine Art geologische Energiefalle handelt, lösen wir vielleicht schwere seismische Erschütterungen aus. Ich halte es für sehr wahrscheinlich, daß diese Kaverne nur Teil eines viel größeren Systems ist. Ich vermutete, daß es sich bei ihr sozusagen um die Düse eines Antriebssystems handelt, das in diese Welt integriert ist. Wir haben es hier mit einer Anlage zu tun, die einen Planeten bewegen kann. Eine Anlage von solcher Kraft könnte auch einen Planeten zerstören, wenn man sie nicht richtig einsetzt. Ich sehe keine Möglichkeit, in der uns zur Verfügung stehenden Zeit alles über sie herauszufinden, was wir wissen müssen.«

Ebrihim lächelte matt und gab ein kurzes, heiseres Lachen von sich. »Natürlich besteht immer noch die Möglichkeit, Anakin die Hauptkontrolltafel suchen und daran herumspielen zu lassen.«

Marchas Augen weiteten sich vor Entsetzen. »So etwas darfst du nicht sagen, Neffe. Nicht einmal im Scherz. Derartige Scherze neigen dazu, wahr zu werden.«

Anakin riß die Augen so abrupt auf, daß es selbst ihn überraschte. Er war plötzlich hellwach und starrte die untere Hülle des *Millennium Falken* an. Leise setzte er sich auf und sah sich um. Jacen und Jaina schliefen tief und fest. Chewbacca hatte einen derart gesunden Schlaf, daß sich Anakin wegen ihm keine Sorgen machte. Ebrihim und Tante Marcha waren im Schwebewagen. Anakin drehte den Kopf und blickte in diese Richtung. Alle Lichter des Wagens waren aus, die Fenster dunkel, die Einstiegsluke war geschlossen.

Damit blieb nur noch Q9 übrig. Der Droide verbrachte den Großteil der Nacht im Bereitschaftsmodus, mit abgeschalteten Systemen und an eine tragbare Ladestation angeschlossen, die zwischen dem Schwebewagen und dem *Falken* stand, und drehte dem Schiff den Rücken zu. Anakin wußte auch, daß die Masse des *Falken* fast alle Sensoren des Droiden blockieren würde. Solange er darauf achtete, daß das Schiff zwischen ihm und dem Droiden war, sollte er sich ohne Probleme davonschleichen können.

So leise wie möglich schlug er die Decke zur Seite, drehte sich und kroch auf allen Vieren unter dem *Falken* hervor und in das ewige grelle Licht der Repulsorkaverne.

Anakin blinzelte mehrmals, als er sich aufrichtete. Es war schon komisch, in diesem taghellen Licht herumzuschleichen. Aber jetzt war keine Zeit für derartige Überlegungen. Jede Sekunde konnte jemand aufwachen und entdecken, daß er verschwunden war.

Auf nackten Füßen, nur mit seiner Unterwäsche bekleidet, tappte Anakin zum Rand der riesigen Kaverne und warf hin und wieder einen Blick über die Schulter, um sich zu vergewissern, daß der *Falke* noch immer zwischen ihm und Q9 war.

Er erreichte die Wand und trottete zielbewußt in den nächsten Tunnel. Der Gang, den er suchte, befand sich fast auf der gegenüberliegenden Seite der Kaverne, doch das war für ihn kein Problem. Die anderen mochten sich vielleicht in den Seitengängen verlaufen, aber nicht Anakin. Er konnte *fühlen*, welcher Weg der richtige war.

Er marschierte zielsicher durch das verwirrende Labyrinth der Gänge und wählte jede Abzweigung, jeden Quergang mit absolutem Selbstverständnis.Er konnte spüren, daß er der Tafel näher kam. Immer näher.

Und dort war die Kontrolltafel, so offen, wie er sie zurückgelassen hatte, wartend. Er starrte sie einen Moment lang an, streckte dann die Hand aus und hielt die Handfläche über die Tafel. Er schloß die Augen, griff mit seinen Sinnen hinaus und erspürte das Innenleben der Tafel, erforschte die Schaltkreise, die Logikbahnen, die Potentiale und Sicherungen im Inneren der Maschine. Sie hatte seit einer kleinen Ewigkeit geschlafen und darauf gewartet, daß jemand sie aufweckte.

Und jetzt. Jetzt war die Zeit gekommen. Er wußte mit absoluter Gewißheit, wie er sie in Gang setzen konnte. Q9-X2 war jetzt nicht hier, um ihn daran zu hindern oder ihn mit seinem Gerede über Falltüren und ähnlichem Zeug zu verunsichern. Er *wußte* es. Er war sich völlig *sicher*.

Anakin Solo streckte einen Finger aus und drückte den mittleren der fünf mal fünf Knöpfe. Der grüne Knopf wurde purpurrot. Gut. Er zögerte für einen Moment, spreizte dann seine Finger so weit er konnte und drückte gleichzeitig alle vier Eckknöpfe. Sie färbten sich orange, nicht purpurn. Er runzelte die Stirn. Das war nicht *ganz* das, was er erwartet hatte, aber es spielte keine Rolle. Weiter. Oben beginnend und sich gegen den Uhrzeigersinn bewegend, drückte er nacheinander den mittleren Knopf jeder Außenreihe. Sie wurden jedenfalls purpurn. Das erleichterte ihn ein wenig. Die Kontrolltafel gab wieder jenes leise Glockenläuten von sich, aber diesmal nicht nur einmal, sondern es hielt an und an und an.

Anakin schloß erneut die Augen und hielt seine Handfläche über die Kontrolltafel. Ja. Das war es. Rechts unten beginnend und sich im Uhrzeigersinn bewegend, drückte er nacheinander die Eckknöpfe. Jeder der orangefarbenen Knöpfe leuchtete danach in beunruhigendem Purpurrot. Bevor er den letzten Knopf drückte, hielt er für einen Moment inne. War das wirklich eine gute Idee? Er wußte, daß er sich damit eine Menge Ärger einhandeln würde. War es das wirklich wert?

Ja. Er *mußte* es tun. Es gab jetzt kein Zurück mehr.

Er drückte den letzten orangefarbenen Knopf. Er wurde purpurn, und plötzlich war die leise Glocke lauter und heller. Hinter Anakin erklang ein gedämpftes Summen, und er drehte sich um.

Ein Teil des Bodens glitt zur Seite. Für einen Moment fragte er sich, ob er sich geirrt hatte, was die Falltüren betraf. Aber dann fuhr eine große, komplizierte Konsole aus dem Boden, ein fremdartig aussehendes Kontrollpult aus demselben Silbermaterial wie die Kaverne, mit einem noch fremdartiger wirkenden kleinen Sitz an der Frontseite, der aussah, als wäre er für Wesen konstruiert, deren Gelenke sich von denen der Menschen unterschieden.

Anakin machte vor Freude einen Luftsprung. Alle Zweifel waren vergessen. Er kletterte auf den seltsamen kleinen Sitz und bemerkte nicht einmal, wie er sich verformte, seinen Konturen anpaßte, sich nach oben schraubte und nach vorn kippte, so daß er bequem die Kontrollen bedienen konnte. Eine volle Minute studierte er die Instrumente, streckte dann die Arme aus und spreizte seine Finger so weit wie möglich. Er schloß die Augen und griff mit seinen Sinnen in das komplexe, auf wunderschöne Weise komplizierte Universum aus Schaltern, Leiterbahnen, Kontrollen und Verbindungen zwischen den Knöpfen und Hebeln und Skalen des Schaltpultes. Energiewerte, Kondensatorkapazität, Feinskalierungskontrollen, Zielerfassungssubsysteme, Sicherungsüberbrückungen, Schildregulatoren, Schubregler. Um was es sich dabei im einzelnen handelte, wozu all das diente, wie all das funktionierte und zusammenwirkte – das ganze Wissen strömte in ihn, als würde die uralte Maschine zu ihm sprechen, ihm ihre Geschichte erzählen.

Er wußte alles. Er kannte sie jetzt ganz genau.

Anakin legte seine Hände auf die Schalttafel und spürte, wie ihn all das Wissen durchströmte. Weck sie auf. Er mußte sie aufwecken. Das ganze System hatte schon so lange geschlafen. Es *wollte* erwachen, ins Leben zurückkehren, seine Aufgabe erfüllen. Er bewegte sich, als würde *er* schlafen, wie in einem Traum, und verließ sich ganz auf seine Fähigkeiten in der Macht, die ihm sagten, was er tun mußte. Er wußte irgendwie, daß der Drang, der Wunsch, das System wieder zum Leben zu erwecken, aus ihm selbst kam, daß die Maschine nichts weiter war als eine Maschine. Aber er hatte das *Gefühl*, daß die Maschine in ihm flüsterte, daß es nicht seine eigenen Instinkte und Fähigkeiten waren, die ihn führten. Ziehe an diesem langen Hebel, um den Initiatorprozeßaktivator zu starten. Drehe an dieser Wählscheibe, um das geogravitationelle Energietransfersystem in Betrieb zu nehmen. Gib diese Kommandosequenz in die Standardkontrolltafel mit den fünf mal fünf Knöpfen ein, um die Sicherungen zu deaktivieren. Irgendwo tief unter ihm vibrierte der Boden, und ein dumpfes, mächtiges Brummen setzte ein. Das Glockenläuten wurde lauter und lauter, schneller und schneller.

Eine flache Stelle auf der Kontrolltafel verformte sich, schimmerte und wuchs zu einem Griff, der an den Steuerknüppel eines Raumschiffs erinnerte. Ohne daß ihm recht bewußt war, was er tat, streckte er die linke Hand nach ihm aus. Er bemerkte nicht, wie der Griff sich erneut verformte, um sich seiner Hand anzupassen. Über dem Griff erschien ein graphisches Display in der Luft, ein hohler Gitternetzwürfel, der aus einem Gitter von fünf mal fünf mal fünf kleineren Würfeln bestand. Alle kleineren Würfel waren durchsichtig, aber während Anakin zusah, wurde der Würfel in der untersten hinteren linken Ecke grün.

Langsam, vorsichtig, zog er den Steuerknüppel zu sich

heran. Der einzelne grüne Würfel wurde purpurn, und plötzlich leuchteten die drei angrenzenden durchsichtigen Würfel grün. Der Eckwürfel wurde orange, die zweite Würfelebene grün, und eine neue Schicht von Würfeln wurde purpurn. Die Farben breiteten sich aus, bis das gesamte Fünf-mal-fünf-mal-fünf-Gitter von grün zu purpurn und zu einem hellen, leuchtenden Orange wechselte. Der Boden vibrierte wieder, und das kraftvolle Brummen wurde tiefer und irgendwie durchdringender, solider, das Geräusch gewaltiger Energien, die auf ihre Entfesselung warteten.

Anakin ließ den Steuerknüppel los. Im gleichen Moment brach das Glockenläuten ab. In der Kontrollkammer wurde es plötzlich still, als das Brummen der Energie immer tiefer und tiefer wurde, bis es unterhalb der Hörschwelle lag.

Der Steuerknüppel zerschmolz und verschwand in der glatten Oberfläche des Kontrollpultes. Und dort, an der leeren Stelle in der Mitte des Pultes, formte sich ein neuer Knopf heraus, eine Scheibe mit einem Durchmesser von sechs Zentimetern und einer Dicke von einem Zentimeter. Während er zusah, veränderte der Knopf seine Farbe von Silber zu Grün, von Grün zu Purpur, von Purpur zu Orange, von Orange zu einem pochenden, pulsierenden Orange, das von der Farbe geschmolzenen Eisens bis zum trüben, stumpfen Rot eines dunstverhangenen Sonnenuntergangs oszillierte.

In der Kammer war es still. Anakin starrte fasziniert, mit offenem Mund und großen Augen, den letzten Knopf an. Das Licht das pulsierenden orangefarbenen Knopfes warf unheimliche, sich ständig verändernde Farben auf seine Kleidung, sein Gesicht, seine Augen.

Der Knopf. Dieser Knopf dort. Er hörte ihn rufen – oder vielleicht war es auch sein innerer Zwang, der Drang, Maschinen *in Gang zu setzen*, Maschinen *arbeiten* zu lassen, der ihn da rief.

Er wußte es nicht. Es kümmerte ihn auch nicht.

Er streckte seine linke Hand aus. Er hielt sie einen Moment lang über den Knopf.

Und dann drückte er ihn tief in die Verschalung.

Blitze zuckten vom Scheitelpunkt des Zentralkegels in der großen Kaverne, sprangen knisternd auf die kleineren Kegel über, tauchten sie in Funken und Feuer. Donner, ohrenbetäubend laut, als hätte sich die Erde geöffnet, der Boden sich krachend gespalten, grollte durch die große Kaverne. Blendendes Licht explodierte aus dem Blitzgewitter, spiegelte sich in jeder silbernen Oberfläche, durchflutete die Kaverne mit greller Helligkeit.

Die kleineren Kegel reagierten mit eigenen Blitzen, die zur Spitze des Zentralkegels zuckten und sie verschlangen. Dann, so plötzlich, wie es angefangen hatte, erlosch das Lichtgewitter, und die Kegel standen unversehrt da, unbeeindruckt von dem massiven Energieausbruch. Der Donner hallte weiter durch die Kaverne, wie das tausendfache Echo des Schlachtrufs eines lang vergessenen Gottes.

Die Kaverne schüttelte sich und schwankte bei jedem Donnerschlag. An Bord des *Falken* wurde Chewbacca aus seiner Koje geworfen, als das Schiff zusammen mit der Kaverne bockte und stampfte. Er war schon auf halbem Weg zum Kontrollraum des Schiffes, bevor er richtig wach wurde und erkannte, daß das Schiff am Boden war.

Nicht nur am Boden, sondern *darunter*, in einer versiegelten Kaverne, ohne Hoffnung auf Flucht.

Schilde. Die Schilde des *Falken* würden ihnen zumindest etwas Schutz bieten. Er mußte alle an Bord holen, und zwar *schnell*. Er fuhr herum und stürzte zur offenen Ausstiegsrampe.

Die Zwillinge hatten ihre Schlafstätten unter dem Schiff verlassen. Sie waren auf den Beinen und hatten Mühe, es auch zu bleiben, während der Boden unter ihren Füßen bebte und schwankte. Chewbacca schrie ihnen zu, an Bord zu gehen, aber die Echos des Donners waren so laut, daß nicht einmal seine Stimme den Lärm durchdringen konnte. Er winkte ihnen zu und bedeutete ihnen gestikulierend, an Bord zu gehen. Jacen sah ihn und nickte heftig. Er packte den Arm seiner Schwester und zog sie zur Rampe. Aber allein der simple Versuch, sich zu bewegen, ließ sie das Gleichgewicht verlieren und hinfallen. Doch sie gaben nicht auf, sondern krochen auf allen vieren zur Einstiegsrampe.

Das Beben des Bodens schien nachzulassen, und selbst der grollende Donner verhallte. Aber Chewbacca machte sich keine Illusionen – es würde nicht lange ruhig bleiben.

Er rannte die Rampe hinunter, während die Zwillinge heraufkrochen. Die anderen. Er mußte die anderen retten. Der Boden unter ihm schwankte wie das Deck eines vom Sturm geschüttelten Schiffes auf See, aber er kämpfte sich bis zur anderen Seite des *Falken* vor. Der Schwebewagen war umgekippt und lag auf der Seite. Als er sich ihm näherte, sprang die Seitenluke auf und Ebrihim kletterte heraus, wobei er seine Tante Marcha halb trug, halb nach draußen zog. An ihrer linken Kopfseite klaffte eine häßliche Schnittwunde. Sie wirkte benommen.

Im nächsten Moment war Chewbacca schon am Schwebewagen. Er nahm Ebrihim Marcha ab, klemmte sie sich unter den Arm und stellte dann Ebrihim mit der andere Hand auf den Boden.

Er schrie Ebrihim zu, an Bord des *Falken* zu gehen, und deutete auf das Schiff. Ebrihim schien Chewbaccas Worte oder seine Geste zu verstehen. Jedenfalls nickte er und eilte zum Schiff. Das Schwanken des Bodens hatte fast aufgehört, und Ebrihim konnte sich bewegen, ohne jeden Moment befürchten zu müssen, von den Beinen geworfen zu werden.

Chewbacca sah zum Schiff hinüber und entdeckte Q9, der bewegungslos, mit abgeschalteten Systemen, neben seinem Ladestand lag. Mit Marcha unter dem Arm lief er zum Ladestand und untersuchte den Droiden. Q9 war wie tot und rührte sich nicht. Chewbacca zog an dem Kabel, das den Droiden mit dem Ladegerät verband, aber es schien sich verhakt zu haben. Chewbacca zog heftiger, und das Kabel riß. Er packte den Droiden mit der freien Hand und schleppte ihn zum *Falken*.

In diesem Moment setzten die Blitze wieder ein, zuckten vom Zentralkegel zu den sechs kleineren Kegeln, die ihn umgaben. Chewbacca blickte unwillkürlich zu dem grellen Lichtspektakel auf, erkannte dann seinen Fehler und schaute hastig weg, bevor ihn das Licht blenden konnte.

Dem Licht konnte er entrinnen, aber vor dem Lärm, dem ohrenbetäubende Lärm, gab es keinen Schutz.

Er eilte zum Schiff, während die kleineren Kegel dem großen antworteten, ihre eigenen Blitze aus Feuer auf den Zentralkegel abschossen. Der Lärm verdoppelte sich, war lauter denn je, und der Boden schwankte heftiger und riß Chewbacca fast von den Beinen. Der *Falke* tanzte auf seinen Landekufen, deren Stoßdämpfer die Erschütterungen nur unvollkommen absorbierten.

Chewbacca stolperte um das Schiff herum und erreichte die Einstiegsrampe. Er wartete ab, bis das Schwanken und Stampfen des silbernen Bodens für einen Moment nachließ, und rannte dann die Rampe hinauf. Per Knopfdruck zog er die Rampe ein und lief dann zum Mannschaftsraum. Er stellte die Herzogin Marcha und Q9-X2 so sanft wie möglich auf das Deck. Ebrihim hatte bereits von irgendwoher einen Erste-Hilfe-Koffer besorgt und kniete neben seiner Tante nieder.

Die beiden Drall, der Droide, die Zwillinge – Chewbacca erkannte plötzlich, daß Anakin fehlte. Er hatte halb angenommen, daß das jüngste Kind bei den Zwillingen war. Er wirbelte herum und stürzte zur Tür.

»Anakin ist in Sicherheit!« schrie Jacen über den ohrenbetäubenden Lärm hinweg; offenbar hatte er Chewbaccas

Reaktion richtig gedeutet. »Er ist in einem geschützten Seitentunnel. Ich kann ihn mit der Macht spüren. Er ist unverletzt, und er hat mehr Angst davor, daß wir ihn ausschimpfen, als davor, verletzt zu werden. Ich glaube, er ist für all das verantwortlich.«

Chewbacca stand einen Moment da und starrte Jacen nur an; er wußte nicht, was er tun sollte. Er hatte geschworen, die Kinder mit seinem Leben zu schützen. Wenn Anakin tatsächlich in Sicherheit war, dann konnte er das Schiff dichtmachen und abwarten, bis sich die Lage wieder beruhigte. Aber wenn Anakin in Gefahr war, was konnte er dann tun? All die endlosen Seitengänge während dieser schweren Erschütterungen nach ihm absuchen? Aber wenn er das tat, setzte er das Schiff und alle, die an Bord waren, noch größerer Gefahr aus. Die Schilde mußten gesenkt werden, damit er hinaus- und wieder hereinkonnte, und außer ihm kannte keiner das Schiff gut genug, um die Schilde zu bedienen.

Wenn er die anderen schützen wollte, mußte er an Bord bleiben. Nun gut. Es war nicht sicher, es war nicht perfekt, aber es war unter diesen Umständen die beste Entscheidung, die er treffen konnte. Wenn er sich irrte und Anakin etwas zustieß, dann war sein eigenes Leben verwirkt, und zwar mit Recht.

Er brauchte nur einen Moment, um alles gründlich zu durchdenken. Aber er mußte handeln, nicht nur denken. Er stürzte ins Cockpit und aktivierte die Schilde des *Falken*. Der Lärm ließ etwas nach, als die Schilde aufgebaut waren. Chewbacca versuchte, die Repulsoren des Schiffes zu aktivieren und den Falken vom schwankenden Boden der Kaverne zu heben, aber sie wollten nicht anspringen. Er überprüfte den Triebwerksstatus. Alle Antriebssysteme waren ausgefallen. Er wußte nicht, warum. Aber er hatte jetzt keine Zeit, sich darüber den Kopf zu zerbrechen. Er mußte das Schiff vom Boden bekommen, bevor es zerbrach. Selbst ohne Antriebssysteme gab es eine Möglichkeit, dies zu erreichen. Chewbacca hantierte an den Schild-kontrollen, leitete die Energie der oberen Schilde in die unteren, verstärkte die unteren Schilde, so weit es ging, und machte sie weicher, so daß sie eine allmählich dichter werdende Membrane statt einer soliden Barriere bildeten – vorausgesetzt, der Trick funktionierte auch. Der *Falke* zögerte einen Moment, und dann hob er sich von seinen Landekufen und kam auf einem weichen Schildkissen zu ruhen. Das Schwanken und Stampfen und Beben des Decks war noch immer spürbar, aber die Schilde dämpften die Erschütterungen und gaben dem Schiff die Chance, sich ihnen anzupassen. Er schaltete die Schilde auf Autokompensation und speicherte die Einstellungen.

Er konnte zwar hoffen, daß die Schilde sie vor dem Geschehen schützten, aber die Hoffnung war auch alles, was ihm blieb, solange er nicht wußte, was vor sich ging. Er blickte auf, und im selben Moment flackerte ein weiterer spektakulärer Zyklus von Blitzentladungen zwischen den Kegelspitzen hin und her, und dann noch einer und noch einer. Der Zyklus wurde sichtlich schneller und energiereicher. Er konnte nicht feststellen, was für eine Art Energie und Strahlung diese Blitze abgaben. Chewbacca konnte nur hoffen, daß die Schilde des *Falken* sie davor schützten.

Die Blitzentladungen wurden schneller und schneller, immer energiereicher, bis alle Kegelspitzen in grelles Licht gehüllt und durch feurige Zackenlinien miteinander verbunden waren.

Dann schienen die Kegelspitzen das Feuer und die Energien, die sie umfluteten, zu absorbieren. Der brüllende Donner der Blitzentladungen verhallte, während die Kegelspitzen vor Energie leuchteten und flackerten und über ihre Oberflächen Licht in allen Farben des Spektrums funkelte und schimmerte.

Gerade als Chewbacca glaubte, daß das Spektakel seinen Höhepunkt erreicht hatte, erkannte er, daß die funkelnden Farben an den Kegeln *hinunterliefen,* zum Boden der Kaverne – zum *Millennium Falken.* Chewbacca versuchte fieberhaft, eines der Antriebssysteme zu aktivieren, irgendein Antriebssystem – aber alle versagten hartnäckig den Dienst.

Plötzlich wurde das ganze Schiff in Blitze gebadet, ein Feuersturm aus Funken und Entladungen, der um die Schilde wirbelte und alles in blendende Helligkeit tauchte. Jede Sicherung und jeder Schaltkreisunterbrecher an Bord trat in Aktion, und Chewbacca beließ es dabei. Er wollte keine aktiven Schaltkreise an Bord haben, solange derartige Energiemengen das Schiff umfluteten.

So plötzlich, wie sie über dem Schiff zusammengeschlagen war, so plötzlich flutete die Welle aus Energie wieder davon. Chewbacca drehte den Kopf und sah, wie die Energiewelle weiterraste, den Schwebewagen verschlang, Q9s Ladestand explodieren ließ und alles andere, was draußen geblieben war, in Brand setzte.

Die Energieflut raste an den Wänden der kegelförmigen Kaverne hinauf zum Scheitelpunkt, ein Ring aus sengender Kraft, der mit jedem Meter heller, intensiver, energiereicher wurde.

Der Feuerring verschmolz am Scheitelpunkt des Kegels zu einem einzigen Punkt aus entfesselter Energie und explodierte in einer Flutwelle aus blendendem Licht, die in alle Richtungen davonströmte. Die Wände des Kegels schienen unter dem Energieausbruch zu schwanken, zu beben, nachzugeben.

Eine weitere Welle aus sprühender Energie raste am Zentralkegel und den sechs kleineren hinunter zum Boden der Kaverne, hüllte den *Falken* in grelle Blitze, jagte weiter und nach oben, hinauf zur Decke der konischen Kaverne, dem Scheitelpunkt entgegen, und ließ die Wände des Kegels schimmern und erzittern. Und noch einmal. Und noch einmal. Und noch einmal.

Bis sich der Energieausbruch nicht mehr zu einem

Punkt vereinigte, sondern statt dessen die Spitze eines offenen Kegels erreichte und als Lichtring explodierte – und oben der blaue Tageshimmel sichtbar wurde.

Chewbacca, noch immer vor Verblüffung wie gelähmt, dämmerte allmählich, was vor sich ging. Die konische Kaverne des planetaren Repulsors transformierte sich, öffnete sich nach oben, öffnete ihren Scheitelpunkt, um so ein freies Schußfeld in den Himmel zu haben.

Ein weiterer Energieausbruch schlug über dem Schiff zusammen. Noch einer. Noch einer, noch einer, noch einer. Jeder Ausbruch raste bis zur Spitze des jetzt offenen Kegels hinauf und verbreitete die Öffnung noch weiter. Chewbacca warf einen Blick auf die Schildkontrollen und sah, daß die Schilde wie durch ein Wunder hielten. Dies war zweifellos weniger der Stärke der Schilde zu verdanken als den Eigenheiten der Energie, die am Schiff vorbeiraste. Die Energieausbrüche flossen an den Schilden vorbei und versuchten nicht, sie zu durchdringen.

Aber Chewbacca machte sich schon längst keine Sorgen mehr um derartige Dinge. Ob sie nun überlebten oder nicht, ob sie zu Asche verbrannten – weder er noch sonst jemand konnte etwas daran ändern. Diese titanische Maschine würde tun, was Anakin ihr aufgetragen hatte, und nichts konnte sie daran hindern.

Chewbacca dachte an die zahllosen Megatonnen aus Fels und Erde und Dreck, die die Kaverne aus dem Weg geräumt hatte, an die massiven Schockwellen, die die gesamte Umgebung erschüttern mußten. Eine ganze Reihe unterirdischer Tunnel führte zum verborgenen Eingang dieser Kaverne. Zweifellos waren alle eingestürzt, genau wie das Gebäude über ihnen. Die Drallisten hatten nach dem planetaren Repulsor gesucht. Doch jetzt hatte der planetare Repulsor zweifellos sie gefunden und sie vernichtet, so wie sie versucht hatten, die Regierung der Neuen Republik zu vernichten. Chewbacca sah eine grimmige Gerechtigkeit in dieser Entwicklung, und er lächelte vor sich hin.

Jacen kam ins Cockpit und sprang auf den Pilotensitz, den Sitz seines Vaters, um zu sehen, was passierte. Der Junge war sehr klein und sehr verängstigt – und gleichzeitig beherrscht, erwachsen, ernst. Jetzt war keine Zeit für Angst. Die Angst würde später kommen. In seinen Alpträumen.

Der Junge blickte auf und sah, was passierte, sah, was die rasenden, sengenden Energien anrichteten. »Die Wände öffnen sich«, sagte Jacen staunend. »Und sie wachsen.«

Chewbacca blickte nach oben. Er hatte es bis jetzt nicht bemerkt, aber Jacen hatte recht. Die Wände des Kegels wuchsen in die Höhe, während sie auseinanderwichen. Vielleicht geschah dies, um zu verhindern, daß das zur Seite geschobene Gestein und Erdreich in die Kaverne stürzte. Wer konnte schon wissen, was die Erbauer dieser phantastischen Anlage beabsichtigt hatten?

Chewbacca wandte sich an Jacen und deutete nach draußen, streckte dann die Hand aus, mit der Handfläche nach unten, in Kopfhöhe eines kleinen Kindes, und gab ein besorgtes Knurren von sich.

»Anakin ist nichts passiert«, versicherte Jacen. »Ich kann ihn spüren. Er ist *dort draußen*« – Jacen deutete auf eine bestimmte Stelle an der Kavernenwand –, »und er hat Angst, vielleicht sogar mehr als wir – ich meine, mehr als Jaina und ich –, aber ihm ist nichts passiert.«

Trotz seiner Furcht mußte Chewbacca lachen. Ziemlich gerissen von Jacen. Der Junge wußte, daß Wookiees ihre Furcht nicht gern zugaben, und hatte es vermieden, einen Wookiee zu kränken, der vor Angst halb verrückt war. Jedes vernunftbegabte Wesen reagierte mit Angst auf eine derartige Katastrophe. Chewbacca deutete nach hinten und gab einen weiteren fragend klingenden Laut von sich.

»Denen da hinten geht es gut«, erklärte Jacen. »Tante Marcha ist erwacht, und ich glaube, sie ist in Ordnung. Nur Q9 geht's nicht gut. Er ist noch immer tot – oder abgeschaltet, kurzgeschlossen oder was auch immer. Jedenfalls rührt er sich nicht.«

Chewbacca nickte. Sie hatten Glück, daß überhaupt noch jemand von ihnen lebte. Wenn Q9 repariert werden konnte, würde sich Chewie später um ihn kümmern. Wenn nicht – nun, der Verlust eines Droiden war ein sehr geringer Preis für das Überleben dieses Sturms.

Ein weiterer Energieausbruch brauste über den *Falken* hinweg, ein wenig stärker als der letzte. Das Schiff schwankte und drehte sich um ein paar Grad nach steuerbord. Chewbacca knurrte nachdenklich. Die neue Energiewelle hatte ihn daran erinnert, daß es noch viel zu früh war, um von Überleben zu reden.

5. Kapitel

Einschleusung

Thrackan Sal-Solo, selbsternannter Diktat des corellianischen Sektors, Führer der Menschenliga, starrte die Flasche vor sich an und überlegte ernsthaft, ob er sich nicht sinnlos betrinken sollte. Außer Warten gab es für ihn nur sehr wenig zu tun.

Thrackan hatte das Warten schon immer gehaßt – was eine Ironie war, denn er hatte den Großteil seines Erwachsenenlebens mit Warten verbracht. Er hatte darauf gewartet, daß ein Vorgesetzter zurücktrat oder in Pension ging oder verhaftet wurde; gewartet, daß ein Komplott Wirkung zeigte; gewartet, daß der richtige Zeitpunkt kam, daß ihm endlich das lang erwartete Angebot gemacht wurde, die Nachfolge von Dupas Thomree anzutreten und Diktat von Corellia zu werden. Er hatte bis zu dem Tag gewartet, an dem Thomree starb, aber statt dessen hatte dieser Idiot Gallamby seinen Platz eingenommen. Er hatte darauf gewartet, daß das Imperium aufwachte und begriff, welche Gefahr diese verfluchten Rebellen darstellten, hatte darauf gewartet, daß das Imperium zurückschlug und sich gegen die Hammerschläge der Rebellion wehrte, hatte darauf gewartet, daß Thrawns Gegenschlag Erfolg hatte.

Auf all das hatte er vergeblich gewartet. Gewartet auf Dinge, die nie geschehen waren, auf süße Siege, die sich in bittere, demütigende Niederlagen verwandelt hatten.

Thrackan packte den Hals der Flasche wie den Hals eines Feindes, den er erwürgen wollte. Er stand auf und ging um seinen Schreibtisch herum, verließ sein Büro und trat auf den Korridor seines Hauptquartiers in der Ausgrabungsstätte. Das Ausgrabungshauptquartier war nicht so groß oder so bequem wie das alte Hauptquartier, aber wenigstens war es sicher. Thrackan hätte es vorgezogen, weiter in dem unterirdischen Bunker auf der anderen Seite der Stadt zu bleiben – aber die Menschenliga war gezwungen gewesen, diese angeblich geheime Basis aufzugeben. Die verdammten Selonianer hatten ihre Artgenossin Dracmus zusammen mit Thrackans verräterischem Vetter Han Solo von dort befreit.

Es hatte nicht viel Phantasie bedurft, um zu erkennen, daß eine Gruppe, die zwei Gefangene aus einem unterirdischen Bunker befreien konnte, in der Lage war, dort genauso leicht eine Bombe zu deponieren. So war Thrackan gezwungen gewesen, sich von dort zurückzuziehen, und jetzt fehlte ihm ein richtiges Hauptquartier. Ein weiterer Punkt, den Thrackan seinem Vetter Han Solo in Rechnung stellen würde. Früher oder später würde Han Solo für alles bezahlen.

Thrackan trat aus dem Gebäude ins verblassende Licht der Abenddämmerung. Er beobachtete, wie die Männer der zweiten Schicht zu ihren unterirdischen Arbeitsplätzen eilten. Einige von ihnen bemerkten ihn und jubelten. Thrackan zwang sich ein Lächeln ab und legte grüßend die Hand an die Stirn. Er machte sich nicht die Mühe, seine Flasche zu verstecken. Das war das Gute an seinen Jungs. Er mußte nicht so tun, als wäre er ein Übermensch, als würde er nicht hin und wieder einen Drink zu sich nehmen. Oder zwei oder drei.

Wenn seine Jungs nur etwas mehr Spürsinn hätten. Sie suchten noch immer nach dem corellianischen planetaren Repulsor. Er mußte irgendwo in den Stollen unter seinen Füßen versteckt sein. Er *mußte* dort irgendwo sein. Sonst würde Thrackan in ernste Schwierigkeiten geraten.

Dabei hatte er schon genug Probleme. Solo war entkommen. Leia Organa Solo war entkommen. Die Bakuraner hatten irgendwie das Abfangfeld durchbrochen. Sie bewegten sich frei im System und hatten womöglich sogar inzwischen die Kontrolle über Centerpoint übernommen. Die Dinge entwickelten sich nicht nach Plan. Zumindest hatte er bereits etwas Rache nehmen können. Leia Organa Solo mochte entkommen sein, aber anderen würde die Flucht nicht gelingen. Mit etwas Glück würde in den Geschichtsbüchern stehen, daß Generalgouverneur Micamberlecto an den Verletzungen gestorben war, die er beim ersten Angriff erlitten hatte. Doch selbst wenn die Wahrheit über den Tod des Frozianers herauskam – Thrackan kümmerte es nicht. Terror konnte ein sehr nützliches Werkzeug sein.

Aber die Ermordung des Generalgouverneurs war Nebensache. Es stand viel mehr auf dem Spiel – und Thrackan wußte genau, wie gefährlich das Spiel war, das er trieb. Im Gegensatz zu allen anderen in diesem Sonnensystem kannte er die ganze Wahrheit. *Er* wußte, daß alles nur ein großer Bluff war. *Er* kannte das wahre Ausmaß der Gefahren, die ihm drohten. Schließlich hatte er behauptet, hinter der Sternvernichter-Verschwörung zu stecken. Zumindest im Moment kam diese falsche Behauptung den Zielen der wahren Herren der Novamaschine entgegen. Für sie war es eine zusätzliche Tarnung, ein weiteres schützendes Täuschungsmanöver. Nicht, daß sie im Moment etwas dagegen unternehmen konnten, aber wahrscheinlicher war, daß sie glaubten, Thrackan würde sich an seinen Teil der Abmachung halten und die Behauptung widerrufen, wenn der richtige Augenblick für sie kam, an die Öffentlichkeit zu treten.

Sie konnten glauben, was sie wollten. Thrackan hatte nicht die Absicht, etwas Derartiges zu tun. Die Herren der Novamaschine glaubten auch, daß Thrackan ihnen den planetaren Repulsor dieser Welt ausliefern würde, sobald er sie gefunden hatte; würden sie als Gegenleistung Thrackan freie Hand auf Corellia gaben. Auch das konnten sie ruhig weiter glauben, wenn sie wollten. Thrackan hatte andere Pläne. Die Herren der Novamaschine hatten allen Rebellenführern erklärt, daß die planetaren Repulsoren hervorragende Defensivwaffen waren, mehr nicht. Thrackan wußte es besser. Thrackan wußte, daß es den Kontrolleuren der Novamaschine sehr gelegen kommen würde, wenn es niemandem gelang, die Repulsoren in Betrieb zu nehmen, solange die Kontrolleure auf ihnen sitzen und verhindern konnten, daß jemand anders in ihre Nähe kam. Aber Thrackan wußte, daß die Repulsoren Abschreckungswaffen waren, Erpressungswaffen, Weltuntergangswaffen, die am wirksamsten waren, wenn man mit ihnen drohte, ohne sie je abzufeuern.

Sollten die anderen Rebellenführer – der dreckfressende selonianische Oberstock oder diese mickrigen Idioten, die Drallisten – ruhig denken, was sie wollten. Sollten die Hirnis auf Talus und Tralus doch glauben, was man ihnen über die Repulsoren erzählt hatte. Thrackan wußte es besser. Er wußte, daß die Meister der Sternvernichter-Verschwörung sie alle hinters Licht geführt hatten. Und Thrackan wußte außerdem, daß sie sie alle weiter in die Irre führen würden, bis zu ihrem Sieg.

Aber nichts davon würde ihm nützen, wenn seine Leute nicht bald den Repulsor fanden und in Betrieb nahmen. Wenn es den dreckfressenden Selonianern gelungen war, dann konnten es die Menschen bestimmt.

»Diktat Sal-Solo! Diktat!«

Thrackan drehte sich um und sah General Brimon Yarar, den Kommandanten der Ausgrabungsstätte, auf sich zulaufen. »Was gibt es, General?«

»Neuigkeiten, Sir. Vielleicht wichtige Neuigkeiten. Der planetare Repulsor auf Drall ist soeben aktiviert worden.«

»Was?«

»Vor ein paar Minuten. Die Störsender arbeiten natürlich immer noch, so daß wir keine weiteren Informationen einholen können. Aber unsere Sensoren haben soeben auf Drall einen mächtigen Ausbruch an Repulsorenergie registriert. Unkonzentriert, unkontrolliert, aber die Werte sind eindeutig. Die Drallisten haben das Ding aktiviert.«

»Ich glaube es nicht«, stieß Thrackan hervor. »Ich *kann* es nicht glauben. Die Selonianer vielleicht. Sie sind gute Tunnelbauer. Der Oberstock verfügt über einige gute Techniker. Aber die Drallisten? Sie waren schon immer Versager.« Wenn Thrackan ehrlich zu sich war, mußte er zugeben, daß die Mitglieder seiner Menschenliga auch nicht gerade die Creme der Gesellschaft waren. Die meisten von ihnen waren Strolche. Trotz all der Hilfe, die er von den Herren der Novamaschine bekommen hatte, war es ihm nicht gelungen, viele hochqualifizierte Leute zu rekrutieren. Er hatte sich damit abgefunden und sah in seinen Truppen die besten Werkzeuge, die ihm zur Verfügung standen, auch wenn sie nicht die besten Werkzeuge für diese Aufgabe darstellten.

Aber Strolche oder nicht, im Vergleich zu den Drallisten waren sie perfekte Ehrenmänner und führende Wissenschaftler, und zwar jeder einzelne von ihnen. Thrackan hatte es zumindest geschafft, ein paar unzufriedene Techniker, einige eximperiale Soldaten und Verwaltungsspezialisten zu kaufen. Nicht so die Drallisten. Man konnte gegen die Drall-Spezies sagen, was man wollte, aber wenigstens waren die aufgeblasenen kleinen Idioten rückhaltlos ehrlich, aufrichtig und vorsichtig. Auf Corellia – und wahrscheinlich auch auf Selonia und Talus und Tralus – hatte es ein gewisses Maß an Unzufriedenheit gegeben, auf das eine Revolte aufbauen konnte. Auf Drall war die Rebellion notwendigerweise völlig künstlich gewesen. Selbst die Menschenliga würde keine Menschen aufnehmen, die so gemein waren wie die Drallisten – und die technischen Fähigkeiten der Drallisten waren nicht besser als ihr Verhalten.

Die Vorstellung, daß es ihnen gelungen war, einen planetaren Repulsor zu aktivieren, war einfach unglaublich …

Einen Moment. Vielleicht hatten die Drallisten ihn gar

nicht aktiviert. Vielleicht hatte es jemand *anders* geschafft. Plötzlich ahnte Thrackan, wer dieser Jemand sein könnte – und wenn er recht hatte, würde er vielleicht einen hübschen kleinen Vorteil daraus ziehen.

Denn ganz gleich, wer nun den Repulsor in Betrieb genommen hatte – Thrackan Sal-Solo ging jede Wette ein, daß sie sich nicht lange an ihrem Erfolg erfreuen würden. Er wandte sich an Yarar. »Trommeln Sie die besten Repulsortechcrews zusammen und alarmieren Sie ein Spezialkommando.« Er hob die Flasche an die Lippen und trank einen großen Schluck. Ein warmes Glühen breitete sich in seinem Inneren aus. »Wir werden den Drallisten einen kleinen Besuch abstatten.«

Luke musterte das blinkende Licht über der riesigen Luftschleuse und fragte sich, wer wohl auf der anderen Seite wartete und sie hereinbat. Oder genauer gesagt, er fragte sich, ob es klug war, der Einladung Folge zu leisten. Er und Lando diskutierten jetzt schon seit fünf Minuten darüber. Luke entschloß sich, die Diskussion auf den Kopf zu stellen. »Okay, versuchen wir es mal anders herum«, sagte er. »Angenommen, wir gehen *nicht* in diese Luftschleuse. Was ist die Alternative?«

»Ich weiß es nicht«, gestand Lando. »Wenn wir auf der anderen ...eite der Kugel landen oder in den anderen Zylinder eindringen, hätten wir ...leicht ein ...aar Wochen Zeit, die Station zu erkunden, bevor wir auf jemanden treffen. Und das ...äre vielleicht gar ni ... so schlecht.«

»Wieso?« fragte Luke.

»Du kennst mich, Luke. Ich denke in großen Maßstäben.«

»Das ist ein wahres Wort.« Lando hatte schon immer eine Vorliebe für Großprojekte jeder Art gehabt. Natürlich waren all diese Projekte katastrophal gescheitert, auch wenn dies nicht Landos Schuld gewesen war. »Diese Station ist groß. Was denkst du darüber?«

»Ich denke, daß irgend etwas nicht stimmt. Das dachte ich schon, als ich sie zum erstenmal sah, und je …äher ich komme, desto sicherer bin ich mir in diesem Punkt. Ich denke in großen Maßstäben, aber ich …nke auch logisch. Größe erfüllt manchmal ihren Zweck, aber diese Station ist zu …roß. Sie ist hundert- oder …ausendmal zu groß für jeden Zweck, den ich mir vorstellen kann. Mit ihr stimmt etwas nicht. Die Corellianer …önnen das nicht erkennen, weil es die Station schon seit einer …igkeit gibt. Für sie ist sie völlig normal, ein natürliches Objekt. Aber vertrau mir. Irgend etwas an dieser Station fühlt sich falsch an.«

Fühlt sich falsch an. Lando hatte kein Talent in der Macht. Dessen war sich Luke sicher. Aber das bedeutete nicht, daß seine Intuitionen nicht stimmten. Luke schloß die Augen und griff hinaus, forschte mit seinen Sinnen in der Macht, um ein Gefühl für die Station zu bekommen, für die Wesen an Bord. Er konnte genau ein einziges vernunftbegabtes Wesen erspüren, einen Menschen. Nur einen? Vielleicht gab es noch andere, aber dann mußten sie ihre Gedanken auf irgendeine Weise vor ihm abschirmen. Er griff hinaus und berührte das eine Bewußtsein, das er spüren konnte, berührte es so sanft wie möglich. Er entdeckte keine bösen oder feindseligen Absichten, dafür aber große Furcht und Unsicherheit.

Er streckte seine Sinne nach dem blinkenden Licht und dem Luftschleusenschott aus, das sich noch immer öffnete und schloß. Dort war das Bewußtsein; es war menschlich und gehörte einer jungen Frau. Und dieses Bewußtsein wirkte noch immer besorgt und furchtsam – aber alles in allem freundlich.

»Ich sage, wir nehmen die Einladung an«, erklärte Luke. »Du hast recht – wir könnten Wochen damit verbringen, die Station auf eigene Faust zu erforschen. Aber ich glaube nicht, daß wir so viel Zeit *haben*. Und ich denke, daß die Bewohner freundlich sind. Wenigstens gibt es dort ein freundliches Wesen.«

Stille trat ein und zog sich so lange hin, daß Luke sich schon fragte, ob das Laserkomsystem endgültig ausgefallen war. Aber schließlich meldete sich Lando wieder. »Wenn du recht hast, hast du recht«, sagte er. »Wir müssen das Risiko eingehen.«

»In Ordnung«, sagte Luke. Er beschleunigte behutsam und flog die Luftschleuse an, dicht gefolgt von der *Glücksdame*.

Während sie näher kamen, erlosch das Blinklicht; das Luftschleusenschott schwang weit auf und blieb offen. Luke hatte einige Mühe, sich der Rotation der Station so weit anzupassen, daß sein Jäger die Schleuse nicht verfehlte. Je mehr er sich der Schleusenöffnung näherte, desto mehr dämmerte ihm, wie riesig sie in Wirklichkeit war. Aus der Ferne hatten ihre Proportionen normal gewirkt, aber jetzt erkannte er, daß sie groß genug war, um die *Eindringling,* die *Verteidiger* und die *Paladin* gleichzeitig aufzunehmen. Lukes X-Flügler hatte so viel Platz wie ein Insekt, das in das aufgerissene Maul von Jabba dem Hutt hineinflog. Lando folgte unmittelbar hinter ihm mit der *Glücksdame*.

Admiral Hortel Ossilege war nicht besonders erfreut, als die Detektoren der *Eindringling* auf Drall den massiven, superstarken Repulsorschock registrierten. Während einer Militäroperation waren Überraschungen nur selten willkommen, vor allem wenn man sich so weit hinter den feindlichen Linien befand und es mit einem Gegner zu tun hatte, der über derartige Machtmittel verfügte. Lando Calrissian hatte ihn gewarnt, daß ihn seine Tollkühnheit eines Tages noch in große Schwierigkeiten bringen würde. Nun, das ließ sich nicht ändern. Der Rückweg war ihnen abgeschnitten. Vorsicht würde ihm nichts nutzen. Er mußte den Repulsorausbruch untersuchen. Es handelte sich mit an Sicherheit grenzender Wahrscheinlichkeit um einen weiteren planetaren Repulsor. Aber der Ausbruch schien kein Ziel gehabt zu haben – fast wie ein Schuß in die Luft, der nur den Zweck hatte, Aufmerksamkeit zu erregen.

Ossilege runzelte die Stirn, während er auf den Detektorschirm starrte. Vielleicht – nur vielleicht – hatte er mit seiner Vermutung recht. Es war ein Signal gewesen. Da alle konventionellen Kommunikationswege blockiert waren, gab es kaum eine andere Möglichkeit, allgemein bekannt zu machen, daß man einen Repulsor entdeckt und unter Kontrolle gebracht hatte. Aber der Feind hatte *seinen* Repulsor auf Selonia geheimgehalten. Das ließ vermuten, daß die Leute, die diesen Repulsor kontrollierten, auf der anderen Seite standen. Vielleicht wollten sie den Gegner warnen, daß er nicht der einzige war, der über eine derart mächtige Waffe verfügte. Dann hatte es sich bei dem Ausbruch nicht nur um ein Signal, sondern vielleicht sogar um einen Warnschuß gehandelt.

Jedenfalls hatte Ossilege keine andere Wahl, als den Zwischenfall zu untersuchen. Auch wenn der Zeitpunkt überaus ungünstig war. Seine Schiffe hatten soeben erst ihre Positionen um Centerpoint eingenommen. Gaeriel Captison und ihr Kommandotrupp befanden sich jetzt in der Station, ohne jede Verbindung zur bakuranischen Flotte.

Er konnte die Belagerung Centerpoints nicht abbrechen oder seine Leute im Stich lassen. Er hatte keine andere Wahl, als seine Streitkräfte aufzusplittern. Für einen flüchtigen Moment überlegte er, nur eine Staffel Jäger oder eine Angriffsfähre mit Soldaten nach Drall zu schicken. Aber nein. Der Feind würde wahrscheinlich versuchen, den Drall-Repulsor in seine Hände zu bekommen. Die bakuranischen Streitkräfte mußten sich auf einen Kampfeinsatz einstellen, nicht nur auf eine Aufklärungsmission.

Ossileges Lippen verzogen sich zu einem dünnen Lächeln. Calrissian hatte ihn zu Recht vor tollkühnen Aktionen gewarnt. Aber Ossilege hatte bei der Annäherung an die Centerpoint Station äußerste Vorsicht walten lassen und dabei etwas über Vorsicht herausgefunden: Sie gefiel ihm nicht. Ossilege wandte sich an den Fähnrich an seiner Seite.

»Richten Sie Captain Semmac meine Anerkennung aus«, sagte er zu ihr. »Er soll Kurs auf Drall nehmen. Die *Eindringling* wird diesen Repulsorausbruch untersuchen. Die *Paladin* und die *Verteidiger* bleiben vor Centerpoint.« Ossilege sah wieder auf den Detektorschirm. »*Irgend jemand* hat uns eine Einladung geschickt. Ich denke, schon die Höflichkeit gebietet, daß wir sie annehmen.«

Lukes X-Flügler und die *Glücksdame* schwebten fünfzehn Meter über dem Deck und drangen langsam – mit hochgefahrenen Schilden und im Formationsflug, um sich gegenseitig Deckung zu geben – in die Luftschleuse ein. Ob ihnen diese Vorsichtsmaßnahme bei einem Kampf gegen eine Raumstation von der Größe eines kleinen Planeten nutzen würde, war eine andere Frage.

Luke brachte den X-Flügler in der Mitte der Schleuse zum Halt und drehte den Jäger, um der *Glücksdame* Deckung zu geben, als sie hereinglitt. Die *Dame* stieß langsam tiefer ins Innere vor. Die Luftschleuse war riesig und dunkel. Die Landeleuchten der *Glücksdame* flammten auf und tanzten über die Innenwand der Schleuse, aber Luke konnte nicht viel im Scheinwerferlicht erkennen. Das mächtige äußere Schleusenschott senkte sich langsam und sperrte sie ein. Sie saßen jetzt in der Falle.

Dann flammte die Innenbeleuchtung der Schleusenkammer auf, aber nach und nach, so daß Luke nicht geblendet wurde. Das Schleuseninnere war wie ein auf der Seite liegender Halbzylinder geformt, wobei die Flachseite des Halbzylinders das Deck bildete.

Das Deck war von allem möglichen Unrat übersät. Kleidungsfetzen, aufgeplatzte Gepäckstücke, Frachtcontainer, ausrangierte Maschinen, sogar ein kleines Raumschiff mit offenen Luken und abmontierter Bugnase. Offenbar hatte man die Einzelteile ausgeschlachtet.

»…ieht so aus, als …ätten die Leute es verdammt …ilig gehabt, von hier wegzukommen«, bemerkte Lando.

»Ja, sieht so aus«, bestätigte Luke. Aber warum hatten sie es so eilig gehabt? Und wann hatten sie die Station verlassen – vor einer Woche oder vor hundert Jahren? Er fühlte sich unbehaglich. »Hör zu, Lando, normalerweise würde ich sagen, daß das Schiff mit den Passagieren zuerst landet, während der Jäger oben bleibt und Feuerschutz gibt. Aber da das Schleusenschott geschlossen ist, hat das nicht viel Sinn. Ich lande zuerst. Wenn es eine Falle ist, wird man mich zuerst angreifen, und dann …«

»Was dann?«

»Ich weiß es nicht«, gestand Luke. »Aber du landest erst, wenn du sicher bist, daß keine Gefahr droht.«

»Wenn ich *so lange* warte, werden …ir verdammt lange im Schwebemodus …leiben«, erwiderte Lando.

Luke fiel darauf keine passende Antwort ein, und er schwieg. »Ich lande jetzt«, erklärte er, fuhr die Repulsoren herunter und brachte den X-Flügler langsam aufs Deck.

Er setzte sanft auf und wollte schon seine Kanzel öffnen und aussteigen, als R2 aufgeregt piepte. »Was? Oh!« R2 hatte recht – die Luftschleuse stand noch nicht unter Druck. Das konnte ein Problem werden. Luke trug keinen Raumanzug, und er wußte nicht, ob es an Bord der *Glücksdame* genug Druckanzüge für alle gab. Aber warum hatte man sie überhaupt hergebeten, wenn sie ihre Schiffe nicht verlassen konnten?

Luke sah sich wieder in der Schleusenkammer um und bemerkte, daß nur ein bestimmter Teil des Bodens von Unrat bedeckt war. Warum hatten sich alle trotz der offenbar panischen Flucht dort versammelt? Plötzlich flackerte an der Decke der Schleusenkammer grelles Licht auf. Vier Scheinwerferstrahlen glitten an den vier Ecken der Kammer nach unten. Die Strahlen erloschen, dann flammte das Licht wieder auf und teilte sich erneut in vier Strahlen, die an den Ecken nach unten glitten. Das Muster wurde erneut wiederholt. Die Bedeutung des Signals war so klar wie das Öffnen und Schließen des Schleusenschotts. *Landet, landet, landet.*

Luke begriff. »Lando«, sagte er, »bring dein Schiff nach unten. Sie benutzen hier drinnen eine sauerstoffgefüllte Kraftfeldblase für den Ausstieg. Ich glaube nicht, daß sie das Kraftfeld aktivieren werden, solange du nicht gelandet bist.« Mit einem Kraftfeldsystem konnten sie darauf verzichten, die Atmosphäre in der Kammer immer wieder zu erneuern und abzupumpen – was angesichts der Größe der Kammer keine leichte Sache war.

»Aber dann sind wir beide im ...aftfeld gefangen«, wandte Lando ein.

»Was macht das schon für einen Unterschied? Wir sind bereits in der Schleusenkammer gefangen.«

»Es ist schon ein Unterschied, ob man in einem Käfig mit einem Bantha gefangen ist oder in den Rachen des Banthas klettert«, knurrte Lando. »Aber in Ordnung, wir landen.«

Die *Glücksdame* senkte sich auf ihren Repulsoren und setzte zehn Meter vor Lukes X-Flügler auf.

Kaum war sie gelandet, schimmerte über ihnen die Luft. Nach einem Moment verdichtete sich das Schimmern zu einer dünnen blauen Kraftfeldkuppel, die beide Schiffe umgab. Direkt hinter der *Glücksdame* formte sich ein Tunnel aus demselben blauen Feld. Luke spähte nach unten und konnte erkennen, daß er zu einem konventionellen inneren Schleusenschott führte.

»Wie schön, daß man uns den Weg zeigt«, murmelte Luke. Er hörte ein leises, zischendes Pfeifen, und der Rumpf des X-Flüglers knarrte und ächzte, als er sich an die veränderten Druckverhältnisse anpaßte. Das Zischen verwandelte sich in ein dumpfes Rauschen, und die hereinströmende Luft wirbelte den Unrat auf, bis das Innere der Kraftfeldblase von herumfliegenden Papierfetzen, Staub und zerrissenem Packmaterial erfüllt war. Der X-Flügler schwankte auf seinen Stoßdämpfern, als der Luftstrom an ihm zerrte.

Sobald das Rauschen verklang, warf Luke einen Blick auf seine Außendetektoren. Laut den Instrumenten war die Atmosphäre atembar, der Druck normal. Natürlich *konnte* sie irgendein tödliches Nervengas enthalten, das von den Detektoren des X-Flüglers nicht aufgespürt wurde, aber wenn die Unbekannten, die hinter diesem Spektakel steckten, sie umbringen wollten, hätten sie es schon ein Dutzendmal tun können.

Unwichtig. Man wartete sicherlich schon auf sie. Luke öffnete die Kanzel des X-Flüglers, nahm seinen Pilotenhelm ab und verstaute ihn, dann kletterte er aus dem Cockpit. Er rutschte an der Seite des Rumpfes hinunter und sprang leichtfüßig zu Boden. Die Schwerkraft hier war relativ niedrig, stellte er fest. Natürlich, sie befanden sich auch in der Nähe der Rotationsachse. Die Zentrifugalkraft würde sich in der Äquatorebene der Kugel wesentlich stärker bemerkbar machen.

Die Luke der *Glücksdame* schwang auf, die Ausstiegsrampe wurde heruntergelassen. Lando, Gaeriel und Kalenda verließen das Schiff, dicht gefolgt von einem ziemlich nervös wirkenden 3PO.

»Ich mag diesen Ort nicht«, erklärte der Protokolldroide. »Nicht ein bißchen. Ich bin überzeugt, daß wir uns hier in allergrößter Gefahr befinden.«

»Wenn du es sagst«, knurrte Lando. »Nebenbei, gibt es *überhaupt* einen Ort, den du magst?«

3PO zögerte einen Moment und legte den Kopf zur Seite. »Eine überaus interessante Frage«, meinte er. »Offen gestanden fällt mir keiner ein. Ich werde in meinen Archiven an Bord nachsehen.«

»Das kannst du später erledigen, 3PO«, schritt Luke ein. »Wir brauchen dich vielleicht für andere Dinge.«

»Gewiß, Master Luke.«

Gaeriel und Kalenda sahen sich in der Schleusenkammer um, und es war einfach, die Diplomatin von der Geheimdienstagentin zu unterscheiden. Kalenda kniete nieder, um den Unrat zu untersuchen, und fing ein paar herumfliegende Papierfetzen aus der Luft, zweifellos in der Hoffnung, auf ihnen einen wichtigen Hinweis zu finden. Gaeriel vergewisserte sich, daß 3PO, der Protokoll- und Dolmetscherdroide, in ihrer Nähe war und richtete ihre Aufmerksamkeit auf den Kraftfeldtunnel und das Schott, das sie zu ihrer Gastgeberin führen würde.

Aus Lukes X-Flügler drang ein Piepen und Zwitschern. »Keine Sorge, R2«, sagte Luke, »ich habe dich nicht vergessen.« Wären sie in einer Basis gewesen, hätte er R2 mit Hilfe einer Winde von seinem Sockel im Heck des X-Flüglers gehoben. R2 konnte zwar auch aus eigener Kraft aussteigen, aber er stellte sich dabei nie sehr geschickt an, und mehr als einmal hatte er dabei den Halt verloren und war zu Boden gestürzt.

Aber wenn der Pilot des X-Flüglers ein Jedi-Meister war, gab es keinen Grund für derartige Umstände. Luke griff mit seinen Fähigkeiten in der Macht hinaus und hob R2 sanft in die Luft.

»Seien Sie vorsichtig, Master Luke«, rief 3PO. »Ich werde schon vom Zusehen ganz nervös.«

R2 gab ein langes, leises Stöhnen von sich, wie um 3PO zuzustimmen. »Entspannt euch«, sagte Luke. »Ich könnte dies auch auf dem Kopf stehend tun.« R2 stöhnte wieder. »Tut mir leid«, sagte Luke. »Ich wollte dich nicht ärgern.« Luke ließ R2 durch die Luft schweben und wollte ihn gerade neben dem X-Flügler aufs Deck stellen, als sich das Schott am Ende des Kraftfeldtunnels rumpelnd zur Seite schob. Alle drehten sich neugierig um.

Lukes Hand glitt zu seinem Lichtschwert, aber dann zog er sie wieder zurück. Nein. Er hatte in dem menschlichen Bewußtsein, das er berührt hatte, keine bösen Absichten erspürt. Wer auch immer durch diese Tür traten, er oder sie hatte sie nicht hergebeten, um sie anzugreifen.

Sonst wären sie alle schon längst tot. Er sah, wie Lando und Kalenda reflexartig nach ihren Waffen griffen, aber ebenfalls darauf verzichteten, sie zu ziehen.

Das Schott stand jetzt offen, und eine große, dünne, nervös wirkende, blasse Frau kam herein. Sie zögerte einen Moment am Eingang, zuckte dann die Schultern und kam mit energischen Schritten auf sie zu.

Luke musterte sie genauer. Sie war eine attraktive Frau mit einem langen, schmalen Gesicht, vollem schwarzen Lockenhaar, das ihr bis zu den Schultern reichte, und dichten, ausdrucksstarken Augenbrauen. Sie wirkte besorgt, und ihre Blicke huschten unruhig von einem Mitglied der Gruppe zum anderen. Aber dann, als sie nach oben sah, verschwand der besorgte Ausdruck von ihrem Gesicht und wich ehrlicher Verblüffung.

»Wie machen Sie das?« fragte sie. »Und warum?«

»Was?« fragte Luke und blickte ebenfalls auf. »Oh!« Er hatte fast vergessen, daß R2 immer noch in der Luft hing. Hätte er in seiner Konzentration noch mehr nachgelassen, wäre R2 aufs Deck gestürzt. Aber die Ankunft ihrer Gastgeberin schien R2 ebenfalls abgelenkt zu haben. Luke setzte R2 sanft auf dem Deck ab. »Das ist eine lange Geschichte«, sagte er.

»Darauf wette ich«, meinte die junge Frau und bedachte Luke mit einem langen, durchdringenden, fragenden Blick. »Nun ja. Ich bin Jenica Sonsen, K00 C-Punkt, Vau-Eins-L.«

»Was?« fragte Luke.

Sonsen seufzte. »Entschuldigung. Die Macht der Gewohnheit. Kommandierender Operationsoffizier von Centerpoint, Verwaltung und Einsatzleitung. Man kann sagen, daß ich seit kurzem die Station leite. Die C-Punkt HE hat sofort nach dem ersten schweren Eruptionszwischenfall die Evak angeordnet, und das gesamte Exeksek ist zusammen mit praktisch der gesamten C-Punkt Zivpop geevakt worden. Ich wünschte, *ich* könnte auch von hier verschwinden, aber ich war der OvD, als die Evak angeordnet wurde, und nach der DVS mußte ich bleiben.«

Luke wollte sie gerade fragen, was *das* zu bedeuten hatte, als 3PO vortrat. »Vielleicht kann ich Ihnen behilflich sein, Master Skywalker«, sagte der Droide. »Sie benutzt viele Begriffe, die dem bürokratischen Jargon auf Coruscant ähnlich sind. Ich glaube, Verwaltungsoffizier Sonsen meint damit, daß Centerpoints Hauptexekutive nach der ersten Eruptionskatastrophe die vollständige Evakuierung angeordnet hat, und das gesamte Exekutivsekretariat hat zusammen mit dem Großteil der Zivilbevölkerung die Station verlassen. Obwohl Verwaltungsoffizier Sonsen den anderen am liebsten gefolgt wäre, war sie zufällig der Offizier vom Dienst, als die Evakuierung angeordnet wurde, und laut Dienstvorschrift mußten sie unter diesen Umständen als Aufsichtsperson zurückbleiben.«

»Sie hat nichts von einer Katastrophe erwähnt«, warf Lando argwöhnisch ein.

»Verzeihen Sie«, sagte 3PO, »aber sie sprach von einem ›schweren Zwischenfall‹. Das ist ein typischer bürokratischer Euphemismus für eine große Katastrophe.«

»Einen Moment«, sagte Sonsen, »der Blechkasten hat völlig recht, aber *ich* bin auch noch da. Wenn Sie Fragen haben, wenden Sie sich an mich.«

»Nur, wenn Sie sich bereit erklären, wie alle anderen Basic zu sprechen«, knurrte Lando. Luke mußte unwillkürlich lächeln. Lando hatte noch nie viel für bürokratische Spitzfindigkeiten übrig gehabt.

Für einen Moment sah es so aus, als würde Sonsen Lando am liebsten den Kopf abreißen, aber dann nahm sie sich zusammen. »Vielleicht ist Ihr Vorschlag gar nicht so unvernünftig. Aber ich muß wissen, was Sie hier *machen*. Ihre Schiffe sind aus dem Nichts gekommen, und dann sind auch diese Jäger verschwunden.«

»Waren das Ihre Jäger?« fragte Kalenda. »Und welche Regierung repräsentieren Sie?«

»Die Jäger, auf die Sie geschossen haben? Sie waren keine Föd-Dopp.«

»Föd-Dopp?«

»Entschuldigung. Die Föderation der Doppelwelten.«

Kalenda nickte und sah Luke an, wobei ihr Blick an seiner linken Schulter vorbeiging. »Die Föderation ist die rechtmäßig gewählte Regierung von Talus und Tralus.«

»Sie haben mir immer noch nicht gesagt, wer Sie sind und was Sie hier wollen«, erinnerte Sonsen.

»Verzeihen Sie«, sagte Gaeriel, zum erstenmal das Wort ergreifend. »Ich bin Gaeriel Captison, Generalbevollmächtigte des Planeten Bakura. Meine Begleiter sind Captain Lando Calrissian, Jedi-Meister Luke Skywalker und Lieutenant Belindi Kalenda, alle vom Planeten Coruscant. Wir repräsentieren die Neue Republik und den Planeten Bakura.« Sie fuhr in einem Tonfall fort, der verriet, daß sie Widerspruch erwartete, ihn aber nicht dulden würde. »Wir«, erklärte sie, »nehmen die Centerpoint Station im Namen der Neuen Republik in Besitz.«

»Nun, gut«, sagte Sonsen. »Es wurde auch Zeit, daß *irgend jemand* handelt. Kommen Sie mit, ich werde Ihnen alles zeigen.« Sie wandte sich abrupt ab und marschierte durch den Tunnel zurück zum Innenschott.

Gaeriel sah Luke verwirrt an. »Sie ist nicht das, was ich erwartet habe«, gestand sie.

»Das trifft auf die meisten Dinge in Lukes Umgebung zu«, brummte Lando. »Aber wenn sie uns die Schlüssel übergeben will, sollten wir ihr besser folgen.«

Sonsen erwartete die vier Menschen und die beiden Droiden auf der anderen Seite des Innenschotts. »Sollen wir mit der Führung beginnen?« Ihr Tonfall war völlig sachlich, als würde sie jeden Tag eine Raumstation übergeben. »Ich kann Ihnen natürlich nicht die ganze Station zeigen, denn Sie alle würden an Altersschwäche sterben, bevor Sie auch nur die Hälfte gesehen hätten, aber ich kann Ih-

nen die wichtigsten Einrichtungen zeigen. Hier entlang.«
Sie führte sie zu einer wartenden Turboliftkabine auf der
anderen Seite der Schleusenkammer. Alle stiegen ein. Luke betrat als letzter die Kabine und war so verwirrt wie alle anderen. Die Kabine war groß und ziemlich schäbig.
Die Wände waren von Dellen und Kratzern übersät, als
wäre sie häufig für den Lastentransport benutzt worden.
In die Rückwand und die Decke war eine etwa ein Meter
durchmessende Sichtluke eingelassen, die ebenfalls viele
Kratzer aufwies. Allerdings war draußen alles finster.

»Haben Sie einen Moment Geduld«, bat sie. »Wir müs-
sen mit der Kabine durch die Luftschleuse. Wegen des
Druckunterschieds. Und, ah – nun, außerdem ist mit der
Luft etwas passiert.« Sie hantierte an den Kontrollen, und
die Kabine setzte sich mit einem Ruck in Bewegung. Hin-
ter ihnen wurde das Schott verriegelt. Sie hörten das
Brummen von Luftpumpen und sahen dann, durch die
Sichtluke, wie sich vor ihnen ein anderes Schott öffnete.

Sonsen drückte einen anderen Knopf, und die Kabine
ruckte wieder an, bewegte sich aber nicht nach oben oder
unten, sondern seitwärts. Außenscheinwerfer flammten
auf und erleuchteten den Weg. Sie fuhren durch einen
runden, pinkfarbenen Tunnel, der in eine unendliche Finsternis zu führen schien. Luke hatte das Gefühl, von einer
riesigen Kreatur verschluckt worden zu sein und nun
durch den Schlund zum Verdauungssystem zu wandern.

»Am besten fangen wir mit Hollowtown an«, sagte Sonsen. »Die meisten wollen es zuerst sehen.«

»Hollowtown?« wiederholte Lando.

Sonsen schwieg einen Moment, bevor sie antwortete.
»Man hat Sie nicht gerade umfassend informiert, was?«
sagte sie.

»Es ist alles ziemlich schnell gegangen«, erklärte Luke.
»Wir hatten nicht viel Zeit.«

»Ja, scheint so. Nun, dann fangen wir ganz von vorne
an. Hollowtown ist der kugelförmige, rund sechzig Kilo-

meter durchmessende Hohlraum im Zentrum der Zentralkugel. Sie haben an der Nahtstelle zwischen dem Nordpol – so nennen wir die Zylinder, Nordpol und Südpol – und der Zentralkugel angedockt. Wir bewegen uns jetzt seitwärts und parallel zur Rotationsachse Richtung Hollowtown. Vor uns liegen zwanzig Kilometer Decks und Schalen. Als Schale bezeichnen wir ein Deck mit einer über zwanzig Meter hohen Decke. Insgesamt gibt es rund zweitausend Ebenen. Wir beschleunigen jetzt immer mehr und sind schon schneller, als Sie ahnen. In etwa fünf Minuten werden wir Hollowtown erreichen und uns dann nach unten bewegen, zu den Sektoren mit hoher Schwerkraft. Je weiter man sich von der Achse entfernt, desto stärker ist die Rotation, was natürlich zu einer höheren Gravitation führt.«

»Die Rotation muß ziemlich lästig sein«, meinte Kalenda. »Warum benutzen Sie keine künstliche Schwerkraft?«

»Wir haben daran gedacht. Das ZenKon-B – Verzeihung, das Zentralkonstruktionsbüro – hat ein Dutzend Studien angefertigt, um die Möglichkeit der De-Rotation der Station und den Einsatz von Standard-K-Grav auszuloten.«

Luke vermutete, daß mit dem letzten Begriff »künstliche Gravitation« gemeint war, und nickte aufmunternd. »Was haben die Studien ergeben?«

»Zu teuer, zu kompliziert, zu aufwendig. Außerdem gibt es zu viele Unbekannten. Niemand weiß, ob die Station der veränderten Belastung standhält oder nicht. Aber das ist jetzt Ihr Problem. Von mir aus können Sie die De-Rotation jederzeit einleiten.«

»Ich schätze, Sie wollen weg von hier«, sagte Luke.

»Schon seit langem. Meine Dienstzeit war fast abgelaufen, als es zur ersten Eruption kam. Ich konnte die restlichen Tage fast schon an einer Hand abzählen – und dann, nun, Sie kennen den Rest der Geschichte.«

»Man hat uns lausig informiert, schon vergessen?« brummte Lando.

»Moment mal. Sie wissen nichts von den *EruPtiOnen*?«

»Wir hören jetzt zum erstenmal davon«, gestand Luke. »Wir haben erst vor ein paar Tagen das Abfangfeld durchbrochen und das System erreicht.«

Sonsen stieß einen leisen Pfiff aus. »Sie haben das Abfangfeld durchbrochen? *Das* ist wirklich eine Überraschung. Ich wette, wer auch immer dieses Feld erzeugt, ist nicht besonders glücklich darüber.«

Kalenda runzelte die Stirn. »Warten Sie. Ich dachte, *Sie* erzeugen das Abfangfeld.«

»Was? Wovon reden Sie?«

»Das Feld. Diese Station befindet sich im Zentrum des Abfangfelds. Die Centerpoint Station erzeugt das Abfangfeld. Und auch die Störung der Kommunikationsverbindungen.«

»Brennende Sterne. *Wirklich?*«

»Sie wußten das nicht«, sagte Lando. Es war keine Frage.

»Nein. Keiner von uns. Sieht aus, als hätte man mich auch nicht besonders gut informiert.«

Luke wurde von Minute zu Minute immer verwirrter. Wie konnten diese Leute die Station führen, ohne zu wissen, daß die Station das Feld erzeugte? Und was waren diese Eruptionen, von denen Sonsen gesprochen hatte?

Es wurde immer deutlicher, daß die Dinge sich nicht so verhielten, wie es zunächst den Anschein gehabt hatte. Aber es wurde immer weniger deutlich, wie sie sich tatsächlich verhielten.

»Ich schätze, es gibt da ein paar Dinge, über die wir uns näher unterhalten sollten«, sagte Luke.

Die Turboliftkabine glitt surrend weiter Richtung Hollowtown.

6. Kapitel

Innenansichten

»Sie müssen wissen, daß niemand diese Station richtig kennt«, erklärte Sonsen. »Wir leben nur hier. Sie ist hier, also sind wir auch hier, und das ist alles. Niemand hat sich viele Gedanken über sie gemacht. Wir wußten nicht, *warum* Centerpoint die meisten Dinge machte, die sie machte, aber wir wußten meistens, was das für Dinge waren. Zumindest glaubten wir das bis vor einer Weile. Bis uns die Terroristen ein paar Tricks zeigten.«

»Wir sind gerade erst angekommen«, erinnerte Lando. »Welche Terroristen?«

Sonsen schüttelte den Kopf. »Die Antwort auf diese Frage wüßte ich auch sehr gerne. Es hat Anschläge gegeben – häßliche Anschläge. Aber niemand hat dafür die Verantwortung übernommen oder Forderungen gestellt. Es gab nicht einmal anonyme Bekenneranrufe. Es gibt natürlich ein paar Verdächtige – die TraTaLib, die Zweiweltler und so weiter, aber alle haben abgestritten, etwas damit zu tun zu haben. Außerdem, wenn sie für die Zwischenfälle hier verantwortlich wären, würden sie keine Zeit mit Drohungen verschwenden. Sie würden einfach herkommen und die Station übernehmen. Natürlich ist die Station von der Außenwelt *abgeschnitten*, seitdem die Kommunikationsstörungen begannen. Die Ermittler auf den Planeten könnten den Fall schon längst vollständig aufgeklärt haben, ohne daß wir etwas davon wissen.«

Luke vermutete, daß mit der TraTaLib die Befreiungsbewegung von Talus und Tralus gemeint war. Bei den Zweiweltlern handelte es sich wahrscheinlich um eine Gruppe, die für jeden Planeten eine eigene Regierung forderte. Das genügte ihm auch schon. Er hatte eine Vorstellung von dem, was Sonsen meinte, und er war sicher, daß die erwähnten Gruppen nicht weiter von Bedeutung waren. »Erzählen Sie uns von den Anschlägen.«

Sonsen trat ans Sichtfenster der Turboliftkabine. »Sie können es in ein paar Minuten mit eigenen Augen sehen. Hollowtown war einst ein angenehmer Ort zum Leben. Es wurden dort genug Nahrungsmittel angebaut, daß es für die ganze Station reichte, und es blieb sogar noch etwas übrig. Es gab Parks und hübsche Häuser und Seen und Flüsse. Grün und blau, kühl und schön. Dann pfuschte jemand an der Glühkugel herum.«

»Die Glühkugel ist eine Art künstliche Sonne?« fragte Luke.

»Das ist richtig«, bestätigte Sonsen. »Und irgend jemand hat sie völlig durcheinandergebracht.«

»Wer kontrolliert normalerweise die Glühkugel?« erkundigte sich Lando.

»Niemand natürlich«, erwiderte Sonsen, als hätte Lando gerade gefragt, wo sich der Ausschalter für die Rotation der Galaxis befand. »Wie ich schon sagte, sie ist einfach da, wie die ganze Station. Wir haben sie nicht gebaut. Ich schätze, sie war schon hier, als wir herkamen – wann immer das auch gewesen sein mag.«

»Die Glühkugel ist einfach da«, wiederholte Lando. »Weiß irgend jemand, wie sie funktioniert? Wie sie Licht erzeugt?«

»Es gibt ein paar Theorien. Die eine lautet, daß die Glühkugel ihre Energie direkt aus der gravitationellen Wechselwirkung zwischen Talus und Tralus bezieht. Aber bisher ist es noch keinem gelungen, ein Instrument zu bauen, mit dem sich die Theorie überprüfen läßt. Es gibt keine handfesten Beweise dafür.«

»Sie wissen nicht, wie die Energiequelle für Ihre halbe Nahrungsmittelproduktion funktioniert?« fragte Gaeriel.

»Nein«, sagte Sonsen. »Wissen Sie denn, wie die Hyperantriebsaggregate funktionieren, die Sie hierhergebracht haben?«

Luke mußte unwillkürlich lächeln. Jenica Sonsens Einwand war berechtigt. Nur wenige lebende Menschen kannten die genaue Funktionsweise aller Maschinen, die sie benutzten. Wie es schien, waren sich die Centerpointer dessen nur bewußter.

»Jedenfalls müssen wir jetzt jeden Moment Hollowtown erreichen. Vielleicht wollen Sie es sich ansehen?« Die anderen Menschen traten zu ihr an die Sichtluke, während die beiden Droiden im hinteren Teil der Kabine blieben. Am Ende des Tunnels wurde ein Lichtfleck sichtbar. »Das ist die Glühkugel«, erklärte Sonsen. »Sie hat sich wieder normalisiert, zumindest vorübergehend. So sah sie die ganze Zeit aus.«

Die Turboliftkabine näherte sich dem Ende des Tunnels, wobei die Illusion entstand, daß sie sich immer schneller bewegte, während sie dem Licht nähe kam. Die Menschen in der Gruppe schirmten ihre Augen ab, um von der plötzlichen Helligkeit nicht geblendet zu werden.

Die Turboliftkabine erreichte das Ende des Tunnels und stürzte derart abrupt in die Tiefe, daß sich allen der Magen umdrehte. Aber niemand schenkte der plötzlichen Richtungsänderung große Beachtung. Alle waren viel zu sehr mit Hollowtown beschäftigt.

Oder von dem, was von Hollowtown übrig geblieben war.

Die Glühkugel war genau das, was ihr Name besagte, eine glühende Kugel aus Licht, die im exakten Zentrum der riesigen kugelförmigen Kaverne in der Luft hing. Sie sah wie eine Miniatursonne aus, warm, hell, angenehm, einladend. Aber die Landschaft unter ihr hatte nichts Einladendes an sich.

Hollowtown war ein verbranntes, geschwärztes Land aus Asche. Überall trieben trübe Staubwolken umher. Luke konnte die skelettierten Ruinen ausgebrannter Gebäude erkennen. Einst sorgfältig gehegte und gepflegte Obstgärten hatten sich in verkohlte Reihen von Baumstümpfen verwandelt. Das Wasser eines Sees war verdampft, der Seegrund lag frei, und überall, wie Kinderspielzeug in einer Badewanne, aus der das Wasser abgelaufen war, lagen die Überreste zerschmetterter Ausflugsboote herum.

Es war ein schrecklicher Ort, ein alptraumhafter Ort, und die Tatsache, daß er einst, vor nicht allzu langer Zeit, so malerisch schön gewesen sein mußte, machte alles nur noch schlimmer. »Normalerweise würde ich die Kabine anhalten, damit Sie sich draußen umsehen können«, sagte Sonsen. »Aber es gibt so gut wie keinen freien Sauerstoff mehr in der Luft. Er ist vom Feuer verbraucht worden. Ich weiß nicht, wie wir je wieder eine atembare Atmosphäre schaffen können. Was das betrifft, es war nicht gerade einfach, diese Turboliftkabine mit Atemluft zu versorgen. Sie verfügte über keine eigene Luftversorgung, nur über einen Kompressor, der von draußen Luft hereinpumpte. Die Luft im Tunnel und nahe der Rotationsachse war schon immer zu dünn zum Atmen. Nach der ersten Eruption installierten die Techs ein komplettes Luftversorgungssystem, damit ich die Kabine weiter benutzen konnte. Der Turbolift ist der schnellste, einfachste Weg vom Äquator zur Andockzone und der Techsek, wo ich Sie in Empfang genommen habe. Die Ingenieure bauten den Kompressor aus und ersetzten ihn durch einige Sauerstofftanks und einen Kohlendioxidfilter.«

»Was genau ist passiert?« fragte Lando.

»Die erste Eruption ereignete sich vor dreißig oder vierzig Standardtagen«, erklärte Sonsen, und ihre Stimme klang plötzlich traurig und müde. »Bis dahin gab es hier überall Parks, Farmen und luxuriöse Häuser. Es war ein wunderschöner Anblick. Die Glühkugel schien ununterbrochen. Die Farmer benutzten Schattenschilde, um das Licht zu blockieren und die Jahreszeiten zu simulieren. Unter den Schilden konnte man die Helligkeit regulieren; man mußte nur einen Schalter umlegen. Die Schilde selbst konnten wie Schatten aussehen oder wie silberne Blasen oder wie Rechtecke aus Gold – je nachdem, wie man sie einstellte. Die Leute dekorierten ihre Schilde nach ihrem Geschmack. Es herrschte eine besondere Atmosphäre, denn man wußte, daß es hier immer Tag war – aber unter jedem goldenen Fleck gab es eine private kleine Nacht. All das existiert jetzt nicht mehr. Es wurde zerstört. Von der Eruption zerstört.«

»Das war vor dem Beginn der Kommunikations-störung. Ich habe etwa zu dieser Zeit das System erreicht«, wandte Kalenda ein. »Aber ich habe nie etwas davon gehört. Der Vorfall hätte Schlagzeilen machen müssen.«

»Wir haben versucht, die Angelegenheit geheimzuhal-ten«, erwiderte Sonsen. »Die Föd-Dopp-Regierung war ohnehin schon schwach genug, und Terroristen geht es hauptsächlich um Publizität. Die Föds befürchteten eine Panik oder sogar eine Rebellion, wenn die Sache bekannt wird. Und ich schätze, sie hatten recht damit. Wir konnten verhindern, daß die anderen Welten davon erfuhren« – sie wies auf die Verwüstung jenseits des Fensters –, »aber die Flüchtlinge mußten alle nach Talus und Tralus gebracht werden. Die Neuigkeit verbreitete sich, und es kam tat-sächlich zu Rebellionen. Eine auf Talus, zwei auf Tralus. Eine der Gruppen – ich weiß nicht genau, welche – landete vor einiger Zeit mit einer Reihe Jäger irgendwo in der Süd-polregion und beanspruchte die Station für sich.« Sonsen zuckte die Schultern. »Was sollte ich tun? Allein gegen sie kämpfen? Ich ließ sie in Ruhe, und sie ließen mich in Ruhe – bis Sie sie vertrieben.«

»Was meinen Sie mit allein?« fragte Gaeriel. »Sind Sie der einzige Mensch auf der Station?«

Sonsen schüttelte den Kopf. »Wahrscheinlich nicht. Sie ist riesig. Wir haben versucht, alle zu evakuieren, aber ich vermute, daß einige zurückgeblieben sind. Ich habe nie-mand gesehen, aber das will nichts heißen.«

»Sie haben diese erste Eruption erwähnt«, sagte Lando. »Wie viele gab es insgesamt?«

»Nur noch eine weitere. Insgesamt zwei. Die zweite ereignete sich etwa einen Tag bevor das Abfangfeld und die Störsender aktiviert wurden. Und fragen Sie mich nicht, was für einen Sinn ein Terroranschlag hat, wenn niemand mehr übrig ist, den man terrorisieren kann.«

»Hm, hm«, brummte Lando nachdenklich. »Diese Station befindet sich genau im Zentrum zwischen Talus und Tralus. Sie bildet also das Baryzentrum, richtig?«

»Richtig«, bestätigte Sonsen und warf Lando erneut einen verwunderten Blick zu. »Hat man Sie denn *überhaupt* nicht informiert?«

»Es war nur eine rhetorische Frage«, erklärte Lando. »Die Glühkugel. Sie befindet sich genau im Zentrum von Hollowtown? Und Hollotown liegt genau im Zentrum der Station?«

»Ja – von ein paar Zentimetern Abweichung vielleicht abgesehen. Sie können sich ja einen Zollstock besorgen und nachmessen.«

Lando ignorierte Sonsens Sarkasmus. Er wies durch den riesigen kugelförmigen Hohlraum zur anderen Seite der Rotationsachse und legte dann den Kopf in den Nacken, um durch die Deckensichtluke zu schauen. »Diese kegelförmigen Gebilde, die aus dem Nord- und Südpol ragen, direkt an der Rotationsachse ... Was wissen Sie darüber?«

Luke blickte durch die Deckensichtluke und dann durch das vordere Fenster. Bis zu diesem Moment waren sie der einen Kegeltraube zu nahe gewesen, um sie deutlich erkennen zu können, und die andere war vom grellen Licht der Glühkugel verdeckt worden. Aber Lando schien sie in dem Moment, als sie sichtbar wurden, sofort entdeckt zu haben. Die beiden Trauben schienen identisch zu sein: ein größerer Zentralkegel, umringt von sechs kleineren Kegeln, in Höhe und Durchmesser gleich.

Sonsen zuckte ein wenig theatralisch die Schultern. »Ich

weiß, daß man die eine Traube die Südlichen Kegelberge und die andere die Nördlichen Kegel nennt. Finden Sie selbst heraus, welche welche ist. Früher haben sich hin und wieder ein paar Bergsteiger an ihnen versucht, aber selbst nahe der Null-G-Zone an der Rotationsachse ist der Aufstieg nicht leicht. Gibt es sonst noch irgendwelche lebenswichtigen Dinge, die Sie wissen wollen? Wie die Namen der Boote am Grund des verdampften Sees?«

»Nein«, sagte Lando sichtlich geistesabwesend. »Ich denke, das ist alles, was ich wissen muß.«

»Großartig«, knurrte Sonsen. »Irgendwann werde ich mal fünf Minuten opfern müssen, um alles Wichtige über *Ihre* Heimatwelt zu erfahren.«

»Hmmm? Was? Nein, nein. Es tut mir leid. So habe ich das nicht gemeint. Ich meine, ich weiß jetzt genug, um zu verstehen, was hier vor sich geht.«

»Nach fünf Minuten? Ich will Sie ja nicht beleidigen, aber unsere TND-Leute versuchen schon *etwas* länger, dies herauszufinden, und haben es immer noch nicht geschafft.«

»TND?« fragte Luke.

»Ich glaube, in diesem Zusammenhang dürfte es sich um den Technischen Nachrichtendienst handeln«, warf 3PO hilfsbereit ein.

»Ich bin sicher, daß Sie über tüchtige Leute verfügen«, sagte Lando, »und ich wollte nicht unhöflich oder abfällig klingen. Es ist einfach eine Frage der Perspektive. Sie haben hier drinnen ihr ganzes Leben verbracht, während ich als Außenstehender ...«

In diesem Moment stieß R2 einen leisen, unbehaglich klingenden Pfiff aus. Seine Kameraobjektive drehten sich nach oben, und dann wandte er sich an 3PO und gab eine Reihe von Piep- und Pfeiftönen von sich, die zu schnell aufeinanderfolgten, als daß Luke sie verstehen konnte.

»Nun gut, R2, ich werde nachfragen, auch wenn es sehr unhöflich ist, sich in das Gespräch anderer Leute einzumischen.« 3PO wandte sich an Jenica Sonsen. »Verzeihen Sie die Unterbrechung, Administratorin Sonsen, aber mein Kollege möchte wissen – und es scheint recht dringend zu sein –, ob die beiden bisherigen Glühkugeleruptionen plötzlich passierten oder ob vorher die Helligkeit der Lichtquelle allmählich zunahm.«

Sonsen war anzusehen, daß ihr mit jedem verstreichenden Moment die Besucher immer suspekter erschienen. »Sie haben interessante Droiden«, meinte sie, ohne jemand direkt anzusprechen. »Soweit wir feststellen konnten, hat die Helligkeit etwa eine halbe Stunde vor dem Ausbruch allmählich zugenommen. Wir wissen es nicht mit Sicherheit, denn niemand war zum Zeitpunkt der Eruption noch hier – und natürlich wurden alle Meßgeräte ebenfalls zerstört.«

R2 schaukelte auf seinen Rädern, pfiff aufgeregt und drehte den Kopf hin und her.

»Du liebe Güte!« rief 3PO. »Du hast völlig recht. Wir müssen sofort von hier verschwinden.«

»Was?« fragte Lando. »Warum? Was ist los?«

3PO wandte sich steif an Lando und sah ihn überrascht an. »Haben Sie es nicht bemerkt? Oh! Natürlich. Ich muß mich entschuldigen. Ihre Augen passen sich automatisch der Helligkeit an, so daß Sie die Veränderung nicht bemerken können. Eine interessante Demonstration der Verschiedenheit unserer Sinnesorgane.«

Lando funkelte den Protokolldroiden an. »3PO«, sagte er mit mühsam beherrschter Stimme, »wenn deine nächsten Worte nicht klarmachen, was das Problem ist, werde ich dich auf der Stelle abschalten und dein Sprachzentrum permanent lahmlegen. Was ist das Problem?«

3PO schien protestieren zu wollen, überlegte es sich dann aber anders. »Es ist ganz einfach, Captain Calrissian. In den letzten fünf Minuten hat die Helligkeit der Glühkugel um sechs Prozent zugenommen.«

»Anakin!« Jacen konnte *spüren*, daß sein kleiner Bruder ganz in der Nähe war, und er wußte sehr gut, daß Anakin auch ihn spüren konnte. Aber das Wissen um den Aufenthaltsort des jeweils anderen half ihnen in der derzeitigen Situation nicht weiter. Denn Jacen konnte außerdem spüren, daß Anakin Angst hatte und sich schuldig fühlte; er bereute längst, was er getan hatte.

In gewisser Hinsicht war es ein wundervolles Paradoxon. Wenn es in der Geschichte der Galaxis je ein Kind *verdient* hatte, in Schwierigkeiten zu geraten, dann Anakin Solo. Schließlich hatten sie versucht, diesen Ort geheim zu halten. Anakin hatte diese Absicht mit Bravour durchkreuzt.

Aber das schiere Ausmaß dessen, was er angerichtet hatte, machte es unmöglich, ihm Vorwürfe zu machen. Anakin konnte unmöglich gewußt haben, was er tat, oder er hätte es nie getan. Er war nur ein kleiner Junge, der es liebte, mit Maschinen zu spielen. Jacen mußte unwillkürlich an ein paar eigene Streiche denken, auf die seine Eltern mit unerwarteter Nachsicht reagiert hatten. Es waren natürlich keine großen Sachen gewesen, aber das Prinzip war das gleiche. Jacen hatte immer geglaubt, bei diesen Gelegenheiten einfach Glück gehabt zu haben. Vielleicht war es gar kein Glück gewesen, vielleicht hatten seine Eltern nur Verständnis für ihn gehabt.

»Anakin! Es ist alles in Ordnung! Niemand ist böse auf dich!« Nun, Chewbacca war nicht unbedingt *stolz* auf ihn, und Tante Marcha war nicht gerade erfreut darüber, daß Anakin ihren Schwebewagen verdampft und sie sich den Kopf aufgeschlagen hatte. Wenn es ihnen gelang, Q9-X2 zu reparieren – sofern das überhaupt noch möglich war –, dann konnte Anakin von dem Droiden auch nicht gerade Dank erwarten. Aber niemand war *böse*.

Nicht direkt. »Komm endlich raus.« Jacen wußte genau, daß es keinen Sinn hatte, Anakin zu suchen oder zu jagen. Er würde einfach davonlaufen und sich woanders verstecken. Jacen mußte ihn dazu bringen, von sich aus herauszukommen.

»Ich will hierbleiben!« rief Anakin.

Das war, so seltsam es auch klang, ein erster Schritt in die richtige Richtung. Jacen kannte seinen Bruder gut genug, um zu wissen, daß er nur überredet werden wollte. »Komm schon, Anakin«, sagte Jacen. »Du kannst dich nicht ewig verstecken.«

»Kann ich doch!«

»Aber es wird bald dunkel.« Aus Gründen, die nur den Erbauern dieser Anlage bekannt waren, funktionierte die Beleuchtung der einst kegelförmigen Kaverne nicht mehr, seitdem sie sich geöffnet hatte und der Himmel sichtbar war. Und draußen wurde es Nacht. »Was ist mit Essen?« fügte Jacen hinzu. »Bist du nicht hungrig?«

»Na ja, vielleicht ein bißchen.«

»Vielleicht ganz viel«, konterte Jacen. »Ich sag' dir was. Warum kommst du nicht raus und ißt was, und wenn du willst, kannst du dich hinterher wieder verstecken.« Der Vorschlag war natürlich unsinnig, aber das war schon in Ordnung. Anakin konnte so ohne Gesichtsverlust sein Versteck verlassen.

Lange Zeit herrschte Stille – und auch das war ein gutes Zeichen. Anakin dachte über seinen Vorschlag nach. Jacen wartete noch eine weitere Minute und machte dann einen neuen Versuch. »Anakin? Komm zurück zum Lager – zum Schiff – und iß was.« Ins Lager konnte er ihn schlecht bitten, denn von ihrem Lager war nicht viel übriggeblieben. Alles, was sich außerhalb des *Falken* befunden hatte, war zu Asche verbrannt.

»Kann ich wirklich zurückkommen und mich später wieder verstecken, wenn ich will?« fragte Anakin.

»Alles, was du willst«, versprach Jacen, denn er wußte, daß es kein Problem war, dieses Versprechen zu halten. Schließlich hatte Anakin keine Erlaubnis gebraucht, als er zum erstenmal weggelaufen war und sich versteckt hatte.

Beim nächstenmal würde er auch keine brauchen, sofern sie ihn nicht rund um die Uhr bewachten oder ihn einsperrten und die Tür zuschweißten. Und Jacen traute Anakin durchaus zu, daß er sich trotz Wächter und verriegelter Tür davonschlich.

»Nun gut, ich komme. Einen Moment.« Kurz darauf erschien Anakin im Eingang des Korridors. Er blieb dort stehen und sah seinen großen Bruder an.

»Es ist alles in Ordnung, Anakin, ehrlich.« Natürlich war nur *sehr wenig* in Ordnung, aber Anakin wußte, was Jacen meinte. Anakin kam näher, langsam zuerst, um dann plötzlich loszurennen, so schnell er konnte. Er schlang seine Arme um Jacen, und Jacen drückte ihn an sich.

»Es tut mir leid, Jacen. Ich wollte doch nichts Böses tun. Ehrlich.«

»Ich weiß, ich weiß. Aber was man will, ist manchmal nicht so wichtig. Viel wichtiger ist, was dabei herauskommt.« Jacen hörte sich nun fast wie sein Vater an. Plötzlich dachte er nicht mehr darüber nach, was sein Vater oder seine Mutter tun würden, sondern fragte sich, wie es ihnen wohl ging. Wahrscheinlich steckten sie auch in Schwierigkeiten, irgendwo. Das letzte, was er von ihnen gehört hatte, war, daß sie im Corona-Haus zurückgeblieben waren, als Chewbacca die drei Kinder, Q9 und Ebrihim herausgeholt hatte. Waren sie noch immer dort? Oder hatte Paps' Vetter Thrackan sie woanders eingesperrt? Oder war ihnen irgendwie die Flucht geglückt? Jacen wurde plötzlich von Schuldgefühlen überwältigt. Warum hatte er sich nicht öfter Sorgen um sie gemacht, häufiger an sie gedacht?

»Ich vermisse Mam und Paps«, erklärte Anakin. Er hatte sein Gesicht an Jacens Schulter vergraben, und seine Stimme klang ein wenig dumpf und ein wenig weinerlich.

Jacen war überrascht, als er diese Worte von seinem Bruder hörte. Offenbar waren sie sich ähnlicher, als Jacen gedacht hatte. »Ich auch«, versicherte Jacen. »Ich auch. Komm jetzt. Gehen wir zurück zu den anderen.«

Die beiden Jungen gingen Hand in Hand zum Zentrum der riesigen Kaverne. Anakin beruhigte sich allmählich soweit, daß er wieder Interesse an seiner Umgebung zeigte. Er blickte nach oben, wo die Decke der kegelförmigen Kaverne gewesen war und sich jetzt der Himmel befand.

»Mann«, sagte er. »Es hat sich wirklich einiges verändert.«

»Ja«, nickte Jacen. »Das kannst du laut sagen.« Er blickte ebenfalls nach oben und staunte erneut über den Anblick, der sich ihm bot.

Der Himmel verdunkelte sich, und mit ihm das Innere der Kaverne, aber die silbrige Oberfläche spiegelte das restliche Licht. Wahrscheinlich war es kurz vor Sonnenuntergang, auch wenn es sich nicht mit Sicherheit feststellen ließ. Alles, was sie sehen konnten, war ein kreisförmiger Ausschnitt des dunklen Himmels direkt über ihren Köpfen, mitten im Zenit. Jacen konnte hier und dort die ersten Sterne erkennen.

Sie gingen weiter auf den *Falken* zu und suchten vorsichtig ihren Weg durch die verkohlten Überreste ihrer Habseligkeiten. Alles außerhalb des Schiffes war zu Schlacke geschmolzen oder zu Asche verbrannt. Jacen und Anakin blieben erneut stehen und musterten den *Falken*. »Das Schiff ist schon wieder kaputt«, sagte Anakin. Es war keine Frage.

»Hm, ja. Wie's aussieht, sind alle Antriebssysteme durchgebrannt, bevor Chewbacca die Schilde aktivieren konnte.«

Anakin nickte langsam. »Das ist nicht gut«, meinte er.

Jacen blickte an den senkrechten, glatten, unbezwingbaren Wänden der ein oder zwei Kilometer hohen Kaverne nach oben. Wenn es Chewbacca nicht gelang, das Schiff zu reparieren, saßen sie hier unten fest. »Das ist wirklich nicht gut«, stimmte Jacen zu. »Komm.« Er wollte Anakin schon sagen, daß alle auf ihn warteten, aber dann dämmerte ihm, daß sein Bruder darüber nicht unbedingt erfreut sein würde. »Gehen wir rein.«

Die Herzogin Marcha von Mastigophorous saß im Mannschaftsraum des *Millennium Falken* und brütete düster vor sich hin. Ihre Umgebung trug auch nicht zu ihrer Erheiterung bei. Ihr Neffe Ebrihim spielte mit einer lustlos wirkenden Jaina Sabacc. Die Tatsache, daß Jaina schon mehrere Runden verloren hatte, bewies, wie groß ihre Lustlosigkeit war. Q9 oder das, was von ihm übriggeblieben war, lehnte an der gegenüberliegenden Spundwand des Raumes. Er erinnerte Marcha unangenehm an einen mumifizierten Leichnam, den man vergessen hatte zu begraben.

Sie selbst litt unter starken Kopfschmerzen, doch sie wußte, daß sie sich glücklich schätzen konnte, nicht ernster verletzt worden zu sein. Es war ein Wunder, daß keiner von ihnen getötet worden war. Nun, vielleicht war *Q9* getötet worden. Chewbacca war es zumindest noch nicht gelungen, ihn wiederzubeleben.

Natürlich war es möglich, daß es gar keine Rolle spielte, ob sie überlebt hatten oder nicht. Sie waren hier gefangen, und die meisten ihrer Rationen waren außerhalb des *Falken* gewesen, entweder im Kofferraum des Schwebewagens oder in den Frachtkisten, die sie ausgeladen hatten, um im Schiff Platz zu schaffen. Die Notvorräte des *Falken* würden noch eine Weile reichen, aber nicht ewig. Nach Marchas optimistischster Schätzung – die sie bis jetzt für sich behalten hatte – hatten sie noch Wasser für sechs Tage und Nahrungsmittel für zehn.

Und sie konnten sich vermutlich glücklich schätzen, wenn sie lange genug lebten, um sich über ihre Verpflegung Sorgen machen zu müssen. Sie teilte Chewbaccas Ansicht, daß das gewalttätige Erwachen des Repulsors die

Drallisten ausgelöscht hatte, was ein Glück war, aber *irgend jemand* mußte weit genug vom Unglücksort entfernt gewesen sein, um die Katastrophe zu beobachten und gleichzeitig zu überleben.

Sie sah zwei Möglichkeiten. Vielleicht hatten die Drall-Wissenschaftler die seismischen Erschütterungen oder elektrischen Störungen oder was auch immer bemerkt und würden kommen, um das Phänomen zu untersuchen. Allerdings kam ihr das *ein wenig* unwahrscheinlich vor, denn schließlich war Krieg, die meisten öffentlichen Einrichtungen waren geschlossen, und es gab erhebliche Reisebeschränkungen. Unangenehmerweise erschien es ihr weitaus wahrscheinlicher, daß irgendeine militärische Einheit, die mit Repulsorenergiedetektoren ausgerüstet war, den Repulsorausbruch registriert hatte, einen Ausbruch, der heftig genug gewesen sein mußte, um ihre Detektorschirme durchbrennen zu lassen. Und diese Leute würden zweifellos bald kommen und nachsehen, wer dafür verantwortlich war.

Es kam ihr unter diesen Umständen höchst unwahrscheinlich vor, daß es sich bei diesen Leuten um angenehme Zeitgenossen handelte. Und wenn man einmal von den häßlichen Dingen absah, die die meisten militärischen Gruppen in diesem System mit gefangenen feindlichen Zivilisten zu tun pflegten, stellte sich die Frage, was sie mit dem planetaren Repulsor anstellen konnten, wenn er sich erst einmal in ihrem Besitz befand. Viele skrupellose Leute suchten schon seit langer Zeit nach diesen Anlagen. Marcha wußte nicht, was sie sich von dem Repulsor erhofften, aber sie bezweifelte, daß es etwas Gutes war. Jedenfalls war klar, daß der Feind die Repulsoren für überlebenswichtig hielt. Es war durchaus im Bereich des Vorstellbaren, daß Anakin – indem er dem Feind diesen Repulsor ausgeliefert hatte – mit einem Streich den ganzen Krieg verloren hatte.

Aber sie behielt diese Gedanken ebenfalls für sich. Die

Situation war ohnehin schon schlimm genug, und es hatte keinen Sinn, alles noch schlimmer zu machen, wenn sich die Lage zweifellos auch von selbst verschlechtern würde.

Ihre einzige Hoffnung schien zu sein, daß es Chewbacca gelang, die Antriebssysteme des *Falken* zu reparieren. Der Wookiee arbeitete bereits an den Problem und wühlte, bis zu den Knien in Kabeln und durchgeschmorten Teilen stehend, in allen Wartungsschächten herum. Sie konnte von hier aus hören, wie er hämmerte und polterte. Er tat zweifellos sein Bestes, aber Marcha hatte erhebliche Zweifel, daß er es schaffen würde. Offenbar war der Ausbruch an Repulsorenergie so stark gewesen, daß es in allen Systemen zu Kurzschlüssen gekommen war. Höchstwahrscheinlich hatte ein ähnlicher elektromagnetischer Impuls Q9 ausgeschaltet.

Nein, die Lage war nicht gut. Nicht im geringsten. Und es kam ihr überaus unwahrscheinlich vor, daß sie sich verbessern würde.

Sie hörte Schritte auf der Rampe des *Falken*, und als sie aufblickte, betraten Jacen und Anakin den Mannschaftsraum. Ebrihim und Jaina sahen ebenfalls auf. Chewbacca schien sie auch gehört zu haben, denn nachdem die Jungen hereingekommen waren, tauchte er im Türrahmen auf und verharrte dort einen Moment.

»Hallo«, sagte Anakin. »Ich bin wieder da. Was ... was ich getan habe, tut mir schrecklich leid. Ich *wollte* nichts anstellen – aber ich habe es getan. Es tut mir leid.«

Eine schöne Untertreibung. Es war durchaus möglich, daß das Kind mit seinem Streich Millionen Wesen zu einem Dasein unter fremder Tyrannei verdammt hatte. Marcha konnte sich unschwer ein Szenario vorstellen, in dem der Verlust des Repulsors dazu führte, daß die Neue Republik den Krieg verlor und das Ansehen der Neuen Republik so beschädigt wurde, daß sie zerbrach. Eine schwere Bürde für die Schultern eines kleinen Kindes.

»Es wird alles wieder gut, Anakin«, versicherte Jaina.

»Wir finden schon einen Weg, alles in Ordnung zu bringen. Mach dir keine Sorgen.«

Marcha wechselte einen Blick mit ihrem Neffen und dann mit dem Wookiee. Keiner von ihnen schien in der Stimmung für Platitüden zu sein. Aber manchmal waren Platitüden alles, was man hatte. Und es gab Zeiten, die nach unbegründetem und unvernünftigem Optimismus geradezu schrien. »*Natürlich* wird alles wieder gut«, hörte sie sich selbst sagen, als sie aufstand und einen Schritt auf ihn zutrat. »Komm her, Anakin.«

Plötzlich brach der Junge in Tränen aus, stürzte zu ihr und klammerte sich an sie. »Ja, ja«, sagte sie und nahm ihn in die Arme. »Ja, ja.«

Wenn sie gewußt hätte, was genau sie mit diesen tröstenden Worten meinte, hätte sie vielleicht selbst darin Trost gefunden.

7. Kapitel

Erleuchtung

»Ich schätze, mir wird die Antwort nicht gefallen, wenn ich Sie frage, ob dieses Ding nicht schneller fahren kann«, sagte Lando. Die Turboliftkabine setzte ihren gemächlichen Abstieg zur Äquatorebene von Hollowtown und dem nächsten Ausgang fort. Die Helligkeit der Glühkugel hatte in dem Moment zugenommen, als sie die Hälfte der Strecke hinter sich gebracht hatten.

Jenica Sonsen schüttelte den Kopf. »Nein, Ihnen würde die Antwort nicht gefallen«, sagte sie.

»Das dachte ich mir schon.« Lando blickte durch die Deckensichtluke der Turboliftkabine. Die Glühkugel strahlte blendend hell, aber die Frage war, um *wieviel* heller sie jetzt war und wie schnell ihre Helligkeit zunahm. Vielleicht ließ es sich besser abschätzen, wenn er auf den Boden statt direkt in die Quelle blickte. Für einen Moment starrte er konzentriert den Boden an und gab dann auf. Daß 3PO ausnahmsweise einmal recht gehabt hatte, ärgerte ihn. Das menschliche Auge paßte sich einfach zu perfekt den Helligkeitsschwankungen an. Es gab keine Möglichkeit, per Augenschein festzustellen, wie schnell sich die Situation verschlechterte. Er hätte natürlich 3PO fragen können, aber nicht einmal mitten in dieser Krise wollte ein Teil von ihm dem Droiden diese Befriedigung gönnen. Außerdem würde Goldköpfchen wahrscheinlich von sich aus jeden Moment mit einem aktuellen Bericht über die Helligkeitsveränderungen herausplatzen und sie alle in den Wahnsinn treiben.

»Ich würde sagen, die Helligkeit hat um zwanzig Prozent zugenommen«, erklärte Luke. Natürlich. Mit seinen Jedi-Sinnen war ihm eine derartige Schätzung möglich. »Aber die Helligkeit ist nicht das einzige Problem. Je tiefer wir kommen, desto dichter wird die Luft und desto mehr Hitze kann sie speichern.« Luke wandte sich an Sonsen. »Bis zu welcher Temperatur ist diese Kabine hitzefest?« fragte er.

Sonsen zuckte die Schultern. »Woher soll ich das wissen? Ich bezweifle, daß sich jemand die Mühe gemacht hat, dies herauszufinden. Das hier ist schließlich ein Aufzug, kein Raumschiff. Aber es wird hier drinnen garantiert sehr heiß werden.«

»Die Temperatur ist tatsächlich schon merklich gestiegen«, meldete 3PO. »Wenn Sie es wünschen, kann ich Ihnen eine genaue Analyse der ...«

»Nein, wir wünschen es *nicht*«, unterbrach Lando. »Im Moment können wir sowieso nichts dagegen tun.« Er hob die Hand und berührte die Kabinenwand kurz mit seiner Fingerspitze. »Jedenfalls wird die Wand schon wärmer, so viel steht fest.«

»Wann können wir hier raus?« fragte Kalenda.

»In etwa fünf Minuten«, erwiderte Sonsen. »Aber es gibt ein Problem.«

»Was für ein Problem?« fragte Lando alarmiert.

»Es gibt einen Druckunterschied zwischen der Äquatorregion von Hollowtown und der Schale Eins auf der anderen Seite des Schotts. Keine große Sache, der Unterschied beträgt höchstens acht Prozent, aber das reicht, um eine Luftschleuse erforderlich zu machen. Die Hauptschleuse hat sich während der zweiten Eruption verklemmt. Sie war auch nur konstruiert, dem leichten Druckunterschied zwischen Hollowtown und Schale Eins standzuhalten. Ich habe sie nach der Eruption repariert, aber es war nicht einfach, und ich bin mir nicht sicher, ob sie immer noch funktioniert.«

»Also sitzen wir fest«, sagte Lando.

»Du liebe Güte! Wir werden alle bei lebendigem Leib geröstet«, rief 3PO.

»Du redest nur, wenn du gefragt wirst«, fuhr ihn Sonsen an. Offenbar teilte sie inzwischen Landos Abneigung gegen den Protokolldroiden. »Wir sitzen nicht fest«, sagte sie zu den anderen. »Direkt neben der Turboliftschleuse befindet sich eine Personenschleuse. Sie ist kleiner und robuster konstruiert und wurde viel häufiger benutzt, so daß sie eigentlich funktionieren müßte. Wenn wir die Turboliftschleuse nicht passieren können, nehmen wir die Personenschleuse.«

»Aber Sie haben doch gesagt, daß es dort draußen keinen Sauerstoff mehr gibt«, erinnerte Luke.

»Selbst wenn noch genug Sauerstoff vorhanden wäre, würden Sie dort draußen nach dem ersten Atemzug sterben. Der CO_2-Anteil ist sehr hoch; außerdem ist die Luft mit allen möglichen giftigen Verbrennungsrückständen verseucht.«

»Passen wir alle zusammen in die Schleuse?« fragte Luke.

»Nun, die Schleuse ist groß genug«, erklärte Sonsen. »Aber wir sollten uns in zwei Gruppen teilen. Das Schott auf unserer Seite ist normalerweise geschlossen. Es gibt auf unserer Seite eine Kontrolltafel, mit der man das Schott öffnen kann, doch man muß sie per Hand bedienen. Ich muß die Turbokabinentür öffnen, zum Schleusenschott laufen und es ebenfalls öffnen. Es wäre nicht besonders klug, wenn alle anderen darauf warten müßten, bis das Schott zur Seite gleitet.«

»Das verspricht interessant zu werden«, brummte Lando.

Sonsen lächelte humorlos. »Darauf können Sie wetten. Aber vielleicht haben wir Glück. Vielleicht funktioniert die Turboliftschleuse.«

»Vielleicht. Aber wenn sie nicht funktioniert und Sie zur anderen Luftschleuse müssen, komme ich mit. Mir hat früher Cloud City gehört. Ich kenne mich mit giftigen Atmosphären aus. Wenn es Probleme gibt, sollten Sie jemanden dabei haben, der Ihnen helfen kann.«

»Lando, wenn jemand sie begleitet, dann ich«, warf Luke ein.

»Nein«, wehrte Lando ab. »Dank deiner Jedi-Kräfte bist du der zäheste von uns. Vielleicht brauchen wir alle deine Hilfe. Du mußt auf uns alle aufpassen, während ich nur auf Sonsen und diese Luftschleuse achten muß.«

Luke schien protestieren zu wollen, nickte dann aber widerwillig. »Vielleicht hast du recht«, meinte er. »Und die Droiden sind gegen die giftige Luft immun. Sie können uns ebenfalls helfen.«

»Kalenda und ich sind auch nicht gerade hilflos«, sagte Gaeriel.

»Nein, Ma'am, und das wollte ich auch mit keiner Silbe andeuten«, versicherte Lando. »Aber wir haben jetzt keine Zeit für Höflichkeiten. Tatsache ist, daß Sonsen gehen muß, weil sie die Schleuse kennt. Jemand muß sie begleiten. Ich bin kein Held, aber ich habe die größte Erfahrung mit giftigen Atmosphären. Also fällt die Wahl auf mich. Und was das betrifft, im Vergleich zu Luke sind wir *alle* hilflos. Und ich möchte hinzufügen, daß Lieutenant Kalenda offenbar nichts dagegen einzuwenden hat.«

Gaeriel Captison sah von Lando zu Kalendas ausdruckslosem Gesicht. »In Ordnung«, seufzte sie. »Ich war lange genug in der Politik, um zu wissen, wann man einen Rückzieher machen muß.«

»Wir kommen immer tiefer«, sagte Luke. »Und die Hitze sorgt allmählich für Luftturbulenzen.«

Lando sah aus dem Fenster. Luke hatte recht. Die unteren, dichteren Luftschichten erhitzten sich schneller als die oberen, dünneren Schichten. Heiße und kalte Luftmassen mit unterschiedlichem Luftdruck waren der Motor jeder Wettermaschine, vor allem in einer rotierenden Hohlwelt mit wechselnder Schwerkraft. Überall entstanden Lufthosen, winzige Tornados, die Staub und Asche hochwirbelten.

Der Wind heulte laut, als die Kabine tiefer und tiefer

glitt und in den alptraumhaften Sandstürmen verschwand, die überall tobten. Eine Wand aus grobkörnigem Staub hüllte die Kabine ein und versperrte die Sicht, während der Wind Tausende kleiner Geschosse gegen die Außenseite prasseln ließ.

Plötzlich schlug der Wind um, und die Außenwelt wurde so abrupt wieder sichtbar, wie sie verschwunden war.

Sie schienen eine Art Wolkendecke passiert zu haben. Die Kabine bewegte sich entlang der leicht gekrümmten Innenwand der rotierenden Kugel in die Tiefe, von der Rotationsachse bis zu den Äquatorregionen, und inzwischen machte sich die zunehmende Schwerkraft bemerkbar.

»Wir sind fast da«, sagte Sonsen. »Gleich müßten wir langsamer werden.« Wie aufs Stichwort hin bremste die Kabine sanft ab. Lando wollte sich an der Kabinenwand festhalten, überlegte es sich aber im letzten Moment anders, denn die Wand war spürbar heißer geworden.

Die Kabine wurde immer langsamer, bis sie sich fast unmerklich, mit vielleicht fünfundzwanzig Zentimetern pro Sekunde, vorwärtsbewegte. Die wirbelnden Wolken rissen für einen Augenblick auf und enthüllten ein großes zweistöckiges Gebäude direkt vor ihnen. »Das ist der Haupteingangskomplex dieses Sektors«, erklärte Sonsen. Die Schienen der Turbokabine führten zu einem massiven doppelten Druckschott, jene Sorte, die sich in der Mitte öffnete, wobei die beiden Hälften zur Seite glitten. »Mal sehen, was passiert«, sagte sie. »Ich versuche es zuerst mit der Automatik.«

Einen Meter vor dem Schott hielt die Kabine an, und für einen Moment geschah nichts.

»Ist die Schleuse defekt?« fragte Gaeriel.

»Die Pumpen brauchen eine Weile für den Druckausgleich. Da, es geht los.« Die beiden Hälften des Druckschotts glitten zur Seite – aber als die Öffnung einen halben Meter groß war, verklemmten sie sich. »Verdammt«, fluchte Sonsen. »Genau wie beim ersten Mal. Ich werde versuchen, sie manuell zu öffnen. Hoffentlich habe ich Glück.«

Sie trat zu der Kontrolltafel neben der Kabinentür und verstellte einen Schalter von AUTO auf MANUELLE ÜBERBRÜCKUNG. Dann drückte sie einen Knopf, unter dem HOLLOWTOWN-NEBEN-SCHLEUSENSCHOTTS ÖFFNEN stand. Die Schotthälften knirschten, bewegten sich aber nicht vom Fleck. Sie drückte den SCHOTTS SCHLIESSEN-Knopf – und die Schotthälften schlossen sich langsam, um sich nach drei Zentimetern knirschend festzufressen. Sonsen wiederholte die ganze Prozedur, aber das Schott rührte sich nicht mehr von der Stelle. »Das war's«, sagte sie. »Das Schott öffnet sich nicht weit genug, um die Kabine passieren zu lassen, und es läßt sich auch nicht mehr schließen. Und das innere Schott öffnet sich erst, wenn das äußere geschlossen ist.«

»Gibt es keine Notüberbrückung?« fragte Lando. »Keine Möglichkeit, das innere Schott zu öffnen, wenn sich das äußere verklemmt hat?«

»Nein«, schüttelte Sonsen den Kopf. »Warum hätte man so etwas auch einbauen sollen? Schließlich gab es normalerweise auf jeder Seite des Schotts atembare Luft, und zehn Meter weiter ist eine weitere Luftschleuse. Ich habe Ihnen schon gesagt, daß wir uns in einer Turboliftkabine befinden, nicht in einem Raumschiff.«

»Also gut«, sagte Lando. »Wie's scheint, müssen wir aussteigen und zu Fuß weitergehen. Es wird Zeit für ein paar kleine Vorbereitungen.«

Er streifte sein Hemd ab, zog sein Vibromesser und schnitt das Hemd in Streifen. Ein größeres Stück Stoff steckte er zusammen mit dem Messer in seine Tasche. »Wickeln Sie sich diese Tuchstreifen um Mund und Nase«, sagte er. »Wenn Sie das Bewußtsein verlieren oder Ihr Atemreflex zu stark wird, filtert der Stoff mit etwas Glück das meiste Gift aus der Luft. Und wenn Sie atmen *müssen*, dann nur durch die Nase. Sie kühlt und filtert die Luft viel besser als Ihr Mund.«

»Hoffen wir, daß sich die Personenschleuse so schnell öffnet, daß Sie Ihr Hemd umsonst geopfert haben«, sagte Sonsen.

Lando grinste. »Es bricht mir das Herz, wenn ich meine Garderobe umsonst ruiniere«, meinte er, »aber ich schätze, dieses eine Mal werde ich's überstehen.« Lando wickelte einen Tuchstreifen um seinen Mund. »Wo ist die andere Luftschleuse?« fragte er. Durch den Stoff klang seine Stimme ein wenig dumpf.

»Man kann sie von hier aus nicht sehen«, erwiderte Sonsen. »Das Fenster ist zu klein. Aber sie befindet sich etwa zehn Meter links neben der Hauptschleuse. Wahrscheinlich entspricht ihr Innendruck dem auf der anderen Seite, aber die Anpassung sollte nicht lange dauern ...« Sonsen verstummte und blickte zur Kabinendecke, wo die Sauerstofftanks hingen. »Luftdruckanpassung«, murmelte sie. »Einen Moment. Ich habe eine Idee. Wenn wir die Luft aus den Tanks dort oben in die Kabine ablassen, müßten wir einen höheren Luftdruck als draußen erzeugen. Wenn wir dann die Tür öffnen, kann keine vergiftete Luft eindringen ...«

»Und wir hätten einen Druckvorhang«, sagte Lando. »Gute Idee! Dann könnte die zweite Gruppe nach uns die Tür schließen und hätte womöglich noch immer genug Luft zum Atmen.«

»Helfen Sie mir rauf«, bat Sonsen. Luke ging in die Knie und bot ihr seine verschränkten Hände an. Sonsen legte ihm die Hände auf die Schultern, um sich abzustützen, und stellte ihren Fuß in seine Hände. »Okay«, sagte sie, »hoch.«

Luke stemmte sie so mühelos in die Höhe, als hätte sie kein Gewicht.

»Mann«, staunte Sonsen. »Captain Calrissian, Ihr Freund ist *stark*. Jetzt nicht wackeln. Etwas nach rechts –

nein, ich meine, nach *links*. Ein Stück zurück. Okay, gut.«
Sonsen griff nach dem Druckregler und berührte ihn vorsichtig. »Es wird eindeutig heißer«, stellte sie fest, »aber noch nicht so heiß, daß es brennt. Noch nicht.«

»Ich würde empfehlen, daß wir uns beeilen«, warf 3PO ein. »Die Helligkeit der Glühkugel hat sich jetzt um fünfunddreißig Prozent erhöht.«

»Vielleicht sollten wir diesen Droiden zurücklassen, wenn wir von hier verschwinden«, knurrte Sonsen, als sie den Regler so weit wie möglich aufdrehte. Sofort ertönte ein lautes Zischen.

Lando machte kauende Bewegungen und spürte ein Knacken in den Ohren. »Einverstanden«, sagte er. »Ich versuche schon seit Jahren, ihn loszuwerden.«

»Vergeßt es«, wehrte Luke ab. »3PO und ich haben zusammen eine Menge durchgemacht.«

»In Ordnung«, sagte Sonsen. »Das dürfte genügen. Lassen Sie mich runter.«

Luke stellte sie wieder auf den Boden.

»Okay«, brummte Lando. »Administratorin Sonsen – Jenica – wie sieht Ihr Plan genau aus?«

»Ich werde die Tür hier öffnen«, erklärte sie. »Dabei sollte ein Teil unserer Innenluft nach draußen entweichen und den Zustrom giftiger Luft zumindest verlangsamen. Lando und ich steigen so schnell aus, wie wir können, und laufen zur anderen Schleuse. Sobald wir draußen sind, werden Sie« – Sonsen wies auf Gaeriel – »die Tür wieder schließen, indem Sie diesen Knopf hier drücken. Okay?«

»Okay.«

»Wenn die Tür geschlossen ist, wird wieder saubere Tankluft in die Kabine gepumpt, aber sie wird trotzdem von den eingedrungenen Giftstoffen verunreinigt sein. Atmen Sie sie trotzdem ein, ganz gleich, wie stark sie verschmutzt ist. Die Luft draußen ist viel stärker vergiftet. Also atmen Sie so tief wie möglich durch, sobald sich diese Tür geschlossen hat. Geben Sie uns drei Minuten – nicht mehr und auch nicht weniger –, dann öffnen Sie wieder die Tür und rennen los. So haben wir genug Zeit, die Schleuse zu erreichen, auf die andere Seite zu kommen, für den Druckausgleich zu sorgen und das Außenschott zu öffnen. Und *beeilen* Sie sich. Wenn die Droiden mit Ihnen Schritt halten können, gut. Wenn nicht, lassen Sie sie auf dieser Seite der Schleuse zurück, und wir holen sie beim nächsten Durchgang ab. Sie brauchen schließlich nicht zu atmen. Alles klar?«

»Alles klar«, bestätigte Luke.

»Wir werden mit Sicherheit zurückgelassen!« rief 3PO in seinem theatralischsten Ton, und selbst R2 gab eine Art leises Stöhnen von sich.

Lando schenkte ihnen keine Beachtung. Nicht, wenn ganz Hollowtown kurz davor stand, erneut in Flammen aufzugehen. Dabei war das nicht einmal das Schlimmste. Wenn die Eruption der Glühkugel bedeutete, was er vermutete, dann war eine Kleinigkeit wie der Feuertod von fünf Menschen und zwei Droiden nicht weiter von Bedeutung.

»Okay«, sagte Lando, »bindet euch die Tücher vor Mund und Nase und haltet euch genau an meine Anweisungen. Wir brauchen so viel Sauerstoff wie möglich im Blut und der Lunge, bevor wir nach draußen gehen können. Der erhöhte Druck wird helfen, aber wir müssen mehr tun. Atmet alle schnell und flach. Das wird euch helfen, hinterher die Luft ein wenig länger anzuhalten.« Lando befolgte seinen eigenen Rat und begann schnell, flach und keuchend zu atmen. Es war auf längere Zeit nicht gerade gesund, aber es würde ihm helfen, die nächsten fünf Minuten zu überstehen. Er betrachtete durch die Sichtluke die wirbelnden, trüben Wolken aus Asche und Ruß und schüttelte den Kopf. »Atmet das Zeug dort draußen auf keinen Fall ein«, sagte er zwischen seinen keuchenden Atemzügen. »Es wird euch sonst ein Loch in die Lunge brennen.«

Lando atmete weiter, bis er sich leicht benommen fühlte.

Er hoffte nur, daß er nichts durcheinanderbrachte. »In Ordnung«, sagte er. »R2, du stoppst die Zeit. In drei Minuten kommt ihr nach. Also los.«

Sonsen band sich ihr Tuch vor Mund und Nase, vergewisserte sich, daß alle ihrem Beispiel gefolgt waren, und drückte dann den TÜR ÖFFNEN-Knopf.

Die Luft fauchte mit erschreckender Schnelligkeit aus der Turboliftkabine, dann strömte glutheiße Luft herein und brachte giftigen Staub und Rauch und Asche mit. Sonsen stürzte geduckt aus der Tür, und Lando folgte ihr, von dem stechenden, brennenden, allgegenwärtigen Rauch schon halb geblendet. Für den Schutz ihrer Augen hatten sie nichts tun können. Zum Teufel, wo war Sonsen? Hatte er sie bereits verloren?

Die Luft – sofern man dies als Luft bezeichnen konnte – wurde vom heulenden Wind durcheinander gewirbelt, und für einen Moment zerriß der Rauch. Durch die Tränen in seinen Augen sah er sie, wie sie auf das Gebäude zurannte.

Die Hitze war fast so schlimm wie die vergiftete Luft und der Staub. Schon jetzt war er in Schweiß gebadet, und die salzigen Tropfen perlten von seinen Brauen in seine Augen, so daß er noch weniger sehen konnte. Er widerstand dem Drang, sich die Stirn abzuwischen – und dem Drang zum Luftholen. Erstaunlich, wie schnell man sich danach sehnte, wieder atmen zu können, wenn man erst einmal damit aufgehört hatte.

Unwichtig. Sonsen – Jenica – hatte die Luftschleuse erreicht und hantierte an den sehr altmodisch aussehenden Kontrollen, aber die Metallknöpfe und -schalter waren bereits zu heiß, als daß man sie mit bloßen Händen anfassen konnte. Lando zog den Hemdfetzen aus seiner Tasche – wobei er darauf achtete, nicht sein Vibromesser zu verlieren – und gab ihn ihr.

Sie nickte dankbar, ohne kostbare Luft für Worte zu verschwenden, und wickelte den Stoff um ihre Hand. Sie legte einen Hebel um und leitete den Druckausgleich zwischen dem Inneren der Luftschleuse und der Außenwelt ein. Der Druck hier draußen war höher, wie die Wolke aus Rauch und Ruß verriet, die in die Schleuse gesaugt wurde. Jenica legte einen zweiten, längeren Hebel um, und die Tür schwang auf. Sie winkte Lando ungeduldig zu, aber er brauchte keine Extraaufforderung. Die Schleusenkammer war groß genug, um zwanzig oder dreißig Leute gleichzeitig aufzunehmen. Das war nicht gut. Je größer die Schleuse, desto mehr Luft mußte bewegt werden und desto länger würde es dauern.

Der Staub und der Rauch tanzten in der vergifteten Luft, als Lando in das überhitzte Innere der Schleuse stolperte – und plötzlich erkannte, daß Jenica nicht bei ihm war. Er fuhr herum und sah sie keuchend und würgend, mit dem Gesicht nach unten, vor der Schleuse auf dem Boden liegen.

Seine eigene Lunge fühlte sich an, als würde sie im nächsten Moment platzen, aber Lando zwang sich, zu ihr zu gehen. Er packte sie unter den Armen und zog sie herein, wobei er am liebsten lauthals die viel zu hohe Schwerkraft in den Äquatorregionen von Centerpoint Station verflucht hätte, aber dafür fehlte ihm die Luft.

Halb blind von den giftigen Chemikalien, die in seinen Augen brannten, wuchtete Lando Jenica Sonsen in die Schleuse. Er wollte sie schon aufs Deck sinken lassen, als er bemerkte, wie heiß der Metallboden inzwischen geworden war. Er legte ihren linken Arm um seine Schulter und stützte sie, während er fieberhaft nach den inneren Schleusenkontrollen suchte. Sie kam wieder zu sich und entlastete ihn ein wenig von ihrem Gewicht. Heftig hustend deutete sie mit einem zitternden Finger in eine Ecke der Kammer.

Lando blickte in die entsprechende Richtung. Dort! Er

schleppte Jenica in die Ecke und legte den Hebel der Schleusentürkontrolle um, wobei er sich die Hand verbrannte. Das Metall war heiß und wurde immer heißer. Es schien ewig zu dauern, bis sich die Tür geschlossen hatte.

Kaum war sie ins Schloß gefallen, drückte er auch schon den Luftpumpenknopf, aber die Pumpen sprangen bereits automatisch an – allerdings bliesen sie keine Frischluft in die Kammer, sondern pumpten die vergiftete Luft nach draußen in die Schale Eins, wie Jenica das Deck auf der anderen Seite des Schotts genannt hatte. Die Luftpumpen surrten geschäftig und wirbelten die Asche und den Ruß hoch.

Landos Lunge schrie nach Luft. Er mußte unbedingt wieder atmen. Er hatte das Gefühl, jeden Moment das Bewußtsein zu verlieren, aber er wußte, daß er sich eine Ohnmacht nicht leisten konnte. Wenn er ohnmächtig wurde, gewann sein Atemreflex wieder die Oberhand – und das würde ihn wahrscheinlich umbringen.

Der Druckausgleich war hergestellt, und das andere Schleusenschott öffnete sich. Die Luft draußen war kühler als das Gasgemisch in der Schleuse, und der Temperaturunterschied löste eine heftige Bö aus, als die heiße, giftige Luft hinaus in die Schale Eins entwich – und reine, kühle Luft in die Schleusenkammer strömte.

Lando ließ Jenica los und sank auf die Knie. Er spürte kaum die brennende Hitze des Decks, als er nach Luft schnappte, hustend, würgend, mit schmerzender Lunge. Er riß den Tuchstreifen von seinem Mund und hustete noch heftiger, spuckte den bitteren Schleim aus, der in seinen Mund gedrungen zu sein schien. »Raus«, krächzte er. »Wir müssen ... raus ... die Schleuse für die anderen vorbereiten.«

Jenica war neben ihm zusammengebrochen. Sie nickte, unfähig zu sprechen. Sie halfen sich gegenseitig hoch und stolperten aus der Schleusenkammer. Die Luft hier draußen war eine wirbelnde Masse aus beißendem, schwefeligen Rauch – aber es gab hier auch Luft, frische Luft. Das Atmen fiel ihnen wegen des Staubs und Rauchs im Moment zwar noch schwer, aber wenigstens konnten sie atmen.

Jenica trat an die Nebenkontrolltafel von Schale Eins und legte den altmodischen Hebel um, der das innere Schott zuschwingen ließ.

»Warten Sie!« rief Lando. Er hatte etwas entdeckt. Neben dem Schleusenschott stand ein Regal mit Notausrüstung – darunter zwei kleine Sauerstofflaschen mit Atemmasken. Lando griff nach einer Flasche, drehte das Ventil auf und warf sie in die Schleuse. Der Großteil des Sauerstoffs – oder vielleicht der ganze – würde natürlich ungenutzt ausströmen. Aber das spielte keine Rolle. Auch bei voll aufgedrehtem Ventil würde es zehn oder fünfzehn Minuten dauern, bis der gesamte Sauerstoff ausgeströmt war. Etwas zusätzlicher Sauerstoff konnte auf keinen Fall schaden. Und selbst wenn alle vom Rauch geblendet waren, würde einer von ihnen vielleicht das Zischen hören, die Maske finden und aufsetzen.

Die Tür schloß sich, Jenica legte den Hebel um, der das Schott auf der Hollowtown-Seite öffnete, und das war es dann. Sie drehte sich um und rutschte an der Wand langsam zu Boden. Lando nahm die andere Sauerstofflasche und setzte sich ihr gegenüber auf den Boden. Er drehte das Ventil auf und reichte ihr die Flasche.

Jenica setzte die Atemmaske auf und holte tief Luft – und wurde von einem weiteren Hustenanfall geschüttelt. Sie versuchte es erneut, mit größerem Erfolg. »Puh«, machte sie. »Ich wollte das Zeug nicht einatmen, aber etwas davon muß mich erwischt haben.« Sie gab Lando die Flasche. Er setzte die Maske auf und atmete tief ein. Der kühle, reine Sauerstoff schmeckte wundervoll süß. »Können wir ihnen sonst noch irgendwie helfen?« fragte er.

Sie schüttelte den Kopf. »Eigentlich nicht. Die Schleusenkammer hier hat eine Sichtluke. Die Sicherungen verhindern, daß man beide Schotts gleichzeitig öffnet, aber vielleicht gelingt es mir, die Luke auf dieser Seite zu öffnen, bevor die Kammer wieder mit Luft geflutet wird. Das könnte die Sache ein wenig beschleunigen. Aber das ist auch alles.«

Sie hatten insgesamt neunzig Sekunden gebraucht, um ihr Ziel zu erreichen. Erstaunlich, wie lang ihm diese kurze Zeitspanne vorgekommen war. Doch jetzt mußten sie sich auf die Ankunft ihrer Freunde vorbereiten. Lando nahm einen weiteren tiefen Atemzug aus der Sauerstoffflasche und reichte sie wieder Jenica. »Kommen Sie«, sagte er. »Stellen wir die Schleusenkontrollen so ein, daß sich das Innenschott schneller öffnet.«

»Ja. Sie haben recht. Ich habe das unangenehme Gefühl, daß Ihre Freunde es schwieriger haben werden als wir.« Jenica stand auf und rieb sich das Gesicht. Als sie ihre Hand senkte, war sie noch schmutziger als vorher. »Brennende Sterne, ich muß schrecklich aussehen.«

»Sie haben schon mal besser ausgesehen«, sagte Lando lächelnd. »Die Staubschicht auf Ihrem Gesicht muß einen Zentimeter dick sein.«

»Oh, *das* läßt sich mit etwas Wasser und Seife beheben«, meinte sie. »Aber ich will gar nicht daran *denken*, was mit meinem Haar passiert ist.«

Luke Skywalker behielt R2 im Auge und wartete darauf, daß die drei Minuten um waren. Er zwang sich zur Ruhe, zur Gelassenheit. Ein Jedi kannte keine Ungeduld.

Doch manchmal schon. Die Lage geriet allmählich außer Kontrolle. Die Temperatur in der Kabine war dramatisch gestiegen, als die Luft von draußen eingedrungen war. Alle schwitzten. Und alle – selbst der große Jedi-Meister – hatten Atemschwierigkeiten.

Kalenda hustete erneut und fluchte gepreßt. »Wie lange noch?« fragte sie. Entweder lag es am Rauch oder an dem Tuch vor ihrem Mund – jedenfalls klang ihre Stimme dumpf und ein wenig heiser.

»Noch etwa dreißig Sekunden, schätze ich«, sagte Luke. »Machen wir uns fertig. Ihr beide geht zuerst, damit ich euch im Auge behalten kann«, erklärte er.

Gaeriel schien protestieren zu wollen, aber Luke fiel ihr ins Wort. »Jetzt ist keine Zeit für falsche Bescheidenheit«, sagte er. »Meine Jedi-Kräfte machen mich euch überlegen. Wenn nicht, dann hätte ich all die Jahre umsonst trainiert. R2, 3PO, ihr kommt nach mir. *Ihr* paßt auf *mich* auf. Und auf die anderen. Wir brauchen vielleicht eure Hilfe – aber vielleicht sind wir schneller als ihr. Wenn wir die Schleuse zuerst erreichen, müssen wir euch auf dieser Seite zurücklassen – aber wir holen euch so schnell wie möglich nach. In Ordnung?«

R2 pfiff und piepte, drehte dabei seinen Kopf hin und her. »Ich kann R2 nur zustimmen«, sagte 3PO. »Gegen die giftige Atmosphäre mögen wir immun sein, aber die aggressiven Chemikalien in der Luft und die steigenden Temperaturen könnten uns Schaden zufügen. Lassen Sie uns bitte nicht zu lange warten.«

»Das werde ich nicht«, versicherte Luke. »Ich verspreche es.«

3PO nickte glücklich. »Ich bin froh, das zu hören«, erklärte er. Offenbar war das Wort eines Jedi-Meisters selbst für einen Protokolldroiden gut genug.

»Kalenda, Gaeriel – seid ihr bereit?«

»Eigentlich nicht«, sagte Gaeriel und hustete. »Aber ich bezweifle, daß ich für ein derartiges Unternehmen je bereit sein werde. Gehen wir.«

Kalenda nickte und beließ es dabei.

»Es geht los«, sagte Luke und drückte den Kopf.

Erneut schlug ihnen ein Schwall glühend heißer Luft entgegen, als sich die Tür öffnete. Der Wind wurde immer stärker, während die Glühkugel immer mehr Energie in das System pumpte. Gaeriel trat hinaus in den Sturm und wurde fast zu Boden geworfen, aber Kalenda konnte sie im letzten Moment festhalten. Luke folgte ihnen und wurde beinahe auch umgeblasen. Die Hitze war unglaublich, und die giftigen Gase schienen sich in seine Haut, seine Augen zu fressen. *Für einen Jedi gibt es keinen Schmerz*, sagte sich Luke. *Es gibt Bewußtheit. Es gibt Ruhe.* Die drei Menschen bogen um die Turboliftkabine – und stellten fest, daß sie sich bisher im Windschatten befunden hatten. Der korrosive Sturm blies ihnen jetzt mit voller Kraft ins Gesicht, blendete sie vollständig, zwang sie, die Augen zusammenzukneifen. Der Wind trug feinkörnigen Sand mit sich, der ihre Haut wie mit Nadeln malträtierte.

Für einen kurzen Moment hatte Luke freie Sicht, bevor ihn die brüllende Wand aus Staub und Asche wieder umgab, einen Moment, in dem er sah, wo sich das Luftschleusenschott befand – und sah, wie es für sie aufschwang. Dieser eine Moment mußte genügen. Es war mehr als sinnlos, in diesem Sturm die Augen zu öffnen. Er konnte ohnehin nichts erkennen und riskierte nur den Verlust seiner Sehkraft. Er mußte seinem Instinkt folgen – und den anderen den Weg weisen. Er griff mit der Macht hinaus und fand Kalenda und Gaeriel Hand in Hand nur ein oder zwei Meter vor sich. Sie gingen in die falsche Richtung. Durch den Wind waren sie vom Weg abgekommen.

Luke stemmte sich gegen den Sturm, ließ sich von der Macht leiten, bekam Kalendas Hand zu fassen und zog sie in die richtige Richtung. Kalenda folgte bereitwillig, und Luke konnte Gaeriel in der Macht spüren, konnte fühlen, wie sie einen Moment zögerte und dann ebenfalls folgte.

Luke wurde sich des Brennens in seiner Brust bewußt. Luft. Er brauchte Luft. Und wenn *er* schon den verzweifelten Drang zum Luftholen spürte, dann mußten die anderen kurz vor dem Zusammenbruch stehen.

Näher. Näher. Vor seinem geistigen Auge konnte er das Schott sehen. Dank der Macht und der Präzision seiner Jedi-Sinne wußte er genau, wo es war. Aber dieses Wissen brachte ihn nicht schneller hin, half ihm nicht gegen den Widerstand dieses tödlichen Windes.

Endlich. Sie waren am Ziel. Er wagte immer noch nicht, die Augen zu öffnen, aber er wußte, daß sie am Eingang der Schleuse waren. Er zog Kalenda an sich vorbei und schob sie hinein, dann Gaeriel, trat ebenfalls ein – und prallte gegen etwas Metallisches, etwas Hartes, Eckiges, Großes. Plötzlich wurde ihm klar, daß es 3PO war. »Wie es scheint, waren R2 und ich doch schneller als Sie, Master Luke!« schrie 3PO über das Heulen des Sandsturms hinweg. Ein Droide konnte in diesem Chaos sprechen, ohne dabei Luft zu verschwenden oder Sand in den Mund zu bekommen. Luke konnte es nicht und entschied sich deshalb für ein Nicken.

Luke nickte und ging in den hinteren Teil der Schleusenkammer, um dem stechenden Wind zu entrinnen. Er wischte sich den Staub aus den Augen und riskierte es, sie zu öffnen – gerade rechtzeitig, um zu sehen, wie das Schott zuschwang.

Hinter ihm flackerte es plötzlich orangerot auf. Er fuhr herum. Gaeriel und Kalenda standen eng umschlungen, mit geschlossenen Augen, in der Mitte der Kammer und husteten mitleiderregend. Und Gaeriels langes, wallendes weißes Gewand brannte – sie selbst hatte es noch nicht bemerkt. Luke stürzte zu ihr, warf sie zu Boden und legte sich auf sie, um die flackernden Flammen zu ersticken. Seine Flugmontur war isoliert und feuerfest. Er spürte für einen Moment Hitze an seiner Brust, und das war alles. Das Feuer erlosch. Er rollte sich zur Zeite und half ihr auf die Beine. Ein rotglühender Metallsplitter, der von irgendwoher, wo noch größere Hitze herrschte, herangeweht worden sein mußte, hatte sich offenbar in Gaeriels Gewand verfangen. Aber wie konnte es ohne Sauerstoff brennen?

Luke hörte hinter sich ein Zischen und sah sich um. Eine Sauerstoffmaske. Lando und Sonsen hatten eine Sauerstoffmaske in die Schleusenkammer geworfen – und Gaeriel hatte auf ihr gestanden. Der Sauerstoff mußte sich unter ihrem Gewand gesammelt haben. Die Chancen dafür standen eins zu einer Million, aber es war passiert und hätte Gaeriel beinahe umgebracht.

All das schoß ihm durch den Kopf, während er bereits nach der Maske griff. Er riß Gaeriel den Tuchstreifen vom Mund und drückte ihr die Sauerstoffmaske auf Mund und Nase. Noch immer halb blind und wahrscheinlich ohne überhaupt zu wissen, warum Luke sie zu Boden geworfen hatte, wich sie im ersten Moment vor der Maske zurück, bis sie erkannte, was es war. Dann griff sie gierig danach, öffnete den Mund und atmete tief ein. Fast sofort hustete sie los. Luke reichte die Maske an Kalenda weiter, die zwei tiefe Atemzüge nahm, bevor sie sie Luke zurückgab.

Luke riß sein Mundtuch ab, stieß den letzten Atemzug aus, den er in der Turboliftkabine gemacht hatte, und holte dann so tief und lange Luft, wie es die Maske erlaubte. Ihm dämmerte, daß er in den letzten Sekunden bereits rote Flecken gesehen hatte. *Selbst ein Jedi-Meister muß atmen*, sagte er sich.

Er gab die Maske gerade an Gaeriel weiter, als das innere Schott abrupt aufschwang und die Luft in der Schleusenkammer in einer letzten erstickenden, blendenden – aber nun harmlosen – Staubwolke nach draußen entwich.

Sie hatten es geschafft.

»Ich habe *gebrannt*?« fragte Gaeriel und starrte die Überreste ihres Gewandes an. Jenica hatte sie zu einer kleinen Krankenstation nahe der Schale-Eins-Seite der Luftschleuse geführt. Alle hatten sich Schnitte, Schrammen, Prellungen und leichte Verbrennungen zugezogen, die behandelt werden mußten. Alle brauchten außerdem ein Bad und frische Kleidung, aber das konnte noch etwas warten. »Ich habe *gebrannt* und es nicht einmal bemerkt?«

»Das können nicht viele von sich sagen«, meinte Luke lachend. »Ich entschuldige mich dafür, daß ich dich zu Boden geworfen habe ...«

»Und *ich* entschuldige mich dafür, daß ich diese Sauerstoffmaske in die Schleuse geworfen habe«, fügte Lando hinzu.

»Ihr müßt euch nicht entschuldigen«, sagte Gaeriel etwas zu scharf. Sie trat an das Waschbecken und schrubbte ihre Hände. »Die Maske hat uns allen wahrscheinlich das Leben gerettet. Ich war schon halb bewußtlos, und wenn ich ohnmächtig geworden wäre und noch mehr von diesem Zeug eingeatmet hätte – nun, im besten Fall hätte ich mir etwas viel Schlimmeres als eine wunde Kehle zugezogen. Und ich ziehe verletzten Stolz jederzeit eine Verbrennung dritten Grades vor.«

»Ich schätze, wir alle haben ziemliches Glück gehabt«, sagte Kalenda in einem ernsteren Tonfall, während sie Heilspray auf Jenicas verbrannte Haut sprühte. »So, wie die Temperaturen gestiegen sind, hätten wir es fünf Minuten später wohl nicht mehr geschafft.«

»Wie sieht es jetzt auf der anderen Seite aus, R2?« fragte Luke, als Lando eine antiseptische Lösung auf die Brandblasen auf seinem Gesicht sprühte, eine Folge der glühend heißen herumfliegenden Sandkörner. »Au! Das Zeug brennt.«

»Halt still«, knurrte Lando und strich Salbe auf die schlimmsten Verbrennungen. »Bin gleich fertig.«

R2, der sich an das Terminal der Krankenstation angeschlossen hatte, zwitscherte und pfiff und summte und piepte aufgeregt.

»Du liebe Güte«, entfuhr es 3PO. »Die Situation auf der anderen Seite verschlechtert sich *rapide*.«

»Was hat dieses R2-Ding gesagt?« fragte Jenica. »Nicht alle von uns verstehen Vogelgezwitscher.«

»Wo wir noch vor zehn Minuten waren, hat die Temperatur den Siedepunkt von Wasser erreicht und steigt weiter an«, sagte 3PO. »Die funktionsfähigen Detektoren registrieren in der Nähe der Glühkugel Temperaturen von fünfhundert Grad und höher – und wahrscheinlich gibt es

Stellen, wo die Temperaturen noch viel höher sind, nur daß dort die Detektoren nicht mehr funktionieren.«

»Das ist nicht gut«, meinte Lando. »Das ist überhaupt nicht gut.«

Jenica Sonsen nickte. »Und diesmal hat es vermutlich nicht einmal einen Terroranschlag gegeben«, erklärte sie. »Schon zwei Anschläge machen nicht viel Sinn – aber drei?«

»Ich denke, Sie haben sich in diesem Punkt gründlich geirrt«, sagte Lando. »Sehr gründlich sogar. Ich fürchte, Ihre Leute hier waren nicht die geplanten Opfer. Ich denke, sie waren eher so etwas wie unbeteiligte Zuschauer, die zufällig im Wege waren.«

Jenica fuhr herum und sah Lando scharf an, während sie die mit der Brandsalbe behandelte Hand vorsichtig bewegte.

»Captain Calrissian – Lando –, Sie haben schon vorhin ein paar Dinge gesagt, die den Eindruck erweckten, als wüßten sie, was all das zu bedeuten hat. Würden Sie es uns jetzt vielleicht erklären?«

Lando stieß einen tiefen Seufzer aus. »Ich schätze, Sie haben recht«, sagte er. »Aber es wird keinem gefallen. Vielleicht irre ich mich auch – aber andererseits liegt es auf der Hand.«

»Was meinst du damit?« fragte Luke.

»Centerpoint«, sagte Lando. »Centerpoint ist das Zentrum des Geschehens. Denk mal drüber nach. Diese Krise wird von drei großen, beeindruckenden, unerklärlichen Technologien bestimmt. Die erste – und am leichtesten zu erklärende – ist die systemweite Kommunikationsstörung. Beeindruckend, aber eigentlich braucht man dafür nur eine Unmenge an Energie. Und von wo geht die Kommunikationsstörung aus?«

»Von Centerpoint«, nickte Jenica. »Ohne Wissen von Föd-Dopp – und wir kontrollieren die Station.«

»Wenigstens haben Sie das geglaubt«, korrigierte Lando.

»Die zweite Technologie ist das Abfangfeld. Auch daran ist nichts Unerklärliches, abgesehen von der Größe vielleicht. Man braucht dafür nur einen genügend leistungsstarken Gravitationsgenerator. Von wo geht das Abfangfeld aus?«

»Von Centerpoint«, sagte Jenica wieder. »Und aus einigen Ihrer Bemerkungen von vorhin schließe ich, daß es mit unserer Position im Baryzentrum des Gravitationspotentials zusammenhängt.«

»Richtig. Ich weiß zwar nicht wie, aber mir scheint, daß Centerpoint den Gravitationsausstoß der Doppelwelten anzapft. Ich vermute, daß irgend jemand einen Weg gefunden hat, diese Energien in ein Abfangfeld zu konvertieren.«

»Und die dritte unerklärliche Technologie?« fragte Luke.

Lando sah ihn offen an. »Natürlich die Novamaschine. Der Sternvernichter. Wir alle haben uns gefragt, wie sie wohl funktioniert. Wir alle haben uns gefragt, wo sich die Novamaschine befindet. Ich bin mir fast sicher, daß wir sie gefunden haben. Ich denke, die Glühkugeleruption bedeutet, daß es jeden Moment eine neue Nova geben wird.«

8. Kapitel

Verhandlungsfortschritte

Es war ein wunderschöner Morgen. Im Osten ging die Sonne Corell auf. Unter ihnen breiteten sich die malerischen rollenden Hügel und über ihnen der strahlend blaue Himmel von Selonia aus. Der Hunchuzuc-Stock hatte ihnen eine luxuriöse Villa auf einem Hügelkamm zur Verfügung gestellt, die, nach der Einrichtung zu urteilen, ausschließlich der Unterbringung hochrangiger menschlicher Besucher diente. Seit Mara Jade die *Jadefeuer* gelandet hatte, wurden sie fürstlich umsorgt.

»Ich habe das Warten allmählich satt, Dracmus«, sagte Han.

»Geduld, ehrenwerter Solo. Das Warten hat dich noch nicht satt.«

»Was immer das auch bedeuten mag«, grollte Han. »Hast du in deinem Leben überhaupt schon mal eine direkte Antwort gegeben?«

»Was meinst du mit einer direkten Antwort?«

Han Solo wandte sich an seine Frau, die friedlich am Frühstückstisch saß. »Da siehst du, was ich die ganze Zeit ertragen mußte«, sagte er. Dracmus war wie jeden Tag zu ihrem Morgenbesuch vorbeigekommen. Und wie jeden Tag fragte sich Han, was der Zweck ihres Besuches war. »Rätsel. Unverständliche Rätsel. Das ist alles, was ich zu hören bekomme. Das ist alles, was wir je zu hören bekommen.«

»Nimm's leicht, Han«, riet Leia. »Geduld ist der schwierigste Teil der Diplomatie.«

»Aber meine ist inzwischen erschöpft«, sagte Han.

»Ich fürchte, ich muß Han zustimmen«, warf Mara ein. »Dort draußen überschlagen sich die Ereignisse. Ich kann nicht länger warten.«

»Ich weiß immer noch nicht, warum wir eigentlich hier sind«, sagte Han. »Seit du mich aus dieser Zelle geholt hast, frage ich mich, ob ich dein Partner oder dein Gefangener bin. *Sind* wir Gefangene? Vielleicht Geiseln? Oder sind wir hier, um über irgend etwas zu verhandeln? Und wenn ja, worüber?«

»Ich fürchte, es ist nicht so einfach«, erwiderte Dracmus. »Bei meinem Volk sind diese Dinge – Partner, Gefangener, Geisel, Unterhändler – nicht so streng voneinander unterschieden, wie bei deinem. Bei meinem Volk kann jemand nur eine dieser Funktionen oder alle zugleich haben. Manchmal ändern sich die Funktionen auch mit der Zeit.«

»Und welche Funktion habe ich?« fragte Han mit einem warnenden Unterton. Einem Unterton, den Dracmus offenbar überhörte.

»Das steht noch nicht fest. Du mußt wissen, daß mein Volk größten Wert auf Einigkeit legt. Von daher sind Zweideutigkeiten sehr nützlich. Wenn keine Übereinstimmung erzielt wird, können die Verhandlungen weitergehen, denn wenn keiner das Problem in seinem ganzen Ausmaß versteht, ist Uneinigkeit viel schwerer zu erzielen.«

»Einigkeit aber auch«, wandte Han ein. »Dort draußen gibt es Leute mit Waffen und Schiffen, die auf unsere Leute schießen. Das ist unzweideutig.«

»Bitte! Bitte!« rief Dracmus. »Verständnis für deine Ungeduld, aber deine Forderung ist unerfüllbar. Die Traditionen meines Volkes …«

»Eure Traditionen haben euch schon immer wundervolle Entschuldigungen geliefert«, unterbrach Mara. »Jedesmal wenn ich mit einer Selonianerin verhandelt habe, die etwas nicht tun wollte, behauptete sie, daß es den Traditionen ihres Volkes widerspricht oder daß die Traditionen eine Entscheidung erschweren. Und *meine* Leute mußten eure Traditionen und kulturellen Eigenheiten respektieren. Damit ist jetzt Schluß. Hier geht es nicht um irgendeinen Handelsvertrag über die Lieferung von Luxuswaren, wo ihr uns sechs Monate warten lassen könnt in der Hoffnung, daß eure praktischen Traditionen uns derart frustrieren, daß wir aufgeben und einen besseren Preis bezahlen. Wir haben *Krieg*. Es geht um unser Überleben. Wir können keine Zeit verschwenden. Es wird Zeit, daß ihr die Traditionen *unserer* Kultur akzeptiert, bevor wir alle ausgelöscht werden. Unsere Tradition verlangt, daß wir offen reden, uns an die Wahrheit halten, eine Entscheidung treffen und sie in die Tat umsetzen.«

»Bitte!« sagte Dracmus. »Ihr *müßt* Geduld haben. Die Lage ist kompliziert. Wir brauchen Zeit.«

»Aber wir haben keine Zeit mehr«, sagte Mara mit Nachdruck. »Unsere Zeit ist abgelaufen. Oder vielmehr eure. Ich mag ja vieles sein, aber nicht eure Gefangene.«

»Was heißt das?« fragte Dracmus.

»Du kannst deinen Leuten sagen, daß ich gehe. In einer Stunde. Ich werde zum Landefeld auf der anderen Seite dieser Villa gehen. Ich werde an Bord der *Jadefeuer* gehen und wegfliegen. Meine Gefährten können mich begleiten, wenn sie wollen, aber ich verschwinde auf jeden Fall. Ich möchte dich außerdem daran erinnern, daß Leia und ich der Menschenliga entkommen und mit der *Jadefeuer* von Corellia geflohen sind, wobei wir auf mehr Widerstand stießen, als ich je erlebt habe. Und da mein Schiff die Staatschefin der Neuen Republik zu diesem Planeten gebracht hat, wäre ein Angriff auf die *Feuer* gleichbedeutend mit einem Angriff auf die Neue Republik, die ihr angeblich schätzt und unterstützt. Kurz und gut, ich rate deinen Leuten, mich nicht aufzuhalten. Ihr werdet keinen Erfolg damit haben, und ich übernehme keine Verantwortung für etwaige Schäden, die bei dem Versuch entstehen.«

»Aber … aber …«

»Es gibt nur eine *einzige* Möglichkeit, meinen Abflug zu verhindern – sorg dafür, daß unsere Gruppe endlich mit jemandem sprechen kann, der zuständig ist – jemand, der auf unsere Fragen klare Antworten geben kann, jemand, der die Macht hat, vor Ablauf dieser Stunde Entscheidungen zu treffen. Wenn diese Person nicht erscheint, verschwinde ich …«

»Und ich begleite sie«, warf Han ein und drehte sich zu seiner Frau um.

Leia sah besorgt und zornig aus, aber sie nickte. »Ich auch.«

Dracmus sah von einem zum anderen. »Aber … aber …«

»Aber du hast noch eine Stunde«, sagte Mara. »Geh. Sorg dafür, daß Bewegung in die Sache kommt.«

Dracmus sah eindeutig verzweifelt aus. »Ich werde tun, was ich kann. Bitte! Geht nicht.«

»Eine Stunde«, sagte Mara. »Geh. Beeil dich.«

Dracmus nickte, wandte sich ab, sank auf alle viere und war blitzartig verschwunden.

»Wenn ich nicht an die Macht einer vereinigten Front glauben würde, hätte ich euch nicht unterstützt«, sagte Leia verärgert. »Ihr habt einigen Schaden angerichtet, aber es hätte schlimmer kommen können, wenn ich mich geweigert hätte mitzumachen. Ich bin Diplomatin – im Gegensatz zu euch. Ihr hättet mir das Reden überlassen sollen.«

»Ich *habe* Ihnen die ganze Zeit das Reden überlassen, und herausgekommen ist nur ein Zwangsurlaub in dieser Villa. Ich bin Geschäftsfrau, eine Händlerin. Verhandeln gehört zu meinem Beruf.«

»Ist Verhandeln für Sie etwa gleichbedeutend mit der Beleidigung unserer Gastgeber?«

»Verhandeln ist die Kunst, das zu bekommen, was man will«, erklärte Mara. »Es geht dabei nicht darum, die Gegenseite glücklich zu machen.«

»Die Selonianer sind nicht die ›Gegenseite‹. Sie sind unsere Partner bei den Verhandlungen.«

»Wenn sie unsere Partner wären, müßten wir nicht verhandeln«, konterte Mara sanft.

Han bemerkte etwas. Maras scharfer Ton, ihr demonstrativer Zorn, ihre Ungeduld – alles war zusammen mit Dracmus verschwunden. Es war nur Theater gewesen, um Dracmus zu beeindrucken. Jetzt war sie ruhig, entspannt.

»Ob nun Partner oder Gegner – ich glaube noch immer nicht, daß wir etwas erreichen werden, indem wir sie unter Druck setzen«, sagte Leia.

»Das werden wir in etwa siebenundfünfzig Minuten erfahren«, sagte Mara, während sie sich eine neue Tasse Tee eingoß. »Ich habe schon häufig mit Selonianern verhandelt. Sie oder Han auch?«

»Ich beherrsche ihre Sprache und habe schon einige persönlich kennengelernt. Aber ich habe noch nicht mit ihnen verhandelt«, gestand Leia.

»Ich habe noch nie etwas mit ihnen zu tun gehabt«, fügte Han hinzu. »Das heißt, nicht mehr seit meiner Kindheit auf Corellia.«

»Dann gibt es etwas, das Sie beide unbedingt wissen sollten«, sagte Mara.

Leia schien protestieren zu wollen, aber Han hob seine Hand und brachte sie zum Schweigen, »Heraus damit, Mara«, bat er.

»Es ist nicht einfach zu erklären.« Mara schwieg einen Moment. »Stellen Sie sich vor … stellen Sie sich ein Sabaccspiel vor, bei dem jeder Spieler weiß, daß der andere blufft, aber beide weiter Chips in den Pot werfen, um das Gesicht zu wahren. Keiner von beiden kann passen. Oder zwei Armeen, die gegeneinander kämpfen und ständig neue Truppen in eine erbitterte Schlacht um ein nutzloses Stück Land werfen. Es gibt Fälle, wo die Menschen den Grund für die Auseinandersetzung vergessen und es *nur noch* um den Kampf an sich geht. Manchmal ist es irrational. Manchmal ergibt es Sinn. Manchmal muß es dabei ums Überleben gehen, sonst hätte die Evolution uns nicht mit der Tendenz versehen. Manchmal denkt man dabei vielleicht an die nächste Spielrunde, die nächste Schlacht.

Wenn der Gegner weiß, daß man nicht nachgeben wird, kommt er vielleicht zu dem Entschluß, daß der Kampf den Preis nicht wert ist. Er gibt auf – und man gewinnt kampflos die nächsten Auseinandersetzung. Natürlich handelt es sich dabei meistens nicht um eine bewußte Entscheidung. Wir reagieren häufig nur, ohne nachzudenken. Es ist ein blinder Fleck.«

»Nichts davon klingt sehr nach den Selonianern«, wandte Han ein.

»Ja, Sie haben recht«, nickte Mara. »Ich sprach von einem *menschlichen* blinden Fleck. Wir sind viel mehr vom Konkurrenzdenken geprägt – und individualistischer als die Selonianer. All dieses Gerede über Einigkeit ist nicht bloß Gerede. Sie sind *wirklich* so. Vereinfacht ausgedrückt neigen sie zum Konsens, ganz gleich, ob er einen Sinn ergibt oder nicht, so wie wir manchmal das Gefühl haben, unbedingt gewinnen zu müssen, ob es nun einen Sinn ergibt oder nicht. In einer derartigen Situation *können* die Selonianer einfach nicht anders. Das ist *ihr* blinder Fleck. Würden wir warten, bis sie für uns bereit sind, könnten sie Wochen oder Monate brauchen, nur um sich darauf zu einigen, was sie von uns wollen. Ich mußte ihnen klarmachen, daß sie *alles* verlieren werden, wenn sie uns nicht sofort um *etwas* bitten.«

»Halten Sie das wirklich für klug?« fragte Leia.

»Nein. Aber manchmal ist es wichtig, dafür zu sorgen, daß etwas passiert. Wobei es fast keine Rolle spielt, was.«

»Dieses ›fast‹ kann eine Menge bedeuten«, sagte Han.

»Vermutlich. Aber vielleicht bedeutet es, daß wir die Chance bekommen, mehr über die Lage hier zu erfahren. Wenn wir wissen, was vor sich geht, können wir vielleicht ein paar vernünftige Entscheidungen treffen«, sagte Mara. »Allerdings gibt es etwas zu bedenken. Dracmus erzählte uns, daß sich auf all diesen Welten Repulsoren befinden und daß jemand von außerhalb half, die Suche nach ihnen zu organisieren. Schön und gut. Man kann mit ihnen ein

Schiff abschießen. Was vom militärischen Standpunkt aus gesehen sehr praktisch ist. Aber man kann ein Schiff auch mit vielen anderen Waffen abschießen, die leichter zu kontrollieren, leichter zu handhaben und einzusetzen sind. Ich glaube nicht, daß wir den eigentlichen Grund für die fieberhafte Suche nach dem Repulsor auf Corellia kennen. Und vergessen Sie nicht, Dracmus hat gesagt, daß die Rebellen auf den anderen Welten auch nach ihnen suchen. Vielleicht haben sie sie auch schon gefunden und werden sie bald einsetzen.«

»Wofür einsetzen?« fragte Han.

»Ich habe nicht die leiseste Ahnung«, gestand Mara. »Aber man gibt sich nicht solche Mühe, wenn man sie nicht dringend braucht. Nicht mitten in einem Krieg, wo man seine Kräfte schonen muß, bis man sie wirklich braucht. Wir haben alle möglichen Hinweise darauf bekommen, daß alle Rebellen die Repulsoren für ungeheuer wertvoll halten. Allmählich glaube ich, daß die Repulsoren der *einzige* Grund für die Rebellionen sind. In gewissem Sinne glaube ich nicht einmal, daß es überhaupt Rebellionen gibt. Sie sind nur vorgeschoben, ein Deckmantel, hinter dem sich der wahre Feind verbirgt.«

»Wie meinen Sie das?« fragte Leia.

»Ich habe so eine Ahnung, daß nicht die Revolten die Suche nach den Repulsoren ausgelöst haben«, erklärte Mara. »Ich vermute, daß die Revolten nur dazu dienen, die Suche nach den Repulsoren zu verschleiern. Wir sind alle ziemlich sicher, daß die Revolten von außerhalb organisiert wurden. Zumindest hat Dracmus das behauptet. Außerdem, wie groß sind die Chancen, daß auf fünf Planeten gleichzeitig Rebellionen ausbrechen? Sie *müssen* koordiniert worden sein. Darüber sind wir uns einig. Ich sage, daß der Grund dafür die Suche nach den Repulsoren war.«

»Das ergibt Sinn, *falls* jemand von außerhalb, eine unbekannte Macht, die Revolten organisiert hat«, sagte Leia.

»Ich kann mir nicht vorstellen, daß unsere Kameraden von der Menschenliga einfach an ihre engen persönlichen Freunde im selonianischen Oberstock herangetreten sind, um diese Verschwörung zu planen. Wenn eine äußere Macht die Aufstände organisiert hat, könnte sie sich auf jedem Planeten eine Dissidentengruppe ausgesucht und sie mit Geld, Material und so weiter ausgestattet haben. Und wir wissen, daß die Rebellen zusammenarbeiten, zumindest in einem gewissen Rahmen. Alle Gruppen waren an diesem koordinierten Angriff auf die bakuranischen Schiffe beteiligt.«

»Aber *warum* sollten die Rebellen miteinander und mit dieser äußeren Macht kooperieren?« fragte Han. »Was haben sie davon?«

Leia schüttelte den Kopf. »Ich bin mir nicht ganz sicher, aber wenn ich diese Macht wäre, würde ich zu den Rebellen sagen: Nehmt unser Geld und unsere Informationen, kooperiert mit uns, grabt für uns die Repulsoren aus und übergebt sie uns. Wenn wir die Neue Republik aus dem System geworfen haben, bekommt ihr freie Hand auf euren Planeten. Aber als Gegenleistung erwarten wir eure Hilfe – und die ultimative Kontrolle über die planetaren Repulsoren.«

»Aber dann riskierst du, daß die Rebellen den wahren Wert der Repulsoren erkennen«, wandte Han ein.

»Ich vermute, im Fall der Menschenliga ist das bereits passiert«, sagte Leia. »Wenn diese äußere Macht tatsächlich existiert, dann hat sie die Kontrolle über die Novamaschine – nicht die Menschenliga. Als die Menschenliga anfing, Drohungen auszustoßen, war diese äußere Macht bestimmt nicht besonders glücklich darüber.«

»Falls sie überhaupt davon erfahren hat«, sagte Mara. »Vielleicht weiß sie gar nicht, was in diesem Sonnensystem vor sich geht. Wahrscheinlich hat sie ihre Agenten und Beobachter hier, aber nachdem die Störsender aktiviert wurden, konnten die Rebellen die Beobachter verhaften und behaupten, was sie wollten, ohne daß etwas davon an die Außenwelt drang. Und nachdem das Abfangfeld eingeschaltet wurde, konnte kein Außenstehender mehr zu den Rebellen durchdringen und ihnen auf die Finger klopfen. Früher oder später werden das Abfangfeld und die Störsender wieder deaktiviert – aber dann beherrscht Thrackan Sal-Solo den Planeten, vielleicht sogar das ganze Sonnensystem, und die äußere Macht kann sehen, wo sie bleibt. Und wenn es ihm gelingt, bis dahin ein paar Repulsoren unter Kontrolle zu bekommen, dann hat er vielleicht ein starkes Druckmittel in der Hand. Vielleicht aber auch nicht. Wir wissen weder, wozu die Repulsoren dienen, noch warum sie so wichtig sind.«

Leia dachte für einen Moment nach. »Wenn all das stimmt, dann sind die Rebellen selbst gar nicht das Problem. Es sind die Repulsoren und die Leute, die die Rebellen nach ihnen suchen lassen, die äußere Macht. Es liegt auf der Hand, daß diese Macht an den Zielen der Rebellen kein Interesse hat. Die Menschenliga ist in erster Linie anti-selonianisch und anti-drall und erst in zweiter Linie *für* etwas. Die äußere Macht unterstützt sie also aus anderen Gründen – um an die Repulsoren zu kommen. Wir müssen nur die Verbindungen zwischen den Rebellen und der äußeren Macht unterbrechen, die Repulsoren unter Kontrolle bringen, herausfinden, wie man sie gegen die äußere Macht einsetzen kann, und die Rebellionen werden von selbst zusammenbrechen.«

»Schön«, knurrte Han. »Wirklich sehr schön. Aber das ist eine verdammt lange Liste. Ich sehe keine Möglichkeit, all diese Aufgaben auch nur ansatzweise zu lösen.«

»Aber zumindest sind es politische Aufgaben, geheimdienstliche Aufgaben, keine militärischen«, erwiderte Leia. »Und da wir in diesem System über so gut wie keine militärischen Mittel verfügen, ist dies ein Pluspunkt für uns. Natürlich gibt es einen militärischen Aspekt, aber ich hoffe, daß uns in dieser Hinsicht die Selonianer helfen werden.« Sie sah Mara an. »Vorausgesetzt, die Selonianer durchschauen Ihren Bluff nicht.«

»Ich habe nicht geblufft«, sagte Mara.

»Haben Sie irgendeine Vorstellung, welche Rolle die Selonianer bei all dem spielen?« fragte Han. »Kämpfen der Oberstock und die Hunchuzucs noch immer gegeneinander? Ich habe keine Anzeichen für kriegerische Auseinandersetzungen bemerkt. Dracmus hat auch nichts in dieser Richtung erwähnt – und sie kann Geheimnisse nur sehr schlecht für sich behalten.«

»Es würde mich nicht wundern, wenn sie die Kämpfe eingestellt hätten«, erklärte Mara, »aber wenn das stimmt, haben wir wahrscheinlich ein Problem. Mein Eindruck ist, daß der Oberstock tatsächlich den Repulsor unter seine Kontrolle gebracht hat – und der Repulsor ist eine sehr mächtige Waffe. Die Selonianer haben nicht viel für aussichtslose Kämpfe übrig. Wir Menschen hingegen kämpfen oft noch weiter, auch wenn es keine Hoffnung auf einen Sieg gibt. Entweder weil es die Ehre verlangt oder wir auf ein Wunder hoffen oder doch noch eine Chance sehen, so verschwindend gering sie auch sein mag. Nicht so die Selonianer. Normalerweise endet bei ihnen ein Kampf zwischen zwei Gruppen, wenn die eine Seite demonstriert, daß sie der anderen massiv überlegen ist. Die Selonianer auf der Verliererseite erkennen, daß Weitermachen sinnlos ist, und bieten Friedensverhandlungen an. Aber das ist nicht alles. Sie verbünden sich sogar mit den Siegern.«

»Und Sie glauben, daß unsere ehrenwerten Hunchuzuc-Freunde zu der Überzeugung gelangt sind, daß sie verloren haben?« fragte Han. »Sie glauben, daß sie mit dem Oberstock verhandeln – und daß wir Teil des Handels sind?«

»So ungefähr. Vielleicht sieht der Oberstock in uns ein Unterpfand, vielleicht will er uns als Geiseln nehmen, vielleicht aber auch direkt mit Leia verhandeln. Natürlich wissen wir nicht einmal mit Sicherheit, daß der Oberstock und nicht etwa der Hunchuzuc-Stock den Repulsor kontrolliert. Vielleicht hat unsere Seite gewonnen.«

»Es ist überaus bedauerlich«, sagte eine neue Stimme, »aber ich fürchte, dies ist nicht der Fall. Die hochgeschätzte Mara Jade hat die Lage exakt beschrieben.« Han drehte sich überrascht um. Er hatte gar nicht gehört, daß jemand die Villa betreten hatte. Es war eine alte Selonianerin, groß, aber leicht gebückt gehend, mit ergrautem Fell, aber wachen Augen. »Ich bin Kleyvits«, sagte sie, »und ich spreche für den Oberstock. Wir haben unsere Hunchuzuc-Schwestern für unsere Sache gewonnen.« Sie schwieg einen Moment und lächelte dann, wobei sie bedrohlich spitze Zähne entblößte. »Und das bedeutet, daß wir auch *Sie alle* für uns gewonnen haben.«

Tendra Risant hatte vom *Warten* allmählich genug. Es wurde Zeit, daß sie *handelte*.

Die *Gentleman Besucher* würde noch Monate brauchen, um im Unterlichtflug die inneren Planeten des corellianischen Sonnensystems zu erreichen, wenn das Abfangfeld weiter aktivblieb.

Aber angenommen, es wurde deaktiviert? Die *Gentleman Besucher* war nicht das schnellste Schiff im Universum, aber selbst ein langsames Schiff brauchte nur ein paar Minuten, um im Hyperflug bis ins innere System vorzustoßen. Tendra wußte mehr als jeder andere über diese Flotte, die im Orbit um Sacorria wartete. Höchstwahrscheinlich würde sie früher oder später nach Corellia aufbrechen. Dann mußte das Abfangfeld abgeschaltet werden, und wenn auch nur für kurze Zeit.

Jedenfalls hatte Tendra dann die Chance, ihren Hyperantrieb zu aktivieren und ihr Ziel zu erreichen – vorausgesetzt, sie handelte sofort, wenn der Moment kam, denn im besten Fall blieben ihr nur ein paar Minuten, bis das Abfangfeld wieder aufgebaut wurde.

Der Navcomputer war mit einem Gravitationsfeld-detektor ausgerüstet, der die Auswirkungen des Abfang-feldes akribisch registrierte. Sie mußte ihn nur so pro-grammieren, daß er Alarm schlug, wenn das Feld deaktiviert wurde. Dann mußte sie nur noch den Sprung berechnen und durchführen, bevor sich das Feld wieder aufbaute.

Es gab Dutzende von Dingen, die schiefgehen konnten, zahllose Unwägbarkeiten. Aber wenn sie noch länger ta-tenlos blieb, würde sie durchdrehen. Sie wußte, daß sie etwas unternehmen mußte, um nicht den Verstand zu ver-lieren. Aber hauptsächlich ging es ihr um etwas ganz an-deres.

Sie war bereit, alles zu tun, um dieses Schiff endlich ver-lassen zu können.

»Freen?! Zubbit! Norgch! Norgchal. Normal. Normalbe-trieb wieder aufgenommen. Aufgenommen? Neustart! Neustart! Normalbetrieb wieder aufgenommen! Wowser! Freen!« Q9-X2 plapperte weiter, während er dreimal den Kopf drehte und sein ganzes Arsenal an Sonden und Sen-soren und Manipulatorarmen ausfuhr.

»Das stimmt noch nicht ganz«, murmelte Anakin stirn-runzelnd. Er schaltete den Droiden wieder ab. Alle Mani-pulatorarme wurden abrupt eingezogen, und seine Status-dioden erloschen. Anakin griff in Q9s Inneres und zog ein Kabel heraus. »Das war falsch herum angeschlossen«, er-klärte er. Dann brachte er das Kabel wieder an und schal-tete den Droiden wieder ein.

Diesmal verlief die Aktivierung des Droiden etwas ru-higer. Er drehte nur genau einmal den Kopf, seine Status-dioden leuchteten auf, er fuhr keine Sonden oder Arme aus, piepte lediglich zweimal und erklärte: »Normalbe-trieb wieder aufgenommen.«

»Nun, das hoffe ich«, sagte Ebrihim, »nach all der Mü-he, die es gekostet hat, dich zu reparieren.«

»Repariert? Kwas sit geschehen?« fragte Q9. »Entschlu-tigung. Sad Vocodersybem funkschioniert nicht sichtig. Weinen Moment.« Für ein paar Sekunds erlosch die Hälfte seiner Statusdioden und leuchtete dann wieder auf. »Versuchen wir es noch einmal. Repariert? Was ist gesche-hen?«

»Anakin hat den Repulsor aktiviert, und es kam zu ei-ner Energieentladung«, erklärte Ebrihim. »Wir dachten schon, wir hätten dich ganz verloren – aber Anakin und Chewbacca haben dich wieder repariert.«

Ebrihim fragte sich unwillkürlich, ob Q9 überhaupt eine Reparatur nötig gehabt hatte. Anakin hatte nur zwei Stun-den dafür gebraucht. Hatte Chewbacca Anakin die Repa-ratur von Q9 als eine Art Wiedergutmachung für das, was er angerichtet hatte, überlassen? Oder war Anakins in-stinktive, nahezu mystische Fähigkeit im Umgang mit Maschinen so groß, daß er Dinge tun konnte, die Chew-bacca trotz seiner jahrhundertelangen Erfahrung nicht be-herrschte? Chewbacca hatte immer nur ein paar Minuten an Q9 gearbeitet und sich hauptsächlich mit der Reparatur der Antriebssysteme beschäftigt. Nun ja. Das Leben war voller kleiner Geheimnisse, die nie gelöst wurden, und Ebrihim beherrschte die Wookiee-Sprache nicht gut ge-nug, um Chewbacca über dieses sensible Thema zu befra-gen. Außerdem war es nicht besonders klug, einen Woo-kiee *zu sehr* zu bedrängen.

»Ich möchte mich bei allen für meine Reparatur bedan-ken«, sagte Q9. »Aber die Sache mit dem Repulsor – wer war eigentlich so leichtsinnig, ihn zu aktivieren?«

»Ich war's«, gestand Anakin und blickte betreten zu Bo-den. »Es tut mir leid. Ich wollte keinen Schaden anrich-ten.«

»Das freut mich zu hören. Es hätte mich noch mehr ge-freut, wenn du tatsächlich keinen Schaden angerichtet hät-test. Ich nehme an, dies war nicht der Fall?«

»Oh, Anakin hat einiges angestellt«, meinte Ebrihim

leichthin, »aber darüber können wir später reden. Im Moment schlage ich vor, daß du eine vollständige Selbstdiagnose durchführst. Es könnte durchaus sein, daß du ein paar Korrekturen an deinen Schaltkreisen vornehmen mußt.«

Q9 aktivierte sein Repulsorkissen und hob sich in die Luft. »Das werde ich tun«, antwortete er. »Aber ich schlage vor, daß noch jemand eine Selbstdiagnose durchführt und ein paar Korrekturen an seinen Schaltkreisen vornimmt.« Mit diesen Worten schwebte er lautlos aus dem Raum.

»Was hat er damit gemeint?« fragte Anakin.

»Ich denke, er wollte damit andeuten, daß kleine Jungen versuchen sollten, aus ihren Fehlern zu lernen.«

»Aber das hat er nicht gesagt«, protestierte Anakin.

»Doch, meine Formulierung war nur höflicher. Aber das ändert nichts daran, daß es ein guter Rat ist.«

Anakin sah von Chewbacca zu Ebrihim. »Sie meinen, ich sollte gründlicher nachdenken, bevor ich mit einer Maschine spiele?« fragte Anakin.

»*Genau* das habe ich gemeint«, bestätigte Ebrihim. »Genau das. Und jetzt geh spielen – mit deinem Spielzeug, nicht mit Maschinen.« Der Junge flitzte davon, um seinen Bruder und seine Schwester zu suchen. Ebrihim sah ihm nach und wandte sich dann an Chewbacca. »Das Problem ist natürlich, daß für Anakin Spielzeuge und Maschinen ein und dasselbe sind.«

Chewbacca nickte grimmig und packte seine Werkzeuge ein.

»Jedenfalls«, fuhr Ebrihim fort, »ist es gut, daß Q9 wieder funktioniert. Vielen Dank für deine Hilfe. Und ich denke, es wird Zeit, daß ich meine Tante ablöse. Meine Wache fängt gleich an.«

Chewbacca jaulte in höflichem Bedauern. Ebrihim machte kehrt und verließ den Mannschaftsraum.

Die beiden Drall hatten abwechselnd die Wache im

Cockpit des *Falken* übernommen. Vielleicht konnten die Sensoren sie vor dem nächsten Ausbruch warnen.

Und da die Drall die Wache übernommen hatten, konnte sich Chewbacca voll und ganz auf die Reparatur des *Falken* konzentrieren. Wookiees im allgemeinen und Chewbacca im besonderen neigten nicht unbedingt zu Optimismus, aber Chewbacca hatte versichert, daß zumindest eines der Antriebssysteme in Kürze wieder funktionieren würde. Wenn es ihnen gelang, dieser Falle zu entkommen und die Oberfläche zu erreichen, war schon viel gewonnen.

Ebrihim betrat das Cockpit und sah seine Tante an der Pilotenstation sitzen. Da sie recht klein war, hatte sie Sitzhöhe mit einem Bündel alter Kleidungsstücke korrigieren müssen, um überhaupt alle Instrumente sehen zu können. Sie blickte sich um, als er eintrat. »Hallo, Neffe. Q9 ist vor ein paar Momenten hereingeschwebt und hat eine Reihe beleidigender Bemerkungen gemacht. Ich freue mich, daß er wieder voll funktionsfähig ist.«

»Das ist er tatsächlich, liebste Tante. Gibt es etwas Neues?«

Sie schüttelte den Kopf. »Nein, und dafür bin ich auch überaus dankbar ...« Sie verstummte und blickte zum Detektorschirm an der Decke auf. Fünf lange Sekunden starrte sie ihn wie gelähmt an. Dann schüttelte sie den Kopf. »Wie es scheint, habe ich mich zu früh gefreut«, sagte sie und aktivierte den roten Alarm. Eine Sirene heulte los, laut genug, daß die Kinder außerhalb des Schiffes sie hören und an Bord kommen konnten.

»Tante! Was ist?« fragte Ebrihim.

»Das liegt doch auf der Hand«, erklärte sie mit einem Blick zum Schirm. »Es ist natürlich ein Schiff, und es fliegt direkt auf uns zu. Aber mich interessiert weniger, *was* es ist. Ich möchte viel lieber wissen, *wer* es ist.«

9. Kapitel

Falls und wenn

»Es ist schon erstaunlich, was man alles herausfinden kann, wenn man weiß, wo man suchen muß«, sagte Lando, während er die Daten studierte, die über den Bildschirm huschten. »Und es schadet auch nicht, jemanden dabeizuhaben, der die Suche nach Daten so perfekt beherrscht wie R2. Und, ah, nun ja, selbst 3POs Sprachkenntnisse waren hilfreich.«

3POs Kopf fuhr ruckartig herum. »Hilfreich? Ich würde sagen, sie waren ausschlaggebend. Ohne mich hätten Sie nicht einmal ein Zehntel dieser Informationen übersetzen können.«

»Treib's nicht zu weit«, warnte Lando. »Ja, du warst eine große Hilfe, okay. Siehst du, ich habe es gesagt. Aber was ich sagen *wollte*, war, daß wir ohne Administratorin Sonsen überhaupt nichts erreicht hätten.«

Jenica Sonsen lächelte breit und gab Lando einen Rippenstoß, der etwas härter ausfiel, als sie wahrscheinlich beabsichtigt hatte. »Zu viel der Ehre«, sagte sie. »Ich habe Ihnen bloß die Logbuchdateien gezeigt.«

Aber die Logbuchdateien hatten ihnen eine Menge verraten – und ganz neue, vielversprechende Perspektiven eröffnet. In ihnen stand alles, was sie wissen mußten.

Und mit diesem Wissen fiel es ihnen leicht zu erkennen, daß etwas nicht stimmte. Stationssysteme, von deren Existenz niemand etwas geahnt hatte, aktivierten sich. Es gab Energiefluktuationen. Manche Strahlungswerte hatten sich dermaßen erhöht, daß sie eine vorübergehende Evakuierung dieses Teils der Station erforderlich machten.

Die Rotationsachse der Station verlagerte sich, ihre Pole drehten sich langsam in neue Richtungen.

»Die Veränderung der Rotationsachse. Wie erklären Sie sich das?« fragte Lando.

»Centerpoint hat die Position schon häufiger automatisch korrigiert«, sagte Jenica. »Das Baryzentrum ist nicht absolut stabil. Die Station mußte sich mehrfach der veränderten Lage anpassen. Es ist also nicht zum erstenmal passiert.«

»Lassen wir das zunächst beiseite«, sagte Lando. »Die Hauptsache ist, daß sich meine Vermutung bestätigt hat, die mir beim Anblick der konischen Formen an den Polen von Hollowtown kam. Die Anordnung von sechs kleinen Kegeln um einen größeren entspricht exakt der Bauweise eines bestimmten veralteten Repulsortyps. Bei modernen Repulsorsystemen ist dieses Muster auf miskroskopischer Ebene vorhanden. Man baut heute keine derartigen Großrepulsoren mehr, weil sie ineffektiv sind, denn je größer der Repulsor ist, desto massereicher muß das von ihm bewegte Objekt sein, damit er effektiv arbeitet.« Lando rief ein dreidimensionales Modell der Station auf den Bildschirm und wies auf das Abbild der Repulsoren. »Die sind ziemlich groß, aber andererseits sind Planeten auch ziemlich groß.«

»Aber alle bewohnten Planeten haben ihre eigenen Repulsoren«, wandte Kalenda ein. »Wozu brauchten die Erbauer des Corellia-Systems diese Station?«

»Weil sie nicht nur ein Repulsor ist«, erklärte er. »Sie ist ein Hyperraumrepulsor. Diese Station dient dazu, ein … ein Tor, einen Tunnel durch den Hyperraum zu öffnen, einen Planeten zu packen und ihn durch den Tunnel zu ziehen. Eigentlich haben wir es eher mit einem Traktorstrahl als mit einem Repulsor zu tun, aber das ist das Prinzip.«

»Wie?« fragte Luke. »Wie funktioniert es?«

Lando zuckte die Schultern. »Ich weiß es nicht. Aber um Administratorin Sonsen zu zitieren: Wichtig ist nicht, wie etwas funktioniert, sondern *daß* es funktioniert. Ich vermute, daß die Station als eine Art Linse dient, die einen massiven Ausbruch an Repulsorenergie verstärken und durch den Hyperraum leiten kann. Wahrscheinlich zapft sie das Gravitationspotential von Talus und Tralus an, aber ich weiß es natürlich nicht genau.«

»Aber warum sollte jemand eine Raumstation als Supertraktorstrahler benutzen?« fragte Jenica.

Lando schüttelte den Kopf. »Die eigentliche Frage lautet: Warum haben Ihre Leute den Hyperraum-Traktorrepulsor als Raumstation genutzt? Die Architekten dieses Sonnensystems haben Centerpoint erbaut, benutzt, verlassen und aufgegeben. Dann sind Ihre Vorfahren – oder zumindest die Vorfahren von irgend jemand – gekommen und haben sich auf der Station niedergelassen. Die Struktur, die Sie Hollowtown nannten, war nie als Wohnraum gedacht. Sie ist ein Speicher für die riesigen Energiemengen, die beim Aufladen des Traktorrepulsors entstehen.«

»Beim Aufladen? Einen Moment. Wollen Sie damit sagen, daß Hollowtown nur eine Art Batterie ist?«

»Genau«, bestätigte Lando.

»Aber dort haben Menschen gelebt!«

»Das mag sein, aber dafür war sie nicht konstruiert.«

»Aber warum hat dann die Glühkugel die ganze Zeit funktioniert?« fragte Jenica. »Seit Tausenden von Jahren gibt sie unverändert Licht und Wärme ab. Es muß einen Grund dafür geben. *Wir* dachten, sie wäre da, um Hollowtown mit Sonnenlicht zu versorgen, aber ich schätze, wir haben uns geirrt. Ich meine, wenn Sie recht haben.«

Lando runzelte die Stirn. »Ich weiß es nicht. Vielleicht ist es wie bei einigen Herden und Öfen, die mit Wasserstoff oder Methan betrieben werden. Man läßt immer eine kleine Flamme brennen, um das Hauptsystem problemlos zünden zu können, wenn man kochen will.«

»Wollen Sie damit sagen, daß die Glühkugel, die uns mit Licht und Wärme versorgte, eine *Zündflamme* ist?«

»Vielleicht. Aber vielleicht haben die Erbauer sie *absichtlich* brennen lassen, damit sie Hollowtown mit Licht und

Wärme versorgt. Vielleicht *wollten* sie aus der Speicher-kammer eine Wohnsektion machen. Schließlich hatten *sie* keinen Grund mehr, den Hyperraum-Traktorrepulsor noch einmal einzusetzen. Sie waren mit dem Bau des co-rellianischen Sonnensystems fertig.«

»Wir sind ein wenig vom Thema abgekommen«, wand-te Kalenda ein. »Können Sie uns erklären, warum Sie Cen-terpoint für die Novamaschine halten?«

»Nun, wenn Ihnen mein Wort nicht genügt, kann ich Ihnen mathematisch beweisen, daß die Form und die Menge an Energie, die benötigt wird, um einen Planeten durch den Hyperraum zu bewegen, in eine Energieform umgewandelt werden kann, die im Kern einer Sonne eine Kompressionswelle auslöst. Feuert man die Traktorrepul-sorenergie in einem konzentrierten Entladungsblitz auf den Kern einer Sonne ab, erzeugt die Entladung eine No-vaexplosion.«

»Ihr Wort genügt uns«, versicherte Jenica eilig. »Mathe-matik war noch nie meine starke Seite. Und weiter?«

»Es würde ein oder zwei Generationen dauern, um die Schaltkreise und Systeme zu analysieren, die wir entdeckt haben, aber wir haben nur mich und zwei Droiden und keine Zeit. Dennoch denke ich, daß ich die Funktionsweise in groben Umrissen kenne. Zuerst kommt es zu einer dra-matischen Verschiebung von Centerpoints Rotationsach-se. Ich habe im Logbuch der Station eine Menge Berichte über ›unerklärliche Energieausbrüche‹, ›unplanmäßige Energiefluktuationen‹, ›rätselhafte Zwischenfälle‹ und ›unerwartete Strahlungszunahmen‹ gefunden, alles büro-kratische Umschreibungen für die Tatsache, daß niemand wußte, was vor sich ging.

Ich denke, all die rätselhaften Zwischenfälle waren dar-auf zurückzuführen, daß Centerpoint auf eine Eruption der Glühkugel zusteuerte. Jedenfalls kam es zum ersten Glühkugelausbruch, viele Menschen starben, gefolgt von Chaos und Panik und der Evakuierung. Dann, kurz darauf, kam es zur ersten künstlich erzeugten Nova. Dann brach der Bürgerkrieg aus. Kurz nach der ersten Supernova veränderte sich Centerpoints Rotationsachse *erneut*, und die Veränderung war drastischer als je zuvor. Es war niemand mehr auf der Station, um all die Zwischenfälle zu registrieren, aber die automatischen Logbucheintragungen, die ich gefunden habe, deuten darauf hin, daß sich der Prozeß wiederholte. Dann kam es zu anderen Energiefluktuationen, die von den automatischen Meßinstrumenten aufgezeichnet wurden – und sie setzten *genau* zu dem Zeitpunkt ein, als auch die Störsender und das Abfangfeld aktiviert wurden. Danach erfolgte der zweite Glühkugelausbruch, und kurz darauf explodierte die zweite künstliche Supernova.«

»Aber wieso haben wir nie etwas davon bemerkt?« fragte Jenica. »Sie reden hier von einer ungeheuer starken Energieentladung, die von dieser Station ausging. Niemand hat etwas davon gesehen. Es gab keine Erschütterungen, keinen Hitzeanstieg, nichts.«

»Diese Station erzeugt im Moment ein riesiges Abfangfeld und ein superstarkes Störfeld. Können Sie davon etwas spüren?«

»Die Position der Rotationsachse hat sich also verändert«, warf Kalenda ein. »In welche Richtung deutet sie jetzt?«

Lando aktivierte einen holographischen Projektor und rief eine Karte von Corellia und den nächsten Sternen ab. »Der rote Punkt im Zentrum entspricht unserer Position. Dies ist die Richtung relativ zum Sternhintergrund, in die Centerpoints Südpol vor all den Ereignissen gezeigt hat.« Vom Zentrum der Projektion ging eine blaue Linie aus, die sich im Nichts verlor. »Dies ist die Richtung nach der ersten Änderung der Rotationsachse.« Eine rote Linie wurde sichtbar – und durchbohrte einen Stern. »Das ist TD-10036-EM-1271«, erklärte Lando. »Der erste Stern, der zur Nova wurde.« Lando tippte einen weiteren Befehl ein, und eine goldene Linie erschien, die bis zu einem anderen Stern reichte.

»Thanta Zilbra«, sagte Lando. »Der zweite Stern auf der Liste. Mit einer Bevölkerung von mehreren Zehntausend. Ich vermute, daß die meisten tot sind. Ich verstehe etwas von Logistik, und ich kann mir nicht vorstellen, daß man die vielen Menschen rechtzeitig evakuieren konnte. Und das«, fügte er hinzu, »ist die aktuelle Richtung.« Eine Linie aus violettem Feuer zuckte zu einem weiteren Stern. »Das ist der dritte Stern auf der Todesliste, die uns zusammen mit der ersten Warnung übermittelt wurde. Bovo Yagen. Ich habe nachgesehen. Nach einer der Quellen gibt es dort einen Planeten mit acht Millionen Einwohnern. Nach einer anderen zwei Planeten mit einer geschätzten Systembevölkerung von zwölf Millionen auf den Planeten und wer weiß wievielen auf Stationen, in Habitaten und Bergwerken und so weiter. Centerpoint ist die Novamaschine, und sie wird diesen Stern und diese Planeten mit all ihren Bewohnern zu Schlacke und Asche verbrennen.«

»Wann?« fragte Kalenda.

Lando drückte einen weiteren Kontrollknopf, und eine Countdownuhr wurde sichtbar. »R2 hat das Problem analysiert. Die Repulsorentladung braucht einige Zeit, um die Strecke im Hyperraum zurückzulegen, und es dauert eine Weile, bis die Kettenreaktion im Inneren des Sternes eine Explosion auslöst – wir müssen diese Verzögerungen berücksichtigen. Centerpoint wird in *von jetzt an* genau einhundertdreiundzwanzig Stunden, zehn Minuten und dreizehn Sekunden einen Traktorrepulsor-Hyperraumentladungsblitz abgeben müssen, um den in jener Drohung angekündigten Zeitplan einzuhalten. Zwölf Stunden und zwölf Minuten später wird die von dem Energieblitz ausgelöste Kettenreaktion den Stern in eine Nova verwandeln.«

»Brennende Sterne. Centerpoint – meine Heimat – ist eine Waffe«, sagte Jenica schockiert.

»Und wer sie kontrolliert, der kontrolliert auch den corellianischen Sektor – und vielleicht sogar die gesamte Galaxis«, fügte Gaeriel hinzu. »Haltet euch an unsere Anweisungen, oder wir sprengen eure Sonne.«

»Einen Moment«, sagte Luke. »Das paßt irgendwie nicht zusammen. Wenn Centerpoint die Novamaschine ist, dann ist dies der wichtigste Ort im corellianischen System. Warum haben die Verschwörer Centerpoint nicht besetzt?«

»Aus drei Gründen«, erwiderte Lando. »Erstens war es nicht nötig, weil ihnen Centerpoint schon gehörte – oder zumindest haben sie einen Weg gefunden, die Station zu kontrollieren. Ich vermute, daß es hier irgendwo einen perfekt abgeschirmten, gut versteckten Kontrollraum gibt, den wir auch in hundert Jahren nicht finden würden. Wahrscheinlich ist er auch unbesetzt. Er arbeitet automatisch und wird per Zeitschaltung oder Fernsteuerung aktiviert. Der zweite Grund könnte gute alte Irreführung sein. Wenn alle Jagd auf die Repulsoren machen, bleibt keine Zeit mehr für die Suche nach der Novamaschine. Und der dritte Grund …«

»… liegt auf der Hand«, vollendete Kalenda den Satz. »Ich glaube, ich bin gerade dahinter gekommen. Ich habe mich zwar seit meiner Schulzeit nicht mehr mit der Repulsorfeldtheorie beschäftigt, aber die Funktionsweise der Repulsoren beruht teilweise auf gegenseitiger Interferenz und Resonanz, richtig? Und man kann die Interferenz zwischen zwei Repulsorzellen zur Steuerung und Kontrolle benutzen. Eine kleine Repulsornebenzelle kann den Strahl des Hauptrepulsors stören.«

Lando nickte. »Genau. Die planetaren Repulsoren können Centerpoints Hyperraum-Traktorrepulsorstrahl stören. Sie sind die einzigen Repulsoren, die stark genug dafür sind.

Aber das ist noch nicht alles. Die planetaren Repulsoren können den Strahl nicht nur stören, sondern auch verstärken. In der Praxis wäre es verdammt kompliziert, aber theoretisch könnte man *alle* planetaren Repulsoren zu einem Netzwerk mit Centerpoint als Schaltstelle zusammenschließen. Das würde Centerpoint eine noch größere Leistung und Reichweite verschaffen, als es ohnehin schon der Fall ist. Im Moment zapft Centerpoint einen geringen Teil des Gravitationspotentials von Talus und Tralus an. Angenommen, die Station könnte auch noch Selonia, Corellia und Drall anzapfen? Was das betrifft – ich kann mir zwar nicht genau vorstellen, wie das funktionieren soll, aber mit einem Netzwerk aus allen fünf Planeten und Centerpoint könnte man wahrscheinlich das Gravitationspotential der Sonne Corell anzapfen. Stellt euch die *Macht* vor, die Centerpoint dadurch hätte. Die Herren von Centerpoint könnten jeden Punkt in der Galaxis angreifen, jeden beliebigen Planeten in dieses System transportieren – oder in eine Sonne werfen. Sie könnten ein Abfang- oder Kommunikationsstörfeld um die ganze Galaxis legen – oder um jeden Teil, den sie isolieren wollen. Sie könnten wahrscheinlich noch eine Menge anderer Dinge tun, an die wir bisher noch nicht mal *gedacht* haben.«

»Eine Menge Dinge, die keinen Sinn ergaben, ergeben allmählich mehr Sinn, als mir lieb ist«, murmelte Luke. »Aber wie kann man die Repulsoren zur Kommunikationsstörung einsetzen?«

»Das ist viel einfacher«, erklärte Lando. »Wenn einer der planetaren Repulsoren einen entsprechend modulierten Strahl auf Centerpoint abfeuert, würde der die Richtung und Modulation des Traktorrepulsorstrahls stören.«

»Könnten die planetaren Strahlen Centerpoint vielleicht auch bewegen?« fragte Luke.

»Leider nicht genug«, sagte Lando. »Centerpoints Repulsor ist viel leistungsstärker als die planetaren Anlagen. Wenn die planetaren Repulsoren Centerpoints Position verändern, könnte Centerpoint die Veränderung mühelos wieder rückgängig machen. Aber jeder der planetaren Anlagen könnte Centerpoint durch ein Störsignal blockieren.«

»In Ordnung«, sagte Kalenda. »Wir haben eine ganze Menge herausgefunden. Was fangen wir damit an?«

Lando zuckte hilflos die Schultern. »Nicht viel. Wir wissen nicht, ob oder von wo aus oder wie die Station kontrolliert wird. Wir haben inzwischen eine grobe Vorstellung von dem System, sind aber noch weit davon entfernt, es zu *steuern*.«

»Es muß irgendein Kabel geben, das wir kappen, irgendein Kontrollsystem, das wir zerstören können«, sagte Jenica.

»Darauf wette ich – aber ich weiß nicht, wo es ist. Und wir werden es nicht herausfinden, sofern wir nicht jedes Deck, jede Schale, jede Sektion dieses Station durchsuchen. Und selbst wenn wir das Kontrollsystem finden, bin ich mir nicht sicher, ob wir es wirklich zerstören können. Dieses System ist schließlich robust genug, um seit der Zeit vor der Gründung der Alten Republik zu funktionieren.«

»Dann müssen wir die ganze Station zerstören«, schlug Gaeriel vor.

»Womit?« fragte Kalenda. »Wir haben einen leichten Kreuzer und zwei Zerstörer. Keines der Schiffe verfügt über Bomben, die stark genug sind, um ein dreihundert Kilometer großes Gebilde zu zerstören. Wenn man den bakuranischen Technikern genug Zeit gibt, könnten sie vielleicht ein Netz aus gleichzeitig explodierenden Detonatoren auslegen, deren Sprengkraft ausreicht, das Innere der Station zu verwüsten. *Wenn man ihnen genug Zeit gibt.* Aber uns bleiben nur noch rund einhundertzwanzig Stunden.«

»Nun, wir können zumindest etwas tun«, sagte Luke. »Wir können unsere Leute warnen. Ihnen berichten, was wir entdeckt haben. Falls wir Han und Leia und Chewbacca finden, falls wir unsere Verbündeten auf den Welten hier finden und sie über alles informieren, wäre das schon mal ein Anfang. Falls es ihnen gelingt, rechtzeitig einen der planetaren Repulsoren aufzuspüren und herauszufinden, wie man ihn bedient, und falls es ihnen gelingt, diesen Hyperraum-Traktorrepulsorstrahl zu stören, können wir so vielleicht einige Leben retten.«

Lando schüttelte den Kopf. »Das sind eine Menge Vorbedingungen, Luke«, sagte er skeptisch.

»Ich weiß«, gestand Luke. Er warf einen Blick auf die Countdownuhr, die Uhr, die anzeigte, wie lange Bovo Yagen noch zu leben hatte. Die Sekunden vertickten. »Und wir werden alle Vorbedingungen erfüllen müssen, wenn wir die Katastrophe noch verhindern wollen.«

Das Schiff drang in die Repulsorkaverne ein und bewegte sich schnell und aggressiv, aber nicht so schnell, daß Ebrihim nicht die Kennzeichen an der Unterseite des Rumpfes erkennen konnte, als er aufblickte. Ein stilisierter menschlicher Totenschädel mit einem Messer zwischen den Zähnen. »Die Menschenliga!« rief er. »Können wir die Schilde hochfahren?«

»Nein!« schrie Tante Marcha. »Die Kinder sind noch draußen. Wir müssen warten, bis sie an Bord sind.«

Ebrihim sprang auf den Kopilotensitz und beugte sich über die Waffenkontrollen, während das feindliche Schiff in die Tiefe stürzte und zur Landung ansetzte. Kaum berührten die Landestützen den Boden, quollen schon die ersten stämmigen Gestalten in Kampfanzügen aus den Luken.

Waffen. Ebrihim verstand nicht viel von solchen Dingen, aber er mußte es versuchen. Die Turbolaser mußten über ein automatisches Feuerleitsystem verfügen …

Plötzlich wuchteten ihn mächtige Pranken vom Sitz und stellten ihn auf den Boden. Chewbacca schwang sich in den Kopilotensitz und fuhr die Verteidigungssysteme hoch. Energie wurde in die Waffen des *Falken* geleitet.

»Die Kinder sind an Bord!« schrie Marcha. »Einstiegsrampe einfahren! Schilde aktivieren!«

Chewbacca zog per Knopfdruck die Rampe ein und griff nach den Schildkontrollen – aber es war zu spät. Ein Soldat mit einem riesigen Blaster stand direkt *unter* dem Cockpit und sah zu Chewbacca hinauf. Der *Falke* war von Soldaten umzingelt, die sich *innerhalb* des Schildbereichs befanden. Chewbacca aktivierte die Schilde trotzdem. Die Lichter im Cockpit flackerten einen Moment, als die Energie in die Schilde geleitet wurde, aber sonst geschah nichts. Chewbacca heulte frustriert auf. Schildneutralisatoren. Sie mußten Schildneutralisatoren an der Hülle befestigt haben, die die Schilde blockierten.

Eine große, massige, bärtige Gestalt trat aus dem Angriffsboot und kam mit einem äußerst unangenehmen Lächeln auf sie zu.

»Sal-Solo«, sagte Ebrihim. »Er ist es wirklich.«

»Das ist der Vetter von unserem Paps?« fragte Anakin. Ebrihim fuhr herum und bemerkte erst jetzt, daß die Kinder hereingekommen waren. Die gesamte Gruppe befand sich jetzt im Cockpit.

»Das ist sein Vetter, Kind«, nickte Marcha. »Aber ich bezweifle, daß es dir gefallen wird, seine Bekanntschaft zu machen.«

Ebrihim hörte nicht hin. Ihm war etwas durch den Kopf gegangen, als er erkannt hatte, daß alle zusammen im Cockpit waren. Einen Moment. Das stimmte nicht. Sie waren *nicht* alle hier. Aber wenn er, Ebrihim, geglaubt hatte, daß alle hier waren, dann konnten ihre Freunde dort draußen demselben Irrtum erliegen. Ebrihim hatte eine Idee. Es war nicht einmal ein Plan, nur eine Idee, aber vielleicht half sie ihnen, dieser Falle zu entkommen. Es war keine große Chance, aber immerhin eine Chance. Das war die gute Nachricht.

Die schlechte Nachricht bestand aus zwei Teilen. Erstens blieben ihnen nur ein paar Sekunden zum Handeln. Und zweitens hing der Erfolg oder Mißerfolg seiner Idee allein von Q9-X2 ab.

Thrackan Sal-Solo hätte glücklicher nicht sein können. Es war ein Gottesgeschenk, ein absolutes Gottesgeschenk. Er inspizierte seine neueste Eroberung, bewunderte sie, dachte an all die Dinge, die er damit tun konnte – und die sie für ihn tun konnte. Wenigstens hatte er jetzt einen der planetaren Repulsoren unter Kontrolle. Er hatte alles riskiert, um einen davon rechtzeitig in die Hände zu bekommen. Er hatte geglaubt, daß es die Anlage auf Corellia sein würde. Daß er am Ende die hier auf Drall kontrollierte, war zwar eine kleine Ironie, aber wenigstens hatte er eine. Nur das zählte. Und sie war ihm genau zum richtigen Zeitpunkt in den Schoß gefallen. Er sah auf und genoß den direkten Blick zur Oberfläche, diesen scharf umrissenen blauen Kreis, Kilometer über seinem Kopf. Er senkte den Blick und betrachtete die riesige, elegante Kegeltraube der Repulsoranlage. Alles gehörte ihm. Alles.

Seine Blicke wanderten weiter zum *Millennium Falken*. Was für ein Bonus, was für ein phantastischer und glitzernder Sonderpreis das Schiff doch war. Daß er den *Falken* in seinen Besitz gebracht hatte, war schon demütigend genug für Han Solo, eine gerechte Strafe für seine verbrecherische Flucht. Aber daß sich auch noch Hans Wookiee und seine Kinder an Bord befanden, war unverschämtes Glück. Auf dem Schiff befanden sich außerdem noch zwei von diesen lächerlichen Drall, aber im Vergleich zu den Kindern waren sie völlig bedeutungslos. Die Kinder boten ihm nicht nur die Chance zur persönlichen Rache, sondern noch viel mehr – eine Gelegenheit. Die Gelegenheit, den Krieg zu gewinnen, wenn er sie richtig nutzte. Jetzt, plötzlich, konnte er Leia Organa Solo kontrollieren und manipulieren. Jetzt mußte sie an den Verhandlungstisch kommen, denn sie hatte keine andere Wahl.

Und wenn sie erst einmal an diesem Tisch saß, würde sie ihn mit leeren Händen wieder verlassen, dessen war sich Thrackan sicher. Er würde ihr einen Handel aufzwingen, der die Neue Republik dermaßen schwächen und diskreditieren würde, daß sie untergehen mußte.

Natürlich war es möglich, daß dies schon durch die Vernichtung von Thanta Zilbra und die bevorstehende Vernichtung von Bovo Yagen erreicht wurde. Eine Galaxis, die erkannte, daß die Neue Republik eine derartige Katastrophe nicht verhindern konnte, würde das Vertrauen in die Neue Republik verlieren. Sie würde erkennen, daß eine Revolte gegen die Neue Republik möglich war. Das allein wäre schon ein Gewinn. Aber besser, viel besser wäre es, wenn die Galaxis in Thrackan Sal-Solo den Hauptverantwortlichen für den Untergang der Neuen Republik sah. Der Mann, der es wagte, die Kinder der Staatschefin als Geiseln zu nehmen – das war ein Mann, den man fürchten, mit dem man rechnen mußte. Und er würde dieser Mann sein.

Aber es hatte keinen Sinn, sie als Geiseln zu nehmen, wenn Han Solo und Leia Organa Solo nichts davon wußten. Die Kommunikationsstörung mußte ein Ende haben. Das war leicht zu bewerkstelligen. Ein verschlüsseltes radionisches Signal an den versteckten Kontrollraum auf Centerpoint genügte, um die Störsender zu deaktivieren. Zweifellos würde es den Leuten, die das verborgene Kontrollzentrum gebaut hatten, nicht gefallen, wenn Thrackan an ihrer Stelle die Kontrolle übernahm – aber daran hätten sie denken müssen, bevor sie Agenten losgeschickt hatten, die sich bestechen ließen, Agenten, die ihre Auftraggeber verrieten.

Aber jetzt war das letzte Stück des Puzzles an seinem Platz. Er hatte einen planetaren Disruptor, und als einziger von allen Rebellenführern im corellianischen System wußte er, wozu ein planetarer Repulsor in der Lage war. Die Vernichtung eines Schiffes war trivial im Vergleich zu der Möglichkeit, der gesamten Galaxis mit der Novamaschine seinen Willen aufzuzwingen.

Thrackan wußte, daß es einige Zeit – vielleicht lange

Zeit – dauern würde, bis es seinen Technikern gelang, den Repulsor in Betrieb zu nehmen, aber selbst das spielte keine Rolle. Jetzt war er in der Position, erfolgreich zu bluffen, so *zu tun*, als kontrollierte er den Repulsor. Das war mehr als genug, um das zu bekommen, was er wollte.

Mehr als genug.

Admiral Hortel Ossilege verfolgte auf den Langstreckenscannern, wie das Angriffsboot der Menschenliga im Maul des Repulsors verschwand. Das Bild war grobkörnig und verschwommen; die Scanner arbeiteten mit maximaler Reichweite, was bedeutete, daß das Schiff sich außerhalb der Waffenreichweite der *Eindringling* befand. Es war bitter, diese Runde verloren zu haben. Frustrierend. Ärgerlich. Aber es hatte keinen Sinn, seine Enttäuschung zu zeigen. Überhaupt keinen Sinn. Und gegen seinen Willen bewunderte er den Mut, die *Tollkühnheit* des Commanders, der sein Angriffsboot buchstäblich in den Lauf einer Waffe gesteuert hatte, die sein Schiff in Millisekunden in Staub und Schlacke verwandeln konnte. Selbst wenn die *Eindringling* für den Atmosphärenflug oder Planetenlandungen geeignet gewesen wäre, hätte er dieses Risiko nicht eingehen können. Schließlich repräsentierte die *Eindringling* einen großen Teil der Feuerkraft der Republik in diesem Sektor. Ossilege beneidete seinen Gegner um die Freiheit, derartige Risiken eingehen zu können.

Aber apropos Risiken – er sah sich einem Repulsor gegenüber, der baugleich mit dem war, der die *Wächter* in Staub verwandelt hatte. Er mußte davon ausgehen, daß dieser Repulsor in kürzester Zeit feuerbereit sein würde – wenn er es nicht schon war. Schließlich hatte ihn *irgend jemand* in Betrieb genommen. Es war mehr als nur wahrscheinlich, daß dieser Jemand auch wußte, wie man mit ihm zielte und schoß.

Und es war mehr als nur wahrscheinlich, dachte er, daß dieser Jemand ein Verbündeter der Menschenliga war.

Wenn dies stimmte, dann war das Angriffsboot gar kein Risiko eingegangen, sondern in die unterirdische Kaverne hineingeflogen, um einen planetaren Repulsor in Besitz zu nehmen, der von Agenten der Menschenliga aufgespürt und aktiviert worden war.

Und dennoch. Das Schiff hatte nicht langsam zur Landung angesetzt, wie es auf einer sicheren Basis üblich war, sondern ein aggressives Sturzflugmanöver durchgeführt. Es schien fast, als wäre die andere Seite so überrascht gewesen wie Ossilege selbst. Als hätte sie genau das versucht, was er ebenfalls versuchen wollte – eine unerwartete Gelegenheit zu nutzen. Ossilege hatte das Gefühl, daß die Geschichte noch nicht zu Ende war. Es würde noch etwas *anderes* passieren. Und jede Veränderung konnte er zu seinem Vorteil nutzen.

Außerdem war es nur ein kleines Angriffsboot. An Bord konnten sich höchstens zwanzig oder dreißig Leute befinden. Sicherlich sollte die *Eindringling* in der Lage sein, eine derart kleine Streitmacht auszuschalten, ganz gleich, wie mächtig die von ihr kontrollierte Waffe war. Ossilege war schon immer der Überzeugung gewesen, daß Waffen weit weniger wichtig waren als die Leute, die sie bedienten. Die *Eindring* hatte Truppen und eigene Angriffsboote an Bord. Vielleicht würde die *Eindringling* den Repulsor nicht direkt angreifen können, aber es gab noch andere Möglichkeiten. Möglichkeiten, die etwas mehr Zeit kosteten und etwas mehr Geschick verlangten, die aber genauso gut funktionierten, wenn man tollkühn war.

Ossilege wandte sich an den Fähnrich an seiner Seite. »Setzen Sie sich mit Captain Semmac in Verbindung. Die *Eindringling* soll in einen geostationären Orbit um den Planeten einschwenken, möglichst weit entfernt von der Repulsoranlage. Wir werden hier die weitere Entwicklung abwarten, während wir die Vorbereitungen für einen Bodenangriff treffen.«

Der Fähnrich salutierte und eilte davon. Ossilege starrte

das Abbild des planetaren Repulsors auf dem Scanner-
schirm an. Er hob seine Hand und entbot dem Commander des Angriffsboots einen angedeuteten, spöttischen
Gruß. »Du hast die erste Runde gewonnen«, sagte er zu
dem Schirm. »Aber vergessen wir nicht, daß der Entschei-
dungskampf noch bevorsteht.«

10. Kapitel

Der Stein wird geworfen

Luke betrat die riesige Luftschleuse, in der die *Glücksdame* und sein X-Flügler warteten, und stieß einen Seufzer der Erleichterung aus.

Jenica hatte einen Umweg genommen, aber sie waren schneller hier angekommen, als er für möglich gehalten hatte. Und da der Todescountdown für Bovo Yagen lief, hatten sie keine Zeit zu verschwenden.

Er glaubte zu wissen, was er als nächstes tun mußte, aber er wollte absolut sicher sein. Er mußte sich vergewissern. Die anderen verfolgten, wie sich Luke auf eine zurückgelassene Frachtkiste setzte. Er schloß die Augen und konzentrierte sich bedächtig, griff mit seinen Sinnen so weit wie möglich hinaus.

»Leia ist auf Selonia«, berichtete er, als er die Augen öffnete. »Das ist sicher. Ich kann ihre Aura spüren. Ich glaube, Han ist bei ihr und wahrscheinlich auch Mara Jade. Die drei Kinder sind auf Drall, und wenn es stimmt, was uns Kalenda über ihre Flucht von Corellia erzählt hat, dann sind vermutlich auch Chewbacca und der *Falke* bei ihnen. Ich kann ein Bewußtsein spüren, das *wahrscheinlich* Chewbacca ist, aber ich bin mir nicht sicher. Die Entfernung ist zu groß. Und ich sollte vielleicht hinzufügen, daß alle sehr besorgt wirken. Es ist schwer zu erklären, aber ... aber ich habe das Gefühl, daß alle – Leia, die Kinder und die Leute bei ihnen – Gefangene sind.«

»Dann sollten wir am besten aufbrechen und sie heraushauen«, sagte Lando forsch. »Du kümmerst dich um Leia«, fügte er hinzu. »Nimm R2 und den X-Flügler. Finde heraus, wo auf Drall sich die Kinder befinden, und gib mir dann die Koordinaten durch. Ich werde Gaeriel und Jenica zur bakuranischen Flotte zurückfliegen, damit sie Admiral Ossilege über alles informieren können, was wir erfahren haben. Gaeriel kann wieder ihren Posten auf dem Schiff einnehmen, und Jenica ist unsere Centerpoint-Expertin. Sie dürfte uns eine große Hilfe sein, wenn es hart auf hart kommt. Sobald ich sie abgesetzt habe, fliegen Lieutenant Kalenda und ich weiter nach Drall, um zu sehen, was wir für Chewbacca und die Kinder tun können.«

Jenica sah Lando an. »Sie sind nicht sehr optimistisch, oder?«

»Wir wissen nicht, wo sich der Drall-Repulsor befindet«, erwiderte Lando. »Ganz gleich, wie gut Chewbacca als Ingenieur ist – um an einem Repulsor arbeiten zu können, muß er ihn erst mal finden. Wir müssen sie natürlich retten, aber wenn sie nicht direkt auf einem Repulsor sitzen, wird uns die Suche nach Chewbacca auch nicht weiterbringen.« Er wandte sich wieder an Luke. »Leia bietet uns viel bessere Chancen. Sie befindet sich auf einem Planeten mit einem funktionierenden Repulsor, der wahrscheinlich von den Leuten kontrolliert wird, die sie gefangenhalten. Du mußt ihr nur klarmachen, was vor sich geht, und dann hoffen, daß sie diese Leute dazu überreden kann, Centerpoint zu blockieren.«

Luke lächelte matt.

»Klar. Ein Kinderspiel.«

Jenica rieb sich das Kinn. »Es kommt mir *fast* vernünftig vor«, sagte sie nachdenklich.

»Aber mir gefällt nicht, daß wir Centerpoint ohne Bewachung lassen.«

»Ich glaube nicht, daß der Abzug der überwältigenden Streitmacht, die zwei kleine Schiffe, zwei Droiden und fünf Menschen darstellen, viel ausmachen wird«, entgegnete Lando ironisch. »Was könnten wir denn tun? Darauf warten, daß jemand landet, uns anschleichen und den Angreifern gegen das Schienbein treten?«

Jenica legte den Kopf leicht zur Seite und nickte. »Ein

Punkt für Sie. Ich fürchte, ich weiß nicht, was wir sonst noch tun könnten.«

Luke stand auf und nickte. »In diesem Fall«, sagte er, »schlage ich vor, daß wir tun, was wir können, und zwar sofort.«

»Wir haben Sie in unserer Gewalt, aber wir werden Sie nicht lange festhalten«, erklärte Kleyvits, die Sprecherin des Oberstocks. Sie saß gegenüber von Mara, Leia und Han am Tisch. Dracmus saß neben Kleyvits und demonstrierte allein durch ihre Anwesenheit, daß ihr Clan sich den Siegern ergeben hatte. Sie sah nicht besonders glücklich aus. »Wir müssen lediglich zu bestimmten klaren Vereinbarungen kommen, und dann können alle ihres Weges gehen.«

»Wir werden uns nicht auf Ihre Vereinbarungen einlassen«, sagte Leia müde. Es war später Nachmittag geworden, und sie befanden sich im luxuriösen Wohnzimmer der Gefängnisvilla. Denn daß dies ein Gefängnis war, hatte sich inzwischen erwiesen. Der Oberstock hatte ein Kraftfeld um die *Jadefeuer* gelegt und Wachen um das Kraftfeld postiert. Leia konnte das Schiff auf dem Landefeld direkt vor der Tür sehen, aber diesmal würde ihr die Flucht mit Sicherheit nicht gelingen. »Selbst wenn wir eine Vereinbarung wünschten, könnten wir keine erreichen, solange sie uns festhalten. Selbst wenn wir es täten, wäre sie nichtig. Meine Regierung würde nie einer Vereinbarung zustimmen, die unter Zwang zustande gekommen ist.«

»Wie können Sie unter Zwang stehen, wenn Sie frei sind, sobald wir eine Vereinbarung erzielt haben?«

»Wir stehen *jetzt* unter Zwang«, sagte Leia scharf. »Und wir werden auf keinen Fall zustimmen. Deshalb ist es sinnlos, weiter darüber zu diskutieren.«

»Ich bitte Sie noch einmal, Ihre Haltung zu überdenken«, sagte Kleyvits. »Wir erwarten doch nur von Ihnen, daß Sie die Realität anerkennen. Wir sind frei. Wir gehören nicht länger zur Neuen Republik. Wir sind unabhängig. Dies ist unsere Heimat, unser Planet. Wir bitten Sie lediglich, diese Tatsache anzuerkennen.«

»Sie sind jetzt nicht freier, als Sie es unter der Neuen Republik waren«, warf Mara mit kalter Stimme ein. »Früher gab es keinen Diktator, der Ihnen sagte, was Sie zu denken und zu fühlen und zu tun haben. Ihre Unabhängigkeit ist gleichbedeutend mit Tyrannei. Sie wollen nicht, daß wir Selonias Freiheit anerkennen, sondern die Herrschaft des Oberstocks.«

»He, ich sag' euch was«, knurrte Han. »Geben wir ihnen doch, was sie wollen. Totale Unabhängigkeit. Totale Unabhängigkeit vom Handel, von der interstellaren Wirtschaft, von Importen. Totale Unabhängigkeit vom Rest der Galaxis. Keine Kontakte mehr. Totales Embargo. Wie klingt das?«

»Für uns vom Oberstock, die wir frei von antiselonianischen Einflüssen sein wollen, klingt es überaus erfreulich. Ist es nicht so, meine liebe Freundin? Sprich für die Hunchuzucs. Meinst du nicht auch, daß totale Isolation das denkbar größte Glück wäre?«

»Oh ja, hochverehrte Kleyvits«, sagte Dracmus bedrückt. Es war nicht zu übersehen, daß sie sich unglücklich und gedemütigt fühlte. »Es kann keinen Zweifel geben, daß alle Selonianer die Isolation vom äußeren Universum wünschen.«

»Was ist mit all deinen Freundinnen und Verwandten auf Corellia, wo du dein ganzes Leben verbracht hast?« fragte Han.

»Sie werden sich mit mir freuen, wenn sie erfahren, daß wir sein frei von allen äußeren Einflüssen«, sagte Dracmus mit gesenktem Blick.

»Ich fürchte, du bist keine gute Lügnerin, ehrenwerte Dracmus«, meinte Han. »Ich habe Tote gekannt, die überzeugender waren als du.«

Dracmus sah besorgt auf und riskierte einen kurzen Seitenblick zu Kleyvits. »Habe bitte keine Zweifel an meiner Aufrichtigkeit, ehrenwerter Solo.«

»In dieser Hinsicht mußt du dir keine Sorgen machen«, versicherte Han. »Ich habe nicht die geringsten Zweifel.«

»Ich bestehe darauf, daß wir uns wieder dem eigentlichen Thema zuwenden«, sagte Kleyvits, von Dracmus' Reaktion sichtlich irritiert. »Entweder Sie erkennen die Unabhängigkeit von Selonia unter der Führung des Oberstocks an, oder Sie werden diesen Planeten nicht lebend verlassen.«

»Ich bin einverstanden«, sagte Leia.

Kleyvits sah sie erleichtert an. »Dann haben wir Sie überzeugt?«

»Absolut«, nickte Leia. »Wir entscheiden uns für die zweite Alternative, den Vorschlag, den Planeten nicht lebend zu verlassen. Am besten töten Sie uns alle auf der Stelle.«

Kleyvits seufzte enttäuscht, fuhr ihre Krallen aus und trommelte damit auf den Tisch, ein klickendes Geräusch, das Han Gänsehaut bereitete. Es war nicht zu übersehen, wie scharf diese Krallen waren. »Wie es scheint«, sagte Kleyvits, »werden wir noch eine Weile hierbleiben müssen.«

Thrackan Sal-Solo saß im Kopilotensitz und verfolgte konzentriert, wie der Pilot das Angriffsboot durch die Öffnung der riesigen zylinderförmigen Kaverne des planetaren Repulsors steuerte. Langsam, ganz langsam stieg das Boot in die Höhe, hing für einen Moment bewegungslos in der Luft, dann drehte es sich langsam, bis sein Bug auf die beiden hellen Lichtflecke am abendlichen Horizont deutete. Talus und Tralus. Thrackan konnte Centerpoint aus dieser Entfernung mit bloßem Auge nicht erkennen, aber er wußte, daß man die Station schon mit einem schwachen Fernglas sehen konnte.

Alles war vorbereitet. Er mußte nur noch den Knopf drücken, damit das radionische System sein Signal sendete, und dann den Piloten anweisen, in den Repulsor zurückzukehren. Dann blieb ihm nur noch, darauf zu warten, daß das radionische Signal das Kontrollzentrum von Centerpoint erreichte. Das automatische Kontrollzentrum würde die Kommunikationsstörung beenden, und das war es dann. Er mußte die Kaverne anschließend nicht einmal verlassen, um seine Botschaft auf allen Komkanälen zu senden. Der Repulsor würde das Komsignal nicht blockieren. Sehr praktisch.

Wie einfach es doch war. Thrackan dachte nur selten in poetischen Bahnen, aber plötzlich ging ihm durch den Kopf, daß er sozusagen dabei war, einen Stein in einen Teich zu werfen, direkt in die Mitte. Von der Stelle, wo der Stein aufschlug, würden sich die Wellen in alle Richtungen ausbreiten. Einige der Konsequenzen konnte er vorhersehen, aber er wußte am besten, wie riskant das Spiel war, das er trieb. Es war gut möglich, daß sich die Wellen in Richtungen ausbreiteten, die er nicht in Betracht gezogen hatte, und an Ufer brandeten, mit denen er nicht rechnete. Er wollte die Kommunikationsstörung beenden, weil dies seinen Zwecken diente, aber die Wiederherstellung der Kommunikation würde auch den Zwecken vieler anderer Gruppen dienen.

Manche Konsequenzen konnte er vorhersehen. Sobald die Störung beendet war, würden die eigentlichen Hintermänner der Sternvernichter-Verschwörung das primäre Komsystem benutzen, um mit einem Kommandosignal das Abfangfeld zu deaktivieren. Sie würden in das corellianische System eindringen und auf die bakuranischen Schiffe treffen. Das kam Thrackan äußerst gelegen. Sollten sich die beiden Parteien ruhig die Köpfe einschlagen. Wer immer aus der Schlacht als Sieger hervorging, würde entscheidend geschwächt sein und Thrackans Streitkräften die Arbeit erleichtern, wenn es zum Endkampf kam.

Er war außerdem fast sicher, daß die ursprünglichen Kontrolleure des Systems das von Thrackan benutzte Subsystem blockieren würden, um ihn an jeder weiteren Manipulation des Systems zu hindern. *Sie* würden die Störsender nicht wieder aktivieren. Das ließ sich nicht ändern. Es bedeutete, daß Thrackans Feinde hier im corellianischen System plötzlich wieder miteinander kommunizieren und Informationen austauschen konnten. Sie würden einige Dinge über sich und über Thrackan erfahren – aber dann war es bereits zu spät. Er machte sich deswegen keine Sorgen.

Aber was war mit den Konsequenzen, die er nicht vorhersehen konnte? Welche unbekannten Risiken ging er ein? Das konnte er natürlich nicht wissen.

Aber etwas wußte er genau. Nach dem Ende der Kommunikationsstörung konnte Thrackan Sal-Solo im ganzen corellianischen System verbreiten, daß er Han Solos Kinder in seiner Gewalt hatte. Han Solo würde es hören, ohne etwas dagegen tun zu können.

Konnte es eine süßere Rache geben?

Thrackan drückte den Knopf. Das Kommandosignal wurde abgestrahlt.

Ossilege verfolgte auf den Langstreckenscannern der *Eindringling*, wie das Angriffsboot für kurze Zeit dicht über dem Repulsor schwebte, sich leicht drehte, kurz in dieser Position verharrte und dann wieder in der Kaverne verschwand. Er blickte zum Hauptkanonier der *Eindringling* hinüber und sah, wie der Mann den Kopf schüttelte. »Es tut mir leid, Sir. Es war nicht genug Zeit für einen gezielten Schuß. Die Entfernung ist zu groß. Außerdem stört die Atmosphäre. Wenn es dreißig Sekunden länger geblieben wäre ...«

Der Hauptkanonier beendete den Satz nicht, aber Ossilege verstand. Er seufzte. Wenn dieses Angriffsboot lange genug an der Oberfläche geblieben wäre, hätte die *Eindringling* einen gezielten Schuß anbringen können, und dieser Krieg wäre jetzt vielleicht vorbei.

»Junge, kaum paßt man fünf Minuten nicht auf, hat sich alles verändert«, sagte Lando, als die *Glücksdame* die gewaltige Luftschleuse von Centerpoint verließ. »Wo ist die *Eindringling*?«

»Was ist die *Eindringling*?« fragte Jenica.

»Ein Schiff. Ein bakuranischer leichter Kreuzer. Eigentlich nicht zu übersehen, aber ich kann sie nirgendwo entdecken.«

»Haben Sie auch dort gesucht, wo Sie sie zuletzt gesehen haben?« fragte sie.

Lando lächelte. »Das habe ich, und es gibt keine Spur von ihr. Aber ich wette, daß ich sie dort finde, wo ich sie zuletzt suche.«

»Also, wo ist sie?«

»Ich vermute, daß irgend etwas passiert und unserer tapferer Admiral Ossilege losgezogen ist, um etwas dagegen zu tun, ohne Rücksicht darauf, ob es sinnvoll ist oder nicht.«

»Ich bin mir nicht sicher, ob mir Ihr Ton gefällt, Lando«, sagte Gaeriel.

»Ich bin mir nicht sicher, ob mir Ossileges Risikobereitschaft gefällt«, konterte Lando. »Aber die Frage ist: Was unternehmen wir jetzt?«

»Ich weiß es nicht«, gestand Gaeriel. »Alles wäre viel einfacher, wenn die Kommunikation wieder funktionieren würde.« Sie dachte einen Moment nach. »Können wir eine Laserkomverbindung zu einem der beiden Zerstörer herstellen?«

»Das wird nicht leicht sein«, sagte Lando. »Wahrscheinlich wäre es einfacher und schneller, wenn wir zum nächsten Schiff fliegen, andocken, die Luke öffnen und fragen, was los ist.«

»Dann tun Sie es«, befahl Gaeriel. »Wir können unsere nächsten Schritte planen, wenn wir mehr wissen.«

»Das ist eine sehr vernünftige Einstellung«, lobte Lando. »Wir sind schon auf dem Weg.«

Jaina stieß einen traurigen Seufzer aus. Sie saßen wirklich in der Patsche. Die Gefangenen hockten traurig und verloren – und ziemlich zusammengedrängt – in der mobilen Zelle und mußten hilflos mitansehen, wie die Soldaten und Techniker der Menschenliga ihre Ausrüstung auspackten und sich offenbar auf einen langen Aufenthalt vorbereiteten.

Die mobile Zelle war nicht mehr als ein Kraftfeldgenerator, der so konstruiert war, daß er außerhalb des von ihm erzeugten Kraftfelds blieb, so daß die im Feld Gefangenen den Generator nicht erreichen konnten. Allerdings war das Kraftfeld durchsichtig, und die Gefangenen konnten den Generator *sehen*, greifbar nah und doch so fern.

Dies paßte Anakin ganz und gar nicht, um es vorsichtig auszudrücken. Die Vorstellung, daß er das Gerät, das sie gefangenhielt, *sehen*, aber nicht *berühren* konnte, schien ihn weit mehr zu empören als die Tatsache, daß er ein Gefangener war.

Die beiden anderen Kinder versuchten ihn nach Kräften abzulenken, aber es war keine leichte Aufgabe. Glücklicherweise lenkte der Versuch, Anakin aufzuheitern, sie von ihren eigenen Ängsten ab. Die beiden Drall, Ebrihim und Marcha, schienen die Zeit der Gefangenschaft zu nutzen, um den Familienklatsch eines Jahrzehnts nachzuholen – und sie hatten zweifellos eine riesige Familie. Seit Stunden saßen sie da und tratschten über das Treiben dieses Vetters, die finanziellen Probleme jenes Onkels oder die skandalöse Tatsache, daß diese Großtante es immer noch nicht geschafft hatte, sich von ihrem fünften Mann scheiden zu lassen.

Chewbacca tigerte von einer Seite des halbkugelförmigen Kraftfelds zur anderen. Er mußte tatenlos mitansehen, wie die Techniker der Menschenliga um den *Millennium Falken* herumschlichen, auf dem oberen Rumpf herumspazierten, Wartungsluken öffneten und das Innere studierten. Hin und wieder brachen die Techniker bei dem Anblick, der sich ihnen bot, in lautes Gelächter aus. In diesen Momenten konnte sich Chewbacca nicht mehr beherrschen. Er hämmerte dann mit den Fäusten gegen das Kraftfeld und brüllte seine Frustration hinaus, aber das einzige Ergebnis war, daß er sich das Fell an seinen Händen und Oberarmen versengte.

Wahrscheinlich waren nur die beiden Drall ruhig und beherrscht genug, um vernünftig zu reagieren, als Thrakkan Sal-Solo das Angriffsboot verließ und zu ihnen kam. Er wurde von einem Menschenliga-Techniker mit einem Holorecorder begleitet.

»Einen wunderschönen Tag wünsche ich«, sagte Thrackan mit dieser Stimme, die der ihres Vaters so ähnlich war und gleichzeitig so fremd klang. Vetter Thrackan – es war ein seltsamer und abstoßender Gedanke, aber Jaina mußte sich damit abfinden, daß er tatsächlich ihr Verwandter war.

»Hallo«, sagte Jaina, und Jacen murmelte ebenfalls eine Begrüßung. Anakin warf einen Blick auf den Vetter seines Vaters und brach in Tränen aus – Jaina konnte es ihm nicht verübeln. Thrackans Anblick war erschreckend genug. Er war ihrem Vater so *ähnlich* – nur etwas dunkler, etwas schwerer, mit etwas schwärzerem Haar. Durch den Bart unterschied er sich *etwas* von Paps, aber irgendwie machte dies die Ähnlichkeit noch erschreckender. Es war, als würde sie die ... die dunkle Seite ihres Vaters vor sich sehen, wie *er* hätte werden können, wenn Zorn und Groll und Argwohn die Oberhand gewonnen hätten.

»Sorg dafür, daß dieses Kind aufhört zu weinen«, befahl Thrackan, als könnte Jaina Anakin mit einer Handbewegung zum Schweigen bringen.

»Ich kann nicht«, sagte sie. »Er beruhigt sich bestimmt gleich wieder, aber er hat Angst vor Ihnen.«

»Es gibt keinen Grund, Angst vor mir zu haben«, sagte Thrackan. »Noch nicht.« *Das* war nicht gerade beruhigend.

Jaina kniete nieder und drückte ihren kleinen Bruder an

sich. »Es wird alles gut, Anakin, ehrlich«, flüsterte sie ihm zu und hoffte, daß sie die Wahrheit sagte.

»Warum sind Sie hier?« fragte Jacen und funkelte Thrackan an. »Was wollen Sie?«

»Nicht viel, wirklich nicht viel«, erwiderte Thrackan. »Ich brauche lediglich ein Foto von uns allen zusammen.«

Chewbacca brüllte, knurrte und fletschte die Fänge, dann bedeutete er Thrackan gestikulierend, in das Sperrfeld zu kommen.

Thrackan lächelte. »Ich spreche deine barbarische Sprache nicht, Wookiee, aber *das* habe ich verstanden. Nein, danke. Ich kann das Foto auch machen, wenn ich hier draußen bleibe.«

»Was wollen Sie mit den Holos von uns anstellen?« fragte Tante Marcha.

Thrackan lächelte. »Das sollte selbst einer Vertreterin deiner Spezies klar sein. Ich habe dafür gesorgt, daß die Kommunikationsstörung in Kürze endet. Wenn die Störsender deaktiviert sind, werde ich die Holos im System verbreiten, um zu beweisen, daß ihr meine Gefangenen seid. Ich bezweifle zwar, daß sich irgend jemand für das Schicksal zweier fetter Drall und eines psychotischen Wookiee interessiert, aber ich schätze, daß die Eltern der Kinder vernünftigen Argumenten wesentlich zugänglicher sein werden, wenn sie erfahren, daß ich die Kinder habe – und einen planetaren Repulsor.«

Marcha, die Herzogin von Mastigophorous, richtete sich zu ihrer vollen Größen auf und funkelte ihren Kerkermeister an. »Sie sind dabei, einen tragischen Fehler zu begehen«, sagte sie. »Um Ihrer eigenen Sicherheit willen beschwöre ich Sie, Ihre Handlungsweise zu überdenken.«

Thrackan lachte laut. »Du bist wohl kaum in einer Position, Drohungen auszustoßen, Drall. Also halt den Mund.«

»Nun gut. Mögen Sie allein die Konsequenzen tragen. Die Ehre verlangte, Ihnen das zu sagen. Aber ein weises

Wesen kann eine Warnung von einer Drohung unterscheiden.«

Für einen flüchtigen Moment verschwand das Grinsen von Thrackans Gesicht, aber dann kehrte es wieder zurück, so breit und bedeutungslos wie immer. »Genug geredet«, knurrte er. »Die drei Kinder begeben sich jetzt in diese Hälfte der Zelle, direkt zu mir, und ihr drei Nichtmenschen in die andere.«

»Warum ...«, begann Ebrihim.

»Weil ich es will!« fauchte Thrackan. »Weil ich die Größe des Kraftfelds halbieren werde, wenn ihr nicht gehorcht. Weil ich euch alle erschießen kann, wenn mir danach ist.« Thrackan schwieg einen Moment und lächelte. »Weil ich den Kindern etwas antun kann und antun werde, wenn ihr euch weigert«, fügte er hinzu. »Und jetzt in die andere Hälfte mit euch.«

Die beiden Drall und der Wookiee wechselten einen Blick. Es war klar, daß sie keine Chance hatten. Sie begaben sich in die andere Hälfte der Zelle.

Anakin hatte sich inzwischen wieder halbwegs beruhigt, und Jaina zog ihn hoch. Es gab immer eine sichere Methode, Anakin abzulenken – indem man ihn zusehen ließ, wie jemand eine Maschine bediente. Und natürlich bestand die Möglichkeit, daß er dabei etwas lernte, das ihnen weiterhalf. »Da, Anakin«, flüsterte sie ihm zu. »Paß genau auf, was der Mann macht.«

Anakin nickte und putzte sich die Nase. Die drei Kinder standen zusammengedrängt am Rand des Feldes und verfolgten neugierig, wie der Techniker vor dem Generator des Sperrfelds niederkniete. Er zog einen altmodischen Metallschlüssel aus seiner Tasche, steckte ihn in einen Schlitz des Generators und machte eine Vierteldrehung nach links. Dann veränderte er mehrere Einstellungen an dem Gerät. Ein neues Kraftfeld, eine vertikale Wand, erschien in der Mitte des Sperrfelds und trennte die Erwachsenen von den Kindern. Er machte mit dem Schlüssel eine

Vierteldrehung nach rechts und zog ihn wieder heraus. »Ah, Diktat, Sir, vielleicht wäre es klug, das Feld etwas zu verstärken, damit es in der Holoaufzeichnung auch deutlich zu sehen ist.«

»Sind die Gefangenen dann nicht schwerer zu erkennen?«

»Ein wenig, Sir, aber sie bleiben auf jeden Fall gut sichtbar, und der Anblick des Kraftfelds wird allen klarmachen, daß sie Gefangene sind. Dadurch gewinnen Ihre Worte an Gewicht.«

»In Ordnung«, nickte Thrackan. »Verstärken Sie das Feld.«

Der Techniker drehte an einem Schalter, und das Kraftfeld verdunkelte sich leicht.

»Sehr gut«, sagte Thrackan. »Wirklich ausgezeichnet. Also los. Nehmen Sie den Holorecorder und beginnen Sie mit der Aufzeichnung«, sagte er. »Ich will eine schöne lange Großaufnahme von jedem Gesicht und dann eine Totale von uns allen. Ich möchte schließlich nicht, daß jemand glaubt, ich hätte die Kinder gar nicht in meiner Gewalt und alles wäre nur gestellt.«

Der Techniker hob den Holorecorder und machte sich an die Arbeit, filmte nacheinander jedes ernste Gesicht und schloß mit einer Totalen von Thrackan und allen Gefangenen. Als er fertig war, sagte der Techniker: »Das sollte genügen, Diktat Sal-Solo.«

»Sehr gut«, lobte Thrackan. »Und jetzt zum Sender mit dem Material.«

»Was ist mit dem Kraftfeld, Sir?«

Thrackan musterte kurz die Zelle. »Es kann so bleiben«, antwortete er. »Es ist besser, wenn die Kinder von den Nichtmenschen getrennt sind. Wenigstens kommen sie so nicht auf dumme Gedanken.« Mit diesen Worten wandte er sich ab und ging davon, dicht gefolgt von dem Techniker.

Jaina schaute ihnen nach. »Hast du alles gesehen, was der Techniker gemacht hat?« fragte sie Jacen.

»Nicht ganz«, gestand er. »Aber ich glaube sowieso nicht, daß ich die Kontrollen mit der Macht manipulieren könnte. So geschickt bin ich nicht. Und außerdem hat der Techniker diesen Schlüssel mitgenommen.«

»Anakin, was ist mit dir?«

»Ich könnte etwas tun, wenn ich an das Ding ran käme«, sagte er. »Ein paar Sachen ändern. Aber man braucht diesen Schlüssel, um das Feld ein- und auszuschalten oder die Energiezufuhr zu unterbrechen. *Du* hast es doch gesehen. Wir brauchen den Schlüssel.«

»Dann gibt es keine Hoffnung«, seufzte Jaina.

»Sei still, Kind«, sagte Herzogin Marcha von der anderen Seite der vertikalen Kraftfeldwand. »Es gibt immer Hoffnung vor allem, wenn man es mit einem Gegner zu tun hat, der glaubt, seine Ziele mit Gewalt durchsetzen zu können.«

Jaina trat an die vertikale Wand, und die anderen Kinder folgten ihr. »Hat er denn einen Fehler gemacht, Tante Marcha?« fragte sie.

»Oh ja«, versicherte sie, »und zwar einen sehr großen, Kind.«

Chewbacca lachte grollend und stieß dann ein triumphierendes Heulen aus. Der Wookiee sah sich um und vergewisserte sich, daß kein Soldat der Menschenliga in der Nähe war und sie beobachtete. Dann trat er so dicht wie möglich an die Wand und öffnete seine Hand.

Er hatte ein Taschenkom.

Jaina blickte mit einem wilden Grinsen zu Chewbacca auf. »Ich hätte es wissen müssen«, sagte sie. »Unter diesem langen Fell könntest du praktisch *alles* verstecken. Und außerdem wer würde es schon wagen, einen Wookiee zu filzen?« Chewbacca lachte erneut.

»Aber was nützt uns das?« fragte Jacen. »Dieses Ding hat bloß eine Reichweite von ein paar Kilometern.«

»Du vergißt dabei jemand, der ganz in der Nähe ist«, warf Ebrihim ein. »Jemand mit einer eingebauten Kommunikationsanlage.« Ebrihim lächelte. »Jemand, der das Warten bestimmt schon satt hat.«

Q9-X2 hatte das Warten eindeutig satt – was an sich schon eine bemerkenswerte Leistung für einen Droiden war. Jeder andere Droide hätte die Weckautomatik seiner Bereitschaftsschaltkreise auf eine bestimmte Zeit eingestellt und sich vorübergehend abgeschaltet. Aber nicht Q9. Er hatte Angst, irgend etwas zu verpassen. Nicht, daß man viel verpassen konnte, wenn man kopfüber in einer der getarnten Schmuggelboxen des *Falken* steckte. Q9 haßte das Eingesperrtsein noch mehr als das Kopfstehen, aber die Zeit war sehr knapp gewesen, und dies war das erste Versteck, das sie gefunden hatten, in das er überhaupt hineinpaßte.

Ebrihims Anweisungen waren simpel, und sie verlangten nicht, daß Q9 die ganze Zeit aktiviert blieb. *Warte mindestens vierzehn Stunden. Verlaß dein Versteck erst, wenn es sicher ist. Dann durchsuche das Schiff und mach dich mit der Lage vertraut. Finde heraus, wie du uns am besten helfen kannst und handle dann entsprechend.* Ziemlich vage, aber der Sinn war klar. Die Ausführung würde einige Probleme bereiten, denn seine meisten Sensoren mußten ausgefahren werden, bevor er sie benutzen konnte, was bedeutete, daß sie ihm nicht viel halfen, solange er kopfüber in diesem engen Raum steckte.

Er *hätte* in den Bereitschaftsmodus schalten können, aber dafür war er einfach zu aufgeregt. Q9 hatte eine Selbstdiagnose vorgenommen und die Eintragungen in seinem eingebauten Logbuch analysiert. Er wußte genau, daß er nur mit knapper Not der Vernichtung entgangen war, als Anakin den Repulsor aktiviert hatte. Droiden wurden nur selten auf diese Weise an ihre Sterblichkeit erinnert. Jetzt hatte Q9 genug Zeit, um über die Möglichkeit seiner Vernichtung nachzudenken. Es hätte ihn einmal bereits fast erwischt, und die Wahrscheinlichkeit war groß, daß er beim nächstenmal nicht so viel Glück hatte. Unter diesen Umständen wäre es bodenloser Leichtsinn, seine Systeme freiwillig herunterzufahren. Angenommen, eine Komponente war defekt oder würde in nächster Zeit versagen, ohne daß sein Diagnoseprogramm es bemerkt hatte? Angenommen, er programmierte eine Weckzeit, schaltete in den Bereitschaftsmodus, und dann wurde das Weckprogramm nicht ausgeführt? Kurz und gut, er wollte sich nicht abschalten, wenn er nicht absolut sicher war, daß er sich auch wieder einschalten konnte.

Gewiß, es war eine absurde Situation, aber das ließ sich nicht ändern. Q9 hatte Angst vor dem Einschlafen.

Er wartete weiter.

Gaeriel Captison stand neben der *Glücksdame* im Hangar der *Paladin*. »Wir sind uns also einig«, sagte sie. »Wir fliegen nach Drall und stoßen zur *Eindringling*.«

»Exakt«, bestätigte Lando. »Wenn der Repulsor auf Drall gefunden wurde, müssen wir dorthin.«

»Ich bleibe hier«, erklärte Jenica. »Die *Paladin* und die *Verteidiger* bewachen weiter die Centerpoint Station, und da ich die einzige bin, die Centerpoint genau kennt, ist mein Platz hier.«

Lando nickte. »Sie haben recht«, sagte er. »Lieutenant Kalenda, was ist mit Ihnen?«

Kalenda wölbte ihre linke Augenbraue und schüttelte leicht den Kopf. »Eine schwierige Entscheidung«, sagte sie. »Aber ich denke, in dieser Situation ist mein Platz bei Admiral Ossilege.«

Damit Sie ihn im Auge behalten können? fragte sich Lando. »Gut«, sagte er laut. »Gehen wir an Bord.«

»Was ist mit mir?« fragte 3PO. »Soll ich Sie begleiten? Wahrscheinlich sind meine Sprachkenntnisse auf Drall weit mehr von Nutzen als hier.«

Lando war versucht, 3PO zurückzulassen. Aber ärgerlicherweise hatte der Droide wahrscheinlich recht. Angenommen, sie fanden den Repulsor und stießen dabei auf Drall, die kein Basic sprachen? »Geh an Bord«, knurrte er. 3PO trottete die Einstiegsrampe hinauf.

Gaeriel und Kalenda verabschiedeten sich von Jenica und verschwanden in der *Glücksdame*. Lando wartete noch einen Moment, bevor er ihnen folgte. Es gab noch etwas, das er Jenica Sonsen sagen wollte, und wenn er es jetzt nicht tat, würde er vielleicht nie wieder die Gelegenheit dazu bekommen. Und nach ihrem amüsierten Gesichtsausdruck zu urteilen, schien sie zu erwarten, daß er es sagte. Aber sie kam ihm zuvor. »Wollen Sie mir jetzt erzählen, daß Sie jemand wie mich noch nie getroffen haben und mich näher kennenlernen wollen? Ist es das? So etwas wie: Wir haben zusammen eine Menge durchgemacht, sind uns nähergekommen, und es wäre doch schade, wenn wir uns wieder aus den Augen verlieren würden? Einen von diesen netten, einschmeichelnden Sätzen, auf die bisher noch jede Frau hereingefallen ist?«

Lando war sich nicht sicher, ob sie ihn verspotten oder provozieren, warnen oder ermuntern wollte. Seltsamerweise spielte es keine Rolle. Er hatte bei seinen Avancen schon viele Abfuhren bekommen, aber tief im Inneren wußte er, daß es diesmal nicht passieren würde. Denn diesmal wollte er nicht anbändeln.

Lando seufzte und schüttelte den Kopf. »Es gab einmal eine Zeit – und die liegt gar nicht so lange zurück –, da hätte ich diese Worte gesagt und sie auch ehrlich gemeint, zumindest in dem Moment, auch wenn ich sie später vielleicht vergessen hätte. Das Problem ist, daß ich vor kurzem etwas in dieser Art zu einer anderen Dame gesagt habe, und in dem Moment habe ich es auch ehrlich gemeint. Merkwürdigerweise ertappe ich mich dabei – zum erstenmal in meinem Leben –, daß ich es *noch immer* ehrlich meine. Und es könnte sein, daß es lange, lange Zeit so bleiben wird. Ich fürchte, ich muß mich zurückhalten.«

Jenica wirkte überrascht – wenn auch nicht halb so

überrascht, wie Lando war. »Das«, sagte sie, »war vielleicht die nobelste Rede zu diesem Thema, die ich je gehört habe. Ich denke, Sie haben dort draußen eine sehr glückliche Dame, und ich meine damit nicht die *Glücksdame*.« Sie bot ihm ihre Hand an, und Lando ergriff sie. »Passen Sie auf sich auf, Lando. Ich muß zugeben, daß ich mir fast wünsche, Sie *hätten* mir Avancen gemacht – nur um herauszufinden, wie ich darauf reagiert hätte. Jetzt werde ich es wohl nie erfahren.«

Lando schenkte ihr sein strahlendstes, bezauberndstes Lächeln. »Ich auch nicht«, sagte er. »Passen Sie auch auf sich auf.« Er ließ ihre Hand los, ging an Bord der *Glücksdame* und eilte zur Pilotenstation.

Gaeriel saß auf dem Steuerbord-Beobachtersitz, Kalenda an der Pilotenstation. »Nun«, fragte Kalenda, während sie die Startvorbereitungen traf, »dürfen Sie sie anrufen?« Sie blickte dabei nicht von den Instrumenten auf, aber ein angedeutetes Lächeln spielte um ihre Mundwinkel. Lando war sich nicht ganz sicher, aber er glaubte, hinter sich ein Kichern zu hören, das ganz und gar nicht zu einer ehemaligen Premierministerin paßte.

»Wie bitte?« sagte er.

»Dürfen Sie sie anrufen? Sie haben sie doch gefragt, ob Sie sie wiedersehen dürfen, wenn all das hier vorbei ist. Hat sie ja oder nein gesagt?«

Lando errötete. War es so offensichtlich? War sein Ruf so schlecht? »Ah, nun ja – wenn Sie es *unbedingt* wissen wollen, sie hat mich gefragt, ob ich sie fragen würde, und ich sagte, daß ich schon anderweitig vergeben bin.«

Diesmal wandte sich Kalenda von den Instrumenten ab und sah ihm offen ins Gesicht. »Sie machen Witze«, sagte sie, und ihr schielender, an seiner Schulter vorbeigehender Blick verunsicherte ihn noch mehr.

»Ah, nein«, erklärte Lando, »das war kein Witz. Eigentlich geht es Sie gar nichts an, aber es ist wirklich so gewesen. Großes Händlerehrenwort.«

Kalenda pfiff leise und schüttelte den Kopf. »Tja, Frau Premierministerin. Wie es aussieht, ist unsere kleine Wette geplatzt. Captain Calrissian, warum bringen Sie uns nicht hier raus?«

»Ah, hm – natürlich«, stotterte Lando. Er überprüfte die Kontrollen und ließ die *Dame* auf ihren Repulsoren langsam in die Höhe steigen. Manchmal hatte er das Gefühl, daß er noch eine Menge über Frauen lernen mußte.

Die *Glücksdame* verließ das Hangardeck, gewann an Geschwindigkeit und nahm Kurs auf Drall – und die *Eindringling*.

Luke Skywalker fuhr die Triebwerke des X-Flüglers hoch, bis der Jäger seine Höchstgeschwindigkeit erreicht hatte. Auf seiner Umlaufbahn hatte der Planet Selonia derzeit die geringstmögliche Distanz zu Centerpoint und der Doppelwelt, aber die Entfernung war noch immer groß – und er war in Eile. Auch er hatte sich über die Abwesenheit der *Eindringling* gewundert, aber die Zeit war zu knapp, um sich darüber den Kopf zu zerbrechen. Er hatte eine Aufgabe zu erledigen, seine Pflicht zu erfüllen. Bovo Yagen und seine Millionen Bewohner. Jetzt bestand zumindest die Hoffnung, sie retten zu können. Und wenn sie die Vernichtung von Bovo Yagen verhindern konnten, konnte dies durchaus der Anfang vom Ende der Sternvernichter-Verschwörung und der Rebellionen auf den Welten des corellianischen Systems sein.

Aber die Galaxis hatte wenig Interesse an *Wenns*. Das Universum kümmerte sich nur um das, was *tatsächlich* geschah, nicht um das, was passieren *konnte*. Sie hatten eine winzige Chance, mehr nicht. Und das Überleben dieser zwölf Millionen Menschen konnte durchaus davon abhängen, wie schnell er Selonia und Leia erreichte.

Zwölf Millionen Menschen. Luke erinnerte sich sehr gut, vor gar nicht langer Zeit gedacht zu haben, daß das, was hier geschah, im galaktischen Zeitrahmen kaum von Bedeutung war. Die gesamte aufgezeichnete Geschichte und die Zeit der Mythen und Legenden davor waren nur ein Wimpernschlag des kosmischen Auges. Aber zwölf Millionen Menschen, zwölf Millionen Leben. Ebenso viele Hoffnungen, ebenso viele Träume und Schicksale, Familien, Erinnerungen und Lebensgeschichten würden ausgelöscht werden, als hätte es sie nie gegeben. All die ungeborenen Generationen würden nie geboren werden, all die Möglichkeiten, all das Potential würde der Galaxis in Zukunft fehlen.

Sicherlich war es falsch, einen Stern zu vernichten, etwas so Altes, so Großes, so Mächtiges, Komplexes und Wunderschönes, nur um eines vergänglichen politischen Vorteils willen.

Luke lächelte. Niemand würde Supernovae als Waffen einsetzen. Nicht, solange *er* lebte. Nicht, wenn er es verhindern konnte.

R2 piepte und zwitscherte warnend, und Luke überprüfte seine Detektorschirme. »Oh, Mann«, sagte er, »wir bekommen Gesellschaft.« Eine Staffel aus acht leichten Angriffsjägern löste sich aus dem Orbit und ging auf Abfangkurs. Nicht unbedingt die Sorte Schwierigkeit, die Luke im Moment gebrauchen konnte. Vielleicht konnte er sie in die Flucht jagen, ohne allzuviel Zeit zu verlieren.

Luke reduzierte die Geschwindigkeit des X-Flüglers und deaktivierte seine Schilde, um sämtliche überschüssigen Antriebs- und Schildenergien in seine Waffensysteme zu leiten.

R2 trillerte einen Protest. »Reg dich nicht auf, R2. Ich fahre die Schilde wieder hoch, bevor wir in die Reichweite ihrer Waffen kommen.« Luke hatte erst vor kurzem gegen LAJs gekämpft. Er wußte, was sie konnten – und was nicht. Die LAJs waren dem Standard-X-Flügler unterlegen, aber nicht so sehr, daß er es wagen konnte, acht LAJs gleichzeitig anzugreifen. Luke konnte diesen Kampf am besten gewinnen, indem er ihn vermied.

Der Trick war, sie davon zu überzeugen, daß Luke und sein X-Flügel-Jäger nicht nur besser als sie, sondern unschlagbar waren.

Luke griff mit der Macht hinaus und tastete mit seinen Sinnen nach den selonianischen Piloten, aber nicht, um ihr Bewußtsein zu manipulieren, sondern um ihre geistige Verfassung zu erkunden. Er spürte sofort, daß die Piloten nervös, verschreckt, unsicher waren. Zwei oder drei wurden von dem Gefühl beherrscht, an einen Ort des Grauens und der Furcht zurückgekehrt zu sein. Er vermutete, daß es sich bei ihnen um die Veteranen des kürzlichen Kampfes gegen die Bakuraner handelte, Veteranen, denen nur mit knapper Not die Flucht geglückt war.

Das genügte Luke. Wenn er alles richtig machte, würde es in diesem Kampf keine Opfer geben. Den Selonianern würde es vielleicht nicht gefallen, aber sie würden überleben.

Luke überprüfte die Energieanzeigen. Die Waffenenergie hatte Maximalwerte erreicht. Luke leitete alle Schild- und Waffenladungsenergien in das Antriebssystem und fuhr es auf hundertzwanzig Prozent Leistung hoch. Der X-Flügler raste mit beängstigender Geschwindigkeit auf die LAJs zu. Zwei der LAJs feuerten auf ihn, zielten aber in ihrer Panik so schlecht, daß ihn die Strahlen weit verfehlten. Einer schoß dabei fast seinen Flügelmann ab.

Luke wußte, welches Risiko er einging, indem er ohne Schilde flog. Ein Glückstreffer genügte, um ihn zu erledigen.

Am besten brachte er die Sache so schnell wie möglich hinter sich. Sein Plan erforderte all seine Pilotenkünste und seine Fähigkeiten in der Macht – und eine gehörige Portion Glück. Luke schaltete den Feuerleitcomputer ab, schloß die Augen und zielte mit Hilfe der Macht. Er schoß einmal, zweimal, dreimal. Drei Turbolaserstrahlen zuckten durch den Weltraum. Jeder Schuß traf einen LAJ und zerstörte seine untere Waffenkapsel. Plötzlich konnten drei LAJs noch fliegen, aber nicht mehr kämpfen.

Luke wollte ihnen mit seinem Angriff eine Botschaft übermitteln: *Ich bin schneller als ihr, stärker als ihr und mit besseren Waffen ausgerüstet, die eine größere Reichweite als eure Systeme haben. Ich könnte auch alle vernichten, wenn ich wollte. Aber ich will nicht. Also unternehmt nichts, was meine Meinung ändern könnte.*

Die drei Veteranen schienen die Botschaft sofort zu verstehen, denn sie drehten prompt ab und kehrten zum Planeten zurück. Zwei der anderen LAJs zögerten einen Moment und folgten dann den anderen.

Damit blieben noch drei, und drei waren viel besser als acht. Andererseits mußte es sich bei den Piloten um die unerschrockensten der ganzen Staffel handeln. Die drei Maschinen rasten in einer Dreiecksformation auf ihn zu und würden in Kürze in Feuerreichweite kommen. Luke reduzierte den Schub ein wenig und leitete die überschüssige Energie in die Bugschilde, lud seine Waffen aber nicht wieder auf. So oder so würde dieser Kampf vorbei sein, bevor seinen Waffensystemen die gespeicherte Energie ausging.

Plötzlich pfiff R2 aufgeregt, und eine Textbotschaft flimmerte über einen von Lukes Bildschirmen, aber viel zu schnell, als daß er sie lesen konnte. »R2, was ist los?«

Das Piepen und Pfeifen des Droiden klang jetzt fast hysterisch. Luke warf einen Blick auf seinen Detektorschirm, sah die LAJs rasend schnell näherkommen und traf eine Entscheidung. »Später, R2«, sagte Luke. »Ich habe im Moment einanderes Problem. Was immer es ist, es wird warten müssen.«

Diese drei Piloten waren vielleicht unerschrocken, aber dafür waren sie nicht die besten Taktiker. Sie flogen zu dicht zusammen. Ein Schuß, der eine Maschine verfehlte, mußte fast zwangsläufig eine der beiden anderen treffen. Vielleicht konnte er das zu seinem Vorteil nutzen. Aber er mußte handeln, bevor er in Reichweite ihrer Waffen war.

Luke überlegte fieberhaft. Er wollte niemand töten, wenn es sich irgendwie vermeiden ließ. Plötzlich glaubte er einen Ausweg gefunden zu haben. Er schaltete die Feuerkontrolle von LASER auf TORPEDO um, tippte eilig eine Reihe von Befehlen ein und programmierte einen Protonentorpedo auf Fernzündung.

Plötzlich eröffneten alle drei LAJs gleichzeitig das Feuer. Die LAJ-Piloten schienen ihr Feuer trotz der Kommunikationsstörung zu koordinieren. Offenbar waren diese Piloten besser als er gedacht hatte.

Die Lasersalven hämmerten auf den X-Flügler ein, und Luke war froh, daß er daran gedacht hatte, die Schilde zu reaktivieren. Die Bugschilde des X-Flüglers hielten den zahllosen Treffern stand, flackerten aber bedrohlich.

Luke wußte, daß er von hier verschwinden mußte, und zwar schnell, wenn er mit heiler Haut davonkommen wollte. Noch ein letzter Trick. Er zielte mit dem umprogrammierten Protonentorpedo auf das Zentrum der LAJ-Formation und feuerte ihn ab. Der X-Flügler schwankte leicht, als der Torpedo abgeschossen wurde.

Luke hoffte zum Teil auf das Überraschungsmoment. Niemand setzte Protonentorpedos bei einem Kampf zwischen Jägern ein. Sie waren langsamer und weniger zielgenau – aber zerstörerischer – als Turbolaser und vor allem für die Bekämpfung größerer Ziele geeignet.

Die drei LAJs feuerten erneut eine konzentrierte Salve ab, und ihre Laserstrahlen verfehlten nur knapp den heranrasenden Torpedo. Lukes X-Flügler wurde heftig durchgeschüttelt, als die zweite Salve einschlug. Luke überprüfte seine Schilde und schüttelte den Kopf. Die nächste Salve würde die Schilde mit Sicherheit durchdringen.

Luke fuhr die Triebwerke herunter, so daß der X-Flügler nur noch von seinem eigenen Bewegungsmoment getragen weiterflog. Sollten sie ruhig glauben, daß sein Antrieb beschädigt war. Mit etwas Glück würde er dann viel schwieriger zu finden sein, wenn ...

Der Protonentorpedo explodierte genau im Zentrum der LAJ-Formation, tauchte den Weltraum in grelles Licht, blendete die Piloten vorübergehend und störte ihre Instrumente. Luke fuhr die Triebwerke wieder hoch, beschleunigte mit Vollschub und raste direkt in die Explosionswolke des Protonentorpedos und die feindliche Jägerformation hinein.

Der X-Flügler bockte und stampfte und bebte, als er in die Druckwelle der Explosion eindrang und die geschwächten Schilde bedenklich flackerten.

Luke blieb unbeirrt auf Kurs und betete, daß er den Flug durch den Mahlstrom der Torpedoexplosion überlebte. Dann, plötzlich, war alles vorbei. Er war hindurch und in Sicherheit. Luke überprüfte seine Detektorschirme. Zwei der LAJs waren ins Trudeln geraten und – zumindest im Moment – manövrierunfähig, während die Systeme des dritten nur zum Teil ausgefallen zu sein schienen. Der Trudelflug eines der manövrierunfähigen Jäger schien sich zu stabilisieren, während er zusah, aber Luke hatte nicht vor abzuwarten, bis sie sich völlig erholt hatten. Er nahm Kurs auf Selonia.

Luke stieß einen erleichterten Seufzer aus. Das war ein bißchen *zu* knapp gewesen. Es gab Zeiten, wo es sich als Nachteil erwies, ein Jedi-Meister zu sein, so viel stand fest. Ein normaler Jägerpilot ohne Fähigkeiten in der Macht hätte keine moralische Verpflichtung gefühlt, sein eigenes Leben zu riskieren und die Macht einzusetzen, um seine Feinde zu verschonen. Luke lächelte dünn. Irgendwann einmal würde ihn seine moralische Verpflichtung, das Leben anderer zu schonen, sein eigenes Leben kosten.

R2 pfiff erneut, um seine Aufmerksamkeit zu erregen. Luke fuhr die Bordsysteme auf Normalbetrieb herunter und lehnte sich in seinem Pilotensitz zurück. »In Ordnung, R2«, sagte er. »Was ist los?«

R2 übernahm die Kontrolle über den Hauptstatusmonitor und zeigte es ihm. Der Monitor schaltete in den Kommunikationsmodus um, und Luke sah es mit eigenen Augen. »Die Kommunikationsstörung existiert nicht mehr!« sagte er. »Aber warum ...«

Doch R2 beantwortete Lukes Frage, bevor er sie beenden konnte. Das Bild auf dem Monitor wechselte, und R2 spielte eine Botschaft ab, die er während Lukes Kampf gegen die LAJs aufgenommen hatte.

Ein grinsender, stilisierter Totenschädel mit einem Messer zwischen den Zähnen erschien auf dem Schirm, untermalt von triumphierender Musik. Luke erkannte den Schädel. Das Symbol der Menschenliga. Der Schädel verblaßte und wurde von den kaum angenehmeren Gesichtszügen eines lächelnden Thrackan Sal-Solo ersetzt.

Aber Luke lächelte nicht, während er sich anhörte, was der Mann zu sagen hatte.

11. Kapitel

Die Wellen breiten sich aus

Es war Abend, und Kleyvits und Dracmus wollten gerade gehen. Han wußte nicht mehr, wie oft sie vorbeigekommen waren, um zu fragen, ob Leia ihre Meinung inzwischen geändert hatte. Dies mußte heute bereits der dritte oder vierte Besuch sein. Zweifellos wußten sie nicht, wann es Zeit zum Aufgeben war.

Leia, Han, Mara und die Selonianerinnen befanden sich im Wohnzimmer der Gefängnisvilla und standen soeben auf, um sich mit höflichen Floskeln voneinander zu verabschieden, als sich plötzlich das Komsystem in der Ecke von allein einschaltete. Statisches Prasseln erfüllte das Zimmer.

Han war so überrascht, daß er einen halben Meter in die Höhe sprang, aber die anderen nahmen es gelassener hin. »Entspannen Sie sich, Han«, riet Mara. »Irgend jemand dort draußen hat das Auto-Ein-System benutzt, mehr nicht.« Die meisten Komsysteme konnten per Fernsteuerung eingeschaltet werden, damit sich die Behörden im Notfall direkt an die Bevölkerung wenden konnten.

Der Flachbildschirm leuchtete auf und zeigte buntes Flackern. Dann wich das Flackern dem grobkörnigen Bild eines großen, grinsenden Totenschädels, begleitet von einer ohrenbetäubend lauten und mißtönenden Musik. Die schlechte Bildqualität verriet Han, daß das Signal von einem Sender ausgestrahlt wurde, der der Aufgabe nicht gewachsen war, vielleicht irgendeine eingemottete Anlage, die man notdürftig in Betrieb genommen hatte.

Noch während Han reflexartig die technische Qualität der Sendung bewertete, dämmerte ihm, was die Übertragung in Wirklichkeit zu bedeuten hatte. »He, Moment mal!« rief er. »Die Störsender arbeiten nicht mehr! Jetzt können wir ...«

»Pst! Still«, zischte ihm Leia zu. »Wenn sich Thrackan die Mühe macht, die Störsender abzuschalten, muß seine Mitteilung wichtig sein. Ich will sie hören.« Sie drückte einen Knopf an der Kontrolltafel des Komsystems, um die Sendung aufzuzeichnen, und setzte sich dann vor den Komschirm.

»Woher Sie wissen, daß Sal-Solo ...«, begann Dracmus, aber da verschwand der Totenschädel schon, und Sal-Solo persönlich wurde sichtbar. Er schien sich im Kontrollraum irgendeines kleinen Militärboots zu befinden und lächelte so warm und freundlich wie der Totenschädel zuvor. Das Bild wackelte ein wenig, als stammte es von einem tragbaren Holorecorder, und die ganze Szene wirkte plump und gestellt.

»Ich grüße alle Bewohner des corellianischen Systems«, sagte Thrackan, während sein Bild für einen Moment verschwamm. »Ich bin Thrackan Sal-Solo, Diktat von Corellia. Ich habe die Abschaltung der Kommunikationsstörsender befohlen, um alle im corellianischen System – sowohl unsere Freunde als auch unsere Feinde – über zwei große neue Erfolge der Menschenliga-Truppen unter meinem Kommando zu informieren. Erstens haben wir die Kontrolle über den planetaren Repulsor von Drall übernommen. Die Neue Republik hat Ihnen, der Bevölkerung des corellianischen Systems, die Existenz dieser extrem mächtigen Anlage bis jetzt vorschwiegen ...«

»Weil wir nicht wußten, daß sie existiert«, murmelte Han.

»Pssst!« zischte Leia.

»... aber jetzt befindet sie sich in unserem Besitz. Bald werden wir auch den Repulsor auf dem Planeten Corellia kontrollieren. Mir ist bewußt, daß diese Anlagen Ihnen allen unbekannt sind. Es reicht wohl, wenn ich Ihnen sage, daß wir uns mit diesen mächtigen Waffen vor allen Feinden schützen können, wer immer sie auch sein mögen.«

Dracmus wandte sich an Kleyvits. »Die Liga haben jetzt

den Drall-Repulsor?« fragte sie. »Was haben das zu bedeuten?«

»Unser zweiter Erfolg ist eher persönlicher Natur«, fuhr Thrackan fort. »Wir haben die Kinder von Leia Organa Solo gerettet, der Staatschefin eben jener Neuen Republik.«

Han spürte, wie ihm das Blut aus dem Gesicht wich und sich sein Herz in Eis verwandelte. Er blickte zu Leia hinüber und sah das gleiche Entsetzen in ihrem Gesicht.

»Wir haben sie aus den Händen der Nichtmenschen befreit, die sie gefangenhielten«, fuhr Thrackan fort. »Sie sind jetzt bei mir und in Sicherheit. Ich freue mich schon darauf, sie ihrer Mutter zurückzugeben. Natürlich muß sie uns zuerst ihren Aufenthaltsort verraten. Sie muß aus ihrem Versteck kommen und die Anerkennung der Unabhängigkeit des corellianischen Sektors bestätigen. Diese Videoaufzeichnung ist der Beweis dafür, daß sich der Repulsor und die Kinder in meinem Besitz befinden.«

»Von allen verkommenen, dreckigen, miesen …«, grollte Han. »Dieser Mann *lügt* wie gedruckt!«

Der Bildschirm wurde wieder schwarz und zeigte dann aus der Froschperspektive eine riesige silberne, zylindrisch geformte Kaverne. Das Bild war noch immer etwas verwackelt und die Auflösung nicht besonders gut, aber man konnte alles Wichtige erkennen. Die Holokamera schwenkte und zeigte ein Angriffsboot – und den *Millennium Falken* – am Boden des Zylinders. Um die beiden Schiffe wimmelten Männer in Uniformen. Die Holokamera schwenkte nach oben und zeigte im Zentrum der Kaverne sechs riesige Kegel, die einen siebten, größeren umgaben. Durch eine Öffnung in der Decke konnte man den Himmel sehen.

»Sie sein mit an Sicherung grenzender Wahrscheinlichkeit identisch mit unserer eigenen Repulsoranlage …«, sagte Dracmus, bevor Kleyvits sie mit einem warnenden Blick zum Schweigen brachte.

Die Holokamera schwenkte wieder zum Boden der Kaverne und zeigte eine Gruppe verloren wirkender Gestalten, die unter einer Kraftfeldglocke saßen oder standen.

Das Bild verblaßte und wich einer Großaufnahme der traurig wirkenden Gruppe.

Es waren die Kinder. Sie waren in einer Hälfte des Kraftfelds gefangen, während sich in der anderen Chewbacca, Ebrihim und ein Drall befanden, den Leia nicht kannte. Die Kamera schwenkte von Gesicht zu Gesicht und zeigte sie nacheinander in Großaufnahme. Jacen sah traurig, aber entschlossen aus; Jaina wirkte besorgt und behielt Anakin im Auge; Anakin starrte trotzig in die Kamera. Sein Gesicht war voller Tränen, und er schniefte. Die Kamera schwenkte weiter und zeigte Thrackan, wie er kalt lächelte.

Leia unterdrückte ein Schluchzen, und Han spürte einen Kloß in seiner eigenen Kehle. Thrackan hatte sie in seiner Gewalt. Thrackan hatte *Kinder* geraubt, Hans Kinder. Thrackan hatte sein eigenes Fleisch und Blut entführt. Aber dann verwandelte sich Hans Elend, seine Angst, sein Entsetzen in kalten, harten Zorn. Thrackan *wollte* ihnen Angst einjagen, sie einschüchtern. Aber Han war bereits entschlossen, Thrackan nicht zu geben, was er wollte.

Die Holokamera schwenkte zum zweiten Drall und dann zu Chewbacca. Da war etwas in Chewbaccas Haltung, in seinem Gesicht, das Han Hoffnung machte. Er wirkte nicht im mindesten niedergeschlagen. Han kannte Chewie – und das da war kein Chewbacca, der sich für besiegt hielt. In diesem Augenblick wußte Han mit absoluter Gewißheit, daß Chewbacca immer noch ein paar Asse im Armel hatte, sofern man bei einem fellbekleideten Wookiee überhaupt von Armel sprechen konnte.

Das Bild verblaßte und wurde durch Thrackan im Kontrollraum des Schiffes ersetzt. »Das ...ollte allen als Beweis ...enügen, daß ich die Wahrheit sage«, erklärte Thrackan, während eine erneute statische Störung die Übertragung verzerrte. »Ich erwarte die Antwort der Staatschefin, und als Diktat des unabhängigen Sektors von Corellia fordere ich alle Corellianer auf, mir treu zur Seite zu stehen.«

Das Totenschädel-und-Messer-Symbol wurde wieder eingeblendet, von Marschmusik unterlegt, und dann wurde der Bildschirm schwarz.

»Han – Han – er hat unsere Kinder. Er hat unsere Kinder, und wir – wir *können* nicht tun, was er sagt. Wir *können* es einfach nicht.« Leia sah ihren Mann mit Tränen in den Augen an.

»Ich weiß«, sagte Han, und die Worte brachen ihm fast das Herz. »Es würde auch nichts nutzen, selbst wenn wir es versuchten.« Was hätte es für einen Sinn, wenn Leia auf die Forderungen einging und die corellianische Unabhängigkeit anerkannte? Im besten Fall würde man sie ihres Amtes entheben, sie wahrscheinlich sogar wegen Hochverrats anklagen, und die Anerkennung widerrufen – und das wäre nur gerecht. Wenn Corellia unabhängig wurde, konnte dies zum Zusammenbruch der Neuen Republik führen. Selbst ein gescheiterter Versuch, ein Versuch, der der Öffentlichkeit als der heldenhafte Kampf von aufrechten Patrioten gegen eine Tyrannei verkauft wurde, drohte die Neue Republik entscheidend zu schwächen. Und wie viele würden in den anschließenden Kriegen und Rebellionen sterben? Wie viele Kinder anderer Eltern würden im Lauf dieser Auseinandersetzungen ihr Leben verlieren? »Ich weiß, daß wir es nicht können«, sagte Han, und die Worte waren wie Asche in seinem Mund. »Aber wir können sie auch nicht in seiner Gewalt lassen.«

»Dies sein überaus entsetzlich und erschütterlich!« sagte Dracmus. »Thrackan verraten damit noch mehr sein eigenes Blut, seinen eigenen Stock und seinen Clan.«

Kleyvits fuhr zu Dracmus herum. »Was soll das heißen, Hunchuzuc?« Aus Kleyvits Mund klang »Hunchuzuc« wie ein Schimpfwort.

»Wissen Sie es nicht, hochwohlgeborene Kleyvits? Thrackan Sal-Solo sein vom gleichen Blut wie Han Solo, wie Leia Organa Solos Kinder! Sie einander so nahe sein wie zwei Clans vom selben Stock! Er bedrohen sein eigenes Fleisch und Blut!«

»Unmöglich!« fauchte Kleyvits. »Wie könnte jemand so etwas Verwerfliches tun? Ich bin erstaunt! Über vieles erstaunt. Thrackan verlangt von Ihnen, die Anerkennung der corellianischen Unabhängigkeit zu bestätigen! Haben Sie seinen Anspruch tatsächlich anerkannt? Ich verstehe das alles nicht, aber ich muß es verstehen.«

»Thrackan Sal-Solo haben gelogen«, erklärte Dracmus voller Abscheu. »Er haben Dinge gesagt, die nicht wahr sein, um seine Ziele zu erreichen. Die Hälfte von dem, was er sagen, sein falsch oder in Halbwahrheiten verpackt, um Lügen wie Wahrheit aussehen zu lassen.«

»Unmöglich! Er sagte, daß ...«

»Halten Sie beide endlich den Mund!« schrie Mara. »Es ist möglich, und er hat es getan.« Sie wies auf Han und Leia. »Er hat es *diesem* Mann und *dieser* Frau und ihren Kindern angetan. Respektieren Sie ihren Schmerz und Kummer. Gehen Sie! Geben Sie ihnen Zeit für ihren Schmerz und ihr Leid und tragen Sie Ihre albernen Auseinandersetzungen woanders aus!«

»Nein!« rief Han. All sein Zorn auf seinen Vetter, seine heiße Wut auf die Niederträchtigkeit seines Verwandten, fand plötzlich ein neues Ziel, ein näher liegendes Ziel, gegen das er mit Erfolg losschlagen konnte. Plötzlich fand er Worte, die wie Waffen waren, Waffen gegen die kleinliche, scheinbar vernünftige, manipulative, heuchlerische Gegnerin, die vor ihm stand. »Sie bleiben, wo Sie sind! Sie, Kleyvits. Wie können Sie es wagen, Thrackan Sal-Solo mit Verachtung zu begegnen, weil er seine Blutsverwandten als Geiseln genommen hat, um seine Ziele durchzusetzen? Sie tun dasselbe! Sie halten uns gefangen!«

»Aber – aber – Sie gehören nicht zu meiner Familie, Sie sind nicht von meinem Blut!«

Han deutete auf Dracmus und sagte: »Sie ist von Ihrem

Blut, und Sie nehmen sie moralisch als Geisel, indem Sie uns gefangenhalten und sie zwingen, mit Ihnen zu kollaborieren und uns unter Druck zu setzen, zu bedrängen.

Sie hat mein Leben gerettet und ich ihres. Sie hat ihr Leben für meins riskiert, und ich habe meins für ihres riskiert. Sie hat sich mir gegenüber für ihr Volk verbürgt. Sie hat mir ihren Schutz garantiert. Wir haben zusammen gelebt und gekämpft. Nein, wir sind keine Blutsverwandten – aber wir sind in gewissem Sinne *eine Familie*. Uns verbinden Pflicht und Respekt. Wir waren Verbündete im Kampf gegen *Sie* und Ihren Oberstock. Jetzt zwingen Sie sie, auf ihre Verbündeten zu spucken – gegen ihren Willen und zu Ihrem Vergnügen.«

»Ehrenwerter Solo, bitte – das genügen!« sagte Dracmus.

»Aber ich habe noch mehr zu sagen, viel mehr«, wandte sich Han an Dracmus. »Dein Volk spricht die Wahrheit und hat kein Talent zum Lügen. Also antworte mir ehrlich: Habe ich in irgendeinem Punkt die Unwahrheit gesagt?«

Dracmus wirkte plötzlich kleiner, trauriger, bedrückter. »Nein«, gestand sie. »Das haben du nicht.«

Plötzlich hatte Han eine Idee. Es war nur eine instinktive Ahnung, und vielleicht irrte er sich – aber – wenn er recht hatte … »Dann bleiben wir bei der Wahrheit«, sagte Han. »Kleyvits, lassen Sie uns über Ihren Repulsor reden. Wer bedient ihn? Wer kontrolliert ihn?«

Kleyvits sah Han mißtrauisch an. »Nun, natürlich gute Selonianer.«

»Aber *welche* Selonianer?« wollte Han wissen. »Gehören sie zu Ihren Leuten? Zum Oberstock?«

Für einen Moment herrschte Totenstille, und Kleyvits war wie erstarrt. Ihre Blicke huschten von Han zu Dracmus. Dann zuckten ihre Schnurrbarthaare einmal, und für einen kurzen Moment fuhr sie die Krallen ihrer Handpranke aus. »Ich kann dazu nichts sagen«, erwiderte sie.

Han triumphierte innerlich. Er hatte gewonnen. Er wußte es. Aber er konnte die nächste Karte in dieser Sabaccrunde nicht ausspielen. Nur Dracmus konnte es tun. Dies war der kritische Moment. Dracmus konnte sich entweder entschließen, das Gehörte nicht gehört zu haben, oder …

»Sie sich irren, hochwohlgeborene Kleyvits«, preßte Dracmus zwischen ihren zusammengebissenen, entblößten nadelspitzen Zähnen hervor. »Sie sich irren bis zum Grund Ihrer entehrten Seele. Sie können mehr dazu sagen. Sie können sogar sehr viel mehr dazu sagen.«

»Ich … ich kann dazu nichts …«

»Wer?« zischte Dracmus. »Wer kontrollieren den Repulsor? Wir haben kapituliert, weil Sie uns Ihre Macht demonstriert haben. Aber es nicht sein Ihre Macht! Sie sein entehrt! *Wer?*«

»Ich kann dazu nichts …«

»Ich verlangen eine ANTWORT!« donnerte Dracmus, eine Dracmus, die plötzlich so groß und kampflustig wie ein wütender Wookiee wirkte. Ihre Augen blitzten, ihr Fell war gesträubt. Sie hatte die Krallen ausgefahren, fletschte die Zähne und peitschte zornig mit dem Schwanz. »WER?«

»Es – es sind – es sind – die – die Ausgestoßenen. Die Sacorrianer. Die Selonianer von der Triade.«

»Brennende Sterne«, flüsterte Mara. »Die Sacorrianer. Die Triade. Ich glaube es einfach nicht.«

Im Zimmer war es wieder still, aber die Stille schien aus jeder Ecke widerzuhallen, jeden von ihnen anzubrüllen, das Zimmer mit tödlicher Leere zu füllen. »Hätten ein Außenweltler, ein Mensch mit Fähigkeit der Lüge, so etwas gesagt, dann ich hätten es wie ehrenwerte Jade gemacht und Worte nicht geglaubt«, sagte Dracmus schließlich mit einer Stimme, die so leise, so drohend und unheilverkündend wie ferner Donner war. »Aber Sie sein Selonianerin, Kleyvits, und ich sein gezwungen, Ihnen zu glauben. Die Worte mich machen krank. Die Wahrheit erfüllen mich mit Abscheu.«

Kleyvits fiel auf alle Viere und krümmte sich vor Dracmus' Füßen zusammen. Dies war unverkennbar kein leeres Ritual. Kleyvits unterwarf sich Dracmus und flehte um Gnade. »Steh auf«, fauchte Dracmus. »Steh auf und folge mir. Die Wahrheit muß auch die anderen mit Abscheu erfüllen. Die anderen müssen sie hören. Und dann sein die Zeit des Oberstocks vorbei.«

Kleyvits richtete sich auf den Hinterläufen auf und verneigte sich tief vor Dracmus. Dracmus ignorierte die Verbeugung, wandte sich ab und verließ mit hoch erhobenem Haupt den Raum, ohne sich weiter um die Menschen zu kümmern. Kleyvits folgte ihr mit gesenktem Kopf, herunterhängenden Schultern; von einem Moment zum anderen hatten Siegerin und Besiegte die Rollen getauscht.

Und plötzlich waren die Menschen allein.

»Ich verstehe das nicht«, sagte Han, und das war eine glatte Untertreibung. »Ich habe ja vermutet, daß eine dritte Partei die Finger im Spiel haben muß. Ich dachte an irgendwelche Außenstehende, die den Repulsor erforscht haben und jetzt an den Kontrollen sitzen. Ich wollte Kleyvits einen kleinen Dämpfer verpassen – aber *damit* habe ich wirklich nicht gerechnet. Was ist passiert?«

»Ich erklär's Ihnen später«, versprach Mara. »Im Moment sollten Sie sich um Leia kümmern.«

Han fuhr zu seiner Frau herum, die in einen der prächtigen, luxuriösen Sessel dieser prächtigen, luxuriösen Villa gesunken war. Sie weinte und schluchzte leise vor sich hin. »Oh, Han. Unsere Kinder. Dieser Mann hat unsere Kinder.«

»Ich weiß«, sagte Han. »Ich weiß. Aber er wird sie nicht behalten. Ich verspreche dir, daß wir sie zurückholen …«

Aber plötzlich war Leia auf den Beinen und hob mit einem konzentrierten, abwesenden Gesichtsausdruck den Kopf. Die Veränderung erfolgte so abrupt, daß Han einen verwunderten Blick mit Mara wechselte und sich beide für einen flüchtigen Moment fragten, ob Leia den Verstand verloren hatte. Aber Han hätte es besser wissen sollen. Leia war aus härterem Holz geschnitzt.

»Es ist Luke«, stieß sie hervor. »Luke kommt hierher. Ich kann spüren, wie er mit Hilfe der Macht nach mir greift. Er kommt zu mir.«

»Wann kommt er?« fragte Han. »Wie schnell kann er ...«

Hans Frage wurde durch das ohrenbetäubende Dröhnen eines schnellen, tieffliegenden Jägers beantwortet. Der donnernde Lärm erfüllte das Zimmer, brachte die Fenster zum Klirren und ließ Nippes von den Beistelltischen fallen. Der Lärm brach so schnell wieder ab, wie er eingesetzt hatte, als Lukes X-Flügler an der Villa vorbeiraste.

Han stürzte aus der offenen Haustür und sah, wie der X-Flügler in der Ferne verschwand, um dann beizudrehen und zurückzukehren.

Diesmal flog der X-Flügler langsam und tief und kreiste über der Villa. Leia und Mara hatten sich zu Han nach draußen gesellt, und alle winkten jetzt aufgeregt, als fürchteten sie, von Luke übersehen zu werden, obwohl er sie zielsicher angesteuert hatte. Der X-Flügler drehte eine große, langsame Runde um das Villengrundstück und gab mehrere Turbolaserschüsse ab, um die Wachen zu verscheuchen. Die Wachen brauchten nur wenig Ermunterung. Als der X-Flügler neben der *Jadefeuer* landete, waren sie bereits in alle Richtungen geflohen.

Die Kanzel des X-Flüglers schwang auf, Luke stieg eilig aus und sprang zu Boden. Er umarmte zuerst seine Schwester und dann Han. Mara verzichtete auf eine derart überschwengliche Begrüßung, rang sich aber immerhin ein ehrlich gemeintes Lächeln ab.

»Oh, Luke, wir haben uns so lange nicht gesehen, und es ist so viel passiert!« sagte Leia und drückte ihn an sich.

»Das stimmt, Leia, das stimmt«, sagte Luke.

»Ich weiß nicht, ob wir uns wirklich *so lange* nicht gesehen haben«, warf Han ein, »aber es ist tatsächlich eine

Menge passiert.« Sie hatten Luke unmittelbar vor ihrer Abreise nach Corellia getroffen; damals hatte sich die ganze Familie auf einen schönen, ruhigen Urlaub gefreut. Das Aufregendste, mit dem Han gerechnet hatte, war ein Wiedersehen mit den Stätten seiner Kindheit gewesen, und das Tödlichste ein todlangweiliger diplomatischer Empfang. Aber die Dinge hatten sich anders entwickelt. Es *schien* eine Ewigkeit her zu sein, seit er Luke zum letztenmal gesehen hatte, aber wieviel Zeit war wirklich verstrichen? Ein paar Wochen? Vielleicht sogar ein oder zwei Monate? Der ständige Wechsel von einem Planeten zum anderen, die unterschiedlich langen Tage, die verschiedenen Zeitzonen – all das machte es schwer, den Überblick zu bewahren. Er wußte nur mit Sicherheit, daß sich seit langer, langer Zeit die Ereignisse förmlich überschlugen.

Luke löste sich von Leia und nickte Mara Jade zu. »Hallo, Mara«, sagte er. »Schön, Sie wiederzusehen.«

»Die Freude ist ganz meinerseits, Luke«, erwiderte sie, und Han hatte den Eindruck, daß ihre gewöhnlich schneidende Stimme etwas weicher klang als sonst.

»Ich wünschte nur, die Umstände wären angenehmer«, meinte Luke. »Ich habe Thrackans Sendung gesehen. Ich weiß nicht, was ich sagen soll. Jedenfalls tut es mir sehr leid. Wir holen sie zurück, Leia. Das verspreche ich dir.«

»Ich weiß, Luke«, seufzte Leia. »Ich weiß. Danke.«

»Hören Sie«, warf Mara ein, »ich will ja nicht drängen, aber Luke hat die Wachen vertrieben. Ich wette, daß wir das Kraftfeld um die *Jadefeuer* knacken können. Sollten wir nicht besser so schnell wie möglich von hier verschwinden?«

Luke schüttelte den Kopf. »Sie können schon mal Ihr Schiff startklar machen. Aber ich denke, es wäre klüger, noch eine Weile hierzubleiben. Wenn ich die Lage richtig einschätze, brauchen wir die Hilfe der Leute, die Sie festgehalten haben, und wir sollten besser bleiben, wo sie uns finden können.«

»Warum? Wieso?« fragte Han. »Was ist passiert?«

»Eine Menge«, sagte Luke. »Und das meiste davon ist unangenehm. Aber *vielleicht* haben wir Glück im Unglück. Und da kommen unsere selonianischen Freunde ins Spiel.«

Han starrte Luke an und seufzte resigniert. »Es ist niemals einfach, stimmt's? Dann komm, Kleiner. Gehen wir ins Haus. Ich denke, es ist höchste Zeit, daß wir uns zusammensetzen und unsere Informationen austauschen.«

»Q9! Q9! Bitte kommen! Q9! Bist du da?«

»Natürlich bin ich da«, antwortete Q9. »Ich bin hier, wo Sie mich zurückgelassen haben, kopfüber in diesem winzigen Verschlag. Wo sollte ich auch sonst sein?« Der Droide hatte inzwischen genug von seinem Versteck und war ziemlich gereizt.

»Eine interessante rhetorische Frage«, drang Ebrihims leise Stimme aus dem Komsystem des Droiden. »Aber lassen wir das. Jedenfalls würden wir uns freuen, wenn du jetzt zu uns kommen könntest.«

»Mit Vergnügen«, erklärte Q9. »Oder genauer gesagt, es ist mir ein Vergnügen, endlich aus dieser Schmuggelbox herauszukommen. Ich mache mich sofort auf den Weg – vorausgesetzt, ich bin in der Lage, Sie zu finden.«

»Wir sind ganz in der Nähe. Du kannst uns vom Schiff aus sehen.«

»Sehr gut. Aber lassen Sie uns vorher ein paar Punkte klären. Mein eingebautes Überwachungssystem hat festgestellt, daß die Störsender inzwischen deaktiviert wurden. Seit Thrackan Sal-Solos Sendung sind jetzt zwei Stunden vergangen. Nebenbei bemerkt, Sie alle haben schon einmal besser ausgesehen. Nun ja, jedenfalls frage ich mich, warum Sie sich erst jetzt mit mir in Verbindung setzen.«

»Wir mußten warten, bis die Soldaten der Menschenliga eingeschlafen sind. Der letzte hat sich vor etwa einer Stunde ins Angriffsboot zurückgezogen. Sie müßten jetzt alle tief und fest schlafen.«

»Warum haben sie keine Wachen aufgestellt? Warum sind sie so nachlässig?«

Ebrihim lachte. »Wir befinden uns am Grund einer kilometertiefen Grube mit senkrechten Wänden; wir sind unter einer Kraftfeldglocke gefangen; und von den beiden Schiffen hier unten ist eins beschädigt und das andere voller feindlicher Soldaten. Ich vermute, daß sie sich unter diesen Umständen recht sicher fühlen.«

»Es könnte eine Falle sein«, warnte Q9. »Sie könnten versuchen, Sie in falsche Sicherheit zu wiegen.«

»Die anderen sind diejenigen, die sich in falscher Sicherheit wiegen. Sie wissen nicht, daß wir ein Kom haben, und sie wissen nichts von deiner Existenz.«

»Woher haben Sie das Kom?« fragte Q9 mißtrauisch. »Mir hat keiner etwas davon gesagt. Woher soll ich wissen, daß Sie wirklich Ebrihim sind? Woher soll ich wissen, daß Sie nicht ein Agent der Menschenliga sind, der sich als Ebrihim ausgibt? Woher soll ich wissen, daß dies keine Falle ist, um mich aus meinem Versteck zu locken?«

Q9 hörte, wie Ebrihim aufstöhnte. »Q9, ich fürchte, du hast eine leichte Paranoia entwickelt.«

»Das würden Sie auch, wenn ein verrücktes Kind ihre Hauptschaltkreise kurzschließt und Sie keine Gelegenheit hätten, Ihre Reparaturen zu überprüfen, bevor man Sie einen ganzen Tag lang in ein dunkles Loch wirft. Die ganze Zeit stecke ich hier kopfüber fest und frage mich, was wohl als nächstes passieren wird. Mir sind eine Menge alarmierender Möglichkeiten eingefallen.«

»Ich verstehe«, sagte Ebrihim mit einer Spur von Ungeduld in der Stimme. »Das ist überaus bedauerlich. Aber vielleicht kann ich deine Bedenken zerstreuen. Wir haben dir von dem Kom nichts erzählt, weil wir bei unserer Gefangennahme ein wenig unter Zeitdruck standen. Ich selbst erfuhr erst lange, nachdem wir das Schiff verlassen hatten, daß Chewbacca das Kom an seinem Körper versteckt hatte. Was deine andere Frage betrifft, ich bin wirklich Ebrihim. Laut der Kaufquittung habe ich zwölfhundertfünfzig Drall-Kronen für dich bezahlt. Aber in Wirklichkeit konnte ich deinen früheren Besitzer noch in letzter Minute zu einem Preisnachlaß in Höhe von hundert Kronen überreden, ein Detail, das ich später vergaß. Als ich bei meiner Steuererklärung die höhere Summe als abzugsfähige Kosten eintragen wollte, hast du mich auf die Diskrepanz aufmerksam gemacht und gedroht, mich anzuzeigen, wenn ich die Angabe nicht korrigiere. Zu dieser Zeit habe ich mir ernsthaft überlegt, dich für die acht Kronen zu verkaufen, die ich als Folge deiner Einmischung an zusätzlichen Steuern bezahlen mußte. Später habe ich es oft bedauert, dich trotzdem behalten zu haben. Genügt dir das?«

»Ich glaube schon«, sagte Q9 zögerlich.

»Sehr gut. Jetzt hör auf, dich wie ein geistig zerrüttetes Opfer paranoider Wahnvorstellungen aufzuführen und komm so schnell und so unauffällig wie möglich her. Ebrihim Ende!«

»Kein Grund, so gereizt zu reagieren«, sagte Q9, wohl wissend, daß Ebrihim sein Kom bereits abgeschaltet hatte. »Ich sehe nichts Paranoides in meinem Bemühen, meine körperliche Unversehrtheit zu bewahren.« Er schwieg für einen Moment. »Andererseits ist es *tatsächlich* sehr eigenartig, wenn ein Droide anfängt, Selbstgespräche zu führen. Vielleicht hat Master Ebrihim nicht ganz unrecht, was meinen Geisteszustand betrifft. Nun ja.«

Q9 aktivierte seine Repulsoren und drückte mit dem Kraftfeldkissen die getarnte Abdeckung der Schmuggelbox auf. Er hob die Abdeckung rund dreißig Zentimeter in die Höhe und reduzierte dann auf einer Seite die Kraft des Repulsorkissens, so daß der Deckel schräg nach unten rutschte und mit einem lauten Klappern aufs Deck fiel. Es war mehr Lärm, als Q9 angenehm war, aber er hatte in diesem Punkt keine große Wahl.

Q9 fuhr zwei seiner Manipulatorarme aus und schwebte langsam aus dem Verschlag, bis sein ganzer Körper aus dem Loch ragte. Er drehte seinen Rumpf auf den Kugellagergelenken seiner Arme um hundertachtzig Grad, aktivierte dann wieder die Repulsoren und fuhr die beiden Arme ein. Es war eine große Erleichterung, nicht mehr kopfüber in diesem Loch zu stecken.

Q9 schwebte durch den äußeren Rundgang des *Falken* zur Ausstiegsrampe. Die Rampe war ausgefahren, was ihm die Mühe ersparte, sie selbst herunterzulassen, und außerdem bewahrte es ihn davor, noch mehr Lärm zu machen. Allerdings stellte dies einen weiteren Verstoß gegen alle Sicherheitsvorschriften dar, so daß sich Q9 erneut fragte, ob ihn die Menschenliga nicht in eine Falle locken wollte.

Wenn dem so war, so hatte er seine Position bereits verraten und war schon so gut wie gefangen. Also konnte er auch weitermachen. Er schwebte die Rampe hinunter und hinaus in die riesige Repulsorkaverne.

Bis auf das fahle Sternenlicht, das durch die Öffnung in der kilometerhohen Decke fiel, war es dunkel. Q9 schaltete auf Infrarotsicht um, und plötzlich war es taghell in der Kaverne. Er entfernte sich rund dreißig Meter vom *Falken* und blieb dann stehen. Er drehte seine obere Kuppel um dreihundertsechzig Grad und nahm einen kompletten Scan seiner Umgebung vor. Wie Ebrihim versprochen hatte, waren die Gefangenen leicht zu finden. Sechs warme Körper im Inneren eines Kraftfelds waren schwerlich zu übersehen. Aber Q9 hatte erhebliche Bedenken, sich dem Feld zu nähern. Schließlich tröstete er sich mit dem Gedanken, daß er im Infrarotbereich ohnehin ein erstklassiges Ziel abgab. Er beendete seinen Scan, nachdem er das Angriffsboot gründlich untersucht hatte. Vorsichtshalber hielt er weiter einen Sensor auf das Schiff gerichtet.

Q9 schwebte eilig zur Kraftfeldkuppel und kam exakt

einen Meter vor dem Feld zum Halt. »Hier bin ich«, verkündete er. »Was soll ich jetzt tun?«

Es war nicht einfach, im Infrarotmodus den Gesichtsausdruck eines Drall zu deuten, aber er hatte den Eindruck, daß ihn Ebrihim wütend anfunkelte. »Die meisten Wesen kämen von allein darauf«, knurrte er. »Du sollst uns natürlich befreien!«

»Natürlich«, sagte Q9. »Es war auch nur eine rhetorische Frage.« Er schwenkte seine optischen Sensoren nach rechts und links. »Können Sie mir vielleicht verraten, wie ich das bewerkstelligen soll?«

»Du mußt auf die andere Seite«, erklärte Ebrihim. »Die Kontrolltafel des Kraftfelds ist auf der gegenüberliegenden Seite der Kuppel.«

»Ah. So ist das also«, sagte Q9, von einer plötzlichen Hochstimmung erfüllt. Er schwebte um das Kraftfeld herum, entdeckte die Kontrolltafel und bemerkte dann die Kinder unter der Kuppel. Sie starrten ihn an. »Guten Abend, Kinder«, sagte er heiter. »Wie geht's uns denn an diesem Abend?« Er deutete eine Verbeugung an, indem er auf seinen Repulsoren nach vorn kippte.

Für ein paar Sekunden sah ihn Anakin ernst an und wandte sich dann an seine Geschwister. »Q9 benimmt sich komisch«, erklärte er.

»Tatsächlich?« fragte Q9. »Einen Moment, bitte. Ich werde eine Verhaltensdiagnose vornehmen.« Q9 aktivierte die entsprechenden Programmroutinen und verglich sie mit dem Handlungslogbuch der vergangenen Stunde. »Du hast völlig recht, kleiner Anakin. Ich benehme mich wirklich etwas ungewöhnlich. Möglicherweise hängt es damit zusammen, daß ich beilebendigem Leib geröstet und dann stundenlang in einen winzigen Verschlag gesperrt wurde, aber das macht gar nichts. Wir sind schließlich Freunde. Jedenfalls kann ich dir versichern, daß meine Aktionen und Reaktionen noch immer innerhalb akzeptabler Parameter liegen. Mein Wort darauf.«

»Das ist eine der Schwächen der Q9-Serie«, warf Ebrihim leise von der anderen Seite der Wand ein, die die Kuppel trennte. »Manchmal reagieren Droiden dieses Typs empfindlich auf längere Stressperioden.«

»Aber wer tut das nicht?« fragte Q9.

»Es ist möglich, daß er noch eine Zeitlang unter starken Stimmungsschwankungen leiden wird, aber das sollte sich nach einer Weile legen«, sagte Ebrihim. »Bis dahin müssen wir ihn so nehmen, wie er ist.«

»Großartig«, kommentierte Jacen. »Der einzige, der uns befreien kann, ist ein manisch-depressiver Droide.«

»Und ich werde euch befreien«, versicherte Q9. »Ihr müßt mir nur sagen, wie.« Er richtete seine optischen Sensoren wieder auf das Angriffsboot. »Aber schnell, solange die Wachen noch schlafen.«

»Sicher«, nickte Jacen. »Genau. Wende dich an Anakin.«

»Ah, ja«, sagte Q9. »Anakin, Meister aller Maschinen. Sage mir einfach, was ich tun muß, und ich werde es tun. Vorausgesetzt, du verlangst nicht von mir, den falschen Knopf zu drücken, der den Planeten in die Sonne stürzen läßt oder ähnlich triviale Auswirkungen hat.«

»Q9«, zischte Ebrihim. »Reiß dich zusammen. Beruhige dich. Es ist überaus wichtig.«

»Verzeihung«, sagte Q9. Seltsam, welchen Wirbel sie um ihn machten, obwohl sie sich sonst so gut wie gar nicht um ihn kümmerten. Es sah fast wie eine Verschwörung aus. »Interessant«, sagte er. »Ich scheine schon wieder in eine depressiv-paranoide Phase zu geraten.«

»Bitte – versuch einfach, dich auf das Wesentliche zu konzentrieren«, sagte Ebrihim beruhigend. »Anakin, mach dich an die Arbeit.«

»Ah, okay«, nickte Anakin. »Ich kann die Vorderseite der Kontrolltafel von hier aus nicht erkennen, aber genau in der Mitte müßte ein großer Schlitz für eine Art Metallschlüssel sein.«

»Woher weißt du, daß er da ist, wenn du ihn doch nicht sehen kannst?« fragte Q9 mißtrauisch.

»Ich habe beobachtet, wie ihn einer von den Männern benutzt hat«, erklärte Anakin und warf Jacen einen verunsicherten Blick zu. »Ist er da, ja?«

»Ja, da ist ein Schlitz.«

»Ebrihim sagte, du könntest das Schloß vielleicht mit deinen Manipulatorarmen knacken.«

Ebrihim fuhr einen biegsamen Arm mit einer Minikamera und einer kleinen Lampe am Ende aus. Er schaltete die Lampe ein und richtete die Kamera auf das Schloß. Er untersuchte es sorgfältig aus verschiedenen Blickwinkeln, schaltete dann die Lampe aus und zog den Arm mit der Kamera wieder ein. »Nein«, sagte er.

»Oh je«, stöhnte Anakin. »Das ist nicht gut.«

»War es das?« fragte Q9. »Kann ich jetzt gehen?«

»Nein!« rief Anakin. Er schloß die Augen und streckte eine Hand nach der Kontrolltafel aus. »Ich kann sie *fast* berühren, aber ich kann die Kontrollen nicht *sehen*.« Er schüttelte den Kopf und öffnete die Augen. »Die Knöpfe und Schalter sind alle beschriftet. Lies vor, was da steht.«

Q9 fuhr wieder die Kamera aus, schaltete die Lampe ein und inspizierte die Tafel. »Es ist ein überaus antiquiertes Kontrollsystem«, erklärte er. »Unter dem ersten Schalter steht HAUPTENERGIESCHALTER – das ist der mit dem Schloß. Die Einstellungen sind AUS, EINERZELLE, ZWEIERZELLE UND VIERER-ZELLE. Er steht auf ZWEI. Darunter befindet Sich eine Skala mit der Aufschrift FELDSTÄRKE. Die Einstellungen reichen von eins bis elf, und der Zeiger steht auf acht Komma fünf.«

»Stell ihn auf null«, befahl Anakin.

Q9 fuhr einen Manipulatorarm aus und hantierte an der Skala. »Er läßt sich nur auf zwei stellen. Ich vermute, daß man den Schlüssel braucht, um die Feldstärke auf null zu reduzieren.«

»Richtig, richtig«, sagte Anakin. Der Junge streckte eine

Hand aus und berührte vorsichtig das Kraftfeld. Die Hand drang ein paar Zentimeter ein, doch dann wurde der Widerstand zu groß. »Nein, nein«, sagte Anakin. »Es ist immer noch zu stark. Lies mir die anderen Kontrollen vor«, befahl er.

»Da sind drei Skalen. Die erste ist erleuchtet. Darunter steht RELATIVE STÄRKE LINKE ZELLE. Die Einstellungen reichen von eins bis elf, und der Zeiger steht auf sechs. Die beiden anderen Skalen scheinen die Vierermoduseinstellungen zu kontrollieren. Da wir uns zweifellos im Zweiermodus befinden, haben die Vierereinstellungen keine Bedeutung für uns.«

»Dreh die Zweiermodusskala so weit es geht nach rechts.«

Q9 gehorchte, und sofort verdunkelte sich die Kraftfeldzelle der Kinder so stark, daß man es sogar in der Finsternis der Repulsorkaverne erkennen konnte.

»Jetzt in die andere Richtung.«

Q9 verstellte den Zeiger, und das Feld wurde wieder unsichtbar. Anakin berührte erneut die Kraftfeldwand, und sie gab diesmal etwas weiter nach – aber so sehr er auch drückte, er konnte sie nicht durchdringen.

»Sind an dem Ding noch weitere Kontrollen?« fragte Anakin.

»Das ist alles«, erwiderte Q9.

»Dachte ich mir schon«, murmelte Anakin. »Hab' auch nicht mehr gespürt.«

»Warum hast du mich dann gefragt?«

»Weil ich sichergehen wollte!« sagte Anakin. »Hör auf, dich so komisch zu benehmen, ja?«

»Verhalte ich mich immer noch seltsam?« fragte Q9. »Oder willst du mir nur *einreden*, daß ich mich seltsam verhalte? Ist *das* dein Plan?«

»Q9, wir haben jetzt keine Zeit dafür«, mischte sich Jacen ein. »Was immer dich auch umtreibt, muß bis später warten. In Ordnung?«

Q9 sah ihn mißtrauisch an. »Mich ›treibt nichts um‹. Ich führe lediglich meine Befehle aus.«

»Egal«, sagte Anakin. »Q9 – sind jetzt alle Werte so niedrig eingestellt, wie es geht? So daß das Feld so schwach wie möglich ist?«

»So niedrig, wie es ohne Schlüssel möglich ist, ja.«

»In Ordnung«, sagte Anakin. »Ich hoffe, es reicht. Es geht los.« Er streckte die Arme aus und spreizte seine kleinen Finger so weit es ging. Dann schloß er die Augen und trat einen Schritt nach vorn, so daß seine Hände das Kraftfeld berührten. »Langsam«, sagte er zu sich.

Vorsichtig und sacht schob er seine Hände tiefer und tiefer in das geschwächte Kraftfeld. Das Feld um seine Hände begann zu schimmern und zu funkeln, hell zuerst, um dann zu verblassen, sich nach außen zu wölben, bis Anakin in einer matt schimmernden Kraftfeldblase stand. Anakin verstärkte den Druck seiner Hände, schien aber nicht weiterzukommen. »Helft mir«, bat er seine Geschwister.

Jacen und Jaina traten vorsichtig in die nach außen gewölbte Kraftfeldblase. Jacen schloß die Augen und streckte die Hände aus. Er runzelte die Stirn und schüttelte den Kopf. »Ich weiß nicht, wie du … oh, jetzt geht es.« Er drückte stärker, und Jaina folgte seinem Beispiel. Die Blase begann wieder zu schimmern und zu funkeln, aber nicht so hell wie beim erstenmal, und das Gefunkel verblaßte jetzt schneller und erlosch ganz.

»Versuch's noch mal, Anakin«, sagte Jaina.

Anakin drückte diesmal nur mit der linken Hand gegen das Kraftfeld und dehnte es nach und nach weiter aus. Und dann, langsam und bedächtig, ballte er die Hand zur Faust und hielt nur den Zeigefinger weiter ausgestreckt. Er drückte mit dem Finger weiter, so daß sich das Feld dehnte und dehnte, bis sein Finger schließlich die Barriere durchstieß. »Jacen, nimm meine Hand«, befahl Anakin. »Jaina, nimm die seine.«

Jacen ergriff mit seiner linken Hand die rechte seines Bruders, während Jaina mit ihrer linken Jacens rechte Hand umklammerte. Anakin drückte weiter, bis sein ganzer Finger, sein ganzer Arm, seine Schulter, sein Kopf, seine Brust hindurch waren. Er lehnte sich nach vorn und stemmte sich langsam und bedächtig gegen den nachlassenden Widerstand. Er hob sein linkes Bein und schob es behutsam durch das Feld. Das Feld funkelte und schimmerte für einen Moment, als sein Bein es durchstieß, dann stellte er den Fuß auf den Boden der anderen Seite. Sein rechtes Bein schien die Barriere leichter zu durchdringen.

Und dann war er durch und in Freiheit, bis auf seinen rechten Arm. Ganz langsam, ganz vorsichtig zog er den Arm seines Bruders durch das Feld. Das Feld funkelte und schimmerte heller, als Jacens Hand es berührte. Jacen fuhr zusammen und wäre fast zurückgezuckt. Knisternde Funken umspielten seine Hand, als sie das Feld passierte. Das Feld schien ihm größeren Widerstand entgegenzusetzen als seinem Bruder, und sein Gesichtsausdruck verriet, daß es kein angenehmes Gefühl war. Nur widerwillig ließ das Feld seinen Kopf passieren, und über sein Gesicht tanzten feurige Funken. Mit einem Ruck war sein Kopf dann hindurch, und er gab dabei ein leises, schmerzerfülltes Stöhnen von sich. Die statische Elektrizität ließ ihm die Haare zu Berge stehen, etwas, das bei Anakin nicht geschehen war. Die Funken umknisterten ihn weiter, während er das linke und dann das rechte Bein durch das Feld schob.

Jacen keuchte vor Erleichterung, als er das Feld passiert hatte. Anakin hielt noch immer seine linke Hand, und die beiden Jungen entfernten sich langsam vom Feld, während Jacen Jainas Hand durch die Barriere zog. Wieder flackerten Funken, aber diesmal in einer dunkleren, trüberen, zornigen Farbe. »Autsch!« machte Jaina. »Es ... es brennt wie Feuer.«

»Geh einfach weiter«, drängte Jacen. »Deine Hand ist

schon durch. Mach die Augen zu. Dann geht's leichter, glaub's mir. Weiter, weiter. Jetzt ist dein Arm frei. Und nun der Kopf. Nicht stehenbleiben! Weiter! Du hast es fast geschafft. Okay, dein Gesicht ist durch. Das war das Schlimmste. Du solltest deine Haare sehen! Nein, noch nicht die Augen öffnen, aber sie stehen dir richtig zu Berge. Gut. Jetzt schieb dein Bein hindurch. Ruhig. Ganz langsam. Gut. Jetzt das andere. Hoch damit und durch. Gut. Jetzt nur noch deinen Fuß – autsch!«

Jaina prallte gegen ihren Bruder, als sie mit einem Ruck durch das Feld brach. Jacen fiel zu Boden und riß Anakin mit sich. Der nach außen gewölbte Teil des Kraftfelds schimmerte und funkelte erneut, schrumpfte dann, fiel in sich zusammen und verschmolz wieder nahtlos mit dem Rest des Feldes, als hätte es nie eine Ausbuchtung der Blase gegeben.

»Mann, das hat weh getan«, sagte Jaina. »Wie ein elektrischer Schlag, der durch den ganzen Körper ging.«

»Ich schätze, für dich war es schlimmer als für mich«, sagte Jacen, während sich die drei Kinder wieder aufrappelten. »Hat's bei dir auch wehgetan, Anakin?« fragte er seinen Bruder.

Anakin schüttelte den Kopf. »Nö. Es hat irgendwie *gekitzelt*. Na ja, es war nicht so schön wie richtiges Kitzeln, aber irgendwie ähnlich.«

»Das war natürlich unmöglich«, mischte sich Q9 ein. »Was du getan hast, war schlichtweg unmöglich. Niemand kann einfach durch ein Kraftfeld spazieren.«

»Wir sind nicht direkt hindurchspaziert«, erklärte Anakin. »Da war eher so eine Art *Lücke*. Ich habe das Feld irgendwie *gedehnt*, bis die Lücke groß genug war, und dann bin ich durch. Das war alles.«

»Aha. Das war alles. Vielen Dank. Das macht alles gleich *viel* klarer. Im Ernst.«

»Anakin – was ist mit Chewbacca und Ebrihim und Tante Marcha?« fragte Jaina.

Anakin schüttelte den Kopf. »Ich glaube nicht, daß ich ihnen von hier aus helfen kann«, sagte er. »Ich kann keine Erwachsenen hindurchziehen. Sie sind zu groß und zu schwer.«

»Kannst du nicht die Kontrolltafel benutzen?« fragte Jaina.

Anakin trat zur Tafel und musterte sie, legte seine Hand auf die Schalter und schloß die Augen. Er konzentrierte sich und griff mit seinen Machtsinnen in das Innere des Gerätes. Schließlich zog er die Hand zurück und öffnete die Augen. »Nein«, sagte er.

»Aber du kannst doch sonst jede Maschine dazu bringen, alles zu tun, was du willst«, protestierte Jaina.

»Ja, aber das ist nicht leicht«, erklärte Anakin. »Richtig *kleine* Dinge kann ich bewegen. Ich kann die Dinge dazu bringen, das zu tun, was sie tun sollen. Aber das Innere des Schlosses ist zu groß. Und das Schloß *tut*, was es tun soll. Es arbeitet.«

»Ich hätte mir keine verständlichere Erklärung wünschen können«, spottete Q9. »Aber ich nehme an, daß du die anderen befreien kannst?«

»Nein«, sagte Anakin. »Nicht ohne den Schlüssel.«

»Wie ich sehe, habt ihr diese ganze Aktion sehr sorgfältig geplant«, höhnte Q9.

»Eigentlich war geplant, daß *du* das Schloß knackst«, warf Ebrihim leicht gereizt ein. »Aber das spielt jetzt keine Rolle mehr. Wenn wir nicht ausbrechen können, dann müssen die Kinder eben allein fliehen. Mit deiner Hilfe natürlich, Q9.«

»Was?« fragte Q9. »Wie? Wie sollen wir von hier entkommen?«

»Natürlich mit dem *Falken*.«

»Einen Moment«, sagte Jacen. »Sie wollen, daß *wir* den *Falken* fliegen?«

Chewbacca starrte Ebrihim an, winselte, bleckte dann die Zähne und schüttelte den Kopf.

»Ich weiß, daß es tollkühn und gefährlich ist«, sagte Ebrihim zu Chewbacca. Er wandte sich an die drei Kinder. »Aber es ist nichtsdestotrotz die beste von vielen schlechten Möglichkeiten. Chewbacca, du hast selbst gesagt, daß die Reparaturen des *Falken* so gut wie abgeschlossen sind. Ich bin überzeugt, daß du in der Lage bist, den Kindern zu erklären, was noch getan werden muß. Und ich habe nicht den geringsten Zweifel, daß sie die letzten Reparaturen selbst vornehmen können. Was den Rest von uns betrifft – wir drei hier haben als Geiseln viel, viel weniger Wert, und Thrackan weiß es. Die drei Juwelen befinden sich bereits außerhalb dieses Kraftfeldkerkers. Anakin, Jacen, Jaina – es ist natürlich gefährlich, wenn ihr allein zu fliehen versucht. Aber ich bin felsenfest davon überzeugt, daß es hier noch viel gefährlicher für euch ist. Thrackan ist ein grausamer und herzloser Mann, und ich möchte nicht, daß ihr in seiner Gewalt seid. So wie ich das sehe, gibt es nur zwei Möglichkeiten. Die erste ist, daß eure Mutter auf seine Forderungen eingeht.«

»Das wird sie niemals tun«, protestierte Jacen.

»Dem stimme ich zu. Aber wenn doch, dann wird euer Onkel mit Sicherheit zu der Überzeugung gelangen, daß ihr zu wertvoll seid, um freigelassen zu werden. Er würde euch weiter gefangenhalten, um weitere Zugeständnisse zu erpressen. Und jedes neuerliche Nachgeben würde ihm noch mehr Gründe geben, euch festzuhalten. Ich fürchte, ihr würdet auf Dauer seine Gefangenen sein.«

»Und wenn Mam wegen uns nachgeben würde, müßte eine Menge anderer Leute darunter leiden«, sagte Jaina.

»Sie würden sterben«, fügte Jacen hinzu.

»Genau. Die zweite, wahrscheinlichere Möglichkeit ist, daß eure Mutter seine Forderungen ablehnt. Sie würde dies in voller Kenntnis der Konsequenzen tun, und es würde ihr das Herz brechen. Aber sie würde trotzdem ablehnen. Früher oder später würde euer Onkel Thrackan entweder so wütend und frustriert sein, daß er seine Wut an euch auslassen würde – oder er würde drohen, euch zu foltern oder es tatsächlich tun, um von eurer Mutter das zu bekommen, was er will.«

»Foltern?« wiederholte Jaina. »Daran habe ich gar nicht gedacht.«

»Würde er das wirklich tun?« fragte Jacen.

»Ich halte es durchaus für möglich. Sogar für wahrscheinlich.«

Q9 sah von seinem Herrn zu den Kindern und wieder zurück. Es hing noch etwas Ungesagtes in der Luft, etwas, das er fast laut ausgesprochen hätte, doch gerade noch rechtzeitig überlegte er es sich anders. Niemand sagte, daß ein schneller, schmerzloser Tod für die Kinder besser wäre, als die Bauern in einem grausamen Spiel abzugeben. Ein grausames Spiel, in dem viele andere leiden würden, ein Spiel, das nur enden konnte, wenn der Herr und Meister dieses Spiels entschied, daß der richtige Moment gekommen war, die Bauern zu opfern. Wie nobel, wie tapfer von allen, daß sie nichts davon erwähnten. Wie seltsam, daß er, Q9, auf derart kuriose und emotionale Weise auf alles reagierte. Genau in diesem Moment kam ihm ein neuer und furchterregender Gedanke. »Eine halbe Sekunde«, sagte er. »Was ist mit mir?«

Ebrihim sah Q9 an und kicherte. »Oh, du wirst sie natürlich begleiten. Was sonst? Was, glaubst du, wird Thrakkan Sal-Solo mit dir machen, wenn er morgen früh aufwacht und feststellt, daß die Kinder weg sind und du hier bist?«

Q9 dachte darüber nach, und das Ergebnis seiner Überlegungen gefiel ihm ganz und gar nicht. »Ich hätte es wissen müssen«, sagte er. »Mir ist jetzt klar, daß *alles* zu einer gegen mich gerichteten Verschwörung gehört.«

»Mir scheint, daß andere Wesen es viel schlechter haben als du«, erklärte Ebrihim. »Aber lassen wir das. Geh, und geh sofort. Je länger du trödelst, desto gefährlicher wird es.«

»Aber wir wissen nicht, was mit dem Schiff nicht stimmt, und wir wissen nicht, wie wir es reparieren sollen«, wandte Jaina ein.

Ebrihim hob die Hand und zeigte ihr das Kom. »Wir haben dieses Kom hier, und ihr Kinder könnt über das eingebaute Kom von Q9 mit uns sprechen, bis ihr das Komsystem des *Falken* wieder in Betrieb genommen habt. Ich halte mit euch Kontakt. Chewbacca kann mir sagen, was zu tun ist, und ich erkläre es euch dann. Wir gehen Schritt für Schritt vor. Ihr schafft das schon.«

Chewbacca nickte zustimmend und gab ein ermutigendes leises Fauchen von sich.

»Es ist nett, daß Sie das sagen«, wandte sich Jaina an Ebrihim, »aber das bedeutet nicht, daß Sie auch recht haben.«

»Ich bin sicher, daß ihr es schaffen werdet. Aber jetzt müßt ihr gehen«, sagte Ebrihim. »Die Ligisten können jeden Moment aufwachen. Wir haben keine andere Wahl. Geht!«

Die drei Kinder wechselten einen Blick, wandten sich dann gemeinsam ab und eilten zum Schiff, so leise und plötzlich, daß Q9 völlig überrascht wurde. Er hing noch für einen Moment bewegungslos in der Luft, bevor er seinen Kuppelkopf drehte und feststellte, daß sie weg waren.

Er fuhr seine Repulsoren hoch und flog ihnen eilig hinterher.

Admiral Ossilege persönlich empfing die *Glücksdame*, als sie im Hangardeck der *Eindringling* landete. Wie gewöhnlich trug er seine blütenweiße Uniform. Er wartete und verfolgte, wie die Luke der *Dame* aufschwang. »Willkommen an Bord«, sagte er, als Lando, Gaeriel und Kalenda ausstiegen, gefolgt von 3PO. »Ich hoffe, Ihre Informationen sind so interessant, wie Sie angekündigt haben. Ich finde es überaus ironisch, daß wir jetzt, wo wir endlich wieder die Komsysteme benutzen können, ungebetene Lauscher fürchten müssen.«

»Ich denke, Sie werden zufrieden sein – und mir zustimmen, daß es besser ist, die Angelegenheit vertraulich zu behandeln«, sagte Lando. »Lassen Sie uns irgendwohin gehen, wo wir reden können.«

»Natürlich«, nickte der Admiral. »Gehen wir in mein Privatquartier.« Er warf 3PO einen finsteren Blick zu. »Dieses *Ding* bleibt am besten an Bord Ihres Schiffes«, sagte er zu Lando.

»Also wirklich, wie rücksichtslos …«, begann 3PO, aber Ossilege sah ihn so grimmig an, daß er verstummte.

»Gehen wir«, sagte Lando zu den anderen. Er warf Kalenda einen Blick zu, aber sie schüttelte nur den Kopf. Offenbar war sie so überrascht wie er. Der Admiral verbrachte so viel Zeit auf der Brücke, daß keiner von ihnen je auf den Gedanken gekommen war, er hätte überhaupt eine Kabine.

Aber er hatte eine, und er führte die Gruppe dorthin. Lando war schon immer stolz auf seinen Sinn für Design gewesen, seinen guten Geschmack in Stilfragen. Seinem geübten Auge fiel sofort auf, daß Ossileges Kabinensuite voller schriller Gegensätze war – das Verschwenderische neben dem Spartanischen, das Große und Teure neben dem Kleinen und Billigen.

Der Raum selbst war überwältigend – cremefarbene Wände und dunkelblaue Teppiche, die schiere Größe. Seine Suite war doppelt so groß wie jede andere auf dem Schiff. Eine riesige, runde Sichtluke mit einem Durchmesser von zwei Metern nahm den Großteil einer Spundwand ein und bot eine atemberaubende Aussicht auf Drall vor dem nächtlichen Himmel. Die indirekte Beleuchtung war warm und gleichmäßig und kam von allen Seiten, so daß es in dem Raum keine Schatten gab.

Die Einrichtung selbst jedoch war kaum der Rede wert. In einer Ecke standen ein Feldbett und ein Klappnachttisch. Das Bett war mit peinlicher Sorgfalt hergerichtet, das Kissen aufgeschüttelt und fein säuberlich an der Nahtstelle zwischen Laken und Decke plaziert. Die Perfektion verriet Lando, daß Hortel Ossilege morgens sein Bett selbst machte, obwohl ihm genug Dienstbotendroiden und menschliche Bedienstete zur Verfügung standen. Offenbar traute er keinem anderen zu, sein Bett so herzurichten, wie es die Vorschriften verlangten. Auf dem Nachttisch bemerkte er einen Wecker, ein tragbares Kom, eine Leselampe und ein großformatiges Buch. Ob es sich bei dem Wälzer um einen Roman, ein gewichtiges Geschichtswerk, einen bakuranischen religiösen Text oder die Dienstanweisung der bakuranischen Raumflotte handelte, konnte Lando nicht erkennen.

Ansonsten gab es in dem Quartier keine anderen persönlichen Dinge. Er mußte seine Habseligkeiten in den verschlossenen Wandschränken aufbewahren. In der Ecke neben der Tür befand sich ein spartanischer, nüchterner Schreibtisch mit einem kleinen, ordentlichen Stapel noch zu erledigender Papiere auf der einen Seite und einem größeren, ebenso ordentlichen Stapel erledigter Papiere auf der anderen. Lando bemerkte außerdem auf einer Schreibtischseite ein paar ebenso ordentlich arrangierte Schreibstifte, eine Schreibtischlampe, einen Datenblock und eine Komanlage. Sonst nichts. Der Schreibtisch stand so, daß der Admiral, als er jetzt hinter ihm Platz nahm, die große Sichtluke im Rücken hatte. Das war die gesamte Einrichtung des Quartiers. Bis auf den Stuhl hinter dem Schreibtisch gab es auch keine anderen Sitzgelegenheiten, doch schon kam ein metallisch grauer Dienstbotendroide mit drei Klappstühlen herein. Erstaunlich schnell und geschickt baute er die Stühle vor dem Schreibtisch auf und verschwand wieder.

Die drei Besucher setzten sich an den Schreibtisch, und Ossilege sah sie erwartungsvoll an. »Erzählen Sie mir alles über Centerpoint«, bat er.

Lieutenant Kalenda räusperte sich und antwortete ein wenig nervös: »Kurz gesagt, Centerpoint ist die Novamaschine. Die Anlage, die Sonnen in Novae verwandelt.«

»Ich verstehe«, sagte Ossilege in einem Tonfall, als hätte ihn Kalenda soeben über den Speiseplan des heutigen Abends informiert.

»Und wir sind außerdem ziemlich sicher, daß man Centerpoint mit den planetaren Repulsoren lahmlegen kann.«

»Tatsächlich?« fragte er in demselben ruhigen Ton. »Höchst interessant. Vielleicht«, fügte er hinzu, »könnten Sie mir auch ein paar Details nennen?«

12. Kapitel

Ankunft

Das Summen des Alarms zerriß die Stille in der winzigen Schlafkabine der *Gentleman Besucher*. Tendra Risant schoß mit hämmerndem Herzen von ihrem Bett hoch. Sie sprang auf, verhedderte sich dabei in der Bettdecke und fiel fast aufs Gesicht, fing sich aber im letzten Moment und eilte zum Kontrollraum.

Sie wußte nicht, was der Alarm zu bedeuten hatte. Bei allen brennenden Sonnen, was hatte diesmal versagt? Sie erreichte den Kontrollraum und überprüfte die Instrumente, aber alle Werte lagen im grünen Bereich.

Dann schüttelte sie die letzten Rest ihrer Müdigkeit ab und erinnerte sich. Sie hatte den Alarm selbst installiert. Er sollte ausgelöst werden, wenn der Navcomputer der *Gentleman Besucher* feststellte, daß das Abfangfeld zusammengebrochen war.

Das Abfangfeld war zusammengebrochen! Plötzlich überschlugen sich ihre Gedanken. Ein Teil von ihr hatte mit einemmal Angst. Der Zusammenbruch des Feldes konnte alles mögliche bedeuten, und vieles davon war nicht gut. Aber sie hatte ohnehin keinen Einfluß darauf. Sie konnte ihrer Phantasie später freien Lauf lassen und darüber spekulieren, was all das zu bedeuten hatte. Der Zusammenbruch des Feldes hatte im Moment nur eine praktische Bedeutung für sie. Sie konnte endlich ihren Flug fortsetzen. Sie ließ sich in den Pilotensitz fallen und machte sich an die Arbeit.

Bevor Tendra an Bord der *Gentleman Besucher* gegangen war, hatte sie nur sehr wenig praktische Erfahrung mit Navcomputern gehabt, aber seitdem hatte sie das Versäumte nachholen können. Sie arbeitete, so schnell sie konnte, gab ihre derzeitige Position und die Position ihrer möglichen Ziele ein und ließ vom Navcomputer die genauen Sprungkoordinaten durch den Hyperraum berechnen.

Ihre Position kannte sie genau – sie hatte genug Zeit gehabt, sie zu berechnen –, aber sie hatte bis jetzt noch nicht entschieden, wohin sie fliegen sollte. Es war ihr einfacher erschienen, alle potentiellen Ziele vom Navcomputer speichern zu lassen, um bis zur letzten Minute auf jede Veränderung der Situation sofort reagieren zu können. Doch jetzt, wo sie reagieren und eine Entscheidung treffen mußte, zögerte sie.

Aber sie mußte schnell handeln. Wer auch immer das Abfangfeld kontrollierte, konnte es jederzeit erneut aktivieren. Schließlich rang sie sich zu einer Entscheidung durch. Centerpoint. Sie würde nach Centerpoint fliegen. Aus Landos letzter Mitteilung war hervorgegangen, daß die Station sein Ziel war. Sie argwöhnte, daß dies bei Lando nicht allzu viel zu bedeuten hatte – und in Kriegszeiten gab es ohnehin keine Sicherheit –, aber sie mußte eine Wahl treffen. Sie gab die entsprechenden Befehle ein und schaltete den Navcomputer auf Automatik. Der Bildschirm leuchtete auf und zeigte eine Dreißig-Sekunden-Countdownuhr. Der Countdown begann, und die Sekunden vertickten.

Für einen flüchtigen Moment dachte Tendra daran, den Hyperraumsprung manuell durchzuführen, falls die Automatik versagte. Schließlich machten das die Helden in den Holovids immer so. Aber nein. Die Holovid-Helden waren stets erfahrene Raumpiloten oder die größten Naturtalente, die die Galaxis je gesehen hatte. Außerdem wurden sie immer von den denkbar mächtigsten Verbündeten unterstützt – hilfreichen Drehbuchautoren. Im wirklichen Leben war alles anders. Sie konnte sich nicht darauf verlassen, daß sich in der letzten Szene alles zum Guten wendete.

Außerdem war dies erst ihr zweiter Hyperraumsprung.

Wenn die Automatik einen Fehler feststellte und den Sprung unterbrach, statt ihn fortzusetzen, war es am vernünftigsten, sich damit abzufinden. Lieber saß sie noch einen oder zwei Monate hier herum und langweilte sich zu Tode, als daß der Hyperantrieb unter ihr explodierte oder sie auf die andere Seite der Galaxis schleuderte.

Sie warf einen Blick auf die Countdownuhr. Fünfzehn Sekunden. Ihre Reise dauerte jetzt schon sehr lange, und selbst wenn es funktionierte und sie in das corellianische System gelangte, selbst wenn der Navcomputer Präzisionsarbeit leistete und sie direkt vor dem Hauptandockring Centerpoints aus dem Hyperraum zurückstürzte, gab es keine Garantie, daß sie damit das Ende ihrer Reise erreichte.

Zehn Sekunden. Und was war mit Lando? Ging es ihm gut? War er überhaupt in der Nähe von Centerpoint? Würde sie ihn finden? Schließlich war Krieg. Sie mußte damit rechnen, daß überall Chaos herrschte.

Fünf Sekunden. Was machte sie überhaupt hier? Warum hatte sie ein überteuertes gebrauchtes Raumschiff bestiegen, um einem charmant plaudernden Frauenhelden nachzujagen, den sie gerade einmal getroffen hatte? Sie hatte sich immer für eine besonnene Frau gehalten. Im Moment bewies sie durch ihr Verhalten das krasse Gegenteil.

Drei Sekunden. Es war einfach verrückt. Sie sprang direkt in ein Kriegsgebiet. Sie sollte den Sprung in die Lichtgeschwindigkeit abbrechen, den Kurs ändern und heim nach Sacorria fliegen, wo sie sicher war.

Zwei Sekunden. Nein. Dafür war es zu spät. Außerdem würde sie sich sonst den Rest ihres Lebens fragen, was sie versäumt hatte.

Eine Sekunde. Gleich würde sie es erfahren.

Null. Das Cockpitsichtfenster füllte sich abrupt mit Sternlinien, und die *Gentleman Besucher* machte den großen Sprung in die Lichtgeschwindigkeit.

Plötzlich hatte Tendra Risant keine Zeit mehr, um sich über irgend etwas Sorgen zu machen.

Ossilege stand auf, kam hinter seinem Schreibtisch hervor und ging nachdenklich in seinem Quartier auf und ab. Schließlich blieb er vor der Sichtluke stehen und bedachte den Planeten Drall mit einem langen, durchdringenden Blick.

Bisher hat er die wunderschöne Aussicht auf Drall ignoriert, dachte Lando. *Aber jetzt, wo der Planet eine große militärische Bedeutung bekommen hat, interessiert er sich plötzlich für ihn.*

»Also, wenn ich Sie richtig verstanden habe«, sagte Ossilege und drehte sich zu den anderen um, »dann haben die planetaren Repulsoren eine weit größere Bedeutung, als wir dachten. Wenn es uns gelingt, einen davon rechtzeitig in unseren Besitz zu bringen, um den Hyperraum-Traktorrepulsorstrahl von Centerpoint abzulenken, könnten wir die Bevölkerung von Bovo Yagen retten – und vielleicht nebenbei auch den Krieg gewinnen. Sehe ich das richtig?«

»Fast richtig, Sir«, erklärte Lieutenant Kalenda. »Allerdings genügt es nicht, den Repulsor in unseren Besitz zu bringen. Wir müssen auch wissen, wie man ihn bedient. Und ich bin mir nicht ganz sicher, ob Thrackan Sal-Solo dazu in der Lage ist.«

»Aber er hat ihn bereits abgefeuert.«

»Eigentlich nicht, Sir. Es war ein … ein massiver Ausbruch von unkontrollierter Repulsorstrahlung, mehr nicht. Der selonianische Repulsorschuß war viel kontrollierter. Und es gibt noch einen anderen Grund. Vergessen Sie nicht, daß sein Angriffsboot erst nach dem Ausbruch in den Repulsor eindrang. Wir nehmen nur an, daß es seine Techniker waren, die ihn abgefeuert haben.«

»Seit ich Thrackans Sendung gesehen habe, glaube ich zu wissen, wer den Repulsor aktiviert hat«, warf Lando ein.

»Und wer könnte das wohl gewesen sein?« fragte Ossilege mit einem kühlen, nachsichtigen Lächeln. Sein Gesichtsausdruck verriet, daß er Landos Erklärung von vornherein ablehnte.

»Die Kinder«, sagte Lando. »Ich glaube, daß sie ihn versehentlich aktiviert haben. Thrackan bemerkte den Repulsorausbruch genau wie wir und traf zuerst ein.«

»Machen Sie sich nicht lächerlich«, fauchte Ossilege verächtlich. »Wie sollten Kinder einen planetaren Repulsor aktivieren?«

»Ich weiß es nicht. Möglicherweise war auch Chewbacca dafür verantwortlich, aber ich bezweifle, daß er so sorglos war, einen derart unkontrollierten Ausbruch zu riskieren. Vielleicht waren es die beiden Drall. Aber einer aus dieser Gruppe hat den Knopf gedrückt.«

»Das bezweifle ich. Ich glaube, einer von Sal-Solos Leuten hat den Repulsor aktiviert, vielleicht ein Vorauskommando. Ich glaube, daß sie während ihrer Suche nach dem Repulsor die Kinder entdeckt und gefangengenommen haben. Aber all das ist im Moment nicht wichtig. Sal-Solo ist jetzt im Besitz des Repulsors. Und ich habe einen Kommandotrupp zusammengestellt, der ihm die Anlage entreißen wird. In dieser Region von Drall ist es jetzt kurz vor Morgengrauen. Der Kommandotrupp wird nach Sonnenuntergang angreifen – obwohl es möglich ist, daß wir früher zuschlagen, wenn es die Umstände erfordern. Meine Leute trainieren die Operation derzeit an ihren Simulatoren.«

»Warum greifen wir nicht sofort an?« fragte Lando.

»Ich habe Commander Putney, dem Chef des Kommandotrupps, vor ein paar Stunden dieselbe Frage gestellt. Ich kann Ihnen versichern, daß Putney genau wie Sie am liebsten sofort zuschlagen würde, aber es ist nicht so einfach. Das größte Problem ist, daß seine Angriffsboote für eine längere Aufklärungsmission auf Centerpoint ausgerüstes worden sind – für den Fall, daß es sich als notwendig erweisen würde. Ein Überraschungsangriff auf eine kleine Streitmacht in einer befestigten Stellung erfordert ganz andere Mittel. Es kostet einfach Zeit, die Boote zu entladen und das neue Material an Bord zu schaffen. Und es gibt noch andere Faktoren. Putney glaubt, daß ein Nachtangriff erfolgversprechender ist. Er hat außerdem die relativen Zeitzonen und die Auswirkungen der unterschiedlichen Ortszeiten und Tageslängen analysiert. Die Corellianer in der Repulsorkaverne dürften heute abend, kurz nach dem Sonnenuntergang in dieser Region, völlig übermüdet sein. Überflüssig zu sagen, daß es zwingende Gründe für die Verzögerung gibt, auch wenn Sie und ich natürlich einen sofortigen Angriff vorziehen würden. Die Risiken liegen auf der Hand – aber ich glaube, wenn man alle Faktoren gegeneinander abwägt, dann ist Abwarten am erfolgversprechendsten.«

»Ob diese Entscheidung richtig ist, werden wir erst im Nachhinein erfahren. Wenn Sie recht haben, sind Sie ein Genie, und wenn nicht, ein Monster und ein Narr. Ich beneide Sie nicht um diese Art von Entscheidung, Admiral. Einmal, vor langer Zeit, hat man mich zum General ernannt«, erinnerte sich Lando. »Es hat mir nicht gefallen. Vor allem wegen derartiger Entscheidungen. Sie haben mein Mitgefühl.«

»Danke, Captain Calrissian. Angesichts unserer bisherigen Meinungsverschiedenheiten ist dies überaus großzügig.«

»Glauben Sie mir, ich habe jedes Wort ehrlich gemeint. Aber die wichtigste Frage ist noch unbeantwortet. Glauben Sie, daß unser Freund dort unten, der große und mächtige Thrackan Sal-Solo, inzwischen die volle Kontrolle über diesen Repulsor hat? Oder bald haben wird?«

»Schwer zu sagen, wirklich«, meinte Kalenda. »Ich vermute, die die auswärtige Macht, die hinter all dem steckt, den Einheimischen nicht traut und deshalb ihre Technoteams ins System geschickt hat, um die Repulsoren zu übernehmen. Sie hat Sal-Solo wahrscheinlich genug Techniker zur Verfügung gestellt, um einen Repulsor zu bedienen. Hat er diese Techniker auf Corellia gelassen oder sie mitgebracht? Wie gut sind sie? Wissen sie, was sie tun? In welchem Zustand ist der Repulsor? Wurde er bei dem unkontrollierten Ausbruch beschädigt?« Kalenda schüttelte den Kopf. »Es gibt zuviele Unsicherheiten.«

»Hmmm. Eines Tages wird ein Geheimdienstoffizier eine Frage mit einer Antwort beantworten statt mit einer ganzen Serie neuer Fragen. Der selonianische Repulsor ist funktionsfähig und aktiviert. Der Drall-Repulsor stellt eine Unwägbarkeit dar. Was ist mit dem corellianischen oder den Anlagen auf Talus und Tralus?«

Kalenda schüttelte den Kopf. »Es gibt keinerlei Anzeichen dafür, daß sie funktionieren. Aber das will nichts heißen. Daß sie noch nicht in Betrieb genommen wurden, könnte bedeuten, daß man sie noch nicht entdeckt hat. Andererseits ist es möglich, daß die Techniker bereits den Finger am Knopf haben und nur auf den großen Moment warten.«

»Wir fischen im Trüben«, klagte Ossilege. »Bei stockfinsterer Nacht. Nichts ist klar, nichts ist sicher. Es gibt keinen Feind, auf den man mit dem Finger zeigen und sagen kann: Er ist es! Angriff! Wie denken Sie darüber, Frau Premierministerin? Sie haben schon eine ganze Weile nichts gesagt.«

Gaeriel lehnte sich in ihrem Sessel zurück und verschränkte nachdenklich die Arme. »Sie haben das Hauptproblem bereits genannt. Es gibt zu viele Feinde, die hinter einer Art Nebelbank agieren. Ich denke, es handelt sich dabei um eine bewußte Taktik. Man will uns verwirren, ablenken, uns dazu bringen, daß wir in die falsche Richtung schauen. Und ich fürchte, es hat funktioniert. Wir haben so viele widersprüchliche Geschichten gehört, uns mit so vielen widersprüchlichen Behauptungen herumschlagen müssen, daß wir nicht mehr wissen, was wirklich ist und was nicht. Ich weiß nur eines mit Sicherheit: daß wir dem wahren Feind noch nicht begegnet sind. Ich glaube nicht mehr, daß die Rebellionen echt sind.

Die Rebellengruppen sind im Grunde ein einziger Schwindel. Einige sind völlig künstlich, bei anderen handelt es sich um winzige Splittergruppen, Extremisten, die von der äußeren Macht mit Geld und Material versorgt wurden. Die Menschenliga ist eine Ausnahme, wenigstens zum Teil. Sie war eine echte Organisation – aber sie wurde von derselben äußeren Macht finanziert wie die anderen Rebellengruppen. Und ich bin fest davon überzeugt, daß die Menschenliga jetzt ihre Zahlmeister genauso erbittert bekämpft wie uns. Die äußere Macht, der unbekannte Feind, hat all das inszeniert, um die Kontrolle über den corellianischen Sektor zu übernehmen und die Neue Republik zu destabilisieren. Aber die Menschenliga und Thrakkan Sal-Solo haben sich entschlossen, selbst die Macht auf Corellia zu übernehmen.

Wir haben den wahren Feind bis jetzt noch nicht gesehen. Wir haben nur seine Strohmänner gesehen, seine Marionetten, seine Helfershelfer. Aber ich denke, das Ende der Kommunikationsstörung bedeutet, daß wir den wahren Feind bald kennenlernen werden.«

Die Interkomanlage auf dem Schreibtisch summte leise. Ossilege fuhr herum und trat an den Tisch. »Ja, was gibt es?« fragte er.

»Sir«, drang eine Stimme aus der Kom-Einheit, »wir haben soeben festgestellt, daß das Abfangfeld deaktiviert wurde. Es wird rapide schwächer und ist inzwischen schon so schwach, daß Hyperraumflüge wieder möglich sind.«

»Tatsächlich? Dann können wir wohl davon ausgehen, daß jemand einen Hyperraumflug plant. Für alle Stationen auf allen Schiffen gilt ab sofort Bereitschaftsalarm. Die Detektoroffiziere sollen jede Veränderung der Lage sofort melden.«

»Verstanden, Sir. Sir, da ist noch etwas anderes. Als das Feld zusammenbrach, erhielten wir eine weitere Nachricht von Quelle A. Er ist …«

»Einen Moment.« Ossilege drückte einem Knopf am Kom, schaltete den Lautsprecher aus und griff nach dem Hörer des Koms. *Ich habe schon lange keinen Hörer mehr gesehen*, dachte Lando. *Noch länger ist es her, daß ich gesehen habe, wie jemand einen benutzt.* Die meisten Leute zogen es vor, die Hände frei zu haben, statt sich ein Stück Plastik ans Ohr zu halten und hineinzusprechen. Aber ein Hörer hatte den großen Vorteil, daß niemand das Gespräch belauschen konnte. Und Ossilege hatte es schon immer vorgezogen, seine Mitmenschen über neue Entwicklungen erst dann zu informieren, wenn er es für opportun hielt. »In Ordnung, fahren Sie fort.« Ossilege lauschte. »Tatsächlich? Gut, stellen Sie ihn durch. Nein, nein, eine Sprechverbindung genügt. Aber warten Sie bitte noch einen Moment.« Ossilege legte seine Hand auf die Sprechmuschel. »Entschuldigen Sie. Normalerweise würde ich Sie an diesem Gespräch teilhaben lassen. Aber ich habe dieser – ah – Quelle mein Wort gegeben, jeden Kontakt absolut vertraulich zu behandeln.«

Gaeriel stand auf, Lando und Kalenda folgten ihrem Beispiel. »Natürlich, Admiral. Wir verstehen. Sie müssen Ihr Wort halten.«

»Vielen Dank für Ihr Verständnis, Frau Premierministerin. Lieutenant Kalenda, Captain Calrissian. Wir werden unsere Diskussion später fortsetzen.«

»Ich wünschte, ich könnte auf die Brücke gehen und mir die Show ansehen«, sagte Lando, als die drei auf den Korridor traten.

»Warum können Sie das nicht? Begleiten Sie mich doch einfach«, schlug Gaeriel vor.

»Nun, äh, Sie sind eine ehemalige Premierministerin und die Generalbevollmächtigte und all das«, sagte Lando etwas zu hastig. »Sie gehören zur Führungsspitze. Ich gehöre bloß zum Fußvolk.«

»Lieutenant Kalenda?« fragte Gaeriel. »Kommen Sie mit?«

»Nein, Ma'am. Noch nicht.«

»Ich verstehe«, nickte Gaeriel, obwohl sie offensichtlich nicht verstand. »Mir scheint irgend etwas zu entgehen. Ich dachte, Sie könnten es kaum erwarten, mit eigenen Augen zu sehen, was vor sich geht.«

»Nun ja, das stimmt schon«, gab Lando zu. »Aber das letzte, was eine Brückencrew während einer Krise braucht, sind Leute, die nichts zu tun haben und Touristen spielen.« *Oder ungebetene hochrangige Gäste, die ihnen über die Schulter blicken und im Wege stehen,* fügte er in Gedanken hinzu, obwohl er es niemals wagen würde, etwas Derartiges laut zu ihr zu sagen.

»Ich verstehe«, meinte Gaeriel. »Ich nehme an, daß die militärische Etikette meine Anwesenheit auch verbietet, nicht wahr?«

Die Frau war scharfsinnig. Das mußte man ihr lassen. »Nun, äh, ja, Ma'am.«

»In diesem Fall – zur Hölle mit der militärischen Etikette. Ich werde aufs Flaggdeck gehen; dort kann ich alles verfolgen, ohne jemand zur Last zu fallen. Ich werde niemanden stören oder eigenmächtig Befehle erteilen. Aber ich werde mir ansehen, was vor sich geht.«

»Ich … verzeihen Sie, Gaeriel – Ma'am – Frau Premierministerin. Ich wollte Ihnen nicht zu nahe treten.« *Zumindest nicht so nahe, daß Sie mir den Kopf abreißen müssen.*

Gaeriel Captison seufzte. »Ich habe es auch nicht so aufgefaßt«, sagte sie. »Ich muß mich bei Ihnen entschuldigen. Meine Bemerkung war ungehörig. Aber schließlich ist dies meine Mission. Ohne mich wäre dieses Schiff nicht hier. Luke Skywalker kam zu mir und bat mich um Hilfe, und ich erfüllte seine Bitte. Und meine Regierung ernannte mich zu ihrer Generalbevollmächtigten mit voller Entscheidungsbefugnis. Ich habe das Recht und die Pflicht, alles zu sehen und alles zu erfahren, bevor ich meine Entscheidungen treffe. Aber hier werde ich von allen nur verhätschelt und isoliert. Jeder versucht, mir alle unangenehmen Tatsachen und unwichtigen Details vorzuenthalten. Es war eine Erleichterung für mich, an Bord von Centerpoint zu gehen und fast an Rauchvergiftung zu sterben. Zumindest konnte ich etwas tun. Jetzt droht Centerpoint in drei Tagen einen weiteren Stern zu vernichten, das Abfangfeld ist soeben zusammengebrochen, und die Teufel des Tiefraums allein wissen, was das bedeutet – und dann erwartet man von mir, daß ich einfach in meiner Kabine verschwinde, mich brav hinsetze und keine Fragen stelle, nur weil ich auf dem Flaggdeck nichts zu suchen habe?«

»Da haben Sie nicht ganz unrecht«, räumte Lando ein.

»Und Sie beide sollten auch alles sehen, aber Sie wollen nicht, weil es unhöflich wäre?«

»Ja, Ma'am. Es klingt lächerlich, aber …«

»Es klingt lächerlich, weil es lächerlich ist«, unterbrach Gaeriel. Sie blickte von Lando zu Kalenda und wieder zurück. »Ich befehle Ihnen, mich aufs Flaggdeck zu begleiten, und zwar sofort.«

Lando sah Kalenda an. Er war sich so gut wie sicher, daß – ganz gleich, wie man das Raumgesetz auch auslegte – Gaeriel Captison kein Recht hatte, ihm Befehle zu erteilen, und er war sich fast sicher, daß sie auch kein Recht hatte, Kalenda Befehle zu geben. Aber wer sollte das einer ehemaligen Premierministerin und Generalbevollmächtigten erklären? »Nun gut, Frau Premierministerin«, nickte er. »Wenn Sie darauf bestehen.«

Gaeriel grinste. »Oh, und ob ich darauf bestehe«, sagte sie. »Also gehen wir«, fügte sie hinzu und machte sich auf den Weg.

Kalenda und Lando folgten ihr langsam, so daß sie ein paar Schritte Vorsprung bekam. Sobald sie außer Hörweite war, beugte sich Lando zu Kalenda und sagte mit gedämpfter Stimme: »Nun, da bin ich wohl ins Fettnäpfchen getreten.«

»Das sind Sie«, bestätigte Kalenda leise. »Aber trösten Sie sich mit dem Gedanken, daß wir so zumindest erfahren werden, was dort draußen vorgeht.«

»Klingt gut.«

»Nebenbei«, flüsterte Kalenda, »haben Sie vielleicht eine Ahnung, was es mit dieser Quelle A auf sich hat?«

Interessant, dachte Lando. Es machte ihn stutzig, wenn eine Geheimdienstoffizierin eine scheinbar beiläufige Frage stellte. Sie war nicht der Typ, der ohne Grund fragte. Wollte sie ihn provozieren? Wollte sie herausfinden, ob er mehr wußte, als er wissen sollte? Hielt sie ihn einfach für einen guten Analytiker, einen scharfsinnigen Denker, eine wertvolle Quelle für fundierte Spekulationen? Oder versuchte sie nur, Konversation zu machen, während er paranoid wurde?

Nicht, daß ihre Motive eine große Rolle spielten – Lando besaß keine Informationen. Er hatte die eine oder andere Vermutung, aber das zählte nicht. In dem Moment, als der Begriff »Quelle A« gefallen war, hatte er sofort die brillante Idee gehabt, Tendra Risant als Quelle T zu bezeichnen. Damit drängte sich sofort die Frage auf, wer wohl die Quelle A war. Aber er war klug genug, sich nicht zu weit aus dem Fenster zu lehnen. »Sie sind hier die Geheimdienstoffizierin«, sagte er. »Ihre Vermutungen sind so gut wie meine. Wahrscheinlich sogar besser.«

»Oh, kommen Sie. Seien Sie nicht so bescheiden.«

»Okay, okay, zugegeben, ich habe die eine oder andere Vermutung. Aber ich möchte sie lieber für mich behalten. Zumal ich selbst nicht ganz an sie glaube.«

Kalenda lachte. »Jedenfalls sind Sie ehrlich«, sagte sie. »Aber ich habe so das Gefühl, daß ich dieselbe Idee habe wie Sie. Kommen Sie, wir müssen uns beeilen und sie einholen, bevor sie uns wegen Befehlsverweigerung in die Arrestzelle werfen läßt.«

Tendra Risant erwartete, als erste im inneren System einzutreffen. Sie mußte zuerst da sein. Sie brauchte nicht viel Phantasie, um sich vorzustellen, daß derjenige, der das Feld deaktiviert hatte, seine eigenen Schiffe ins System schicken wollte. Entweder hatten sie schon zum Sprung angesetzt oder sie standen kurz davor. Aber so oder so, sie würde als erste ihr Ziel erreichen. Die *Gentleman Besucher* war alt und langsam, aber innerhalb des Abfangfelds konnten sich nicht viele Schiffe mit Kurs auf das innere System befinden.

Erst als die Automatik den Hyperantrieb aktivierte, dämmerte ihr, daß es vielleicht nicht die beste Idee war, als erste in ein Kriegsgebiet zu springen. Schließlich wußte sie, daß im inneren System Kriegsschiffe lauerten, und wenigstens einige davon würden sich in der Nähe von Centerpoint aufhalten – dem Ziel ihres Sprungs. Die Besatzungen dieser Schiffe mußten – genau wie Tendra – längst bemerkt haben, daß das Abfangfeld zusammengebrochen war. Und sie mußten wissen, was dies bedeutete: daß Schiffe – Kriegsschiffe, feindliche Kriegsschiffe – im Anflug waren, und zwar in voller Gefechtsbereitschaft. Das wiederum bedeutete, daß auch die bakuranischen Schiffe ihre Waffensysteme aktiviert hatten – kurz und gut, ein einziges Pulverfaß, das jederzeit explodieren konnte.

Und sie würde als erste dort eintreffen. Plötzlich kam ihr die Vorstellung gar nicht mehr so verlockend vor.

Für ein paar flüchtige Sekunden dachte Tendra daran, den Flug abzubrechen und früher aus dem Hyperraum zu springen. Aber wenn sie zwei Dinge mit Sicherheit wußte, dann die, daß sie erstens keine besonders talentierte oder erfahrene Pilotin war, und zweitens, daß durch ihren Mangel an Talent und Erfahrung die Chancen, einen blinden Sprung aus dem Hyperraum zu überleben, fast null waren.

Außerdem hatte sie nicht mehr als ein paar flüchtige Sekunden, um darüber nachzudenken. Es war nur ein kurzer

Hüpfer, den sie machte. Der Navcomputer zählte bereits die letzten wenigen Sekunden bis zum Rücksturz in den Realraum. Tendra konnte nur ihre Sicherheitsgurte und die Instrumente überprüfen und auf das Ende des Fluges warten.

Der Countdown lief ab, und plötzlich war die Sichtluke wieder in grelles Licht getaucht, als die Sternlinien zu den fast unveränderten Sternen des corellianischen Systems zusammenschrumpften.

Die Sterne waren dieselben, aber nicht der Rest des Himmels. Dort, direkt vor ihr, war die atemberaubend schöne Doppelwelt, zwei blaue, weiße und grüne Kugeln in der Viertelphase, mit leuchtenden, klar erkennbaren Wolkenfeldern und einladenden Ozeanen und Kontinenten.

Und dort, genau zwischen ihnen, hing der fremdartige Koloß namens Centerpoint, eine weißgraue Kugel mit je einem dicken Zylinder an beiden Polen. Ihr Ziel war in Sicht.

Tendra schluchzte fast vor Erleichterung. Sie hatte es geschafft. Sie hatte es geschafft. Nach all den endlosen Tagen und Wochen, die ihr wie Monate und Jahre erschienen waren, war sie nicht länger allein, vom übrigen Universum abgeschnitten. Sie war hier. Und bald würde sie dieses verdammte Schiff verlassen und sich die Beine auf etwas anderem als einem winzigen Schiffskorridor vertreten können, etwas anderes essen als ...

»Unidentifiziertes Schiff! Hier ist der bakuranische Zerstörer *Paladin*. Identifizieren Sie sich umgehend, oder wir eröffnen das Feuer!«

Tendra wäre direkt durch das Sichtfenster gesprungen, wenn die Sicherheitsgurte sie nicht festgehalten hätten. Das Komsystem hatte schon so lange nicht mehr funktioniert, daß sie fast vergessen hatte, wie man es bediente. Nach einem Moment des Nachdenkens fiel ihr wieder ein, welchen Knopf sie drücken mußte, und sie sagte: »Ah, hm, hallo, *Paladin*. Hier ist, äh, Tendra Risant von der *Gentleman Besucher*.«

»Verstanden, *Gentleman Besucher*. Bitte aktivieren Sie Ihren Standard-Identitätskodetransponder.«

»Was? Oh!« Tendra beugte sich nach vorn und legte den entsprechenden Schalter um. Der Transponder teilte auf Anfrage jedem Standard-Verkehrskontrollsystem den Identitätskode der *Gentleman* mit. »Ich habe ganz vergessen, daß das Ding ausgeschaltet war. In der letzten Zeit gab es wenig Verwendung dafür.«

»Wem sagen Sie das, *Gentleman Besucher*. Sie können Ihren Flug fortsetzen, aber dringen Sie auf keinen Fall in die zweihunderttausend Kilometer durchmessende Sperrzone um Centerpoint Station ein, sonst eröffnen wir ohne Vorwarnung das Feuer. *Paladin* Ende.«

Das klang bedrohlich und warf zudem ihre Reisepläne über den Haufen. Aber sie wußte, daß es keinen Sinn hatte, mit einem Zerstörer zu streiten. Und es schien jetzt auch nicht der richtige Moment zu sein, die *Paladin* erneut anzufunken und nach Lando zu fragen.

Aber wie sollte sie Lando finden? Und wohin sollte sie sich wenden, wenn Centerpoint tabu war?

Doch in diesem Moment gab das Detektorsystem der *Gentleman Besucher* einen Warnton von sich. Tendra aktivierte das Detektormenü ihres Hauptmonitors.

Und plötzlich war die Frage, wohin sie fliegen sollte, ihr geringstes Problem.

Oberste Priorität war, sofort von hier zu verschwinden, ganz gleich, wohin.

Plötzlich hatte sie hier draußen Gesellschaft bekommen. Und zwar jede Menge.

Der Blick vom Flaggdeck der *Eindringling* war gewiß informativ. Daran bestand kein Zweifel, aber was Lando sah, machte ihn nicht gerade glücklich. Der Hauptbildschirm zeigte eine taktische Karte mit der *Paladin* und der

Verteidiger sowie Talus, Tralus und Centerpoint – und mindestens fünfzig unidentifizierte Schiffe. Und in jeder Sekunde wurden es mehr. »Die sacorrianische Flotte«, sagte Lando zu Kalenda. »Die Triaden-Flotte, vor der Tendra uns gewarnt hat.«

»Aber was wollen die Schiffe hier?« fragte Kalenda. »Auf welcher Seite stehen sie?«

»Ich denke, die Frage sollte anders gestellt werden«, warf Admiral Ossilege ein, der plötzlich hinter ihnen aufgetaucht war. »›Wer steht auf ihrer Seite?‹ Ich schätze, sie werden ihre Meinung schnell ändern, aber im Moment suchen diese Schiffe die Leute, die ihnen in diesem System die größten Probleme bereiten – und ich fürchte, auf unsere kleine Flottille trifft diese Definition nicht zu.«

»Aber wer bereitet ihnen mehr Probleme als wir?« fragte Gaeriel.

»Die Menschenliga«, antwortete Kalenda. »Die Menschenliga hat ihre gesamte Operation sabotiert – oder es zumindest versucht.«

»Genau«, bestätigte Ossilege. »Die Sacorrianer stecken hinter der Novaverschwörung – oder zumindest die Triade, die diese Welt beherrscht.«

»Die Triade?« wiederholte Gaeriel.

»Das ist die Bezeichnung für die Oligarchie, jenes Diktatorentrio, das Sacorria beherrscht. Es besteht aus einem Menschen, einem Drall und einem Selonianer. Ansonsten ist über die drei Diktatoren nichts bekannt – nicht einmal ihre Namen.

Jedenfalls haben sie das Geheimnis von Centerpoint entdeckt und von der Existenz der Repulsoren erfahren. Ich vermute, daß der Drall in den Aufzeichnungen irgendeines uralten Archivs auf das Geheimnis gestoßen ist. Die Drall sind ausgezeichnete Historiker. Aber das ist nicht weiter wichtig. Sie haben auf den verschiedenen Welten die Unzufriedenen um sich geschart und zur Revolte aufgehetzt, um Chaos und Verwirrung zu stiften – und in dem ganzen Durcheinander unbemerkt nach den Repulsoren graben zu können. Sie sorgten dafür, daß die Revolten während des Handelsgipfels auf Corellia ausbrachen, um möglichst viele hochrangige Delegierte gefangenzunehmen. Dieser Teil des Plans hat bekanntlich hervorragend funktioniert. Ich nehme an, die ersten Nachrichten über die Unruhen auf Corellia waren das Startsignal für die Aufstände auf den anderen Planeten.«

»Woher wissen Sie das alles?« fragte Kalenda.

»Ich weiß so gut wie nichts«, erwiderte Ossilege, »wenn Sie davon ausgehen, daß man Beweise, Zeugen, Dokumente braucht, um etwas zu wissen. Ich spekuliere. Aber offen gesagt, ich wäre sehr erstaunt, wenn sich meine Vermutungen als falsch erweisen würden.«

»Aber Sie sagten, daß der Plan schiefging«, erinnerte Lando.

»Hat es je einen komplizierten Plan gegeben, bei dem nichts schiefgegangen ist?« fragte Ossilege. »Aber ja, etwas ist schiefgegangen. Und verantwortlich dafür war Thrackan Sal-Solo. Er hat es irgendwie geschafft, in den inneren Kreis der Sternvernichter-Verschwörer aufzusteigen, und sie dann verraten. Ich vermute, daß ihm von der Triade Techniker zur Verfügung gestellt wurden, die er entweder bestochen oder gefoltert hat – vielleicht sogar beides –, bis sie sich bereit erklärten, für ihn zu arbeiten. Durch diese Techniker bekam er die Kontrolle über die Störsender und das Abfangsystem von Centerpoint, aber nicht über die Novamaschine.«

Lando dachte einen Moment nach und nickte. »Das ergibt einen Sinn. Die Novamaschine scheint jedenfalls im Moment von einer Automatik gesteuert zu werden. Irgend jemand – wahrscheinlich die Triade – hat sie mit einem detaillierten Programm gefüttert, das festlegt, welche Sterne zu welchem Zeitpunkt gesprengt werden, und dieses Programm läuft noch immer. Es muß irgendeine Möglichkeit geben, es mit einem kodierten Befehl zu deaktivieren, wenn es die Triade für nötig halten sollte. Ich nehme an, Sie wissen nicht, wie man diesen Befehl übermittelt, oder?«

Ossilege lächelte kalt. »Noch nicht«, gestand er. »Aber konzentrieren wir uns zunächst auf Sal-Solo. In seiner ersten Botschaft hat er erklärt, daß er und nicht die Triade die Novamaschine kontrolliert. Er erhob in seinem Namen und nicht im Namen der Triade Anspruch auf das corellianische System auf den ganzen corellianischen Sektor, um genau zu sein. Die unerfüllbaren Forderungen, die er stellte, dienten nur dazu, weitere Verwirrung zu erzeugen. Dann aktivierte er das Abfangfeld und die Störsender.«

»Aber was hatte das alles für einen Sinn?« fragte Lando. »Er mußte wissen, daß diese Schiffe früher oder später hier auftauchen würden.«

»Ich kann nur spekulieren, aber ich vermute, daß er die wahre Macht der planetaren Repulsoren erkannte – im Gegensatz zu den anderen Rebellenführern. Die Kontrolle über einen Repulsor gibt ihm ein starkes Druckmittel gegen die Triade in die Hand. Er kann ihre gesamte Sternvernichter-Operation nach Gutdünken blockieren. Ich denke, sein Plan war, zunächst eine der Anlagen unter seine Kontrolle zu bringen und erst dann die sacorrianischen Schiffe ins System zu lassen. Und Tatsache ist, daß er einen Repulsor kontrolliert.«

»Aber woher kommen all diese Schiffe?« fragte Kalenda. »Sacorria ist ein ziemlich kleiner Planet und verfügt nicht über die Mittel zum Bau einer derart großen Flotte.«

»Das ist richtig«, nickte Ossilege, »aber denken Sie nach. Die Antwort liegt auf der Hand.«

Kalenda runzelte die Stirn, und dann weiteten sich ihre Augen. »Von hier«, sagte sie. »Die Schiffe kommen von hier. Deshalb konnten die corellianischen Rebellen nur die LAJs und MPBs gegen uns einsetzen. Die Sacorrianer hatten den Rest ihrer Schiffe.«

»Aber wie sind die Sacorrianer in ihren Besitz gelangt?«

warf Lando ein. »Und woher haben sie die Besatzungen für so viele Schiffe genommen?«

»Nun, dies ist der corellianische Sektor«, erklärte Ossilege. »In diesem Teil der Galaxis kann man praktisch alles kaufen – oder mieten. Wahrscheinlich haben die Sacorrianer die Schiffe von den Rebellengruppen gekauft oder gemietet, und die Rebellengruppen wiederum haben sie irgendwo gestohlen. Die Besatzungen wurden vermutlich auch aus dem Kreis der Rebellen rekrutiert. Alles kein Problem, wenn man bedenkt, daß die sacorrianische Triade hinter den Rebellionen steckt.«

»Aber wahrscheinlich gehörten die meisten Schiffe und Crews früher zu den corellianischen Verteidigungsstreitkräften, die sich an den Meistbietenden verkauft haben«, sagte Kalenda. »Die CVS-Raumflotte hat Generalgouverneur Micamberlecto bei der erstbesten Gelegenheit verraten – nachdem sie mein Schiff abgeschossen und Han Solo in Angst und Schrecken versetzt hat. Und die meisten CVS-Schiffe standen früher im Dienst des Imperiums – genau wie ein Großteil ihrer Besatzungen. Es sind ältere Einheiten, aber das heißt nicht, daß sie nicht gut sind.«

»Und was wollen Sie gegen sie unternehmen?« wandte sich Gaeriel an Ossilege. »Während wir hier diskutieren, werden es immer mehr. Inzwischen sind es schon mindestens fünfundsiebzig Schiffe. Sollten wir nicht nach Centerpoint zurückkehren, um der *Verteidiger* und der *Paladin* zu helfen?«

»Nein«, sagte Ossilege. »Das werden wir auf keinen Fall tun.«

»Was?« entfuhr es Gaeriel. »Was soll das heißen?«

»Die *Eindringling* muß ihre Mission hier beenden, bevor wir uns den anderen Schiffen anschließen können. Der Angriff auf den Repulsor hat nach wie vor höchste Priorität.«

»Aber die *Verteidiger* und die *Paladin* stehen einer Übermacht von fünfundsiebzig Schiffen gegenüber!«

»Und keins davon hat das Feuer eröffnet. Noch nicht. Wenn wir mit diesem Schiff die Flotte ansteuern, könnte das als aggressiver Akt ausgelegt werden. Und wenn es zu einer Schlacht kommt, spielt es keine Rolle, ob wir nun mit zwei oder drei Einheiten diese Flotte angreifen. Offen gestanden, ich habe mit viel mehr als fünfundsiebzig Schiffen gerechnet. Entweder hat sich unsere Freundin Tendra Risant verzählt, oder die Sacorrianer haben eine beträchtliche Reserve zu Hause gelassen.«

»Aber wenn diese Flotte Centerpoint angreift ...«

»...werden wir sie ohnehin nicht aufhalten können, ganz gleich, ob wir nun zwei oder drei Schiffe gegen sie einsetzen. Selbst wenn wir all unsere Schiffe verlieren und einen Repulsor kontrollieren, gewinnen wir. Aber wenn wir die Feindflotte vollständig vernichten und Thrackan Sal-Solo kontrolliert den Repulsor, haben wir verloren. Und dann werden die acht oder zwölf Millionen Menschen im Bovo Yagen-System sterben.«

Gaeriel schien erneut protestieren zu wollen, aber sie sagte nichts. Lando wußte, wie sie sich fühlte. Es mußte doch irgendein Argument geben, das Ossileges Einschätzung widerlegen konnte.

Unglücklicherweise gab es keines.

13. Kapitel

Ausweichmanöver

Han Solo ging unruhig auf und ab. Kiesel knirschten unter seinen Schuhen. Mehrmals stolperte er fast über R2, bis er den Droiden aus dem Weg scheuchte. »Laß uns alles noch einmal durchgehen«, wandte er sich schließlich an Dracmus.

Die Selonianerin hatte sich zu Han, Leia, Luke und Mara gesellt, um im Garten der Villa gemeinsam zu Abend zu essen. Eigentlich hätten sie gemütlich am Tisch sitzen und nach dem erstklassigen Dinner die laue Abendluft genießen müssen.

Aber Han fand einfach keine Ruhe. Es kam ihm richtiggehend kriminell vor, tatenlos herumzusitzen und sich dem süßen Luxusleben hinzugeben, während das gesamte Sonnensystem im Chaos versank.

Die anderen versuchten ihm ständig einzureden, daß sie im Moment nichts tun konnten und abwarten mußten, aber Han hatte genug vom Warten, seit Luke ihnen von Centerpoint erzählt hatte.

»Ich begreife einfach nicht, warum es für uns das Beste sein soll, hier herumzusitzen und zu warten«, klagte Han. »Bitte, Dracmus, versuch mir zu erklären, wie uns das weiterbringen soll.«

»Ja«, nickte Luke. »Ich würde es auch gern hören.«

»Ich sein gern bereit, es noch einmal zu versuchen«, sagte Dracmus. »Ihr müssen verstehen, daß die drei wichtigsten Dinge für uns Selonianer sein Ehre, Einigkeit und der Stock. Alles andere sein zweitrangig. Ohne große Bedeutung.«

»Okay, das habe ich kapiert«, sagte Han. »Aber das erklärt nicht, warum du so empfindlich darauf reagiert hast, daß der Repulsor von den Triaden-Selonianern kontrolliert wird.«

»Es erklären alles, mehr nicht«, sagte Dracmus. »Die Triaden-Selonianer auf Sacorria stammen ab von verachteten Ausgestoßenen, die vor langer Zeit verbannt wurden. Ich werden nicht ganze Geschichte erzählen. Es genügen, wenn ich sagen, daß die Vorfahren der Triaden-Selonianer vor Jahrhunderten in lebenswichtiger Angelegenheit einen gerechten Konsens angefochten haben. Einige von ihnen versuchten, mit Lügen und Täuschung eigene Stockschwestern zu übervorteilen. Die Folgen waren, daß Stock in zwei Gruppen zerfallen – in Opfer des Täuschungsmanövers und schändliche Täter. Die Täter wurden von meinen Vorfahren, den Vorfahren der Hunchuzucs, von Corellia vertrieben und vom Oberstock von Selonia. Der Skandal waren so groß, daß die Opfer einen neuen Stock mit neuem Namen gründeten, weil alter Name völlig entehrt war. Selbst jetzt darf ich ihn nicht laut aussprechen. Er sein zu Schimpfwort geworden, das man nur benutzt, wenn man jemand tödlich beleidigen will. Noch nie zuvor in Geschichte ein Stock hat seinen Namen verloren, und danach es sein nie wieder passiert.«

»Mir kommt es nicht besonders fair vor, jemanden für die Taten seiner Vorfahren verantwortlich zu machen«, meinte Luke.

»Ich glauben, für Selonianer sein es viel fairer als für Menschen. Bedenkt, daß Stock alles sein. Stock lebt weiter, während Individuen sterben. Bedenkt auch, daß neue Individuen sein exakte Klondurplikate der alten. Ihr Menschen neigen dazu, in Stock Gemeinschaft von Individuen zu sehen. Aber wir nicht sein wie Menschen. In vieler Hinsicht sein wir eher wie hochintelligente staatenbildende Insekten. Wir sein Individuen, aber jedes Individuum dienen ausschließlich Stock. Nun, fast ausschließlich. Wir uns näher sein als eure Familien, aber nicht *ganz* so nahe wie Zellen im Körper.«

»Das ist wohl ein wenig übertrieben, oder?« sagte Mara.

»Und ich finde es immer noch nicht fair, jemanden für

die Sünden seiner Vorfahren verantwortlich zu machen«, erklärte Luke. »Wenn die Menschen so denken würden, wären Leia und ich in verdammt großen Schwierigkeiten.«

Dracmus sah Mara an und neigte andeutungsweise den Kopf. »Vielleicht sein Analogie übertrieben. Vielleicht ja und vielleicht nein. Aber, Master Skywalker, wenn Sie bluten, Sie sich dann Gedanken machen, wie sich die Blutzellen fühlen, die Ihren Körper verlassen? Wenn einige Ihrer Blutzellen krank sein, Sie sich dann fragen, ob es den gesunden Zellen gegenüber fair sein, die Krankheit zu behandeln – oder tauschen Sie einfach ganzes Blut aus, nur um sicherzugehen, um zu verhindern, daß Krankheit zurückkehren?«

Han unterdrückte den Drang, seine ruhelose Wanderung wieder aufzunehmen. »Ich könnte dir mein ganzes Leben lang zuhören, Dracmus, aber wir kommen erneut vom Thema ab.«

»Ich dachte, wir reden über Unterschiede zwischen Menschen und Selonianern«, sagte Dracmus.

Han schwieg einen Moment; er hatte Mühe, sich zu beherrschen. Dann riß er sich zusammen und sagte: »Da ich das Gefühl habe, daß wir nicht weiterkommen, solange wir das nicht geklärt haben – okay. Also reden wir darüber. Vielleicht können wir danach zum Thema kommen. Ich bin mit Selonianern aufgewachsen, und ich habe nie etwas von derartigen Dingen gehört. Ich gebe zu, daß es peinlich für mich ist, aber …«

»Aber nicht zu sehr peinlich sein, ehrenwerter Solo«, sagte Dracmus beschwichtigend. »Nicht vergessen, daß die Selonianer, die du getroffen haben, für Umgang mit Menschen erzogen und ausgebildet waren. Es sein unsere *Aufgabe*, dafür zu sorgen, daß ihr euch in unserer Gegenwart wohl fühlt.«

»Ich weiß, ich weiß. Und sie haben gute Arbeit geleistet. Ich bin mit der Vorstellung aufgewachsen, daß die Selonianer bloß komisch aussehende Menschen mit ein paar kuriosen Sitten und Traditionen sind. Aber ich hätte es besser wissen müssen. In meiner Zeit als Schmuggler habe ich von meiner Fähigkeit profitiert, das Weltbild der Gegenseite sofort zu durchschauen – und trotzdem bin ich aufgewachsen, ohne meine direkten Nachbarn richtig kennenzulernen. Ich frage mich, was mir während meiner Jugend auf Corellia sonst noch alles entgangen ist?«

»Wahrscheinlich eine Menge«, meinte Leia. »Niemand von uns sieht die eigene Kultur so, wie sie wirklich ist.«

Han verdrehte die Augen. »Toll, das ist wirklich ein origineller Gedanke. Aber wir sind wieder vom Thema abgekommen. Eigentlich wollte ich sagen, daß es zwar peinlich für mich ist, euch damals so wenig verstanden zu haben, aber das ist mir jetzt egal. Behandle mich meinetwegen wie einen kompletten Idioten, aber erkläre mir, was passiert ist. Wenn ich alles richtig verstehe, dann hat Kleyvits zugegeben, für die Triade zu arbeiten und einige von ihnen heimlich nach Selonia gebracht zu haben – und das verändert alles, richtig?«

»Richtig«, sagte Dracmus. »Ausgezeichnet!«

»Toll. Das freut mich. Aber wieso?«

»Bitte?«

»Wieso? *Wieso* verändert Kleyvits Geständnis alles?«

»Weil es bedeuten, daß wir Hunchuzucs getäuscht wurden. Wir haben unter falschen Voraussetzungen kapituliert. Der Oberstock uns einreden, daß Oberstock den Repulsor kontrolliert und den bakuranischen Zerstörer abgeschossen hat. Es war Lüge«, sagte sie mit unüberhörbarem Zorn in der Stimme. »Oberstock haben durch Betrug und Täuschung und Zusammenarbeit mit einem ehrlosen und namenlosen Stock einen Konsens erzwingen, der für ihn vorteilhaft sein. Das sein abscheuliches Verbrechen. Schlimmer noch, der namenlose Stock haben Kontakte zur Triade und die Triade haben Kontakte zu Sal-Solo, der die Kinder seiner eigenen Verwandten entführt.«

»Schuldig durch Kontakt«, knurrte Han. »Wie fortge-schritten und zivilisiert.«

Mara sah Han an. »Überlegen Sie. In einer vom Konsens geprägten Kollektivgesellschaft ist das nur logisch.«

»Jedenfalls«, sagte Dracmus, »haben Oberstock Schande über sich gebracht. Es können schlimmer nicht sein. Du *gesehen*, wie Kleyvits zusammengebrochen sein, als Wahrheit herauskam. Das werden jedesmal passieren, wenn eine Hunchuzuc von einer Oberstock-Selonianerin Wahrheit hören will. Der Oberstock sein derart entehrt, daß nur Schande bleiben. Hunchuzucs werden Macht übernehmen. Werden Konsens übernehmen, werden Besitz übernehmen – werden Repulsor übernehmen.«

»Aber der Repulsor wird noch immer von den sacorrianischen Selonianern kontrolliert«, wandte Luke ein.

»Ja! Und so müssen wir warten. Ich wissen, daß Menschen anders mit Problemen wie diesem umgehen – wenigstens manche Menschen. Menschen würden sacorrianischen Selonianern Chance zum Kapitulieren heben. Wenn sie sich weigern, würden Menschen mit allen Waffen angreifen. Aber vielleicht alle dabei sterben. Menschen übernehmen Repulsor, aber wissen nicht, wo EIN-Schalter sein.« Dracmus schüttelte den Kopf. »Dies sein nicht selonianische Art. Wir werden reden mit sacorrianischem Abschaum, so scheußlich das auch sein. Wir im Moment mit ihnen reden. Und wir weiter mit ihnen reden. Und reden. Endlich wird Druck – Gruppendruck auf Sacorrianer – zu groß sein, und sie werden aufgeben. Und mehr als nur aufgeben. Sie werden zusammenarbeiten mit Hunchuzucs, uns sagen, wie man Maschine bedient, als Teil von Strafe, daß sie sein Verliererseite. So werden es kommen. Wir nur zurücklehnen und warten müssen.«

»Klingt großartig«, brummte Han. »Und wo ist der Haken?«

»Haken sein, daß es Zeit dauern. Alles, was ich sagen, werden geschehen. Das Problem sein wie in altes selonianisches Sprichwort. ›Was wir wollen, wir machen sofort. Was wir müssen, dauern etwas länger.‹«

»Wie lange *ist* etwas länger?« fragte Luke.

Dracmus schüttelte den Kopf. »Eine Stunde. Ein Tag. Ein Monat. Ein Jahr.«

Luke runzelte die Stirn. »Eine Stunde haben wir. Vielleicht auch einen Tag. Aber mehr nicht. Centerpoint wird in knapp achtundvierzig Stunden das Feuer auf Bovo Yagen eröffnen. Wenn wir Centerpoint nicht rechtzeitig mit einem Repulsorstrahl blockieren, stirbt ein ganzes Sonnensystem.«

»Und ein ganzer Sektor wird in Panik geraten und sich fragen, welches System wohl das nächste ist. Und eine ganze Galaxis wird sich fragen, was für einen Sinn eine Neue Republik hat, die ihre Mitglieder nicht schützen kann«, fügte Leia hinzu.

»Und ich sage es nur ungern«, schloß Han, »aber ihre Frage wäre absolut berechtigt.«

»Soll ich die Sicherung jetzt einschalten?« fragte Jacen.

»Noch nicht. Warte eine Sekunde«, sagte Anakin ein wenig geistesabwesend. »Ich muß noch was anschließen.« Er lag auf dem Bauch, auf einen Ellbogen gestützt, und beugte sich über die offene Bodenwartungsklappe. Er inspizierte eine Weile das Gewirr aus Drähten, Kabeln und Schaltkreisen, griff dann hinein und zerrte an einem der faustgroßen Energierelais. Mit einem Ruck zog er es aus seinem Sockel. Er hielt es hoch und starrte es für einen Moment an, als wäre es durchsichtig. »Mann, das Ding ist völlig verschmort.« Er legte es zur Seite. »Jaina, gib mir das Relais vom Hyperantrieb.«

Jaina reichte ihm das letzte der Energierelais, die sie aus dem Überlichtantrieb des *Falken* ausgebaut hatten. Anakin steckte es in den Sockel und stellte die Verbindung zwischen dem Relais und dem Hauptsublichttriebwerk wieder her. »In Ordnung«, sagte er zu Jacen. »Du kannst jetzt einschalten.«

Jacen hatte sich über die nächste Wartungsklappe mit der Schaltkreissicherung gebeugt. Er hielt den Atem an und legte den Schalter um. Für einen Sekundenbruchteil geschah nichts, und dann leuchtete die grüne Statusdiode auf. Jacen seufzte erleichtert und wandte sich an Q9. »Es hat geklappt, Chewbacca. Die Repulsoren und Sublichttriebwerke müßten jetzt funktionieren.«

Chewbaccas Antwort bestand aus einem besorgten Winseln und Knurren. Es klang ein wenig hohl, als wäre er zu weit vom Mikrofon des Koms entfernt. Ohnehin war es mehr als nur irritierend, aus dem Lautsprecher des Droiden die Stimme eines Wookiees zu hören. »Chewbacca sagt, ihr sollt euch beeilen«, fügte Ebrihim überflüssigerweise hinzu.

»Okay, okay, wir beeilen uns«, versicherte Jacen und sprang auf. Er schloß die Wartungsklappe des Sicherungskastens, während Anakin die Klappe der Schaltkreisbox zuwarf. »Wir gehen jetzt ins Cockpit.«

Aus dem Lautsprecher von Q9 drang dumpfes Poltern, gefolgt von einem leisen Jaulen Chewbaccas und Ebrihims leicht gereizter Stimme. »Her mit dem Kom«, sagte er und meinte damit offenbar den Wookiee. »Ich erkläre es ihnen.«

Eine kurze Pause trat ein, und dann erklang wieder Ebrihims Stimme, diesmal etwas lauter und deutlicher. »Ihr müßt euch sputen«, sagte er. »In Kürze geht die Sonne auf, und dann werden auch unsere Freunde wieder auf den Beinen sein.«

»Schon gut, schon gut«, murmelte Jacen. »Immer diese Hetze. Komm, Q9, gehen wir.«

»Ich begreife immer noch nicht, warum ihr euch nicht ein Kom aus dem Frachtraum geholt habt«, sagte Q9 mit seiner eigenen Stimme. »Mir gefällt es ganz und gar nicht, als Interkom mißbraucht zu werden.«

Jacen grinste, als er sich zum Cockpit wandte. »Es hätte mindestens fünf Minuten gedauert, eins zu finden und es auf Chewbaccas Gerät einzustellen. Glaube mir, wir haben diese fünf Minuten für andere Dinge gebraucht. Keine Sorge. Wir benutzen gleich das Hauptkomsystem des Schiffes.«

Am Eingang zum Cockpit des *Millennium Falken* blieb Jacen stehen. Er war natürlich schon oft im Cockpit gewesen – aber diesmal war es anders, ganz anders. Diesmal war niemand da, um ihn im Auge zu behalten oder wegzuscheuchen, damit er nicht den falschen Knopf drückte. Nein. Diesmal war er hier, um das Schiff zu *fliegen*. Eigenhändig zu *fliegen*. Allein der Gedanke jagte ihm Angst ein.

»Ich frage mich, wer von uns beiden mehr Angst hat«, sagte Jaina.

Jacen drehte sich zu ihr um und grinste. Seine Schwester und sein kleiner Bruder standen hinter ihm, und alle drei zögerten auf der Schwelle zum Cockpit. »Ich weiß es nicht«, erwiderte er. »Was meinst du?«

»Ich wette, ich habe eine Zillion mal mehr Angst als du.«

»Da wäre ich mir nicht so sicher«, meinte Jacen. »*Ich* wette, ich habe genausoviel Angst wie du.«

»*Ich* habe keine Angst«, erklärte Anakin. »Wenn ihr wollt, fliege ich.«

»Ich würde dein Angebot ja gerne annehmen, aber du bist zu klein, um an die Kontrollen zu kommen«, sagte Jacen.

»Dürfte ich euch daran erinnern, daß wir uns beeilen müssen?« fragte Q9. »Ich glaube, ich habe meinen letzten Paranoiaschub überwunden, aber wir dürfen nicht vergessen, daß es dort draußen wirklich Leute gibt, die hinter uns her sind.«

»Da hat er recht«, nickte Jacen. Er sah Jaina an. »Welchen Sitz nimmst du? Den Piloten- oder Kopilotensitz?«

Jaina schwieg einen Moment und lächelte dann. »Wie der Vater so der Sohn. Du nimmst den Pilotensitz von Paps. Ihm würde es gefallen. Und ich wette, Mam auch.«

Jacen grinste, nahm dann seinen Platz an der Pilotenstation ein und verstellte den Sitz so, daß er die Kontrollen bequem erreichen konnte. Jaina folgte seinem Beispiel.

»In Ordnung, Chewie«, sagte Jacen, »wir schalten auf das Hauptkomsystem des Schiffes um – jetzt.« Er beugte sich zum Kompult und drückte den entsprechenden Knopf.

»*Das* ist wirklich eine Erleichterung«, sagte Q9.

»Könnt ihr uns hören?« fragte Jacen.

Aus dem Deckenlautsprecher drang ein bestätigendes Heulen, und Jacen reduzierte hastig die Lautstärke.

»Gut«, sagte Jaina. »In Ordnung, Jacen. Hast du die Sicherheitsgurte angelegt?«

»Schon erledigt«, bestätigte Jacen. Er warf einen Blick über die Schulter und vergewisserte sich, daß Anakin, der auf dem Beobachtersitz hinter Jaina saß, seine Sicherheitsgurte ebenfalls geschlossen hatte. Q9 hielt sich an einer Strebe fest. »Alle bereit?«

»Noch nicht ganz«, sagte Jaina. »Diese Typen von der Menschenliga werden die Verfolgung aufnehmen, sobald wir starten. Vielleicht sollten wir unserem guten alten Onkel Thrackan ein paar Steine in den Weg legen.«

»Warte«, protestierte Jacen, aber Jaina hatte bereits die Feuerkontrollen der unteren Laserkanone des *Falken* aktiviert. Jacen konnte das Surren der Motoren hören, als die Laserkanone aus der Hülle gefahren wurde.

»Ich schieße zuerst auf den Kraftfeldgenerator und dann auf das Angriffsboot.«

»Auf den Kraftfeldgenerator? Was ist, wenn du danebenschießt und Chewie und die Drall triffst?«

»Ich *kann* sie nicht treffen. Sie befinden sich hinter dem Kraftfeld, schon vergessen? Du mußt nur sofort die Repulsoren hochfahren und uns hier rausbringen, wenn ich dir das Zeichen gebe. Ich denke, es ist am klügsten, wenn wir das Sublichttriebwerk erst dann aktivieren, wenn wir genügend Platz zum Manövrieren haben.«

Jacen schüttelte skeptisch den Kopf. »In Ordnung«, seufzte er. »Aber vergiß bloß nicht, daß es deine Idee war. Warte einen Moment.« Er studierte kurz die Kontrollpulte und legte dann eine Reihe von Schaltern um. Ein Beben durchlief das Schiff, begleitet vom dumpfen Brummen der Energiekonverter. »Es geht los«, erklärte er. »Repulsoren und Sublichttriebwerke in Bereitschaft.«

»Chewie – stell dich in die Mitte der Zelle, schließ deine Augen und sage den anderen, daß sie es auch tun sollen.«

Aus dem Interkom drang ein protestierendes Heulen.

»Reg dich nicht auf«, sagte Jacen. »Es wird schon funktionieren, vertrau mir. Wenn das Kraftfeld zusammenbricht, müßt ihr sofort losrennen und euch irgendwo verstecken. Es geht los.« Jaina konzentrierte sich auf die Feuerleitkontrollen und justierte die untere Laserkanone. »Ein gezielter Schuß«, sagte sie wieder. »Entweder klappt es oder nicht. Chewie – Ebrihim – Marcha – haltet euch bereit!«

»Und da meinen *alle*, *ich* würde mich seltsam benehmen«, kommentierte Q9.

»Ich zähle bis drei, dann schieße ich, und danach nehme ich das Angriffsboot ins Visier. Jacen, du darfst die Triebwerke erst hochfahren, wenn ich dir das Zeichen gebe, verstanden?«

»Klar, geht in Ordnung! Ich hab dich schon beim erstenmal verstanden!«

»Es geht los«, sagte Jaina wieder. »Eins …«

Jacen beugte sich in seinem Sitz nach vorn, um besser sehen zu können.

»Zwei …«

Sollte er vielleicht doch versuchen, sie aufzuhalten? Jaina ging eindeutig zu weit, aber jetzt war keine Zeit mehr für Diskussionen.

»DREI!«

Aus der unteren Laserkanone zuckte ein greller Energiestrahl und traf den Kraftfeldgenerator. Er explodierte in einem Feuerball, der die ganze Repulsorkaverne zu erhellen schien. Das Kraftfeld erlosch.

Jacen wurde von dem grellen Licht geblendet, aber Jaina hatte auf den Zielerfassungsschirm gestarrt. Sie schwenkte die Laserkanone herum, nahm das Angriffsboot ins Visier und feuerte erneut. Der erste Schuß verfehlte das Boot, prallte von den spiegelnden Wänden der Kaverne ab und zuckte als Querschläger hin und her, bis er schließlich zerfaserte. Sie feuerte erneut und traf die linke Landekufe des Bootes, so daß das Boot einen halben Meter in die Höhe sprang und mit einem ohrenbetäubenden Krachen wieder auf dem Boden landete. Sie versuchte einen weiteren Schuß, doch der ging völlig daneben. Der Energiestrahl wurde dutzendfach von den Wänden und dem Boden reflektiert.

Jacen konnte drei Gestalten erkennen, eine große und zwei kleine, die zum Eingang der nächsten Nebenhöhle rannten. Gut. Wenigstens hatte seine Schwester sie nicht sofort getötet, als sie diesen Generator zerstört hatte. »Jaina, so wie die Schüsse abprallen, wirst du noch Chewie statt Thrackan umbringen.«

Sie schüttelte den Kopf. »Du hast recht«, räumte sie ein. »Los. Verschwinden wir von hier.«

»Haltet euch fest«, sagte Jacen. »Ich habe so was noch nie gemacht.« Er aktivierte die Repulsorkontrolle, und der *Millennium Falke* raste in die Höhe.

Thrackan Sal-Solo segelte aus dem Bett und landete unsanft auf dem Boden seiner Kabine. Er blieb liegen, für einen Moment halb betäubt, und rappelte sich dann auf. Im Raum war es für eine Sekunde stockfinster, dann glomm die Notbeleuchtung auf.

Thrackan Sal-Solo hatte die Kapitänskabine des Angriffsboots in Beschlag genommen, der einzige Raum auf dem Schiff, wo er allein sein konnte. Die Kabine war so klein, daß er eine Weile brauchte, um zu erkennen, daß sich das Deck nach rechts und rückwärts geneigt hatte. Was war passiert? Er hörte panikerfüllte Stimmen auf dem Korridor. Hastig streifte er eine Robe über und stürzte aus seiner Kabine.

Auf dem Gang wimmelte es von verängstigten, verwirrten Männern. Er entdeckte den Captain des Bootes, wie er versuchte, sich einen Weg durch das Gedränge zum Kontrollraum zu bahnen. Thrackan packte den Mann an der Schulter. »Captain Thrag – bei allen Sternen, was ist passiert?« fragte er.

»Ich weiß es nicht, Sir«, brüllte Thrag zurück. Er war klein, dick und glatzköpfig und bot, unrasiert und nur mit seiner Unterwäsche bekleidet, keinen besonders anziehenden Anblick. Aber der Mann war loyal und tüchtig und hatte keine Angst vor Thrackan, was eine Seltenheit war. »Auf uns wurde geschossen. Es hat mindestens zwei Explosionen gegeben. Eine weiter entfernt, die andere direkt unter uns. Ich fürchte, wie haben eine der Landekufen verloren.«

»Das ist unmöglich. Los, kommen Sie.«

Die beiden drängten sich durch die Menge zum Kontrollraum. Der Captain drückte einen Knopf, und das Schott glittzur Seite, gab den Blick auf die Bugsichtluke frei.

»Brennende Sterne«, keuchte Thrackan.

»Sehen Sie sich das an«, sagte Thrag. »Ich fasse es nicht.«

Der Kraftfeldgenerator war in Flammen aufgegangen, und das Feuer spiegelte sich tausendfach an den silbernen Wänden der Repulsorkaverne. Das Kraftfeld selbst war erloschen, und die Gefangenen waren verschwunden. Es lag auf der Hand, wohin sie geflohen waren – der *Millennium Falke* löste sich vom Boden und schoß hinauf in den Himmel.

»Hinterher!«

»Aber das Boot wurde von einem Laserstrahl getroffen!« protestierte Thrag. »Es ist beschädigt! Wir müssen die Schäden zuerst überprüfen.«

»Nein! Wenn das Boot beschädigt ist, dann fliegen wir eben mit einem beschädigten Boot. Starten Sie! Los!«

»Damit gefährden Sie das Leben jedes Mannes an Bord.«

»Das Leben jedes Mannes an Bord ist sowieso gefährdet. Ich werde die Kerle wegen Vernachlässigung ihrer Pflichten hinrichten lassen«, fauchte Thrackan. »Was ist mit dem Mann, der Wachdienst hatte? Warum ist er nicht hier? Warum hat er keinen Alarm gegeben? Wo steckt er?«

Der Captain lachte bitter und zeigte mit dem Daumen Richtung Heck. »Ich schätze, er schläft zusammen mit den anderen Trunkenbolden dort hinten seinen Rausch aus.«

»Was soll das heißen?«

»Das soll heißen, daß Ihre Crew ein Lumpenpack ist. Wer sich auf einem Seelenverkäufer wie diesem Angriffsboot verpflichtet, ist vorher schon auf vielen anderen Schiffen abgelehnt worden. Was erwarten Sie, wenn Sie Gesindel anheuern?«

»Nun, wenn sie überall abgelehnt worden sind, dann wird man sie nicht sehr vermissen, wenn ich sie alle umbringen lasse. Starten Sie sofort dieses Boot!«

Thrag sah Thrackan offen in die Augen und salutierte dann. »Nun gut, Sir. Aber die Verantwortung tragen Sie«, sagte er und ließ sich in den Pilotensitz sinken.

Ebrihim hatte das überaus häßliche Gefühl, daß er sich irgendwo an seinem Rücken das Fell versengt hatte. Jedenfalls roch er den beißenden Gestank verbrannten Haares, und eine Stelle an seinem Rücken schmerzte. Allerdings war jetzt weder die richtige Zeit noch der richtige Ort für derartige Sorgen. Außerdem drohte ihm die Lunge zu platzen, und er war mehr am Luftholen interessiert als an einer überflüssigen Diskussion, ob sein Rücken Feuer gefangen hatte oder nicht. Die drei – Chewbacca, Marcha und Ebrihim – versteckten sich am Fuß des Kegels, der dem *Falken* am nächsten gewesen war.

Gewesen war. Ebrihim verfolgte, wie der *Falke* im Licht der von Jainas Schüssen entzündeten Feuer auf leuchtenden Repulsorkissen steil in den rettenden Nachthimmel stieg.

Wo das Schiff *gewesen war*. Das war die Hauptsache. Alles andere war unwichtig. Es war vielleicht ein kalter, gefühlloser Gedanke, aber selbst wenn der *Falke* abstürzte, selbst wenn Thrackan Sal-Solo ihn abschoß und alle an Bord umkamen, war dieser Moment ein großer Sieg. Denn jetzt hatte Thrackan Sal-Solo nicht einmal mehr die Hoffnung, Leia Organa Solos Entscheidungen beeinflussen zu können.

Aber schon für den *Versuch,* ihre Kinder als Druckmittel gegen sie einzusetzen, hatte er einen hohen Preis gezahlt. Ebrihim kannte die Drall, und er kannte sogar die Selonianer und Menschen verhältnismäßig gut. Sein Erpressungsversuch hatte zweifellos Tausende, ja, Millionen von Wesen im ganzen corellianischen System mit Zorn und Abscheu erfüllt. Er mußte Millionen gegen sich aufgebracht und passive Gegner in aktive Feinde seines Regimes verwandelt haben. Leia und die Neue Republik konnten davon nur profitieren.

Es hätte sich für Thrackan gelohnt, wenn es ihm gelungen wäre, sie zu manipulieren und die Anerkennung der corellianischen Unabhängigkeit mit Erpressung durchzusetzen. Selbst wenn sie gezwungen gewesen wäre, seine Forderungen öffentlich abzulehnen, hätte dies ihren Ruf katastrophal geschädigt. Eine Mutter, die ihre Kinder im Stich ließ – ja, für Thrackan Sal-Solo wäre es ein großer Propagandaerfolg gewesen.

Ebrihim hoffte mit jeder Faser seines Herzens, daß die Kinder überlebten. Aber selbst wenn sie starben, hatten sie den Vetter ihres Vaters, ihren Feind, allein durch ihre erfolgreiche Flucht besiegt.

»Auf Wiedersehen«, sagte er in das Kom, obwohl sie wahrscheinlich längst außer Reichweite waren. »Auf Wiedersehen und viel Glück. Möge ... möge die Macht mit euch sein.«

Er verfolgte, wie das Angriffsboot startete und in den Himmel raste. Er konnte es natürlich nicht mit Sicherheit sagen, aber alles deutete darauf hin, daß das Angriffsboot mit der gesamten Besatzung gestartet war. Damit waren sie drei hier unten allein. Natürlich hatte Ebrihim keine Zweifel, daß sie in naher Zukunft jede Menge Gesellschaft bekommen würden.

Die Frage war – wer würde es sein?

Jacen hielt den Steuerknüppel verbissen umklammert, während der *Falke* auf seinen Repulsoren in den frühmorgendlichen Himmel stieg. Sie ließen den Repulsorschacht unter sich zurück und rasten weiter steil in die Höhe, aber Jacen war klug genug, sich nicht für längere Zeit allein auf die Repulsoren zu verlassen. Er mußte auf die Sublichttriebwerke umschalten – und zwar schnell. Die Repulsoren waren in erster Linie als Start- und Landehilfe konstruiert – und Jacen wußte genau, wieviel dieses Schiff in letzter Zeit durchgemacht hatte. Er legte seine Hand um den Steuerknüppel der Sublichttriebwerke und zog ihn vorsichtig heran.

Der *Millennium Falke* machte einen Satz und raste wie ein Blitz über den Himmel. Jacen zog die Nase des *Falken* hoch, um Höhe zu gewinnen – oder wenigstens zu verhindern, daß er sich in den Boden bohrte. Er schluckte hart, verringerte den Schub der Sublichttriebwerke ein wenig und deaktivierte die Repulsoren. Der *Falke* bockte für einen Moment, doch dann stabilisierte sich sein Flug – zumindest vorübergehend. Dann, plötzlich, sackte er durch und stürzte steil in die Tiefe. Jacen zog am Steuerknüppel und zwang den Bug langsam nach oben. Endlich stabilisierte sich das Schiff und er schien die Steuerung in den

Griff zu bekommen. Aber er hielt den Steuerknüppel weiter fest umklammert, während seine Blicke zwischen den Sichtluken und den Kontrollen hin und her huschten.

»Okay, wir sind draußen«, sagte Jaina. »Was machen wir jetzt?«

»Ich weiß es nicht«, gestand Jacen. »Wir haben darüber nie gesprochen, aber ...«

»Hinter uns!« schrie Anakin. »Seht mal auf den Detektorschirm!«

Jacen brauchte einen Moment, um den Detektorschirm zu finden. Aber als er ihn gefunden hatte, erkannte er sofort die Gefahr.

Vetter Thrackans Angriffsboot war ihnen dicht auf den Fersen. An der Steuerbordseite des *Falken* zuckte ein Laserstrahl vorbei, und Jacen fuhr unwillkürlich zusammen – wobei er unabsichtlich am Steuerknüppel riß, so daß der *Falke* eine Rolle machte und sich auf den Rücken drehte. Der *Falke* stieg plötzlich in einem Angriffswinkel von fünfundvierzig Grad in die Höhe, aber das Cockpit deutete nach unten statt nach oben. Das künstliche Schwerkraftsystem hielt sie auf ihren Plätzen, doch als Jacen nach *oben* und *hinten* blickte, sah er den Boden und nicht den Himmel.

Durch das unabsichtliche Manöver schienen sie Thrakkan abgeschüttelt zu haben, wenigstens für den Moment, aber er würde sich nicht auf Dauer abhängen lassen, soviel stand fest. Und er würde wieder das Feuer eröffnen.

»Schilde hoch!« schrie Jacen.

»Wo ... wo sind die Schildkontrollen?« fragte Jaina.

»Chewie hat sie verlegt, als er das Cockpit neu verkabelt hat«, sagte Anakin vom Beobachtersitz. »Sie müßten links von dir sein. Die Kontrolltafel mit den großen *roten* Knöpfen.«

»Wo? Wo?« stieß Jaina hervor. »Ich sehe sie nicht.«

»Ich mach das schon«, rief Anakin. Er löste seine Sicherheitsgurte, sprang von seinem Sitz und zwängte sich zwischen die beiden Pilotenstationen. Er streckte die Hand aus, entsicherte eine Reihe roter Schalter, drückte einen großen roten Knopf tief in die Verschalung und verstellte zwei Skalen. »In Ordnung, *jetzt* sind die Schilde oben! Rücken-, Bauch- und Bugschilde bei – äh – zwanzig Prozent. Heckschilde haben volle Stärke.«

Ein dumpfes Krachen und eine heftige Erschütterung, die das ganze Schiff durchlief, verrieten Jacen, daß Anakin die Schilde gerade noch rechtzeitig aktiviert hatte – und daß Vetter Thrackan inzwischen besser zielte.

Wollte er sie abschießen? Waren das Warnschüsse gewesen? Oder wollte er sie manövrierunfähig schießen? Bis jetzt hatte Thrackan nur die Bugkanonen des Angriffsboots eingesetzt, kleinkalibrige Laser, die mehr für die Bekämpfung von Personen als von anderen Schiffen geeignet waren. Aber was hatte er *vor*? Jacen wußte, daß sein Paps in der Lage gewesen wäre, die Schüsse einzuschätzen und entsprechend zu reagieren. Aber sein Vater war nicht hier, ganz gleich, wie sehr sich Jacen das Gegenteil wünschte. Wahrscheinlich – wahrscheinlich wollte Thrackan den *Falken* manövrierunfähig schießen und sie nicht töten. Der Gedanke war allerdings kein großer Trost.

Noch vor dreißig Sekunden hatte er nicht gewußt, wohin sie fliehen sollten. Plötzlich interessierte ihn das Wohin nicht mehr.

Er wollte nur noch von hier verschwinden, und zwar schnell.

»Schießen Sie!« brüllte Thrackan. »Verdammt noch mal, schießen Sie endlich!«

»Ich kann nicht schießen, solange ich sie nicht in der Zielerfassung habe«, knurrte Thrag. »Die Bugkanonen verfügen über kein automatisches Zielsystem. Ich kann nicht gleichzeitig das Schiff verfolgen und versuchen, es mit einem gezielten Schuß zu beschädigen. Vielleicht sind *Sie* so gut, aber ich bin es nicht.«

»Wir werden sehen, wie gut ich bin«, sagte Thrackan und schwang sich in den Kopilotensitz. »Schalten Sie die Waffenkontrollen auf diese Station.«

»Aber es sind Ihre Blutsverwandten!« protestierte Thrag.

»Ich habe Ihnen befohlen, auf sie zu schießen, und ich werde selbst auf sie schießen. Ich bin nicht so heuchlerisch, darin einen Unterschied zu sehen.«

Thrag nahm sich die Zeit, Thrackan von oben bis unten zu mustern. »Dann erledigen Sie Ihre Drecksarbeit selbst. Viel Spaß«, sagte er und legte die Waffenkontrollen auf die Nachbarstation. »Aber ich hätte nie gedacht, je einem Mann zu begegnen, der es für eine besonders stolze Leistung hält, auf sein eigenes Fleisch und Blut zu schießen.«

Ossileges Fähnrich stürzte aufs Flaggdeck und stolperte in der Eile beinahe über seine eigenen Füße. »Sir, es ist etwas passiert!«

Ossilege fuhr herum, wölbte eine Braue und fixierte den Mann mit einem eisigen Blick. »Vielen Dank für diese prägnante und überaus detaillierte Meldung«, sagte er.

»Äh, ja, Sir. Tut mir leid. Am Repulsor. Dort ist etwas passiert. Wir haben mehrere Energieausbrüche registriert, wie sie für Laserfeuer und Explosionen typisch sind, und dann – dann haben zwei Schiffe den Repulsor verlassen, wobei das eine vom anderen verfolgt wurde. Beide fliegen, als würden sie von Anfängern gesteuert, und eins scheint beschädigt zu sein.«

»Zwei Schiffe?« wiederholte Kalenda. »Mehr haben sich auch nicht in der Kaverne befunden – oder irgend jemand spielt uns einen heimtückischen Streich.«

Ossilege drückte einen Knopf an der Hauptkonsole des Flaggdecks.

»Putney hier«, sagte eine leicht schrille und nasale Stimme.

»Commander Putney, hier ist Ossilege. Es sieht aus, als hätten alle den Repulsor verlassen. Beide Schiffe sind gestartet.«

»Warum?« fragte Putney.

»Wir sind uns nicht sicher, aber ein Schiff scheint das andere zu verfolgen. Wir müssen die Situation nutzen. Vielleicht haben sie Truppen zurückgelassen, vielleicht auch nicht, aber selbst wenn, so ist ein Teil ihrer Soldaten und der Großteil ihrer Feuerkraft auf dem Weg in den Orbit. Wir werden diese Chance mit beiden Händen ergreifen. Mir ist es egal, ob ihr Angriffsboot nur halb beladen ist und Ihre Soldaten ihre Hosen nicht anhaben. Ich will, daß Sie *sofort* starten und in einer Blitzaktion den Repulsor besetzen.«

»Verstanden, Sir«, antwortete Putney. »Unsere schweren Waffen sind noch nicht an Bord, aber wenn wir Glück haben, werden wir sie nicht brauchen. Wir können in fünf Minuten starten.«

»Starten Sie in vier«, sagte Ossilege und unterbrach die Verbindung. Er fuhr herum und gab Kalenda einen Wink. »Zeigen Sie mir die beiden Schiffe auf dem Taktikschirm – *sofort*.«

Kalenda hantierte mit Lichtgeschwindigkeit an den Kontrollen der Langstreckenscanner. Die beiden Schiffe wurden auf dem Taktikschirm sichtbar. Beide gewannen an Höhe, und das an der Spitze flog im Zickzack – und verkehrt herum. »Das ist der *Falke*«, sagte Lando. »Das ist der *Millennium Falke*, Han Solos Schiff. Es fliegt verkehrt herum, und ich schätze, der Pilot ist betrunken, aber ich würde dieses Schiff überall wiedererkennen.«

»Bei dem Verfolger handelt es sich um das Angriffsboot«, sagte Ossilege aufgeregt. »Und es scheint beschädigt zu sein.«

»Wer, zum Teufel, fliegt den *Falken*?« fragte Kalenda.

»Chewbacca jedenfalls nicht, das steht fest«, erwiderte

Lando. »Selbst mit einer Augenbinde und einem Arm in der Schlinge würde er besser fliegen – und das meine ich nicht im übertragenen Sinne.«

»Aber wer dann?«

»Ich habe eine Vermutung, aber von Ihnen würde mir sowieso keiner glauben«, sagte Lando. »Genau wie beim letztenmal.«

Ossilege starrte ihn an. »Wollen Sie damit sagen, daß eins der *Kinder* dieses Schiff fliegt?«

»Das haben Sie gesagt, nicht ich«, entgegnete Lando.

»Das Angriffsboot feuert wieder!« rief Kalenda.

»Direkter Treffer – aber sie fliegen weiter«, stellte Lando fest. »Es muß ihnen irgendwie gelungen sein, die Schilde zu aktivieren.«

Ossilege konzentrierte sich auf den Taktikschirm und versuchte, einen Sinn in der sich ständig verändernden Kursprojektion zu erkennen, aber die Flugmanöver des *Falken* schienen allein vom Zufall bestimmt zu sein. »Wo wollen sie hin? Es sieht nicht danach aus, als hätten sie ein bestimmtes Ziel. «

»Sie versuchen nur, zu entkommen«, sagte Lando.

»Wissen sie, daß wir hier sind?« fragte Ossilege.

Lando schüttelte den Kopf. »Nein, denn sonst würden sie uns entgegenfliegen oder Verbindung mit uns aufnehmen. Ich schätze, ihr Zickzackkurs hat damit zu tun, daß der Pilot die Steuerung nicht richtig beherrscht.«

Ossilege war sichtlich aufgeregt, obwohl er versuchte, es nicht zu zeigen. »Können wir eins der Schiffe mit einem Traktorstrahl erfassen? Oder beide?«

Kalenda überprüfte es. »Noch nicht. Aber auch wenn sie uns nicht direkt ansteuern, so fliegen sie zumindest ungefähr in unsere Richtung. Der Falke müßte in zwanzig Sekunden in Traktorstrahlreichweite kommen, und das Angriffsboots zehn Sekunden später.«

»Warten Sie, bis beide in Reichweite sind, und erfassen Sie sie dann mit den Traktorstrahlen. Bringen Sie den *Fal-*

ken längsseits, aber halten Sie das Angriffsboot zunächst an seiner Position fest.«

»Ja, Sir«, bestätigte Kalenda und leitete die Befehle weiter.

»Wenn wir die Sache richtig anpacken«, erklärte Ossilege, »können wir den Repulsor und gleichzeitig Thrackan Sal-Solo in unsere Gewalt bringen.« Er warf einen Blick auf den Hauptschirm, der noch immer die sich formierende Triaden-Flotte zeigte, von der niemand wußte, welche Ziele sie verfolgte. »Wenn man von der belanglosen Tatsache absieht, daß sich dort draußen eine feindliche Flotte zum Angriff formiert, sind wir in einer ausgezeichneten Position.«

Der *Falke* wurde heftig zur Seite geschleudert, als das Angriffsboot einen weiteren Treffer erzielte. »Das hat den Schilden nicht gefallen«, kommentierte Anakin nach einem Blick auf den Verteidigungsmonitor.

»Das reicht«, sagte Jaina. »Ich hab genug davon. Jetzt schlagen wir zurück. Untere Laserkanone aktiviert und auf Achterzielerfassung geschaltet.«

»Was?!« rief Jacen. »Hast du den Verstand verloren?«

»Ich fürchte, ihr habt *alle* den Verstand verloren«, warf Q9 ein.

»Sei still, Q9. Jacen, er hat bereits auf uns geschossen. Warum sollen wir nicht zurückschießen? Schlimmer kann es doch nicht mehr werden, oder?«

»Ich weiß nicht«, murmelte Jacen, »aber ich wette, wir finden schon einen Weg.«

»Unterer Laser auf automatische Zielerfassung geschaltet. Ziel erfaßt!« Jaina drückte auf den Auslöser, und die Laserkanone feuerte. »Getroffen!« schrie sie. »Die Schilde haben den Schuß absorbiert, aber sie sind angeschlagen.«

»Schilde nur noch bei fünf Prozent!« meldete Thrag. »Ein verdammt guter Schuß. Wäre er etwas energiereicher gewesen, wären wir jetzt Weltraumschrott.«

»Sie schießen auf mich?« heulte Thrackan. »Diese elenden Lauser wagen es, auf *mich* zu schießen? Ich aktiviere die Hauptwaffensysteme!«

»Aber Sie werden ihr Schiff vernichten!« protestierte Thrag. »Sie brauchen sie lebend!«

»Aber ich *will* sie tot sehen«, fauchte Thrackan Sal-Solo. »Hauptwaffensysteme sind aktiviert und feuerbereit.«

Jacen riskierte einen Blick auf den Detektorschirm. »Jaina, er gibt nicht auf. Er richtet seinen Hauptkanonenturm auf uns! Wir müssen von hier verschwinden. Festhalten!«

Jacen riß den Steuerknüppel heran und zog die Nase des *Falken* hoch. Der *Falke* raste steil nach oben, beschrieb einen nach innen gerichteten Looping und kam hinter dem Heck des Angriffsboots aus dem Looping heraus.

»Anakin! Volle Energie auf die Bugschilde!« schrie Jacen. Sein kleiner Bruder hantierte fieberhaft an den Kontrollen und verstärkte die Schilde. Einen Sekundenbruchteil später wurden sie von einem Energiestrahl gestreift. Der *Falke* bockte und stampfte, aber die Schilde hielten.

»Wir haben ihre Schilde durchdrungen! Ich habe sie im Visier! Festhalten!« rief Jaina. Sie feuerte zweimal. Der erste Schuß traf die Basis des Kanonenturms und sprengte den Turm von der Hülle. Der zweite schlug in die Sublicht-Triebwerksphalanx ein und verdampfte die Sublichtemitter.

Das Angriffsboot trieb manövrierunfähig im Weltraum.

Jacens Jubel verstummte abrupt, als er blitzschnell in die Steuerung greifen mußte, um zu verhindern, daß der *Falke* das Heck des anderen Schiffes rammte.

Und dann wurde der *Millennium Falke* von einer unsichtbaren Riesenfaust gepackt.

»Das Angriffsboot hat sein Haupttriebwerk verloren. Traktorstrahl aktiviert!« meldete Kalenda. »Angriffsboot erfaßt. *Falke* provisorisch erfaßt. *Falke* beschleunigt, um

Traktorstrahl zu entkommen. Wir können den *Falken* nicht mehr lange halten, ohne ihn zu beschädigen.«

Lando stürzte ans Kompult des Flaggdecks und tippte einen Komzugangskode ein, den er schon lange nicht mehr benutzt hatte. »Hoffen wir, daß Han meine Kodes nicht geändert hat«, murmelte er und ging dann auf Sendung. »Lando Calrissian ruft den *Millennium Falken*. Lando Calrissian ruft den *Millennium Falken*. Deaktiviert eure Triebwerke und kämpft nicht gegen den Traktorstrahl an. Wir holen euch an Bord eines bakuranischen Schiffes, das mit der Neuen Republik verbündet ist. Habt ihr verstanden?«

»Lando?« drang eine helle, aufgeregte Stimme aus dem Komlautsprecher. »Bist du das? Bist du das?«

»Bist du das, Jaina?« fragte Lando.

»Nein, ich bin Jacen«, kam es leicht gereizt zurück. »Aber Jaina und Anakin sind bei mir. Und Q9.«

»Wer oder was ist Q9?« fragte Admiral Ossilege irritiert.

»Ich habe nicht die leiseste Ahnung«, gestand Lando. »Aber ich schätze, wir werden es bald herausfinden.« Er ging wieder auf Sendung. »Wo sind Chewbacca und die Drall?«

»Noch immer in der Repulsorkaverne auf dem Planeten«, antwortete Jacen. »Jemand muß sie da rausholen.«

Lando warf einen Blick auf den Statusmonitor des Hangardecks. »Eins unserer Angriffsboote ist bereits zu ihnen unterwegs«, erklärte er. »Wir kümmern uns um sie.«

»Gut«, seufzte Jacen. »Wir freuen uns wahnsinnig, dich zu sehen, Lando.«

»Und ich freue mich, euch zu sehen«, versicherte er. »Oh – noch etwas. Gute fliegerische Leistung – und ich gratuliere zu eurer Treffsicherheit. Euer Vater wird stolz auf euch sein.«

»Danke, Lando!«

»Sag es bloß nicht weiter«, brummte Lando und unterbrach die Verbindung. Er sah auf den Haupttaktikschirm.

Die Flotte der sacorrianischen Triade rückte langsam auf Centerpoint Station vor, wo die beiden einsamen Zerstörer auf sie warteten. Sein Blick wanderte weiter zur Countdownuhr; noch achtundvierzig Stunden, bis Centerpoint Bovo Yagen vernichten würde. »Wenigstens«, sagte Lando in das tote Mikrofon, »wird er stolz auf euch sein, wenn wir alle lange genug leben, um ihm davon zu erzählen.«

Und dann kam Lando der Gedanke, daß es vielleicht besser war, wenn er es Han selbst erzählte. Jetzt. Bevor es zu spät war.

Captain Thrag saß in der rauchverhangenen Kontrollkabine seines Angriffsboots und lachte, aber sein Gelächter drückte weder Freude noch Glück, sondern Zorn aus. »Wie tief die Mächtigen doch fallen können, oh mächtiger Diktat«, sagte er. »Sie haben Sie besiegt, vollständig besiegt. Von Kindern abgeschossen. Kinder, die so klein sind, daß sie wahrscheinlich Schwierigkeiten haben, die Kontrollpulte zu erreichen.«

»Halten Sie den Mund, Thrag«, befahl Thrackan. »Halten Sie den Mund, oder ich bringe Sie um.«

Thrag gab ein letztes Kichern von sich und warf einen Blick durch die Sichtluke des Angriffsboots. Das Feindschiff hatte sie mit seinem Traktorstrahl erfaßt und zog sie immer näher. In wenigen Sekunden würden sie andocken. »Das Schreckliche ist, daß Sie es vielleicht sogar tun werden«, sagte er. »Und warum auch nicht? Wenn es je einen Mann gegeben hat, der nichts mehr zu verlieren hat, dann Sie. Sie gehören jetzt ihnen, *Diktat* Sal-Solo.« Er wies auf das Schiff vor der Sichtluke, das mit jeder Sekunde näher kam. »Sie gehören jetzt ihnen, mit Haut und Haar.«

Der *Millennium Falke* wurde vom Traktorstrahloperator in das Hangardeck der *Eindringling* gezogen und setzte sanft auf. Die drei Kinder fuhren die Bordsysteme herunter und eilten zur Ausstiegsrampe. Anakin hantierte an den Kontrollen, und die Rampe senkte sich. Die drei gingen hintereinander die Rampe hinunter – und blieben am Fuß abrupt stehen. Das Angriffsboot war zuerst eingeschleust worden, und die Bakuraner führten die Soldaten der Menschenliga bereits ab. Nacheinander wurden sie mit erhobenen Händen aus dem Boot getrieben und zum Arrestblock geschafft.

Der vorletzte Gefangene, der abgeführt wurde, war ein gedrungener, schmierig wirkender Mann in Unterhose und dünnem Unterhemd. Alle anderen Gefangenen sahen ängstlich oder wütend drein, doch dieser Mann lachte. Lachte laut.

Aber der letzte Mann, der ausstieg, lachte nicht. Thrakkan Sal-Solo kam mit erhobenem Haupt, die Hände an den Seiten, aus dem Schiff. Als er das Hangardeck betrat, blieb er einen Moment stehen und sah sich um.

Er entdeckte die drei Kinder vor dem *Millennium Falken*, und der blasierte, arrogante Ausdruck auf seinem Gesicht verschwand. Die drei Kinder wichen unwillkürlich zurück, und Thrackan wollte sich schon auf sie stürzen, aber die Wachen packten seine Arme und führten ihn ab.

Anakin stand zwischen seinem Bruder und seiner Schwester und ergriff ihre Hände. Mit großen Augen und ernstem Gesicht verfolgte er, wie Thrackan Sal-Solo, Diktat von Corellia, abgeführt wurde. »Unser Vetter ist ein sehr böser Mann«, meinte er.

Die beiden anderen Kinder konnten dem nichts mehr hinzufügen.

»Das bringt uns nicht weiter, Dracmus«, sagte Han. »Du kommst. Du sagst uns, daß es vielleicht Fortschritte gibt. Du gehst wieder. Du kommst zurück. Du sagst es wieder. Wieder und wieder. Dort draußen herrscht Krieg. Ein ganzes Sonnensystem könnte sterben, während du kommst und gehst.«

»Ich wissen, ich wissen, ich wissen«, sagte Dracmus.

»Aber bitte mir glauben, wir nicht mehr tun können. Wir Hunchuzucs wissen, daß Zeit abläuft. Wir bemühen uns. Aber es sein sehr delikate Situation. Setzen wir Sacorrianer vom namenlosen Clan zu sehr unter Druck, sie machen vielleicht Selbstmord. Oder sterben vor Scham. Und sterben vor Scham sein nicht nur Ausdruck wie bei deinem Volk.« Dracmus schien diese Bemerkung erklären zu wollen, doch ein Blick von Han genügte, um sie zum Thema zurückzubringen. »Ihr Menschen können uns am besten helfen, wenn ihr einfach *bleiben*, ungeduldig sein, auf Zeit achten, uns *immer wieder sagen*, wir müssen beeilen. Ich werden Unterhändlern sagen, daß ihr ungeduldig sein, daß Zeit knapp werden, und sie arbeiten schneller.«

Genau in diesem Moment drang ein gedämpftes Piepen aus Maras Tasche. Im selben Moment pfiff und zwitscherte R2 aufgeregt los und drehte seinen Kuppelkopf hin und her.

Mara wirkte für einen Augenblick verwirrt, aber dann schien ihr etwas einzufallen. Sie stand auf, griff in die Tasche ihres Overalls und brachte ein Kom zum Vorschein. »Dieses Ding hat schon so lange nicht mehr funktioniert, daß ich es ganz vergessen habe«, sagte sie. Dann drückte sie einen Knopf an der Seite des Koms, und das Piepen verstummte. »Das war das Monitorsystem meines Schiffes. Es hat soeben eine Nachricht der höchsten Prioritätsstufe empfangen.«

»R2«, sagte Luke, »hast du auch etwas empfangen? Vielleicht sogar dieselbe Nachricht?«

R2 trillerte bestätigend.

»Es muß dieselbe sein«, brummte Mara. »Ich muß hinüber zur *Jadefeuer* und mir die Nachricht ansehen. Will jemand mitkommen?«

Kaum hatte sich R2 an die Datenbuchse im Cockpit der *Jadefeuer* angeschlossen, bestätigte er, daß es sich um dieselbe Nachricht handelte. Das ersparte es ihnen, sie zweimal zu entschlüsseln. Das Dechiffriersystem der *Jadefeuer* war gut, sehr gut. Es brauchte nur ein paar Sekunden, um die Nachricht zu dekodieren – eine Aufgabe, für die R2 mehrere Minuten benötigt hätte. Mara setzte sich an die Kommandostation des Schiffes, drückte den Abspielknopf, und einen Meter über dem Boden erschien ein Hologramm in der Luft.

Es zeigte Lando in halber Lebensgröße. »Hallo«, sagte er mit sehr ernster Stimme. »Da ich nicht weiß, wie eure Lage ist, schicke ich jedem von euch eine Kopie dieser Nachricht. Es ist eine Menge passiert. Die schlechte Nachricht ist, daß der wahre Feind endlich aufgetaucht ist – die Flotte der sacorrianischen Triade. All die Rebellionen waren nur ein Ablenkungsmanöver. Die Flotte besteht aus rund achtzig Schiffen aller Klassen, die sich – sehr langsam – Centerpoint nähern. Alles deutet darauf hin, daß sie Centerpoint erreichen werden, wenn die Station den Vernichtungsstrahl auf Bovo Yagen richtet. Wir haben sie nicht angegriffen – noch nicht –, und sie haben unsere Schiffe nicht bedroht. Allerdings bezweifle ich, daß es auf Dauer so bleiben wird.

Das waren die schlechten Nachrichten, und sie sind wirklich schlimm.« Lando schwieg für einen Moment, um dann plötzlich breit zu grinsen. »Die *guten* Nachrichten sind dafür auch besonders gut. Fragt mich nicht, wie, denn wir hatten bisher noch keine Zeit, uns einen genauen Überblick zu verschaffen, aber die Kinder sind Thrackan entwischt – und zwar mit dem *Millennium Falken*. Sie haben das Schiff gesteuert. Und bevor du blau anläufst, Han, der *Falke* hat so gut wie keinen Kratzer abbekommen. Aber der Hammer ist – sie haben Thrackan matt gesetzt. Han, du hättest es sehen müssen. Die Kinder flogen einen klassischen Looping und schossen Thrackans Schiff mit zwei Hecktreffern manövrierunfähig. Die Bakuraner haben Thrackan festgenommen. Ich weiß, daß du es nicht glauben wirst, aber die Kinder haben ihn zur Strecke gebracht ...«

»Ich glaub es nicht«, sagte Han.

»Pssst!« machte Leia.

»… und sie sind gesund und munter und an Bord der *Eindringling*. Chewbacca und die beiden Drall, die mit ihnen zusammen waren, werden gerade aus dem Repulsor geholt. Nach allem, was wir wissen, sind sie okay.

Aber jetzt zum eigentlichen Grund dieser Nachricht. Ich möchte euch bitten, zu uns zu kommen. Gaeriel Captison hat einen Kriegsrat einberufen, der in achtzehn Stunden zusammentreten soll. Wir brauchen euch alle hier. Gaeriel hat auch um die Anwesenheit einer selonianischen Vertreterin gebeten. Sorgt bitte dafür, wenn ihr könnt. Außerdem muß ich ganz offen sagen, daß wir in nächster Zeit alle Feuerkraft brauchen werden, die wir bekommen können. Wir brauchen euch alle, wir brauchen die *Jadefeuer* und wir brauchen Lukes X-Flügler. Bestätigt bitte so bald wie möglich den Empfang dieser Nachricht und informiert uns über eure weitere Absichten. Aber ganz gleich, wie ihr euch entscheidet – beeilt euch bitte. Die Zeit läuft ab.«

14. Kapitel

Der letzte Abschied

Leia Organa Solo, Staatschefin der Neuen Republik, stürmte die Ausstiegsrampe der *Jadefeuer* hinunter, sprang aufs Hangardeck der *Eindringling* und rannte fast zwei Ehrengardisten über den Haufen, als sie zu ihren Kindern eilte und die beiden Zwillinge in die Arme nahm. Anakin entging der Umarmung nur, weil er zu aufgeregt herumhüpfte, um ein leichtes Ziel zu sein. Aber Han Solo war seiner Frau dicht auf den Fersen, und er riß Anakin in die Höhe. Luke gesellte sich zu der überglücklichen Familie, umarmte die Kinder, begrüßte sie, zerzauste Jacens Haare, kitzelte Jaina, nahm Anakin aus Hans Armen und herzte ihn. 3PO wuselte um alle herum, begrüßte die Kinder – und stand hauptsächlich im Wege.

»Anakin! Jacen! Jaina!« rief Leia. »Oh, laßt euch anschauen.« Aber dann schlang sie ihre Arme um alle drei und drückte sie so fest an sich, daß sie wahrscheinlich nicht viel von ihnen sehen konnte.

Lando Calrissian stieß zu ihnen, umarmte Han, schrie ihm eine freundliche Beleidigung ins Ohr, klopfte ihm auf den Rücken, gab Leia einen Kuß, neckte die Kinder. Die anderen Neuankömmlinge, Mara Jade und die selonianische Abgesandte Dracmus, folgten.

Admiral Ossilege erlaubte sich ein dünnes, kühles Lächeln, während er die Begrüßung beobachtete. »Nicht gerade ein würdevoller Auftritt, was, Frau Premierministerin? Ich hätte von der Staatschefin mehr Zurückhaltung erwartet.«

Gaeriel hätte mit einer unverbindlichen Bemerkung über den Vorrang der Familie vor der Etikette antworten oder darauf hinweisen können, daß es außer Würde auch noch andere Werte im Universum gab, aber aus irgendeinem Grund konnte sie sich nicht dazu durchringen. Sie dachte an ihre eigene kleine Tochter Malinza, die auf Bakura zurückgeblieben war. Sie sah zu Luke Skywalker hinüber, der seine Nichte auf die Schultern hob, und dachte daran, wie gut er mit Kindern umgehen konnte, an all die Dinge, die hätten sein können, jetzt aber für immer verloren waren. Doch der Admiral schien eine Antwort zu erwarten. Sie entschloß sich, ihm eine zu geben, und unabsichtlich entschlüpfte ihr die Wahrheit. »Ich finde es wunderschön«, sagte sie.

Admiral Ossilege drehte sich zu ihr um und musterte sie sichtlich überrascht. »Tatsächlich?« sagte er. »Wir haben offenbar verschiedene Ansichten, was Schönheit betrifft. Lärmende und ungezogene Kinder gehören meiner Meinung nach nicht dazu.«

»Dann tun Sie mir leid«, versetzte Gaeriel, selbst über ihre eigene Offenheit überrascht. »Ich kenne nichts, was mehr Schönheit in *mein* Leben bringt.«

Gaeriel Captison trat vor und ließ einen sprachlosen Admiral Ossilege zurück. Sie ging zu den Neuankömmlingen und neigte anmutig den Kopf. »Frau Staatschefin«, sagte sie. »Captain Solo. Ich heiße Sie auf der *Eindringling* willkommen, und ich freue mich für Sie über Ihr glückliches Wiedersehen.« Nach diesen Worten kniete sie in ihrem steifen Staatsgewand nieder und gab jedem der Kinder einen Kuß.

Daran wird der alte Miesepeter eine Weile zu kauen haben, sagte sie sich. Gaeriel war in ihrer Jugend ziemlich aufmüpfig gewesen. Es tat gut zu wissen, daß sie diese Eigenschaft noch nicht ganz verloren hatte.

»Die Lage ist in einer Hinsicht kompliziert und in anderer sehr einfach«, erklärte Belindi Kalenda dem Kriegsrat, der auf dem Flaggdeck der *Eindringling* zusammengetreten war. *Was für ein bunt zusammengewürfelter Haufen,* dachte sie. Links von ihr saßen Ossilege in seiner blütenweiße

Uniform mit den Orden an der Brust; Gaeriel Captison in ihrem Staatsgewand; Lando Calrissian mit einem leicht protzig wirkenden purpurroten Umhang über einem burgunderfarbenen Hemd; und Han Solo in einem recht zerknitterten hellbraunen Hemd und einer Werkzeugweste. Die Weste hatte er im Lauf der Jahre offenbar sehr oft getragen. Dann kam Solos Frau Leia Organa Solo, die Staatschefin, in einer schlichten blauen Bluse und einer dunklen Hose, die sie sich von Mara Jade geliehen hatte. Die gesamte Garderobe der Staatschefin war natürlich in den letzten Wochen verlorengegangen, verbrannt oder zurückgelassen worden.

Neben Leia saß ihr Bruder Luke Skywalker in seiner knitterfreien Flugmontur ohne Rangabzeichen. Hinter ihm an der Wand standen seine beide Droiden R2-D2 und C-3PO und hielten sich bereit für den Fall, daß ihre Dienste gebraucht wurden. Die Drall – Ebrihim und Marcha – trugen nur ihr braunes Fell, das bei beiden versengte Stellen aufwies. Dann kam der Wookiee Chewbacca, der entweder mürrisch oder nachdenklich wirkte – bei einem Wookiee ließ sich das schwer einschätzen. Jenica Sonsen saß zwischen Chewbacca und einer nervös aussehenden Selonianerin namens Dracmus. Sonsen schien von ihrer Plazierung nicht sonderlich begeistert zu sein. Nach ihrem Gesichtsausdruck zu urteilen, erwartete sie offenbar, daß sich der Wookiee und die Selonianerin im nächsten Augenblick darüber streiten würden, ob helles oder dunkles Fleisch besser schmeckte.

Gegenüber der Selonianerin Dracmus saß Mara Jade. In ihrem maßgeschneiderten, ansonsten aber schmucklosen Bordoverall sah sie kühl und elegant aus.

Und natürlich war da noch Kalenda selbst, wie sie sich ins Gedächtnis zurückrief. Die letzten Tage und Stunden waren so chaotisch verlaufen, daß es kein Problem gewesen wäre, ihre eigene Existenz zu vergessen. »Kommen wir zunächst zum einfachen Teil«, fuhr sie fort. »Der

Feind rückt auf Centerpoint vor. Er will zweifellos verhindern, daß wir den nächsten Sternvernichter-Impuls blockieren – was wir natürlich um jeden Preis tun müssen. Wenn man bedenkt, wie viele Opfer es kosten wird, wenn wir versagen, dann dürfte wohl keiner von Ihnen widersprechen, wenn ich feststelle, daß die Vernichtung unserer gesamten Streitmacht ein sehr geringer Preis für den Sieg wäre.

Und wir müssen der Tatsache ins Auge sehen, daß dieses Risiko besteht. Wir verfügen über drei Großkampfschiffe mit insgesamt zweiunddreißig einsatzfähigen Jägern. Der Feind hat mindestens achtzig größere Raumschiffe. Wenn alle von ihnen die übliche Zahl von Jägern an Bord haben – was ich allerdings sehr bezweifle –, dann müssen wir uns auf Hunderte von gegnerischen Maschinen einstellen.«

Die Zahlen waren entmutigend genug, um am Tisch unruhiges Geraune auszulösen.

Kalenda wartete, bis das Gemurmel verstummt war, und fuhr dann fort: »Allerdings haben wir ein paar Vorteile, über die ich Sie informieren möchte. Es ist uns gelungen, die Feindflotte mit unseren Langstreckenscannern zu erfassen und uns ein genaues Bild von einem Teil der Schiffe zu machen. Die meisten sind nicht besonders groß oder gut bewaffnet. Viele sind alt, manche stammen sogar noch aus der vorimperialen Ära. Ich bezweifle, daß es überhaupt welche gibt, die nach dem Krieg gebaut wurden. Alles in allem sind sie veraltet und in einem relativ schlechten Zustand. Für viele dieser Schiffe gibt es kaum noch Ersatzteile. Höchstwahrscheinlich sind sie nur notdürftig repariert worden. Ich gehe außerdem davon aus, daß die Fähigkeiten der Besatzungen unterdurchschnitlich sind. Sie mußten nehmen, wen sie bekommen konnten. Vermutlich sind die Crews der meisten Schiffe schlecht ausgebildet und unerfahren. Aber Sie sollten sich darauf nicht verlassen. *Einige* dieser Crews sind wahrscheinlich so gut wie unsere. Wir wissen nur nicht, welche.«

»Kurz und gut«, warf Admiral Ossilege ein, »wir haben bessere Schiffe, aber sie sind uns zahlenmäßig weit überlegen. Allerdings haben wir einen Plan für diese Situation entwickelt. Ich komme später darauf zurück.« Er drehte den Kopf und nickte Kalenda zu. »Fahren Sie fort«, sagte er.

»Der komplizierte Aspekt der Lage ist die Tatsache, daß wir fast, aber nicht ganz, zwei der Repulsoren kontrollieren. Soweit wir wissen, kontrolliert keine der verschiedenen Kampfgruppen – ich denke, die Bezeichnung ›Rebellengruppen‹ trifft nicht mehr zu – derzeit eine der Anlagen. Ich glaube, in diesem Punkt hat sich die Triade verrechnet. Sie ging fraglos davon aus, daß es viel weniger Zeit kosten würde, einen Repulsor zu lokalisieren und aktivieren, als dies tatsächlich der Fall war.«

»Vielleicht hat sie sich doch nicht verrechnet«, sagte Mara Jade. »Vielleicht haben die Agenten der Triade längst die talusianischen, tralusianischen und corellianischen Repulsoren übernommen und warten nur auf das Zeichen, den Knopf zu drücken.«

»Das ist richtig«, räumte Kalenda ein. »Offensichtlich sind die Repulsoren auf der Doppelwelt Talus und Tralus diejenigen, die uns am meisten Sorgen machen müssen. Wenn der Feind sie kontrolliert, hat er die Mittel, unsere Schiffe jederzeit zu zerschmettern.«

»Aber wir *vermuten*, daß er nicht über diese Mittel verfügt«, erklärte Ossilege. »Der Feind rückt mit äußerster Vorsicht vor. Dieses Verhalten deutet darauf hin, daß er befürchtet, daß wir einen oder mehrere Repulsoren kontrollieren, während er keinen kontrolliert. Ich bin fest davon überzeugt, daß er sich anders verhielte, wenn er über einen der Repulsoren verfügen würde. Ich glaube auch nicht an einen Bluff. Hätte der Feind die Kontrolle über die Repulsoren auf Talus und Tralus, wäre diese Schlacht bereits beendet.«

»Diese Vorsicht könnte auch erklären, warum das Abfangfeld nicht wieder aktiviert wurde«, nickte Mara. »Der Feind will sich eine Rückzugsmöglichkeit offenhalten.«

»Das ist möglich«, sagte Jenica Sonsen, »aber wir glauben nicht, daß dies der einzige Grund ist. Wir haben von unseren Computern die Funktionsweise Centerpoints analysieren lassen. Zusammengefaßt läßt sich sagen, daß das Abfangfeld nicht reaktiviert werden kann, solange Centerpoint die Energie für einen Sternvernichter-Impuls akkumuliert. Der Vorgang verschlingt zuviel Energie, beansprucht zu viele Systeme. Man kann das Abfangfeld einschalten, während das System in Bereitschaft ist. Man kann es auch jederzeit abschalten. Man kann es aktiviert lassen, während das System Energie akkumuliert. Aber man kann das Abfangfeld nicht aktivieren, während sich Centerpoint auflädt. Zumindest nehmen wir das an.«

»Und es wäre verdammt gut, wenn sich unsere Annahme als richtig erweisen würde«, sagte Ossilege. »Unsere Pläne mit der Quelle A hängen davon ab.«

»Verzeihen bitte«, mischte sich Dracmus ein. »Was oder wer sein eine Quelle A?«

»Wir kommen später darauf zurück«, versicherte Ossilege mit einem listigen Lächeln.

»Was ist mit Centerpoint selbst?« fragte Han. »Hat die Station vielleicht irgendeine schwache Stelle? Eine Art Achillesferse, auf die wir unsere gesamte Feuerkraft richten können? Gibt es eine Chance, die Station zu vernichten?«

»Nein, leider nicht«, erwiderte Sonsen. »So funktioniert es nicht. Bedenken Sie, daß die Glühkugel ein Sicherheitsbehälter für eine extrem energiereiche Reaktion ist. Sie ist sehr stabil und perfekt isoliert, und sie absorbiert und emittiert große Energiemengen. Unsere Berechnungen zeigen, daß die Glühkugel im Moment eine Energiemenge produziert, die mindestens einer Protonentorpedo-Explosion pro Sekunde entspricht, und Centerpoint erzeugt schon seit Tagen derartige Mengen. Der Rest der Station ist sehr stabil, sehr alt und so gut isoliert und abgeschirmt, daß unsere Detektoren versagen. Die *Paladin* hat Suchtrupps abgesetzt, die ihr Bestes tun, um das Kontrollsystem zu finden und abzuschalten, aber dieses Kontrollsystem ist so gut versteckt, daß es seit mindestens tausend Generationen nicht entdeckt wurde. Ich bezweifle, daß sie es in nur ein oder zwei Tagen aufspüren werden.«

»Also sind die Repulsoren unsere einzige Hoffnung«, stellte Luke fest. »Aber warum machen wir uns dann Sorgen wegen der Triaden-Flotte? Warum sie überhaupt angreifen? Warum ziehen wir uns nicht einfach zurück, bringen unsere Schiffe aus der Schußlinie und konzentrieren all unsere Kräfte auf die Aktivierung der Repulsoren?«

»Weil die Repulsoren nicht der einzige Trumpf sind«, erwiderte Ossilege. »Diese Flotte dort draußen besteht schließlich aus über achtzig Schiffen. Sie könnte dieses Sonnensystem auf ewig beherrschen, wenn wir sie ließen. Oder was ist, wenn sie vor uns die Kontrolle über die Repulsoren auf Drall und Selonia übernimmt?«

»Bleiben wir noch einen Moment bei den Repulsoren«, bat Luke. »Wie sieht die Lage derzeit aus? Was ist mit dem selonianischen Repulsor? Dracmus?«

Die Selonianerin schüttelte bekümmert den Kopf. »Keine Veränderungen. Ich haben direkt vor dieser hohen Konferenz mit meinen Leuten gesprochen. Die sacorrianischen Selonianer, die Triaden-Selonianer vom namenlosen Stock, zeigen Schwäche. Sie spüren Stärke von unseren Argumenten. Aber sie sich uns noch nicht ergeben.«

»Gibt es eine realistische Chance, daß Sie sie vor dem nächsten Sternvernichter-Impuls überreden können?« fragte Ossilege.

Dracmus blickte zerknirscht drein. »Eine kleine«, sagte sie schließlich. »Nur eine kleine. Unsere besten Leute verhandeln mit Triaden-Selonianern. Aber jetzt wir glauben, daß sie sein zu stark indoktriniert. Wir haben alles versucht, ich Ihnen versichern.«

»Haben Sie es mit Barem versucht?« fragte Mara.

»Ich nicht verstehen.«

»Mit Barem. Geld. Einem Koffer voller Kreditnoten, Sie wissen schon. Schmiergeld. Sie können es auch netter formulieren. Nennen Sie es Beraterhonorar. Sagen Sie ihnen, daß Sie sie engagieren wollen und gut bezahlen.«

Dracmus sah sie völlig verblüfft an. »Dieser Gedanke uns sein nie gekommen. Wir werden es sofort versuchen.«

»Gut«, nickte Mara. »Und seien Sie bloß nicht knauserig. Ganz gleich, wieviel Sie bezahlen müssen – ein Sieg der Triade wird teurer.«

»Was ist mit unserem Repulsor?« fragte der Drall Ebrihim. »Haben Sie irgendwelche Fortschritte gemacht?«

»Unsere Techniker beschäftigen sich erst seit ein paar Stunden mit dem Problem«, erklärte Ossilege. »Es ist noch zu früh, um Resultate zu erwarten. Aber ich kann Ihnen versichern, daß all unsere Experten in diesem Moment mit Hochdruck daran arbeiten.«

»Das ist nicht der Fall«, mischte sich eine neue Stimme ein, eine strenge Frauenstimme, die keinerlei Mißachtung oder Widerspruch duldete. Es war Marcha, die Herzogin von Mastigophorous. »Das ist nicht der Fall, Admiral, und Sie wissen, daß es nicht der Fall ist.«

»Herzogin, dürfte ich erfahren, wovon Sie reden?« fragte Ossilege.

»Von den Kindern«, antwortete sie. »Vor allem von Anakin, aber er arbeitet am besten, wenn ihm die beiden anderen helfen.«

»Seien Sie nicht albern«, sagte Ossilege. »Wie könnten sie uns von Nutzen sein? Sie dürfen nicht den Fehler machen, eine Reihe glücklicher Zufälle mit Können zu verwechseln. Wir haben jetzt keine Zeit für derartigen Unsinn. Fahren Sie fort, Lieutenant.«

Kalenda zögerte einen Moment. Es stand ihr nicht zu,

ihrem vorgesetzten Offizier vor allen Leuten zu widersprechen. Aber andererseits stand es *ihm* nicht zu, sich wie ein verdammter sturer Idiot aufzuführen. Und Gaeriel Captison hatte sie vor nicht allzu langer Zeit daran erinnert, daß es mehr im Leben gab als die Befolgung der Dienstvorschriften. »Sir, verzeihen Sie meine Offenheit, aber es steht zuviel auf dem Spiel – vielleicht bekommen wir keine weitere Chance. Ich glaube, Sie machen einen Fehler.«

»Was?«

»Sir, es ist meine Aufgabe, Ereignisse zu analysieren und Schlußfolgerungen aus ihnen zu ziehen. Ich habe die Ereignisse um die Kinder analysiert und bin zu der Schlußfolgerung gelangt, daß ihre Fähigkeiten … bemerkenswert sind. Sie wurden bisher ständig unterschätzt, ihre Erfolge untertrieben oder als glückliche Zufälle abgetan. Dies ist einfach nicht wahr. Es ist nicht glaubwürdig.« Sie wies auf den Planeten Drall, der durch die Hauptluken der Brücke deutlich sichtbar war. »Unbestreitbare Tatsache ist doch, daß Sie den Repulsor dort unten nur haben, weil ihn ein siebeneinhalbjähriger Junge entdeckt und aktiviert hat. Er ist nicht mehr in den Händen unseres Feindes – und unser Feind befindet sich in der Arrestzelle –, weil dieser Junge und seine Geschwister es geschafft haben, durch ein Kraftfeld zu spazieren, ein beschädigtes Raumschiff zu reparieren, mit diesem Schiff in den Weltraum zu starten und ein Verfolgerschiff abzuschießen, das von einem professionellen Militärpiloten gesteuert wurde. Ich könnte noch eine halbe Stunde weitere unmögliche Dinge aufzählen, die sie vollbracht haben, aber ich denke, ich habe mich deutlich genug ausgedrückt.«

Ossilege sah Kalenda mit undurchdringlichem Gesicht an. Kochte hinter dieser Maske der Zorn? Dachte er lediglich über ihre Worte nach? War er empört über diesen Angriff auf seine Autorität, oder fragte er sich bloß, ob sie vielleicht recht hatte? »Sie argumentieren sehr geschickt,

Lieutenant Kalenda, sehr überzeugend. Sie werden es als Geheimdienstoffizierin entweder weit bringen oder Ihre Karriere wegen Insubordination im Militärgefängnis beenden. Ich hatte ohnehin vor, alle Zivilisten auf Drall abzusetzen, und ich denke, daß die abgeschirmten Nebenkavernen des Repulsors im Moment wahrscheinlich der sicherste Ort sind. Frau Staatschefin, Captain Solo – wenn, wie Lieutenant Kalenda behauptet, Ihre Kinder uns helfen können, würden Sie es ihnen dann erlauben?«

»Natürlich«, nickte Han. »Nicht, daß es eine Rolle spielt, ob wir es nun erlauben oder nicht. Sie ziehen Schwierigkeiten geradezu magisch an.«

»Frau Staatschefin?«

»Wir brauchen jede Hilfe, die wir bekommen können«, sagte Leia. »Ich bin einverstanden.«

Ossilege hob seine Brauen und sah beide durchdringend an. »Nun gut«, sagte er. »Dann fahren wir fort. Lieutenant?«

»Nun, Sir, alles in allem haben wir zwei Möglichkeiten, und keine davon ist sehr einfach. Die erste ist, die Triaden-Flotte zu besiegen und daran zu hindern, dieses Sonnensystem zu beherrschen. Die zweite ist, alles in unserer Macht stehende zu tun, um zu verhindern, daß Centerpoint eine weitere Sonne vernichtet. Ich glaube, damit ist fast alles gesagt. Dann bleibt nur noch die Quelle A – aber diesen Punkt über lasse ich Ihnen.«

Ossilege lächelte breit – und es war ungewöhnlich, ein Lächeln auf seinem Gesicht zu sehen. Er stand auf und musterte die Gesichter am Tisch. »Die Quelle A«, sagte er. »Wenn ich mich nicht irre, ist die Quelle A einigen von Ihnen bereits bekannt. Aber lassen Sie mich den anderen von ihr erzählen.«

Wenn der Tag mit einem glücklichen Wiedersehen angefangen hatte, so endete er mit einem tränenreichen Abschied. »Mußt du wirklich gehen, Mama?« fragte Anakin weinerlich. Sie waren wieder im Hangar der *Eindringling*, wo die letzten Zivilisten die Fähre bestiegen, die sie in die sicheren, abgeschirmten Nebenkavernen des Repulsors bringen würde.

»Ja, ich muß, mein Schatz«, erwiderte Leia. Sie kniete sich vor ihm hin und lächelte beruhigend. »Und du auch. Jeder von uns hat eine bestimmte Aufgabe zu erfüllen. Ich muß Papa und Chewbacca helfen, den *Falken* zu fliegen. Du mußt mit deinem Bruder und deiner Schwester in den Repulsor zurückkehren und versuchen, ihn so zu aktivieren, wie wir es besprochen haben.«

»Ich wette, wir schaffen es«, meinte Anakin.

»Darauf wette ich auch, Sportsfreund«, sagte Han und fuhr seinem Sohn durchs Haar. Er lächelte ebenfalls, aber selbst Anakin war in der Lage, den Schmerz in seinen Augen zu sehen. Und selbst Anakin wußte, daß jeder so tun mußte, als wäre alles in Ordnung.

Leia blickte zu Jaina und Jacen auf. »Ihr beide paßt gut auf euch und Anakin auf, okay? Und hört, wenn 3PO und Ebrihim und die Herzogin euch etwas sagen. Und seid vorsichtig und … und …«

Plötzlich verstummte Leia. Es war einfach lächerlich. Sie zog in die Schlacht; sie schickte ihre Kinder los, eine Maschine zu bedienen, die in der Lage war, einen Planeten zu bewegen; sie bürdete ihnen mehr Verantwortung auf, als sich die meisten intelligenten Wesen je erträumen konnten; sie lief Gefahr, getötet zu werden und sie nie wiederzusehen – und trotzdem fielen ihr nur die uralten mütterlichen Ermahnungen ein, sich anständig zu benehmen und die Zähne zu putzen.

»Das werden wir, Mam«, versprach Jaina mit sanfter, leiser Stimme. »Keine Angst, wir werden all das tun, was man von uns erwartet.«

»Machen Sie sich keine Sorgen, Frau Staatschefin«, sagte 3PO. »Ich werde gut auf sie aufpassen – vorausgesetzt, die Drall erlauben es.«

Leia schlang die Arme um ihre Kinder, schloß die Augen und drückte sie so fest an sich, wie sie konnte. »Ich liebe euch alle«, brachte sie hervor, bis ihre Stimme völlig versagte.

Sie hielt sie so lange wie möglich in ihren Armen, und dann noch etwas länger, bis Han sich neben sie kniete und sanft ihre Arme löste. »Es wird Zeit«, sagte er. »Das Schiff startet gleich.«

Leia nickte nur. Sie küßte sie zum Abschied, und Han tat es ihr nach. Die drei Kinder und 3PO gingen an Bord der Transportfähre, und die Transportfähre startete.

Und dann waren sie fort.

Es gab natürlich noch viele andere Leute, die sich voneinander verabschieden mußten, und keinem fiel es leicht. Luke, Lando, Mara, Kalenda, Gaeriel und all die anderen. Jeder von ihnen wußte, wie gering die Chancen waren, daß sie alle zurückkehrten. Jeder von ihnen wußte, daß sie sich vielleicht nie wiedersehen würden. Und dennoch wußten alle, wie wichtig diese Art von Abschied war. Sie hatten es alle schon einmal erlebt, hatten einen Kameraden für eine Stunde oder einen Tag verabschiedet, und dieser Kamerad war nie zurückgekehrt. Es gab einen Kodex, ein Ritual, eine Art Zeremonie, um derartige Abschiede wenn nicht leichter, so zumindest doch erträglicher zu machen.

Aber da war noch ein anderer Abschied, der von ganz anderen Gefühlen geprägt war. Es gab noch eine weitere Person, die Han sehen mußte, bevor er in die Schlacht zog. Und diese Person befand sich im Arrestblock.

Vielleicht war es Neugier. Vielleicht war es die letzte Faser der fast zerrissenen Familienbande. Oder vielleicht waren diese Familienbande stärker, als er bisher geglaubt hatte. Vielleicht war Blut stärker als Verrat.

Oder vielleicht – obwohl Han es bezweifelte – wollte er nur seinen Triumph auskosten. Er hatte nicht das Gefühl, daß es so war, aber man konnte nie wissen. Man konnte nie wissen.

Welcher Grund auch immer zutraf, er war gekommen. Der Wachposten aktivierte die Türkontrolle, und Han trat in die Arrestzelle. Thrackan saß an der gegenüberliegenden Wand des Raumes auf einer niedrigen Bank.

»Hallo, Thrackan«, sagte er.

»Hallo, Han. Bist du gekommen, um dir das gefährliche Tier in seinem Käfig anzusehen?«

»Ich weiß nicht genau, warum ich gekommen bin«, gestand Han. »Aus irgendeinem Grund wollte ich dich sehen. Deshalb bin ich hier.«

»Und *ich* bin hier«, sagte Thrackan mit einem grausamen Lächeln. Er hob den Kopf, breitete die Arme aus und warf sich in die Brust. »Ich bin hier«, wiederholte er. »Genieße den Anblick.«

»Du hättest es nicht tun sollen, Thrackan«, sagte Han.

»Oh, es gibt eine Menge Dinge, die ich besser nicht getan hätte«, konterte Thrackan. »Ich hätte ganz gewiß nicht diese elenden, unheimlichen Kinder verfolgen sollen. Das war ein fataler Fehler. Wirklich fatal. Aber was meinst du genau?«

»Die Kinder«, sagte Han. »Meine Kinder. Du hättest die Kinder nicht entführen sollen. *Vergreif dich niemals an Unschuldigen. Beschütze immer deine Familie.* Zwei der ältesten Traditionen auf Corellia. Ich weiß noch, wie du dich über diese Regeln lustig gemacht und gesagt hast, es wäre keine große Sünde, sie zu brechen. Das waren zwar bloß Worte, aber später hast du sie in die Tat umgesetzt. Du hast es getan. Du hast es wirklich *getan.* Thrackan, wie konntest du nur?«

»Es war ganz leicht«, erwiderte Thrackan. »Viel zu leicht. Die Kinder sind mir praktisch in den Schoß gefallen. Warum hätte ich sie *nicht* festhalten sollen?«

»Weil es falsch war, Thrackan.«

Thrackan seufzte und lehnte sich an die Wand. »Han.

Bitte. Ich sitze in einer Zelle und warte auf meinen Prozeß, der hauptsächlich aus der Verlesung der Anklageschrift bestehen wird. Die Geschworenen werden sich wahrscheinlich nicht einmal zur Beratung zurückziehen müssen. Eigentlich hat es überhaupt keinen Sinn, mich vor ein Geschworenengericht zu stellen. Am sinnvollsten wäre es, mich einfach aus der Zelle zu holen und zu erschießen. Aber ich bin sicher, daß ich ein erbarmungslos gerechtes Verfahren bekommen – und dann lebenslänglich eingesperrt werde. Also hat es keinen Zweck, mir jetzt noch beibringen zu wollen, was richtig ist und was falsch. Dafür ist es viel zu spät.«

»Du bist erledigt, Thrackan«, sagte Han. »Du hast verloren, und zwar alles.«

Thrackan kicherte. »Sehr richtig, Han. Sehr richtig. Aber ich habe einen Trost.«

»Was für einen, Thrackan?«

Thrackan Sal-Solo, der Möchtegern-Diktat von Corellia, machte eine vage Handbewegung zur Tür, zum Universum außerhalb der Zelle. »Die Triaden-Flotte dort draußen«, sagte er. »Vielleicht habe ich verloren, Han, aber es tut mir unendlich gut zu wissen, daß *du* noch nicht gewonnen hast.« Er lächelte und imitierte auf schaurige Weise Hans eigenes schurkisches Grinsen, eine Imitation, von Kälte und Härte und Grausamkeit entstellt. »Und ich glaube nicht, daß du gewinnen wirst.«

Han starrte seinen Vetter an. Dann, ohne ein weiteres Wort zu verlieren, wandte er sich ab und hämmerte gegen die Zellentür. Sie glitt zur Seite, und Han ging hinaus.

Er wußte immer noch nicht, warum er gekommen war.

15. Kapitel

Showdown bei Centerpoint

Schließlich, endlich war es Zeit, an Bord zu gehen, zu starten und hinaus in den Weltraum zu fliegen. Aber es war nicht einfach gewesen, diesen Punkt zu erreichen.

Die Bakuraner brauchten alle Feuerkraft des frisch reparierten *Millennium Falken*, und niemand konnte bestreiten, daß der *Falke* mindestens eine dreiköpfige Besatzung benötigte – einen Piloten, einen Kopiloten und einen Kanonier –, um seine gesamte Feuerkraft ausschöpfen zu können. Pilot und Kopilot standen natürlich fest. In diese Sitze gehörten Han und Chewbacca, daran gab es keinen Zweifel.

Aber mehr als nur ein paar Leute versuchten Leia auszureden, den Platz im Vierlingslaserturm zu übernehmen. Es gehörte sich nicht für eine Staatschefin, herumzufliegen und auf feindliche Raumschiffe zu schießen. Aber Leia blieb stur. Man hatte sie in den letzten Wochen oft genug herumgestoßen. Es wurde höchste Zeit, daß sie sich ein wenig revanchierte. Je mehr man versuchte, sie von ihrer Absicht abzubringen, desto entschlossener hielt sie daran fest. Selbst Ossilege versuchte es ihr auszureden. Aber selbst Ossilege mußte schließlich erkennen, daß es keinen Zweck hatte.

Aber jetzt war sie an Bord, Chewbacca war an Bord, und der *Millennium Falke* war startbereit. Der große Moment war gekommen. Han überprüfte ein letztesmal seine Statusanzeigen, bestätigte die Startfreigabe, fuhr die Repulsoren hoch und flog hinaus in den Weltraum.

Sobald die *Eindringling* hinter ihnen lag, schaltete er auf die Sublichttriebwerke um und wartete darauf, daß sich die anderen hinter ihm formierten. Sie würden gemeinsam in die Schlacht ziehen – Han, Chewie und Leia an Bord des *Millennium Falken*, Mara Jade allein an Bord der *Jadefeuer*,

Lando an Bord der *Glücksdame* und Luke in seinem X-Flügler. Es war durchaus sinnvoll, alle nichtbakuranischen Schiffe in einer Formation zusammenzuziehen. Es ersparte den bakuranischen Jägerpiloten, sich auf Manöver mit Nichtstandardschiffen einzustellen. Vielleicht noch wichtiger war, daß alle vier Piloten einander kannten und vertrauten.

Han verfolgte, wie die *Glücksdame* den Hangar verließ und auf ihn zusteuerte. Plötzlich fühlte er sich großartig. Sie zogen in eine Schlacht voller Gefahren, aber was machte das schon? Er hatte es schon häufig getan. Er saß an den Kontrollen seines Raumschiffes und war von Freunden umgeben. Was war daran so schlimm? Er beobachtete, wie die *Glücksdame* eine doppelte Rolle flog, als im selben Moment Lukes X-Flügler startete. Han lachte laut. Er war nicht der einzige, der sich großartig fühlte. Er aktivierte das Komsystem. »*Falke* an *Glücksdame*. Lando, du alter Pirat, wir sollen doch alle in einer Linie bleiben. Du scheinst ein wenig vom Kurs abgekommen zu sein.«

»Ach was, kann man denn nicht hin und wieder ein bißchen Spaß haben?«

»He, ihr beide, regt euch ab«, sagte Luke, als er seine Position an Landos Steuerbordseite einnahm. »Wir werden heute noch genug Gelegenheit für akrobatische Flugmanöver bekommen.«

Die *Jadefeuer* startete, und Mara meldete sich über Kom. »Ich weiß nicht, wie ihr anderen darüber denkt«, sagte sie, »aber ich würde vorschlagen, daß alle einen kühlen Kopf bewahren.«

Chewbacca unterbrach die Schiff-zu-Schiff-Verbindung, heulte laut und fletschte die Zähne.

Han lachte. »Okay«, sagte er, »sie ist eine Spielverderberin. Aber eine Spielverderberin, die so fliegt wie sie, ist mir jederzeit als Flügelmann willkommen.«

»Wie weit sind Sie gekommen?« fragte Anakin, während er das funkelnde, silberne Kontrollpult musterte. Es sah genauso aus wie vor ein paar Tagen, als er einen Knopf zuviel gedrückt hatte.

Der Techniker hieß Antone; er war ein dünner, drahtig wirkender Bursche mit dunkler Haut und schulterlangen, glänzend schwarzen Haaren, die ihm ins Gesicht hingen. Er antwortete zunächst nicht, sondern warf Anakin einen seltsamen Blick zu, einen Blick, den Anakin schon oft gesehen hatte. Es war ein Blick, mit den ihn gewöhnlich Erwachsene bedachten, die von seinem unheimlichen Talent für Maschinen gehört hatten, es aber nicht glauben konnten. Antone sah zu Jaina und Jacen hinüber und erhielt als Antwort von beiden ein aufmunterndes Nicken. »Ich versichere Ihnen, daß der junge Master Anakin außergewöhnlich begabt ist«, warf 3PO ein.

Antone schien den Worten des Droiden nicht zu trauen, aber Ebrihim und Marcha standen neben ihm, und irgendwie schien die Anwesenheit der Drall den Techniker Antone zu überzeugen, die Sache ernstzunehmen und sich kooperativ zu zeigen. »Ich würde sagen, wir stecken fest«, erklärte er, »aber das ist eigentlich noch übertrieben. Es klingt so, als hätten wir Fortschritte gemacht und dann nicht mehr weiter gewußt. Aber wir haben überhaupt nichts erreicht.«

»*Überhaupt* nichts?« fragte Anakin.

»Überhaupt nichts. Das System reagiert auf keinen unserer Befehle.«

»Natürlich reagiert es«, widersprach Anakin. Er setzte sich ans Kontrollpult und legte seine Hand auf eine flache, glatte Stelle auf der Konsole. Er zog die Hand zurück, und die Oberfläche der Konsole brodelte und wölbte sich hoch, formte sich zu einem Steuerknüppel, der perfekt an die Konturen von Anakins Hand angepaßt war. Anakin berührte den Steuerknüppel nur, und in der Luft über dem Kontrollpult erschien ein hohes Drahtgittermodell aus fünf mal fünf mal fünf Würfeln. Anakin ließ den Steuer-knüppel los. Nach einem Moment verschmolz er wieder mit der Konsole, und das Würfelhologramm erlosch.

»Wie hast du das gemacht?« fragte Antone. Er scheuchte Anakin vom Sitz und drückte seine eigene Hand auf diesel-be Stelle des Pultes. Nichts geschah. Überhaupt nichts. An-tone warf Anakin einen weiteren seltsamen Blick zu, und dann leuchtete sein Gesicht auf. »Brennende Sterne. Es muß sich auf deine persönlichen Charakteristika program-miert haben, als du es beim erstenmal benutzt hast.«

»Hä?« machte Anakin.

»Wie meinen Sie das?« fragte Jacen.

»Es hat sich irgendwie auf ihn programmiert. Es hat sei-ne Fingerabdrücke oder seine DNA oder seine Gehirnwel-len oder sonst was registriert und gespeichert. Es nimmt nur Befehle von ihm entgegen.«

In Anakins Augen war plötzlich ein wildes Funkeln. »Nur von mir?« wiederholte er. »Das ist alles meins?«

»Es muß eine Möglichkeit geben, das System auch auf andere Benutzer einzustellen«, wandte Jacen ein.

»Ja, wahrscheinlich«, bestätigte Antone, »aber wir ha-ben keine Zeit, um danach zu suchen. Wir müssen mit dem arbeiten, was wir haben.«

»Einen Moment«, sagte Ebrihim. »Soll das etwas hei-ßen, daß Anakin allein …?«

Antone nickte ernst. »Ihr kleiner Freund hier ist der ein-zige, der dieses Kontrollpult bedienen kann. Und nach al-lem, was ich gesehen und von Ihnen gehört habe, kann er die Anlage vielleicht aktivieren, aber ich bin mir nicht si-cher, ob er ihre Funktionsweise auch wirklich *versteht*.«

»Ich glaube«, sagte 3PO, »Sie haben damit das Problem auf den Punkt gebracht.«

Gaeriel Captison beobachtete, wie Admiral Ossilege auf dem Flaggdeck unruhig auf und ab ging, und hatte un-willkürlich Mitleid mit dem Mann. Sie waren im Moment allein auf dem Flaggdeck, und diese Tatsache sprach Bände. Er hatte alle an die Arbeit gescheucht, und jetzt waren sie fort. Später würde hier wahrscheinlich das Chaos ausbrechen. Adjutanten würden kommen und gehen, ganze Berge von Meldungen jede freie Stelle bedecken, Alarmsirenen heulen und Lautsprecher Befehle brüllen. Aber jetzt war es ein stiller, verlassener, einsamer Ort.

Und Ossilege mußte im Moment ein besonders einsamer Mann sein. Bald würde er Entscheidungen treffen, Befehle geben müssen, doch zur Zeit hatte er alles getan, was er tun konnte. Er hatte seine Streitkräfte formiert, seine Anweisungen erteilt, seine Pläne gemacht. Jetzt blieb ihm nur noch das Warten.

»Es ist nicht leicht, oder?« fragte sie. »Sie haben ihnen ihre Befehle gegeben, und sie sind losgezogen, um sie auszuführen, um zu überleben oder zu sterben, zu siegen oder zu verlieren, und die Verantwortung liegt allein bei Ihnen.«

»Nein«, murmelte er, »es ist nicht leicht. Alle wissen, was sie zu tun haben, weil ich es ihnen gesagt habe. Aber wer sagt mir, was ich tun soll?«

Für Ossilege war dies eine bemerkenswerte Einsicht, die fast schon an Selbstmitleid grenzte. Er schien zu erkennen, daß er zuviel von sich enthüllt hatte, denn er blieb stehen und ließ sich in den Admiralssitz sinken.

Eine Glocke ertönte, und aus dem Deckenlautsprecher drang eine tiefe, melodische Robotstimme. »Alle Einheiten gestartet und einsatzbereit. Start der *Eindringling* in dreißig Sekunden. Alle Mann auf die Kampfstationen.«

Ossilege saß während der Meldung regungslos und schweigend da. Gaeriel konnte nicht erkennen, ob er konzentriert zuhörte oder die Stimme nicht einmal bemerkte. Der Glockenton wurde wiederholt, die Vibrationen des Decks veränderten sich, und die Flaggdeckinstrumente meldeten, daß das Schiff Fahrt aufgenommen hatte. Sie waren unterwegs.

»Sagen Sie«, brummte Ossilege schließlich nach langen Momenten des Schweigens, so daß Gaeriel unwillkürlich zusammenzuckte. »Der Plan – glauben Sie, daß er funktionieren wird?«

Die Ironie war fast zu offensichtlich. Nach endlosen Wochen des Eingesperrtseins an Bord der *Gentleman Besucher*, in denen sie sich nichts sehnlicher gewünscht hatte, als schneller an ihr Ziel zu kommen, bereute Tendra Risant jetzt, ihr Ziel erreicht zu haben. Die *Gent* trieb langsam durch die Finsternis des Weltraums, in einem stabilen Orbit um Drall – einer Umlaufbahn, die sie direkt zwischen die Triaden-Flotte und die beiden bakuranischen Zerstörer bringen würde. Sie hatte nicht die leisesten Zweifel, daß beide Seiten ihren Vorbeiflug genau überwachten. Wahrscheinlich hatten beide Seiten ihr Schiff längst als das identifiziert, was es war – eine zivile, unbewaffnete Einheit, die zufällig zwischen zwei Flotten geraten war. Solange sie mit deaktivierten Maschinen durch den Weltraum trieb, stellte sie keine Gefahr dar. Aber sie zweifelte nicht daran, daß beide Seiten sofort das Feuer eröffnen würden, wenn sie sich in irgendeiner Form von der *Gentleman Besucher* bedroht fühlten.

Und die *Gentleman Besucher* war lückenlos eingekreist. Ganz gleich, welchen Kurs sie einschlug – er wurde von einem der Schiffe blockiert. Sie wagte nicht zu manövrieren, aus Furcht, daß die eine oder andere Seite auf den Gedanken kam, daß das Zivilschiff in Wirklichkeit eine getarnte Militäreinheit oder eine fliegende Bombe war.

Sie konnte nur dasitzen und beten, daß niemand sie für ein lästiges Ärgernis hielt, das beseitigt werden mußte.

Niemand wußte genau, was als nächstes passieren würde. Tendra am allerwenigsten. Aber was immer auch geschah, sie würde es aus nächster Nähe erleben.

Nach den übereinstimmenden Berichten vieler verschiedener Beobachter bestand ein Krieg aus langen Perioden der Langeweile, unterbrochen von kurzen, brutalen Phasen des Chaos und Entsetzens. Lando hatte genug Schlachten überstanden, um zu wissen, daß diese Beschreibung der Wahrheit entsprach. Oder anders ausgedrückt, es war ein langer, langer Flug nach Drall. Lange genug, daß Luke mit seinem X-Flügler zweimal zur *Eindringling* zurückkehren mußte, um einige Stunden Schlaf und Ruhe zu finden. Als Jedi-Meister hätte Luke auf Schlaf auch verzichten können, aber er war kein Narr. Und nur Narren zogen freiwillig müde und erschöpft in eine Schlacht. Die anderen – Han und seine Crew, Mara und Lando – konnten den Autopiloten einschalten, ihre Stationen verlassen und ein Nickerchen machen. Luke nicht.

Sie hätten durch den Hyperraum springen und den Flug so erheblich abkürzen können, aber es gab gute Gründe, darauf zu verzichten – sie wollten die Triaden-Flotte nicht unnötig daran erinnern, daß Hyperflüge wieder möglich waren. Und sie wollten außerdem, daß sich die Triade ganz auf die *Eindringling*, die drei Begleitschiffe und die Jägereskorte der *Eindringling* konzentrierte. Je mehr die Triade auf die Flottille achtete, desto weniger Zeit hatte sie, sich um andere Dinge zu kümmern.

Lando aktivierte sein Detektorsystem, um sich einen Eindruck von der Reaktion der Triaden-Flotte zu verschaffen. Bis jetzt schien sie die *Eindringling* zu ignorieren. Die gesamte Flotte rückte weiter mit niedriger Geschwindigkeit auf Centerpoint vor. In dieser Hinsicht hatte sich in den letzten Stunden nichts verändert. Aber bald. Bald würden sie in Schußweite sein und mit dem Angriff beginnen ...

Einen Moment. Lando starrte stirnrunzelnd den Detektorschirm an. Was war das? Ein winziges Schiff, eine Zivileinheit, wenn man den Detektoren trauen konnte, befand sich zwischen Centerpoint und der Triaden-Flotte.

Woher war dieses Schiff gekommen? Lando rief per Funk die Positionsdatenbank der *Eindringling* ab und stellte fest, daß das winzige Schiff kurz nach dem Zusammenbruch des Abfangfelds aufgetaucht war – aber unmittelbar *vor* den Triaden-Schiffen. Aber wie konnte jemand vor der Triade hier eintreffen? Doch nur …

Lando setzte sich kerzengerade hin. Doch nur, wenn es viel näher gewesen war als die Triaden-Schiffe. Es mußte von einem Punkt innerhalb des Abfangfelds gekommen sein.

Endlich kam Lando auf den Gedanken, seine Vermutung auf die einfachste Art zu überprüfen. Er schickte das Standard-Schiff-ID-Anfragesignal hinaus. Fünfzehn Sekunden später traf die Antwort ein. Zwanzig Sekunden *danach* hatte er den Kurs geändert und beschleunigte auf Sublichthöchstgeschwindigkeit, um das winzige Schiff abzufangen. Erst eine volle Minute später dämmerte ihm, daß er vergessen hatte, seine Aktion genehmigen zu lassen, eine Erkenntnis, die er hauptsächlich dem Aufleuchten seines Kompults zu verdanken hatte. Er ging auf Sendung. »*Glücksdame* an *Eindringling*«, sagte er. »Ich habe, äh, gerade etwas entdeckt. Ich fliege mal hin, um es zu überprüfen. Bis es ernst wird, bin ich wieder zurück.«

»*Eindringling* an *Glücksdame*«, antwortete eine gereizt klingende Stimme. »Das Objekt, das Sie abfangen wollen, ist ein identifiziertes ziviles Raumschiff, das mit dem Konflikt nichts zu tun hat. Sie müssen es nicht überprüfen.«

»Nun, ich werde es mir trotzdem ansehen«, entgegnete Lando. »Vielleicht hat es mehr mit dem Konflikt zu tun, als Sie denken.« *Oder zumindest*, dachte er, *wird es sich dem Konflikt nicht mehr lange entziehen können.*

Für Ebrihim sah es im Kontrollraum des planetaren Repulsors wie nach einem Bombenangriff aus. Überall lagen zusammengeknüllte Papiere und leere Eßschalen herum. In jedem Winkel steckten kleine Gruppen von Technikern die Köpfe zusammen, stritten sich über die Daten ihrer Instrumente und diskutierten darüber, was die verschiedenen grünen, purpur, und orangefarbenen Würfelkombinationen und Leuchtanzeigen zu bedeuten hatten. Die Hälfte der Kontrollen an der Konsole war mit handgeschriebenen Etiketten beklebt. Da die andere Hälfte der Kontrollen ständig neu aufzutauchen und wieder zu verschwinden und ohne erkennbares System Form und Größe zu verändern schien, war es etwas schwieriger, sie zu beschriften.

Jaina und Jacen hatten sich in den Nebenraum zurückgezogen und schliefen. Ebrihim und Marcha waren weiter aktiv, halfen den Technikern bei der Auswertung ihrer Daten und analysierten die verschiedenen Erscheinungsformen des Kontrollpults. Q9 hatte seine Sensoren ausgefahren, untersuchte mit ihnen das Kontrollsystem, speicherte die jeweils aktuellen Energiewerte und fand immer wieder Zeit für ein Schwätzchen mit 3PO.

Aber mochten die anderen auch so hart und konzentriert arbeiten, wie sie wollten, die wichtigste Person im Raum war nach wie vor Anakin. Er hantierte an den Kontrollen, schaltete das System auf Anfrage von einem Modus in den anderen und half den Erwachsenen dabei, die Funktion der vielen Knöpfe zu verstehen. Er hatte jenes wilde Leuchten in den Augen, wie es für menschliche Kinder typisch war, die wenig geschlafen hatten und völlig überdreht waren. Früher oder später würde es zuviel für ihn werden, und der arme Junge würde vor Erschöpfung einfach umkippen. Normalerweise hätte er längst im Bett sein müssen, aber unter den gegebenen Umständen hatten sie keine andere Wahl, als so viel wie möglich aus ihm herauszuholen, bevor …

»Neuigkeiten! Ich haben gute Neuigkeiten!« rief eine aufgeregte Stimme. Alle hielten inne und drehten sich um, als Dracmus in den Raum stürzte. »Die sacorrianischen Selonianer! Was für ausgezeichnete Idee diese Bestechung waren! Ich müssen ehrenwerte Jade für feinen Vorschlag danken!«

»Sind sie endlich zur Zusammenarbeit bereit?« fragte Ebrihim begierig.

»Nein, ehrenwerter Ebrihim!« sagte Dracmus in demselben triumphierenden Tonfall. »Sie sich weigern! Sie verzögern! Vielleicht später sie lenken ein, aber jetzt noch nicht.«

»Warum sind Sie dann so glücklich?« fragte Marcha.

»Weil Bestechungsvorschlag *sie* auf Idee bringen.« Sie fuchtelte mit einem Datenblock herum. »Sie sein immer noch nicht bereit, uns mit *ihrem* Repulsor zu helfen – aber sie sein bereit, uns Bedienungsanweisung zu verkaufen!«

»Zeigen Sie mal her«, sagte Antone und griff nach dem Datenblock. Er schaltete ihn ein, studierte die Anzeigen und grinste mit jeder Sekunde breiter und breiter. Er nickte begeistert. »Das ist es«, erklärte er. »Mit dem, was Anakin uns gezeigt hat, und den Informationen, die hier gespeichert sind, müßte es uns theoretisch – ich betone das Wort theoretisch – gelingen, diese Anlage in Betrieb zu nehmen.«

»Sie meinen«, korrigierte Ebrihim, »es müßte Anakin gelingen, diese Anlage für Sie in ...« Er brach mitten im Satz ab.

»Du liebe Zeit«, rief 3PO. »Es ist wieder passiert. Wie so häufig, wenn er zu lange aufbleibt.« Anakin saß noch immer am Kontrollpult, aber sein Kopf war nach vorn gesunken, und er schlief tief und fest. Ebrihim schüttelte verwundert den Kopf. Menschliche Kinder. Bizarre Kreaturen. Noch vor dreißig Sekunden war Anakin hellwach gewesen und hatte fleißig gearbeitet. »Ah, nun gut«, sagte Ebrihim. »Der Rest von uns kann weiterarbeiten, aber ich schätze, ein Kind braucht seinen Schlaf, wenn es am Morgen zwei oder drei Sonnensysteme retten will.«

Tendra Risant schlief, als es passierte. Sie wußte sofort, daß irgend etwas im Gange war, als sie ein lautes Dröhnen durch die Hülle der *Gentleman Besucher* hallen hörte. Zu sagen, daß sie überrascht war, auf diese Weise geweckt zu werden, wäre eine glatte Untertreibung. Sie sprang fast an die Decke. Sie schreckte in ihrem Bett hoch und lauschte verängstigt. Was war das? Hatte ein Meteor ihr Schiff getroffen? Hatte es im Maschinenraum eine Explosion gegeben? Dann hörte sie, wie Schotts brummend zur Seite glitten und Luftpumpen ansprangen. Die Luftschleuse! Jemand hatte an der *Gentleman Besucher* angedockt!

Sie schlüpfte aus dem Bett und streifte ihre Robe über. Wer war es? Was wollten sie? Eine Waffe. Sie brauchte eine Waffe. Gab es an Bord dieses Schiffes überhaupt einen Blaster? Sie trat auf den Korridor – und erstarrte. Dort stand er, direkt vor ihr, von einem Ohr zum anderen grinsend. »Ich habe versucht, dich vorher anzurufen«, sagte er, »aber es hat sich niemand gemeldet.«

»Lando?« fragte sie. Er war der erste Mensch, den sie seit einem Monat sah.

»Tendra.«

Und plötzlich lagen sie sich in den Armen und hielten sich fest. »Oh, Lando. Lando. Du hättest nicht kommen dürfen. Dort draußen sind überall Schiffe, und früher oder später geht die Schießerei los und …«

»He, he«, sagte Lando. »Schsch. Ganz ruhig«, sagte er. »Ganz ruhig. Mein Schiff ist schnell genug, um uns beide hier rauszubringen. Uns wird schon nichts passieren.«

»Aber es war zu gefährlich!« beharrte sie. »Es war zu riskant.«

»Komm schon«, sagte Lando, streichelte ihr Kinn und schenkte ihr ein breites, warmes Lächeln. »Ich mußte an meinen Ruf denken. Wie hätte ich nein sagen können, als sich mir die Chance bot, die Prinzessin aus größter Not zu retten?«

Die Stunden schleppten sich dahin. Die Triaden-Schiffe rückten weiter auf Centerpoint vor, wo die *Paladin* und die *Verteidiger* wachten, und die kleine, aus bewaffneten Handelsschiffen und Jägern bestehende Flotte der *Eindringling* näherte sich unaufhaltsam den Triaden-Schiffen.

Ossilege verfolgte alles auf seinen Statuspulten, Stunde um Stunde, allein auf dem Flaggdeck. Erst wenn die Schlacht begann, würde sich das Deck füllen. Die Zeit war jetzt der Feind, und die Zeit war der Verbündete. Sie durften jetzt keinen Fehler machen. Schlugen sie zu früh los, war das Spiel verloren, und alle Anstrengungen der Quelle A würden vergeblich sein. Warteten sie zu lange, würde die andere Seite zuerst losschlagen und die bakuranischen Schiffe angreifen und vernichten.

Und dann war da noch das ungelöste Problem mit dem Repulsor. Würden sie ihn einsetzen können oder nicht? Würde ihr Plan funktionieren oder nicht? Hatte Calrissian den Zeitpunkt von Centerpoints nächstem Schuß richtig berechnet? Sie hatten die Berechnungen Dutzende Male überprüft, und sie *schienen* korrekt zu sein. Aber was war, wenn sie etwas übersehen hatten, von einer falschen Annahme ausgegangen waren, ohne es zu wissen?

Alle Militärcommander waren seit Anbeginn der Zeit von derartigen Fragen gequält worden, und so würde es wahrscheinlich auch in Zukunft bleiben.

Zeit. *Sie* war das Problem. Was war der richtige Zeitpunkt? Niemand konnte es mit Sicherheit sagen. Niemand konnte die Absichten des Feindes von einem Detektorschirm ablesen, niemand seine Moral und Kampfstärke anhand eines Infrarotbilds bestimmen.

Die Schiffe rückten näher. Näher und näher.

Schließlich stand Admiral Hortel Ossilege auf, ging hinüber zum Hauptdetektorschirm, betrachtete ihn konzentriert, studierte nacheinander jedes Schiff, jeden Statusbericht.. Zufrieden – oder zumindest so zufrieden, wie es unter den gegebenen Umständen möglich war – kehrte er an seinen Platz zurück, setzte sich und drückte den Komknopf. »Hier ist Ossilege. Informieren Sie alle Schiffe auf der vereinbarten Frequenz. Die Operation Seitenschritt beginnt in genau einer Stunde fünfunddreißig Minuten.« Eine Stunde nach Beginn der Operation würde die Quelle A eingreifen. Eine Stunde, fünf Minuten und fünfzehn Sekunden nach Seitenschritt würde Centerpoint das Feuer eröffnen. Entweder würde es ihnen gelingen, den Schuß zu blockieren, oder nicht.

Eine Stunde. Sie mußten eine Stunde durchhalten. Er ließ den Komknopf los und fragte sich, ob sein Zeitplan richtig war.

»In Ordnung, Chewie«, sagte Han eine halbe Stunde später. »Wir springen in fünf Minuten. Machen wir uns fertig. Leia es wird Zeit, daß du hinauf in den Turm gehst und dich anschnallst.«

Leia stand vom Beobachtersitz auf und nickte. »Ich weiß«, sagte sie. Aber sie ging nicht. Nicht sofort. Zuerst beugte sie sich nach vorn, zog Hans Kopf zu sich und küßte ihn. Es war ein warmer, sehnsüchtiger Kuß, der erst nach langer Zeit endete. »Ich liebe dich«, sagte sie.

»Ich weiß«, sagte Han, »Und du weißt, daß ich dich liebe.«

Leia lächelte. »Du hast recht«, nickte sie. »Das weiß ich.« Sie richtete sich auf und zerzauste das Fell auf Chewbaccas Kopf. »Bis später, Chewie«, sagte sie. »Wir sehen uns auf der anderen Seite.« Und mit diesen Worten wandte sie sich ab und verließ das Cockpit.

Han blickte ihr nach und sah dann Chewbacca an. »Weißt du, Chewie«, sagte er zu dem Wookiee, »dieses Verheiratetsein hat schon eine Menge für sich.«

Chewbacca gab ein leises, grollendes Lachen von sich und überprüfte dann erneut die Schildeinstellungen.

Han warf einen Blick auf die Uhr. Noch vier Minuten.

Luke Skywalker saß im Cockpit seines X-Flüglers und spürte wieder die alte, vertraute Furcht und Erregung. Er sagte sich, daß er ein Jedi war, daß ein Jedi gelassen in die Schlacht zog, daß es keine Furcht gab. Aber Luke wußte besser als jeder andere lebende Mensch, daß ein Jedi ebensowenig in einer Welt des Absoluten und Abstrakten lebte wie jedes andere intelligente Wesen. Alle Gefühle aus seinem Leben zu verbannen, war genauso schlecht wie endlos in all seinen Gefühlen zu schwelgen.

Es war Zeit zum Kämpfen. Er war bereit. Dank seiner Jedi-Fähigkeiten war er sogar mehr als bereit.

Das sollte genügen. Und es genügte.

Luke sah auf sein Chronometer. Drei Minuten.

Mara Jade saß allein im Kommandozentrum ihres Schiffes. Allein. Sie war mit einem Piloten und einem Navigator, Tralkpha und Nesdin, in dieses Sonnensystem gekommen. Beide waren in den ersten Tagen des Krieges verschwunden, wie so viele andere. Mara wußte nicht, ob sie tot oder von einer der verschiedenen Gruppen gefangengenommen worden waren oder sich in irgendeinem Loch versteckten und darauf warteten, daß sich die Lage wieder beruhigte. Mara kannte den Krieg. Sie wußte sehr gut, daß sie höchstwahrscheinlich tot waren. Sie waren beide tüchtige Leute gewesen, anständig und ehrlich. Und jetzt lebten sie nicht mehr, weil sie irgendeinem skrupellosen Ehrgeizling im Wege gestanden hatten und hingerichtet worden waren. Der Gedanke allein genügte, um ihre Kampflust zu wecken.

Aber natürlich war noch viel mehr passiert. Und in rund zwei Minuten würde sie es ihnen allen heimzahlen.

»Ich bin mir nicht sicher, ob ich dir mit der Rettung wirklich einen Gefallen getan habe«, sagte Lando, während er sich anschnallte. »Auf deinem Schiff wärest du vielleicht aus Versehen getötet worden. Wenn du jetzt stirbst, dann deshalb, weil jemand dich mit Absicht umbringen wird.«

Tendra Risant schüttelte den Kopf und lächelte. »Glaube mir, Lando, wenn ich an Bord der *Gentleman Besucher* etwas gelernt habe, dann, daß ich nicht allein sterben will. Ich bin so lange allein gewesen, daß es für ein ganzes Leben reicht.«

Lando streckte die Hand nach Tendra aus, die im Kopilotensitz saß. Sie ergriff sie und hielt sie fest.

Keiner von ihnen sagte etwas, aber die Stille in der Kabine sagte genug.

Doch dann piepte der Countdownalarm die Eine-Minute-Warnung, und für alles andere blieb keine Zeit mehr.

Belindi Kalenda und der gesamte Führungsstab befanden sich längst auf dem Flaggdeck, als Gaeriel Captison in letzter Minute hereinstürzte und sich anschnallte. »Ich war in meiner Kabine«, sagte sie, obwohl Ossilege keine Fragen gestellt hatte. »Ich habe meditiert.« *Und an meine Tochter gedacht. Meine Tochter Malinza, die bereits ihren Vater verloren hat. Ist dies der Tag, an dem sie auch ihre Mutter verlieren wird?*

»Gut«, nickte Ossilege. »In dreißig Sekunden wird für derartige Dinge keine Zeit mehr sein.«

Gaeriel bohrte ihre Finger in die Armlehnen ihres Andrucksitzes und blickte durch die Hauptsichtluke des Flaggdecks. *Die Sterne*, dachte sie. *Die warmen und einladenden Sterne.* War einer dieser Lichtpunkte Bakura? Wahrscheinlich war ihre Heimatsonne nicht hell genug, um aus dieser Entfernung sichtbar zu sein. Ihre Heimat. Plötzlich wünschte sie sich, wieder zu Hause zu sein.

»Zehn Sekunden«, meldete der Hauptlautsprecher. »Fertigmachen zum Sprung in die Lichtgeschwindigkeit. Fünf Sekunden. Vier. Drei. Zwei. Eins. Null.«

Die Sterne verwandelten sich in feurige Sternlinien, die die Sichtluke mit blendender Helligkeit füllten – und dann schrumpften die Sternlinien und verschwanden und machten den vertrauten Sternen des corellianischen Himmels Platz.

Aber jetzt leuchteten nicht nur Sterne am Himmel. Da waren Schiffe. Schiffe aller Größen und Klassen, die plötzlich sichtbar geworden waren. Die *Eindringling*, die *Paladin*, die *Verteidiger* und all die kleineren Schiffe waren mit einem präzise berechneten Hyperraumkurzsprung inmitten der feindlichen Flotte aufgetaucht. Ossilege hatte auf diesen Überraschungsmoment gehofft, und offenbar hatte sich seine Hoffnung erfüllt.

Die Hauptlaserkanone der *Eindringling* eröffnete sofort das Feuer auf das nächste Schiff, einen kastenförmigen, altersschwachen Truppentransporter, der inmitten einer Kampfflotte völlig fehl am Platz war.

Der Transporter explodierte in einem Feuerball, aber zu diesem Zeitpunkt hatten die Hauptlaser bereits ein neues Ziel gefunden, eine modern ausssehende Korvette von der Größe der *Jadefeuer*. Die Korvette aktivierte rechtzeitig ihre Schilde, doch sie waren nicht stark genug, um den aus nächster Nähe abgefeuerten Kanonen eines leichten Kreuzers zu widerstehen. Die Schilde versagten, und die Korvette verwandelte sich ebenfalls in einen Glutball.

Der Jägerdetektorschirm der *Eindringling* leuchtete auf und zeigte fünfzehn Allzweck-Angriffsjäger, die sich sofort auf die kleineren, leichteren Einheiten in diesem Teil der Flotte stürzten.

Die sekundären Batterien der *Eindringling* meldeten sich zu Wort und feuerten auf ein Ziel, das außerhalb von Gaeriels Blickfeld lag. Ein Triaden-Schiff schoß auf einen AZAJ, der dicht über der Hauptbrücke der *Eindringling* aus einem Looping kam. Der Jäger explodierte in einem blendenden Lichtblitz, der einen Trümmerhagel auf den Kreuzer niedergehen ließ. Die Schilde wehrten die meisten Trümer ab und verlangsamten den Rest. Laute Hammerschläge dröhnten durch die Brücke, als die Trümmer die Außenhülle trafen, aber sie schienen keine ernsten Schäden anzurichten. Doch das änderte natürlich nichts am Schicksal des AZAJ und seines Piloten. Die übrigen Jäger drehten bei und rasten los, holten die X-TIE-Schrottmühlen und B-Flügel-Nachbauten vom Himmel.

Schließlich tauchte ein Gegner auf, der der *Eindringling* würdig war, ein alter, zernarbter ex-imperialer Zerstörer einer Klasse, die Gaeriel nicht kannte. Das Schiff war kleiner als die *Eindringling*, ihr aber an Feuerkraft wahrscheinlich ebenbürtig. Die *Eindringling* feuerte und konzentrierte alle Energiestrahlen auf den vorderen Laserturm des Zerstörer. Die vorderen und hinteren Türme des Zerstörers erwiderten das Feuer, doch sie koordinierten ihre Schüsse nicht, und die Wirkung blieb gering. Die Bugbatterie des Zerstörers explodierte, und die *Eindringling* konzentrierte ihre Feuerkraft auf die Heckbatterie. Die Schilde des Zerstörers mußten von der ersten Explosion erheblich geschwächt worden sein, denn nach wenigen Sekunden brachen sie zusammen und ließen den Bugturm ohne Schutz. Der Turm explodierte in einer dramatischen Flammensäule, und der Zerstörer war waffenlos.

Gaeriel blickte zu Ossilege hinüber und stellte erstaunt fest, daß er dem Feuer und dem Chaos draußen keine Beachtung schenkte. Seine Augen waren starr auf den Taktikschirm vor ihm gerichtet, der das gesamte Schlachtfeld zeigte. Er überließ das Kommando über die *Eindringling* Captain Semmac, während er die Operationen der anderen Schiffe koordinierte.

»Es läuft gut«, stellte Ossilege fest, ohne jemand direkt anzusprechen.

Zumindest, dachte Gaeriel, *fängt es gut an.*

»Festhalten, R2!« schrie Luke, als er den X-Flügler auf den Rücken drehte, dann hochzog und die X-TIE-Schrottmühle verfolgte, die sich vor und über ihm auf die *Glücksdame* stürzte. »Lando, auf mein Zeichen nach steuerbord und unten ausscheren. Drei, zwei, eins, JETZT!« Luke riß den

X-Flügler einen Sekundenbruchteil vor der *Glücksdame* nach unten und steuerbord. Die X-TIE-Schrottmühle, eine Monstrosität von einem Schiff, aus den Wrackteilen eines X-Flüglers und eines TIE-Jägers zusammengebaut, war weit weniger manövrierfähig als ein X-Flügler. Die Schrottmühle ging in die Falle; sie setzte zu einem längeren, flacheren Sturzflug auf die *Glücksdame* an – und flog direkt in Lukes Schußbahn. Luke feuerte und trennte den Steuerbord-TIE-Flügel der Schrottmühle ab. Die Tragfläche wirbelte davon. Luke brauchte einen Moment, um die *Dame* zu finden, und er war nicht überrascht, als er sah, daß sie schon wieder in Schwierigkeiten steckte – sie mußte sich zweier Maschinen erwehren, die wie Leichte Angriffsjäger mit verstärkten Triebwerken und Waffen aussahen. Schwere Leichte Angriffsjäger.

Es war fast immer ein Fehler, überstarke Waffen und Triebwerke an einen Rumpf zu montieren, der nicht dafür konstruiert war. Eine derart aufgerüstete Maschine war gewöhnlich nicht mehr als eine Ansammlung von Schwächen, die von Draht und Optimismus zusammengehalten wurden. Luke entschloß sich, die Theorie durch ein Experiment zu überprüfen. Er deckte einen der SLAJs aus großer Entfernung mit Feuer ein und traf das Backbordtriebwerk. Der Jäger geriet ins Trudeln, bevor der Pilot das Steuerbordtriebwerk deaktivieren konnte. Das Triebwerk geriet in Brand und spuckte dichte Rauchwolken aus, die den SLAJ einhüllten. Der Rauch verteilte sich im Vakuum des Weltraums, und der SLAJ wirbelte davon. Luke suchte nach Lando und stellte fest, daß er den zweiten SLAJ bereits ausgeschaltet hatte. Im Moment war dieser kleine Teil des Weltraums frei von Feinden. Das bedeutete, daß es Zeit wurde, sich woanders umzusehen.

»Lando!« rief Luke. »Ich orte im hinteren Teil der Formation einen langsam fliegenden Zerstörer. Hast du ihn erfaßt?«

»Ich wollte dich gerade darauf aufmerksam machen,

Luke«, erwiderte Lando. »Den holen wir uns. Er ist das ideale Ziel für uns.« Ihr Plan sah vor, die Triaden-Formation zu durchstoßen, alle sich bietenden Ziele zu zerstören und die Triaden-Schiffe dazu zu bringen, den Kurs zu ändern und ihre Verfolgung aufzunehmen.

Was natürlich im Endeffekt bedeutete, sich dem konzentrierten Feuer von achtzig schwerbewaffneten Großkampfschiffen und ihren Begleitjägern auszusetzen. Manchmal mußte man eben gewisse Risiken eingehen. »Also los«, sagte Luke.

Anakin saß im Kontrollsitz und hörte aufmerksam zu, während der Techniker Antone die Checkliste durchging. »In Ordnung«, sagte Antone, »die Zielerfassungssequenz ist eingeleitet und die Verbindung zum Südpol Centerpoints hergestellt. Bist du bereit für die Energiestartsequenz?«

»*Eigentlich* nicht«, sagte Anakin unsicher. »Irgendwas fühlt sich nicht richtig an.«

Antone strich zum vielleicht zillionsten Mal seine langen schwarzen Haare aus den Augen und sah Anakin nervös an. »Es *fühlt* sich nicht richtig an?« fragte er. »Was meinst du damit – es *fühlt* sich nicht richtig an?«

»Er erfühlt alles«, erklärte Jacen. »Er arbeitet mit Instinkt und Intuition. Sie haben eine Bedienungsanweisung bekommen. *Sie* waren es, der gesagt hat, daß er nicht weiß, was er macht.«

»Weiß ich doch!« protestierte Anakin wütend und funkelte seinen Bruder an.

»Wirklich, Anakin?« fragte Jaina. Sie war es offenbar genauso leid wie Antone. »Weißt du *wirklich*, was du da machst, oder tust du nur so?«

Anakin schnitt ein finsteres Gesicht und verschränkte die Arme. »Hört auf, gemein zu mir zu sein, oder ich helfe euch nicht mehr.« Und mit diesen Worten rutschte er vom Sitz und marschierte davon.

»Oh, Mann«, sagte Jaina.

»Ich vermute, daß der junge Master Anakin übermüdet ist«, sagte 3PO. »Er war gestern nacht sehr lange auf. Bei derartigen Gelegenheiten ist er am Tag danach meistens überempfindlich.«

Antone quollen die Augen aus dem Kopf, und seine Kinnlade fiel nach unten. Es dauerte mindestens volle fünf Sekunden, bis er die Sprache wiederfand. »Er ist *überempfindlich?* Er ist der ... er ist der einzige, der ... der ...« Antone deutete verzweifelt auf das Kontrollpult. »Die Novamaschine eröffnet in einer Stunde das Feuer, und du sagst mir, daß er *überempfindlich* ist?«

»Regen Sie sich nicht auf«, mahnte Ebrihim.

»Aber er ist weg!« rief Antone. »Er ist der einzige, der die Maschine bedienen kann!«

»Sie sind die ganze Nacht wach gewesen«, erinnerte Ebrihim. »Sie sind überreizt. Wir holen ihn schon zurück.«

»Ja, ich war die ganze Nacht wach«, sagte Antone und nickte heftig, während er nervös auf und ab ging. »Vielleicht bin ich *auch* nur überempfindlich.« Er drehte sich um und blieb vor den Zwillingen stehen. »Aber das stimmt nicht ganz. In Wirklichkeit bin ich völlig panisch! Ich habe *Verwandte* auf Bovo Yagen«, brach es aus Antone hervor. »Wenn ich zulasse, daß ihr Planet verbrennt, wird meine Tante mich *umbringen.*«

»Beruhigen Sie sich«, sagte Ebrihim streng. »Er kann nicht weit sein. Wir brauchen Sie beide für diesen Job. Jacen, hol deinen Bruder zurück. Sorg dafür, daß er sich beruhigt. Und denke daran, daß das Leben von zwölf Millionen Menschen davon abhängt, ob ein überempfindlicher Siebeneinhalbjähriger sie im Lauf der nächsten Stunde retten kann oder nicht. Also *bitte* ihn. Wenn er zurückkommt, erwarte ich von euch allen, daß ihr nett zu ihm seid.«

»Okay«, sagte Jaina ein wenig mürrisch. »Aber nur für eine halbe Stunde.«

»Konzentriert eure Salven auf die vordere Luftschleuse!«
drang Maras Stimme aus dem Kom. »Das Schott sieht
nicht besonders stabil aus!« Die *Jadefeuer* deckte die
schwerfällige, alte, tausendfach zusammengeflickte Mon-
Calamari-Fregatte, die für die andere Seite kämpfte, mit
Energiestrahlen ein.

»Verstanden«, sagte Han. »Leia, halt dich bereit. Ich
bringe uns in eine bessere Schußposition.«

»Ich habe sie schon erfaßt«, erwiderte Leia. »Eröffne das
Feuer.«

Der Vierlingslaserturm spuckte tödliche Energien. Das
Außenschott der Luftschleuse hatte sich im Lauf des
Kampfes geöffnet und verkeilt. Es glühte jetzt rot, dann
orangefarben, dann feuerweiß – und dann barst das Innenschott, und die Atmosphäre des Schiffes entwich in
den Weltraum. Der Luftstrom versiegte abrupt, als sich
überall im Schiff die Sicherheitsschotts schlossen.

Die Fregatte erwiderte das Feuer, und der *Millennium
Falke* wurde von einer vollen Salve getroffen. Fast augen-
blicklich heulte der Schildalarm los und verstummte ebenso schnell wieder, als die *Jadefeuer* den Hauptlaserturm der
Fregatte mit einem Minitorpedo zerstörte.

Entwaffnet und beschädigt, wie sie war, schien die Fregatte zu entscheiden, daß sie genug hatte. Sie drehte bei
und raste mit Vollschub davon.

»Lassen Sie sie ziehen«, sagte Han zu Mara. »Sie ist
kampfunfähig, und das allein zählt.«

»Wie lange kämpfen wir schon?« fragte Leia über Interkom.

»Rund vierzig Minuten«, erwiderte Han. »Paß auf, zwei
B-Flügel-Schrottmühlen nähern sich von oben.«

»Ich kümmere mich um sie«, sagte Leia mit gepreßter
Stimme. Aus dem Vierlingslaserturm zuckte Feuer. Einer
der B-Flügler verglühte in einer Explosion, und der andere entschied, daß Rückzug die beste Verteidigung war.
Wenn sich doch nur der *Falke* diesen Luxus erlauben

konnte. Früher oder später würde einer dieser Angriffe Erfolg haben.

»Mara!« rief Han. »Los, mischen wir sie weiter auf!« Er unterbrach die Verbindung. »Noch zwanzig Minuten«, sagte er zu Leia und Chewie, »noch zwanzig Minuten, dann ist es vorbei.«

Und so würde es auch sein. Auf die eine oder andere Weise.

»Die *Verteidiger* meldet Schäden an den Hauptwaffensystemen, aber die sekundären Waffen sind voll funktionsfähig«, sagte Kalenda. »Zahlreiche leichte Treffer, aber bis jetzt keine schweren Schäden.«

Aber hundert leichte Treffer können das Schiff so weit schwächen, daß der nächste es zerstört. Ossilege schüttelte den Kopf. Das waren nicht die richtigen Gedanken für einen Admiral mitten in einer Schlacht. »Was ist mit der *Paladin*?« fragte er.

»Die *Paladin* hat einen Teil ihrer Triebwerke verloren. Explosive Dekompression in einem Teil der Achtersektion. Die betroffenen Decks wurden abgeriegelt. Alle Waffen funktionsfähig. Sie meldet zahlreiche erfolgreiche Kämpfe.«

»Sehr gut«, sagte Ossilege, während er den Taktikschirm studierte. Die *Eindringling* hatte ähnliche Schäden erlitten. *Es hat funktioniert*, dachte er. Sie zahlten einen wahrhaft hohen Preis dafür, aber es hatte funktioniert. Ossilege hatte jedem Großkampfschiff und je zwei der kleineren Schiffe einen Korridor durch die Feindformation zugeteilt. Sie sollten die Phalanx der feindlichen Schiffe durchstoßen und sie in Kämpfe verwickeln, um so viel Schäden und Verwirrung wie möglich anzurichten. Und es funktionierte. Die Feindformation löste sich auf, und fast die Hälfte der anderen Schiffe hatte den Kurs geändert, um die Verfolgung ihrer Peiniger aufzunehmen.

»Sir! Captain Semmac meldet, daß sich vier Fregatten

der *Eindringling* nähern. Es scheint sich um einen koordinierten Angriff zu handeln.«

»Tatsächlich? Ich habe mich schon gefragt, wie lange sie wohl brauchen werden, um einen zu organisieren. Nun gut. Jetzt wird sich zeigen, wie gut Captain Semmac in der Defensive ist.«

Ossilege studierte seine Taktikschirme. Vier identische knollennasige Fregatten näherten sich unablässig feuernd aus vier verschiedenen Richtungen. Die Schilde der *Eindringling* hielten – zumindest vorerst. Captain Semmac zog den Bug der *Eindringling* hoch und beschleunigte, um dem Kreuzfeuer zu entkommen. Die schweren Kanonen der *Eindringling* erwiderten das Feuer und konzentrierten sich auf die nächste der vier Fregatten. Semmac drückte die Nase ihres Schiffes abrupt nach unten, doch die Fregatten paßten sich jeder Kursänderung der *Eindringling* an und rückten immer näher.

Ossilege runzelte die Stirn. Irgend etwas stimmte nicht. Die Fregatten deckten die *Eindringling* mit Laserfeuer ein, aber die Schüsse zeigten keine Wirkung. Normalerweise hätten sie die Schilde zumindest punktuell schwächen müssen. Ossilege überprüfte die Energiewerte der Fregattenlaser. Warum waren sie so niedrig? Die einzige Erklärung war, daß die Laser nur der Täuschung dienten, der Ablenkung. Und wieso konnten die Fregatten das massive Abwehrfeuer der *Eindringling* so mühelos absorbieren?

Er holte sich eine Großaufnahme der nächsten Fregatte auf seinen Taktikschirm und spürte, wie ihm das Blut in den Adern gefror.

Die Sichtluken waren aufgemalt. Darunter schien sich solider Durastahl zu verbergen.

Er aktivierte sein Kom. »Captain Semmac! Diese Fregatten sind getarnte Robotrammschiffe! Ihre Waffen sind harmlos. Sie versuchen lediglich, nahe genug an uns heranzukommen, um ...«

Aber es war zu spät. Das erste der Rammschiffe zündete seine leistungsstarken Triebwerke und beschleunigte mit atemberaubenden Werten, eine Multimegatonnen-Ramme, die frontal auf die *Eindringling* zuraste.

Und sich unterhalb der Brücke in ihren Bug bohrte.

»Okay!« sagte Jacen. »Ich habe ihn zurückgebracht.«

»*Gut*«, sagte Techniker Antone. »Großartig. Machen wir uns wieder an die Arbeit.«

Anakin betrat den Raum, sah einen nach dem anderen lange und durchdringend an und nahm erst dann wieder seinen Platz ein. »Okay«, sagte er. »Es kann losgehen.«

»Gut, gut«, nickte Antone mit einem gezwungenen Lächeln. »Dann leiten wir jetzt die Energiestartsequenz ein.«

»Nein«, sagte Anakin.

Antone standen dicke Schweißperlen auf der Stirn. »Anakin, bitte. Sei doch vernünftig. Das hier ist kein Spiel. Viele Menschen – sehr, *sehr* viele Menschen – werden … werden *sterben*, wenn wir diesen Repulsor nicht genau zum richtigen Zeitpunkt in die richtige Richtung abfeuern.«

»Das *weiß* ich«, erwiderte Anakin. »Aber er ist *nicht* richtig einstellt. Es ist zu schwer hier. Irgendwie zu *schwer*.«

»Was meinst du mit zu schwer?« fragte Antone.

»Die Schwerkraft!« rief Jacen. »Er meint die Schwerkraft! Diese Bedienungsanweisung, die Sie bekommen haben, ist für den Repulsor auf Selonia bestimmt! Dort herrscht eine andere Schwerkraft.«

»Genau!« bestätigte Anakin. »*Zu schwer*.«

Antone überlegte einen Moment und murmelte entgeistert: »Süße Sterne am Himmel. Er hat recht! Er hat recht!« Er warf einen Blick auf die Countdownuhr. »Und wir haben noch zehn Minuten, um die Zieleinstellung neu zu berechnen.« Antone packte einen der anderen Techniker an der Schulter und schob ihn zu Anakin. »Sie helfen ihm bei der Einleitung der Energiestartsequenz und allem anderen, und wir nehmen die Zielkorrektur unmittelbar vor dem Schuß vor.«

Und mit diesen Worten stürzte Techniker Antone davon, um sich einen freien Schreibtisch und einen Datenblock zu suchen.

Das zweite und das dritte Robotrammschiff bohrten sich in die *Eindringling* und ließen den schwer beschädigten Zerstörer steuerlos durch den Raum trudeln. Das vierte verfehlte ihn, aber das spielte keine Rolle mehr. Der Zerstörer war nur noch ein Wrack.

Ossilege war aufs Deck gestürzt. Er rappelte sich hoch und stolperte zurück zu seinem Sitz. Gaeriel hatte es geschafft, auf ihrem Platz zu bleiben. Belindi Kalenda stand unsicher auf und sah sich entsetzt um. Sie waren die einzigen Überlebenden. Alle anderen auf dem Flaggdeck waren tot. Ossilege machte sich nicht einmal die Mühe, auf der Brücke nach Überlebenden zu suchen. Der größte Teil von ihr existierte nicht mehr.

»ALLE MANN VON BORD!« dröhnte es aus dem Deckenlautsprecher. »ALLE MANN VON BORD!«

»Ich spüre meine Beine nicht mehr«, keuchte Gaeriel. »Sie bluten, aber ich kann sie nicht spüren und auch nicht bewegen.«

Ossilege nickte unwillkürlich. *Sie muß sich einen Wirbel gequetscht haben,* dachte er. *Kein Wunder bei diesen massiven Erschütterungen.* Admiral Hortel Ossilege bemerkte, daß er sich mit der linken Hand den Bauch hielt. Er löste seine Hand für einen Moment und sah die rote, klaffende Wunde. Erstaunlich, daß er keine Schmerzen spürte.

»ALLE MANN VON BORD!« wiederholte die Automatenstimme.

Ossilege sah von Gaeriel Captison zu Kalenda. »Gehen Sie!« schrie er Kalenda zu. »Wir schaffen es nicht, aber Sie! Gehen Sie!« Plötzlich fühlte er sich sehr schwach.

»Aber …«, begann Kalenda.

»Ich habe eine Bauchverletzung, und die Premierministerin kann nicht gehen. Wir würden den Weg zur Rettungskapsel nicht überstehen, und wenn doch, dann würden wir sterben, bevor man uns aus dem Raum fischt. Gehen Sie. Sofort. Das ist ein Befehl. Sie ... Sie sind eine gute Offizierin, Lieutenant Kalenda. Opfern Sie sich nicht für eine sinnlose Geste. Gehen Sie.«

Kalenda schien noch etwas sagen zu wollen, verzichtete dann aber darauf. Sie salutierte vor Ossilege, verbeugte sich vor Gaeriel, fuhr herum und rannte davon.

»Gut«, murmelte Ossilege. »Ich hoffe, sie schafft es.«

»Wir müssen das Schiff sprengen«, sagte Gaeriel. Ihre Stimme war kaum mehr als ein Flüstern. »Es darf nicht in die Hände des Feindes fallen.«

Ossilege nickte. »Ja«, sagte er. »Sie haben recht. Aber wir müssen warten. Den Überlebenden die Zeit zum Entkommen geben. Warten, bis wir mitten zwischen den Feindschiffen sind. Sie mit in den Untergang nehmen. Warten .... warten auf die Quelle A.«

»Die Quelle A?« wiederholte Gaeriel matt.

»Die Quelle A«, bestätigte Ossilege. »Wir müssen auf Admiral Ackbar warten.«

»Eine Stunde, Luke!« schrie Lando. »Laß uns von hier verschwinden, solange wir noch können!«

»Verstanden, Lando«, sagte Luke. »Wir kehren um, und zwar mit Höchstgeschwindigkeit!«

»Was ist los?« fragte Tendra. »Warum ziehen wir uns zurück?«

»Wir ziehen uns nicht zurück«, erklärte Lando, während er die *Glücksdame* drehte. »Wir befolgen Ossileges Plan. Ein Plan, der so einfach ist, daß selbst wir ihn ausführen können. Fliegt rein, richtet eine Stunde lang so viel Schaden wie möglich an und macht dann Platz.«

»Wem sollen wir Platz machen?«

»Der Quelle A, meine liebe Quelle T.«

»Wovon redest du?«

Lando lachte laut. »Die Kodenamen sind nicht besonders einfallsreich, aber sie haben ihren Zweck erfüllt. Quelle T steht für Tendra, Quelle A für Admiral Ackbar. Als das Abfangfeld zusammenbrach, erhielt Ossilege eine verschlüsselte Hyperfunkbotschaft von ihm. Ackbar hat seit unserem Abflug von Coruscant jede wache Minute damit verbracht, eine Eingreifflotte zusammenzustellen. Er hat nicht viele Schiffe auftreiben können, aber fünfundzwanzig moderne Einheiten mit modernen Waffen – nun, sie sollten hier einiges ausrichten können. Vor allem, da die gegnerische Flotte inzwischen in völliger Auflösung begriffen ist.« Lando steuerte die *Glücksdame* um das zerschossene Wrack eines modifizierten B-Flüglers herum, nahm Kurs auf Centerpoint Station und beschleunigte mit Vollschub. »Wir ziehen uns zum Nordpol von Centerpoint zurück. Sie verschießt keine interstellaren Todesstrahlen.«

»Aber was ist mit Admiral Ackbar? Wie sieht der Rest des Planes aus?«

»Nun, ganz einfach. Nach ihrem präzise berechneten Hyperraumsprung wird Admiral Ackbars Flotte mitten zwischen den feindlichen Schiffe auftauchen und sofort das Feuer eröffnen. Sie werden nicht einmal wissen, wie ihnen geschieht. Wir müssen aus dem Schußfeld verschwinden.«

»Wann trifft seine Flotte ein?«

Lando überprüfte den Navcomputer des Schiffes und warf einen Blick auf das Chronometer. »Oh, oh«, machte er. »Jetzt. In diesem Moment.«

Der leere Weltraum vor ihnen füllte sich plötzlich mit Raumschiffen, die von grellen Lichteffekten begleitet aus dem Hyperraum stürzten, Schiffe, die wie Streifen aus blendendem Weiß an der *Glücksdame* vorbeirasten, rechts und links, oben und unten, so nahe, daß Lando fast glaubte, die nichtvorhandenen Stürme des Weltraums heulen zu hören, während die Schiffe an ihnen vorbeischossen. Es war ein unglaubliches Bild, ein wunderschönes Bild – und gleichzeitig furchterregend. Lando biß die Zähne zusammen und griff nach dem Steuerknüppel. Er klammerte sich an ihn, als hinge sein Leben davon ab, und zwang sich, keinen Versuch zu machen, den heranrasenden Schiffen auszuweichen, aus Angst, mit einem zusammenzuprallen, das er nicht sehen konnte.

Und dann waren sie an ihnen vorbei und verschwunden. Und dann bremste Lando die *Dame* auf eine vernünftige Geschwindigkeit ab und atmete tief durch.

Und dann war der Krieg für Lando und Tendra vorbei.

Inzwischen spürte Gaeriel Captison den Schmerz. Natürlich nicht in ihren Beinen, aber sonst überall. Admiral Ossilege saß halb ohnmächtig neben ihr und blutete stark. Gaeriel glaubte, Feuer zu riechen. Aber natürlich spielte auch das keine Rolle mehr.

Trotz seiner schweren Verletzung hatte es Ossilege geschafft, die Abdeckung der Kontrolltafel für die Selbstzerstörung des Schiffes zu öffnen, die in die Armlehne seines Sitzes eingelassen war. Er hatte alle Sicherungen entfernt und alle Knöpfe gedrückt. Alle bis auf den letzten. Er wartete jetzt, die Augen starr auf die Taktikschirme gerichtet. Sie flackerten, aber ihr Bild war klar genug, daß er alles sehen konnte, was er sehen mußte.

»Dort!« keuchte er. »Dort! Die Schiffe! Sie sind hier.«

»Dann wird es Zeit«, sagte Gaeriel. »Sie sind ein tüchtiger Mann, Admiral Ossilege. Sie haben ihre Pflicht erfüllt. Sie haben sie aufgehalten. Gute Arbeit.«

»Danke, Ma'am. Ich bin ... bin stolz, daß ich mit Ihnen dienen durfte.«

»Und ich mit Ihnen«, sagte sie. »Aber jetzt wird es Zeit.« Sie dachte an ihre Tochter Malinza, die nun völlig allein im Universum war. Gaeriel wußte natürlich, daß man für sie sorgen würde. Vielleicht ... vielleicht würde das Universum all das Leid ihres jungen Lebens ausgleichen und ihr

nur Gutes bringen, wenn sie älter wurde. Dies war ein trö-
stender Gedanke. Ein guter Gedanke, um abzutreten.

»Ich kann … ich kann meinen Arm nicht bewegen«,
sagte Ossilege. »Ich kann den Knopf nicht drücken.«

»Warten Sie«, sagte Gaeriel. Sie blickte auf und entdeckte mindestens drei Triaden-Schiffe in der Nähe. Sie lächelte und streckte die Hand aus. »Warten Sie«, sagte sie wieder. »Ich werde es tun.«

Die Explosion erhellte den Weltraum und riß ein Loch in
die Triaden-Flotte. Für einige glorreiche Sekunden flammte ein neues Licht auf, eine Wolke aus Feuer, heller als alle
Sterne am Himmel.

»Oh, süße Sterne am Himmel«, stieß Tendra hervor.
»Das war die *Eindringling*. Sie sind tot. Sie sind alle tot. Es
ist vorbei.«

Lando sah wieder auf das Bordchronometer, blickte
dann zur Centerpoint Station hinüber und anschließend
zu dem fernen Lichtpunkt von Drall.

»Nein, es nicht vorbei«, widersprach er. »Aber in einer
Minute und zwanzig Sekunden wird es vorbei sein. Vielleicht für viele Menschen.«

»Antone!« schrie Jaina. »Jetzt! Jetzt! Wir müssen es jetzt
tun!«

Techniker Antone stürzte mit hervorquellenden Augen
in den Raum. »Ich kann nicht«, sagte er und hielt den Datenblock hoch. »Das Gerät rechnet immer noch am letzten
Teil des Problems. Es dauert noch mindestens fünf Minuten. Zwölf Millionen Menschen. Zwölf Millionen Menschen.« Antone sank auf den Boden und vergrub sein Gesicht in den Händen.

»Wir sind verloren!« jammerte 3PO. »Wenn sie die Novamaschine kontrollieren, werden uns unsere Feinde alle
vernichten.«

Jacen Solo stand erstarrt da, mit weit aufgerissenen Augen. Alle im Raum waren wie gelähmt. Zwölf Millionen Menschen. Sie hatten nur diese eine Chance, aber sie würden sie verspielen, weil sie nicht in der Lage waren, einem siebenjährigen Kind die richtigen Zahlen zu geben.

»Einen Moment«, sagte er zu sich selbst. »Wer braucht denn Zahlen?« Er fuhr zu seinem Bruder herum, der noch immer an der Konsole saß. »Anakin«, sagte er. »Es hat sich zu schwer angefühlt, ja? Kannst du das Problem beheben? Kannst du deine Augen schließen und es *fühlen*? Dafür sorgen, daß es sich richtig anfühlt, daß es funktioniert?«

»Was sagst du da?« fragte Ebrihim. »Du willst, daß er *herumprobiert*?«

»Nicht probiert«, wehrte Jaina ab. »Sondern erfühlt. Greif hinaus, Anakin. Gib dich ganz deinen Gefühlen hin. Greif mit der Macht hinaus.«

Anakin sah seinen Bruder und seine Schwester an, schluckte hart und schloß dann die Augen. »Ja«, sagte er. »Ja.«

Mit geschlossenen Augen streckte er die Hand nach Kontrollen aus, die es nicht gab, Kontrollen, die sich unter seinen Händen herausformten, während er nach ihnen griff. Leuchtende Gitter aus Orange und Purpur und Grün tauchten um seinen Kopf auf und verschwanden wieder, aber Anakin sah sie nicht.

Tief unter ihren Füßen setzten mächtige, entschlossene Vibrationen ein. Sie hörten, wie es in der Repulsorkaverne dröhnte und donnerte, wie sich die Energien sammelten, wie unvorstellbare Kräfte gespeichert und konzentriert und bereitgehalten wurden.

Die steuerknüppelähnliche Kontrolle materialisierte und paßte sich perfekt den Konturen von Anakins Hand an. Langsam drückte er den Steuerknüppel nach vorn, und vor seinen geschlossenen Augen erschien ein Würfel aus grellem Orange. Er nahm winzige, kaum merkliche Justierungen der Kontrollen vor, und der orangefarbene

Würfel flackerte einmal und wurde heller. Er drückte den Steuerknüppel einen langen, langen Moment nach vorn ...

Und zog ihn dann so weit er konnte zu sich heran.

Das Dröhnen entfesselter Energien erfüllte den Raum, Blitze zuckten durch den Korridor und in die Kaverne.

Anakin war der einzige im Kontrollraum, der es sehen konnte, trotz seiner geschlossenen Augen. Aber jene auf der Oberfläche und jene im Weltraum konnten es sehen. Sie konnten sehen, wie der Repulsor bebte und dröhnte, wie sich die pulsierenden, sengenden Energien aufbauten und es kaum erwarten konnten, entfesselt zu werden. Sie sahen, wie sich in diesem Repulsor mehr und mehr Energie sammelte.

Und sie sahen, wie diese Energien aus der Repulsorkaverne schossen, den Weltraum durchzuckten und genau in dem Moment das Südende von Centerpoint trafen, als praktisch jede Countdownuhr im Weltraum auf null sprang und Centerpoint soeben das Feuer eröffnen wollte. Der Südpol leuchtete auf, obwohl die Energien, die er durch den Hyperraum leiten sollte, um einen Stern zu vernichten, eigentlich unsichtbar waren.

Aber der Repulsorstrahl blockierte die Öffnung zum Hyperraum, ließ den Strahl zerfasern, veränderte seine Frequenz, so daß ein kleiner Teil seiner Energie in sichtbares Licht umgewandelt wurde. Der Südpol Centerpoints glühte auf und pochte und pulsierte vor Energie. Das Glühen breitete sich aus, expandierte zu einer blendenden Blase aus Licht, harmlosem Licht, das den Himmel über allen corellianischen Welten erhellte, das strahlte, gleißte, den Zenit seiner Leuchtkraft erreichte – und dann erlosch.

Lando Calrissian hatte alles von Centerpoints Nordpol aus verfolgt, und jetzt stieß er zischend die Luft aus. Er hatte nicht einmal bemerkt, daß er den Atem angehalten hatte. »Jetzt«, sagte er zu Tendra. »Jetzt ist es vorbei.«

Epilog

»Ich möchte wirklich wissen, warum Sie meine Flotte überhaupt angefordert haben«, sagte Admiral Ackbar mit seiner rauhen Stimme. Er drehte sich um und richtete seine riesigen Augen auf Luke Skywalker. Sie waren auf Drall, denn Ackbar hatte um eine Besichtigung des Repulsors gebeten. »Für meine Schiffe war kaum noch etwas zu tun – dank Admiral Ossilege und Gaeriel Captison.«

»Ja, Sir, wir haben ihnen viel zu verdanken«, bestätigte Luke. Er dachte an Gaeriel, an ihre Tochter Malinza. Luke hatte Malinza versprochen, auf ihre Mutter aufzupassen. Wie konnte er diese Schuld abtragen? Er dachte an Ossilege, an den schwierigen, unmöglichen Mann, der die Fähigkeit gehabt hatte, das Schwierige, Unmögliche zu vollbringen. »Ich werde noch lange um sie trauern. Aber wir haben gesiegt. Dank ihnen und vielen anderen. Und vor allem dank diesen drei Kindern dort drüben.«

Anakin, Jacen und Jaina tollten herum und kletterten auf die Erdhügel, die vom Repulsor aufgetürmt worden waren, als er sich aus dem Boden geschoben hatte. Sie wurden von einer lachenden Jenica Sonsen und einer Belindi Kalenda gejagt, die viel zu sehr mit Grimassenschneiden beschäftigt war, um lachen zu können. Sie spielten im Schatten des Repulsors. Die Spitze des Zylinders, der bis vor kurzem unter der Erde versteckt gewesen war, erhob sich hundert Meter über dem Boden.

Han und Leia lachten laut, als ihre drei Kinder den Spieß umdreund und Sonsen und Kalenda jagten. Mara sah dem Treiben mit einem leisen Lächeln zu, und selbst Chewbacca genoß das Spektakel. Ein Stück weiter saßen Ebrihim und die Herzogin Marcha auf dem Boden und unterhielten sich angeregt. Nach ihren konzentrierten, eifrigen Mienen zu urteilen, redeten sie entweder über eine komplizierte Staatsangelegenheit oder – was wahrscheinlicher war – sie vergnügten sich mit einem besonders pikanten Familienklatsch.

Vermutlich traf das letztere zu, aber Luke hoffte, daß es das erstere war. Die Herzogin konnte ein wenig Übung gebrauchen. Leia hatte Luke von ihrem Plan erzählt, Marcha zur neuen Generalgouverneurin des Sektors zu ernennen.

Dracmus saß bei den beiden Drall und war offenbar so fasziniert von ihrem Gespräch, daß sie tief und fest eingeschlafen war.

Luke hörte hinter sich eine schrille, protestierende Stimme, gefolgt von einem schnellen, schrillen Zwitschern, das nicht gerade schmeichelhaft klang. Er drehte sich um und sah R2 und Q9, die wieder einmal über irgendein Problem der Droidenkonstruktion stritten. 3PO stand zwischen ihnen und versuchte, beide zu besänftigen. Mit dem üblichen Erfolg, wie Luke vermutete.

»Wissen Sie«, sagte er, »es waren die Wesen auf dieser Ebene, die Menschen und die Selonianerin und die Drall und der Wookiee und die Droiden hier. *Sie* haben diesen Krieg gewonnen. Nicht die Schiffe oder die Waffen oder die Technik.«

»Sie haben natürlich völlig recht«, stimmte Admiral Ackbar zu. »Aber niemand gewinnt einen Krieg. Es gibt nur verschiedene Stadien der Niederlage. Die Verwüstungen auf diesen Welten sind schockierend. Schockierend. Es wird viele Jahre dauern, sie wiederaufzubauen und für Ordnung zu sorgen.«

Luke nickte. Aber zumindest hatte man mit dem Aufräumen bereits begonnen. Laut Admiral Ackbar war inzwischen ein gewisser Pharnis Gleasry verhaftet worden, ein Agent der Menschenliga und Mitglied des Spionagerings auf Coruscant, der eine Menge Regierungsgeheimnisse an die Rebellen verraten hatte. Gleasry hatte wie ein

Vogel gesungen. Der gesamte Spionagering der Menschenliga auf Coruscant war aufgeflogen und im Gefängnis gelandet, wo die Verräter auch hingehörten.

Da war natürlich noch immer das Problem des nächsten Sternes auf der Sternvernichter-Liste. Kurzfristig hatte man es gelöst, indem man die Repulsorkontrollen deprogrammiert hatte, so daß sie nicht mehr nur von einem Siebenjährigen bedient werden konnten. Im Notfall konnte man diesen Repulsor – oder jenen auf Selonia – erneut einsetzen, um Centerpoint zu blockieren. Die sacorrianischen Selonianer hatten inzwischen kapituliert. Langfristig konnte es nur eine Lösung geben: Die Triade mußte die Programmkodes der Novamaschine herausrücken. Da die Triade verständlicherweise äußerst kooperativ war – schließlich waren die Besatzungstruppen der Neuen Republik bereits auf dem Weg –, stellte dies wahrscheinlich kein großes Problem dar. Jemand hatte das völlig aus der Luft gegriffene Gerücht verbreitet, daß die Flotte der Neuen Republik Centerpoint auf Sacorrias Sonne ausrichten würde, bis der nächste, vorprogrammierte Sternvernichter-Impuls abgestrahlt wurde, falls die Triade die Kodes nicht übermittelte. Das Gerücht würde sie zweifellos zur Zusammenarbeit ermuntern.

Und dann mußten natürlich Centerpoint und die Repulsoren auf den drei anderen Welten gründlich untersucht werden. Wer hatte das corellianische System gebaut und wann und warum, und was war aus den Erbauern geworden? Vermutlich würde es Jahrhunderte dauern, diese Rätsel zu lösen – falls sie überhaupt lösbar waren.

Dann war da noch eine weitere Frage, die Luke persönlich interessierte. Aber er hatte das Gefühl, daß er in Kürze die Antwort erhalten würde.

»Wissen Sie«, brummte Admiral Ackbar, »Sie sagten, die Leute hier haben diesen Krieg gewonnen. Mir ist aufgefallen, daß zwei prominente Namen zu fehlen scheinen. Sie waren mit uns auf dem Transporter. Wo sind sie bloß hin?«

Luke lächelte. Er wußte genau, wo sie waren, aber er

hatte das Gefühl, daß sie im Moment lieber allein sein wollten. »Ich würde mir an Ihrer Stelle keine Sorgen machen, Admiral. Sie gehören beide zu der Sorte Leute, die selbst auf sich aufpassen können.«

»Lando?« sagte Tendra, während sie über die vom Repulsor aufgewühlte Ebene wanderten. Es war nicht gerade die schönste Landschaft, aber sie hatte den Vorteil, daß man hinter jedem Hügel und jeder Bodenspalte ungestört war.

»Ja?« fragte Lando. »Was gibt's?« Tendra war auf einen Geröllhaufen geklettert, der etwas höher war als die anderen. Lando bot ihr seine Hand an, und sie ergriff sie und ließ sich von ihm herunterhelfen. Als sie wieder festen Boden unter den Füßen hatte, ließ er ihre Hand nicht los, und sie hielt seine fest.

»Weißt du noch, wie ich dir erzählt habe, daß eine sacorrianische Frau ohne die Erlaubnis ihres Vaters nicht heiraten darf, ganz gleich, wie alt sie ist?«

Lando hatte plötzlich ein mulmiges Gefühl in der Magengegend, eine Mischung aus Furcht und Erregung. »Ja«, sagte er und bemühte sich dabei, möglichst gelassen zu klingen. »Was ist damit?«

»Nun«, sagte sie, »da ist noch eine Kleinigkeit, die du wissen mußt. Wir müssen nicht *sofort* etwas tun, aber dieses Gesetz hat eine Einschränkung. Eine interessante juristische Klausel. Es gibt eine Reihe gültiger Präzedenzfälle, nach denen eine sacorrianische Frau nicht an dieses Gesetz gebunden ist – *wenn* sie sich außerhalb des sacorrianischen Systems befindet. Zum Beispiel, wenn sie sich auf, nun ja, Drall aufhält.«

»Ist das so?« fragte Lando, rasch seine Fassung zurückgewinnend. Er mußte sich an den Gedanken erst noch gewöhnen, aber er wußte schon jetzt, daß er ihm gefiel. Er lächelte und betrachtete ihr wunderschönes Gesicht. »Ist das eine nachprüfbare Tatsache?«

»So ist es«, bestätigte sie und erwiderte sein Lächeln.

»Warum gehen wir dann nicht zurück zur *Glücksdame* und besprechen die ganze Angelegenheit beim Abendessen?« fragte er. »Juristische Klauseln haben *mich* schon immer fasziniert.«

Anmerkung des Autors

Ich möchte mich bei Tom Dupree, Jennifer Hershey und all den anderen netten Menschen von Bantam Spectra bedanken, die mir während dieses ganzen Projekts großes Vertrauen entgegengebracht haben. Mein Dank gilt auch Eleanor Wood und Lucienne Diver für ihre Unterstützung und für ihre effiziente Handhabung der geschäftlichen Seite der Dinge.

Ich möchte mich außerdem bei meiner Frau Eleanore Fox bedanken, die schon genug mit dem Lernen einer neuen Sprache und den Vorbereitungen für unseren Umzug nach Brasilien zu tun hatte. Sie hat in dieser Zeit gewiß keinen am Boden liegenden Romanautor gebraucht, aber sie hatte einen, und sie meisterte die Situation. Offenkundig stellt der U.S. Foreign Service nur die Besten ein. Zumindest in diesem aktuellen Fall.

Mein Dank gilt auch Mandy Slater, Freundin und Vertraute, der dieses Buch gewidmet ist. Sie war da, am Küchentisch in Washington, als das Telefon klingelte und mich in den aktiven Dienst eines *Star Wars*-Autors berief. Sie überzeugte mich, daß ich dieser Aufgabe gewachsen bin. Falls sich herausstellt, daß dem so ist, und Sie sehen sie, dann lassen Sie sie bitte wissen, daß sie recht hatte. Natürlich könnte es sich als schwierig erweisen, sie zu *finden*, um ihr das zu sagen. Als ich sie das letzte Mal sah, in New Orleans,war sie gerade mit dem Flugzeug über London aus Rumänien gekommen und unterwegs nach Chicago. *Davor* habe ich sie zuletzt auf meiner Hochzeit in Fresno, Kalifornien, gesehen, und davor wiederum in London, und vor London in Toronto, glaube ich. Nach einer Weile fällt es einem schwer, den Überblick zu behalten. Aber noch einmal danke, Mandy.

Apropos Reisen – eine der ehrwürdigen Traditionen einer guten *Star Wars*-Geschichte ist die, daß alles überall gleichzeitig passiert. Ich fürchte, das zweite Buch dieser Trilogie wurde fast vollständig in und um Washington, D.C., sowie zu einem geringen Teil auf einer Reise nach Philadelphia und New York geschrieben. Dieses dritte wurde nicht nur in Arlington, Virginia, sowie Bethesda, Maryland, und ähnlichen Orten verfaßt, sondern auch in New York, Miami, über der Karibik und dem Amazonas, in São Paulo und in Brasilia. Überarbeitet wurde es in Bethesda; Norfolk, Virginia; Atlanta; Montgomery, Alabama; und Biloxi, Missouri. Wenn das für Sie nicht genug Mobilität ist, sollten wir uns mal unterhalten.

Noch eine letzte Bemerkung zu den Gefahren, irgend etwas einer Englischlehrerin zu widmen. Ich habe den zweiten Band dieser Trilogie tatsächlich Beth Zipser und ihrem Mann Mike gewidmet. Beth brachte mir vor vielen Monden in der elften Klasse Englisch bei und ist jetzt eine ausgebuffte Pokerspielerin. Als sie von meiner Widmung erfuhr, war sie so bewegt, daß sie sofort in Aktion trat – und das Manuskript nach grammatikalischen Fehlern durchforschte. Lassen Sie sich das eine Warnung sein. Schließlich wissen Sie nicht, wann *Ihre* High School-Englischlehrerin *Sie* in die Mangel nimmt.

ROGER MACBRIDE ALLEN
April 1995
Brasilia, Brasilien

HEYNE BÜCHER

Terry Pratchett

*Kultig, witzig,
geistreich –
»Terry Pratchett ist
der Douglas Adams
der Fantasy.«*
The Guardian

Heyne - Taschenbücher